직관주의자

직관주의자

콜슨 화이트헤드 장편소설

소슬기 옮김

Colson Whitehead
The Intuitionist

은행나무

부모님께

감사의 말

문제에 휘말리길 바라지 않는다면, 소년은 《엘리베이터 점검을 위한 미국 표준 실습》한 권 없이는 절대로 집을 떠나서는 안 된다. 게리 도핀, 웨슬리 존스, 밸러리 버거, 댄 슈레커, 대런 애러노프스키, 수 존슨, 아리 핸들, 휴 가비, 제드 와인트롭, 빌 파슨스, 짐 매킨토시, 지넷 드레이퍼에게 감사를 전한다. 용기를 주고 제목을 짓는 데 도움을 준 케빈 영에게도 감사한다. 내 에이전트인 니콜 애러기는 최고다. 편집자인 티나 폴먼은 부유하고 안목 있는 여자다. 한 소년이 만날 수 있는 가장 멋진 동반자인 너태샤 스토볼과 가족이 사랑과 도움을 보내주지 않았다면, 나는 이 작업을 할 수 없었을 것이다.

일러두기
원문의 이탤릭체가 강조의 의미일 경우, 고딕체로 표기했다.

차례

1부

하강

1장

이 새로운 엘리베이터는 레일에 갓 끼워 넣었고, 이렇게 빨리 추락하도록 만들지 않았다.

* * *

눈을 어디에 둬야 할지 모르겠다. 건물 현관문은 너무 긁히고 파여 못 볼 지경이고, 뒤편 거리는 거짓말처럼 텅 비어 있다. 사람들이 도시에서 대피했는데, 여자만 유일하게 그 소식을 못 들은 것 같았다. 이런 순간에는 늘 그 게임을 하며 주의를 돌린다. 가죽제 현장 점검 파일을 열어 가슴에 받친다. 뒤로 거슬러 올라갈수록 게임은 어려워진다. 지난 10여 년간 다녀간 점검원은 대다수가 여전히 협회 소속이고 알아보기도 쉽다. LMT, MG, BP, JW. 그녀는 지금까지 워커가(街) 125번지를 담당했던 전임자 중 누구도 특별히 마음에 들지 않는다.

마틴 그루버는 씹을 때 입을 벌리고, 의안을 던졌다 받기를 좋아한다. 큰 덩치 빌리 포터는 늙은 개 중 하나이며 그 사실을 자랑스러워한다. 라일라 메이는 볼일을 마치고 구덩이로 돌아왔을 때, 큰 덩치 빌리가 신참들한테 협회가 영광스러웠던 시절에 대해, 과거에 대해 마음껏 들려주는 소리를 들었던 적이 많았다. 큰 덩치 빌리는 구체적으로 언급하는 법이 없지만, 그 껵껵거리는 탁한 목소리로 무엇과 누구를 가리키는지를 모두가 분명히 알았다. 큰 덩치 빌리가 쓰는 참나무 책상은 구덩이에서 관료주의적으로 늘어선 대오에 저항한다. 천장 선풍기 중 하나 바로 아래에 육중한 덩치를 앉힐 수 있을 만큼 복도 쪽으로 튀어나왔다. 큰 덩치 빌리는 자기가 쉽게 과열된다고 말한다. 가장 더운 여름날에는 남은 머리카락이 앞서 빗은 자리에서 슬며시 떨어지면서, 가닥가닥이 앵무조개 같은 소용돌이 모양으로 조심조심 움직인다. 느린 과정이었고 이 모습을 지켜보는 것은 새로 한 시간이 지나길 기다리는 것 같다. 하지만 결국에는 일어나는 일이다.

과거에 워커가 125번지를 방문했던 모든 점검원은 경험주의자였다. 라일라 메이가 아는 한은 말이다. 기록을 15년 전으로 거슬러 올라가자 이니셜에 맞출 얼굴이 더는 없다. 다른 건물에 있는 다른 엘리베이터의 점검 기록에서 본 이니셜을 알아는 보지만, 이니셜의 주인들을 만나본 적이 없었다. 예컨대 JM은 라일라 메이가 30분 전에 떠나온 엘리베이터의 점검 기록에도 이름이 올라 있고, 시간이 지나면서 알게 된 것은 EH가 닳은 가이드 슈에 열정적으로 관심을 보인다는 것이다. 가이드 슈는 정말로 엄격한 사람이 아니면 아무도 쳐다보지 않을 만한 것이다. 가이드 슈를 점검하는 것은 손해 보는 일이다.

일부 이니셜에 해당하는 남자들은 구덩이 벽을 따라 늘어선 사진 속에 있을 것이다. 이 사진 속 남자들은 당시에 협회가 요구했던 규정 머리 모양을 뽐낸다. 의무와 책임을 진 남자들한테 어울리는 존경할 만한 머리 모양이다. 이 머리 모양은 죽음을 불사하는 형제애와 신의와 명예를 나타내는 공리주의적인 재난이다. 협회에서 두 집 건너에 있는 이발소가, 늘 밴드 음악이 내부에서 크게 흘러나오는 그곳이, 이 머리 모양을 전문으로 했다. 또는 그렇다고 한다. 일부 젊은 점검원이 다시 그 머리 모양을 하기 시작했다. 그 머리는 안전이라고 부른다. 라일라 메이의 머리는 가운데서 나뉘어 배고픈 손가락 수천 개처럼 둥근 얼굴을 감싼다.

이 시간에 이 거리를 비추는 빛은 빈민가에 내린 황혼에서 나온 낡은 회색, 칙칙한 수은색이다. 초인종을 다시 울려 건물 관리인을 부르자 작게 푸념하는 소리가 들린다. 기록을 20년 치 따라가 이 게임을 실감 나게 만들어줄 보물 하나를 발견한다. 제임스 풀턴과 프랭크 챈커가 6개월 간격으로 워커가 125번지를 점검했다. 라일라 메이가 보기에 이 우연은 왕관이 넘어가는 것으로 쉽게 해석할 수 있다. 풀턴이 왜 사무실을 떠나서 다시 현장으로 출동했는지는 불분명하지만 말이다. 20년 전이면 풀턴은 대학교 학장이었을 것이고, 건물을 순찰하고 초인종을 울려 관리인을 부르고 현관 입구에 놓인 닳고 못생긴 계단에서 기다리는 일에서 손을 뗀 지 한참 지났을 것이다. 그때, 풀턴이 감각을 잊어버리지 않게 이따금 현장에 나가는 것을 좋아했다는 사실이 기억난다. 풀턴은 마호가니로 만든 지팡이를 들고, 워커가 125번지 현관문에 달린 창문 세 곳 가운데 하나를 성급하게 두드렸다. 어쩌면 이 창문은 당시에는 금이 가지 않았는지도 모른다. 어쩌면 풀턴이 금이 가게 했는지도 모른다. 풀턴의 이니셜 맞은편에 있는 점검 기록에는 리미트 스위치인 387에 문제가 생겼다는 언급이 있다. 라일라 메이는 그 손 글씨를 알아본다. 대학에 있는 풀턴의 연구실에서 그가 쓴 가장 중요한 논문을 본 적이 있다. 연구실의 높은 나무 진열장에, 유리 뒤에, 세심하게 관리하는 공기 속에 보관되어 있었다.

캔커로 말하자면, 당시에 젊고 기세등등한 점검원이었을 것이다. 조금 더 마르고 코에 모세혈관이 덜 터졌을 것이다. 신입 봉급으로는 늘 입는 단추 두 줄짜리 감청색 정장을 살 형편이 안 됐을 테지만, 그 시절 이후로 지위가 달라졌다. 라일라 메이는 캔커가 휘청이는 동지애 속에서 커다란 손으로 건물 관리인의 손을 감싸는 모습을 본다. 정치인이 되려면 시간이 오래 걸리지만, 캔커는 그 미소를 타고났다. 그런 미소를 가짜로 지을 수는 없다. 여기 멋진 빌딩을 갖고 있군요, 친구. 자기 기술에 자부심이 있는 남자를 보니 반갑군요. 때때로 이런 곳에 걸어 들어가면, 뭘 보게 될지 모르죠, 아이고, 내 심장. 저 사람은 어떻게 저렇게 살 수 있을까 하는 생각이 들 수도 있지만, 우리는 모두 대처 방법이 다르니 자기가 맞닥뜨린 걸 처리해야죠. 고향에서 우리는……. 캔커는 워커가 125번지에 문제가 없다는 보증서를 발행했다. 캔커는 머릿속에 생각이 많고 또 많다.

바람이 워커가의 어느 외진 구석에 붙잡혔다가 억지로 비집고 나가면서 휘파람 소리를 낸다. 엘리베이터는 아르보사(社)에서 나온 '매끄러운 활공'으로, 125번지가 들어설 무렵 주거용 건축 도급업자들 사이에서 유행했던 모델이다. 라일라 메이가 대학에서 엘리베이터 마케

팅에 관한 수업에서 듣고 기억하기로는 아르보사는 '매끄러운 활공'을 시장과 박람회에 홍보하는 데 수백만 달러를 썼다. 비키니 수영복이 지닌 어두운 힘을 처음으로 이해한 회사였다. 빨간색, 흰색, 파란색 리본으로 장식한 회전 단상에서 가느다란 손가락이 허공을 부채질하며 도급업자들을 그리로 부른다. 모델들의 배꼽은 완벽하게 미국식이고, 오래된 박람회장은 공기가 답답하다. 혈기 왕성한 방해꾼 덕분에 그냥 지나치는 현수막에는 아르보사에서 특허를 낸 '4분의 1점 균형추 시스템'이 은색 글씨로 자세히 설명돼 있다. 당신에게 이런 일이 일어난 적이 있습니까? 당신은 최근에 맡은 임무에 방금 마지막 손길을 더했고, 의뢰인에게 공작새처럼 뽐낼 만큼 자랑스러우실 겁니다. 꼭대기 층으로 올라가는 동안 타 기업의 엘리베이터는 멈추고 꼼짝도 안 하기 일쑤죠. 더는 **그런 엘리베이터**를 사용하지 않아도 될 겁니다! 아르보사에서 새로 나온 '주거지용 엘리베이터 매끄러운 활공'과 함께 불편하고 다루기 힘든 균형추에 작별을 고하세요. 전 세계에서 2백만 대가 넘는 아르보사 엘리베이터를 사용합니다. 올라가시겠습니까?

듬성듬성한 붉은색 곱슬머리에 둘러싸인 대머리가 현관문 창문으로 나타난다. 남자는 눈을 가늘게 뜨고 라일라 메이를 쳐다보더니 문을 열며 회색빛 금속 뒤에 몸을 숨긴다. 라일라 메이가 먼저 입을 열길 기다린다.

"라일라 메이 왓슨입니다. 엘리베이터를 점검하러 왔죠." 라일라 메이가 말한다.

남자가 입술을 코 쪽으로 올려 아치 모양을 만들자, 라일라 메이는 이 남자가 자기 같은 엘리베이터 점검원을 처음 본다는 것을 알아챈다. 라일라 메이는 대도시에서 불만이 발생하는 중심지로 어느 지점을 정확히 집어냈다. 그곳이 영점이다. 그 지점은 도시 중심부에, 낮에는 바쁘게 떼 지어 서성이는 시민들이 엉겨 붙고 밤에는 매춘부와 길 잃은 백과사전 영업 사원을 제외하면 텅 비는 어느 길모퉁이에 있다. 사무실에서 걸어서 2분 거리다. 라일라 메이는 그 영점을 기준으로, 자신이 담당 구역에서 의심과 호기심과 분노를 얼마나 유발할지 예측할 수 있다. 워커가 125번지는 도시 외곽에, 고층 건물이 교외에 닿지 못하도록 막는 오염된 강의 둑 근처에 있고, 그 길모퉁이와는 상당히 멀다. 남자는 라일라 메이를 안 좋아한다. "신분증을 보여주쇼." 남자가 말한다. 라일라 메이는 이미 손으로 재킷 주머니를 뒤지는 중이다. 신분증명서를 휙 열어서 남자의 얼굴에 들이민다. 남자는 확인하지도 않는다. 그저 수고롭게 하려고 요구했을 뿐이다.

현관에서는 동물 지방이 타는 냄새와 이상한 그레이비소스가 졸아 붙어 화산암 찌꺼기가 되는 냄새가 난다. 천장 전등은 절반이 금이 가거나 사라졌다. "여기 뒤로." 남자가 말한다. 이 건물 관리인은 라일라 메이를 이끌고 때가 낀 검고 흰 육각 타일을 지나가는 동안 녹아내리는 것처럼 보인다. 동글납작한 머리가 어깨로 녹아 들어간 다음에 몸통이라는 넓은 웅덩이와 다리로 퍼져나간다. 건물 관리인이 묻는다. "왜 이번에는 지미가 안 왔소? 지미는 좋은 사람이지." 라일라 메이는 대답하지 않는다. 검은 기름이 관리인의 팔뚝에 기다란 자국을 내고 녹색 티셔츠에 번진다. 위층으로 가는 문이 쾅 하고 열리자 여자 목소리가 무어라 크게 소리치는데, 아이와 애완동물을 훈육하려고 비축해둔 짜증 난 어조다.

엘리베이터 문이 질감이 울퉁불퉁하고 자잘하게 구멍 난 것으로 보아 관리자들이 페인트를 몇 차례 덧칠했음을 알 수 있다. 하지만 라일라 메이는 아르보사에서 나온 '매끄러운 활공'에 달린 드물게 넓은 문을 알아본다. 초창기에 비판적인 승객의 반응에서 힌트를 얻은 아르보사는 최신 모델에 커다란 문을 달아 널찍하다는 착각을 일으켜 승객이 엘리베이터에서 느끼는 실제 느낌에서 주의를 돌리게 했다. 구덩이에 밧줄로 매달아둔 상자를 탄다는 느낌에서, 허공에 있다는 느낌에서 말이다. 건물 관리인이 다음에 보수할 때 낡은 페인트를 벗기지 않으면, 결국 문의 움직임을 방해할 것이다. (물론 이 근방에는 낙서도 많다.) 이미 엘리베이터 문은 열릴 때 홈에 끼여서 멈춘다. 최근에 시행되는 787호 위반에 걸릴 것이다. 라일라 메이는 건물 관리인에게 아무 말을 안 하기로 마음먹는다. 라일라 메이가 할 일이 아니니까. "당신도 기계실에서부터 시작할 테지." 건물 관리인이 말한다. 건물 관리인은 라일라 메이가 맨 넥타이 매듭이 이상적인 삼각형을 이룬 모습을, 보라색과 파란색 네모로 된 격자무늬를 집요하게 쳐다본다. 넥타이는 가슴 근처에서 진청색 정장에 달린 단추 아래로 매끄럽게 들어가며 사라진다.

라일라 메이는 대답하지 않는다. 엘리베이터 뒤쪽 벽에 기대고 듣는다. 워커가 125번지는 높이가 고작 12층이고 공회전에서 발생하는 진동이 거칠거칠한 고정도르래 고리를 헤엄쳐 지나서, 철제 밧줄을 타고 내려가서, 완충장치를 향해서 탑승칸을 붙잡는 동안 그리 줄어들지 않는다. 라일라 메이는 등에서 공회전을 느낄 수 있다. 문 개

폐장치가 어두운 우물에서 딸깍거리는 소리가 위에서 들려오자 문이 닫힌다. 페인트 층이 쏠리면서 조금씩 멈칫거린다. 젬코 나선형 스프링 세 개는 아르보사 엘리베이터에 표준적으로 설치되는 완충기다. 이 스프링은 4.5미터 아래에서 석순처럼 라일라 메이를 기다린다. "12층 눌러요." 라일라 메이가 건물 관리인한테 지시한다. 눈을 감고도 직접 할 수 있었지만, 등을 마사지하는 진동에 집중하려고 노력한다. 이제 거의 보인다. 이 엘리베이터에서 나오는 진동이 라일라 메이의 머릿속에서 물색 원뿔로 변한다. 라일라 메이는 펜을 손에 든 채 주먹을 느슨하게 푼다. 펜이 떨어질 듯하다. 그녀는 건물 관리인의 숨 쉬는 소리를, 낮게 우르릉거리다가 날숨이 가장 볼록한 부분에서 가볍게 쌕쌕거리는 소리를 차단한다. 소음이니까. 엘리베이터가 움직인다. 엘리베이터는 우물 속을 위쪽으로, 기계실에서 나오는 그르렁거림 쪽으로 움직이고, 라일라 메이는 이 소리 또한 그림으로 바꾼다. 상승은 물색 원뿔 주변을 빙빙 도는 빨간색 못으로 나타나고, 엘리베이터가 올라가기 시작하면서 두 배로 커지고 흔들린다. 아무도 그 모양과 움직임을 선택할 수 없다. 왜냐하면 모두에게 자기한테 맞는 램프의 요정 세트가 있는데, 각자의 뇌가 작동하는 방식에 따라 요정들이 다르기 때문이다. 라일라 메이는 늘 기하학 모양을 무척 좋아했다. 엘리베이터가 5층 층계참에 도달하자, 주황색 팔각형이 옆돌기를 하면서 머릿속 틀 안으로 들어온다. 깡충깡충 뛰는 모습이 고리 모양의 공격적인 빨간 못과 어울리지 않는다. 8층 부근에서 정육면체와 평행사변형이 여러 개 나타난다. 무심하게 조금씩 까닥이는 것에 만족할 뿐 짓궂은 주황색 팔각형처럼 진행을 방해하지 않는다. 관심에 굶주린 팔각형이 앞으로 튀어나온다. 라일라 메이는 이것이 무엇인지 안다. 세 개가 한 벌인 나선형 완충기는 더 멀어져서, 10층 아래의 먼지가 쌓이고 어두운 우물 바닥에 있다. 계속할 필요도 없다. 눈을 뜨기 직전에 건물 관리인이 어떤 표정을 지을지 생각해보려 애쓴다. 특유의 아치형 입술을 빼면 비슷하게도 못 맞췄다. 하지만 입술은 제외해야 한다. 건물 관리인이 현관문을 열 때 이미 본 것이기 때문이다. 건물 관리인의 눈은 까만 선을 두 줄 그어놓은 모양인데, 언제부턴가 상형문자에 나오는 것처럼 가늘게 뜨고 실타래 모양을 하고 있었다. 입술은 너무 위로 밀어 올려서 콧구멍에 빨려 들어가는 것처럼 보인다. "과속 조절기 결함으로 보고할 겁니다." 라일라 메이가 말한다. 홈을 따라 서서히 문이 열리고, 여기까지 올라와서 기계실과 가까워지니 구동장치가 공회전을 하며 유발하는 진동이 완전하고 강력하다.

"자세히 보지도 않았잖소. 구경도 안 했지." 건물 관리인이 말한다. 관리인은 혼란스러워하고, 혈류가 미세한 따끔거림을 유발하면서 분홍색 볼에 반점을 찍는다.

"과속 조절기 결함으로 보고할 겁니다." 라일라 메이는 말을 반복하며 엘리베이터 왼쪽 앞 벽에 붙은 유리 점검판에서 작은 나사를 뺀다. 드라이버 옆면에는 '엘리베이터 점검원 부서 소유'라고 적혀 있다. "대략 6미터마다 걸리는 느낌이 나더군요." 라일라 메이는 유리 아래에서 점검표를 꺼내면서 덧붙인다. "원한다면 제 차에서 지침서를 가져다드릴 테니 직접 규정을 보세요."

"그 빌어먹을 책을 보고 싶은 게 아니오." 건물 관리인이 말한다. 라일라 메이가 점검표에 서명하고 판을 교체하는 동안 건물 관리인은 엄지로 나머지 손가락을 활발하게 훑는다. "책에 뭐라고 나와 있는지는 알지. 당신이나 그 망할 것을 보시오. 엘리베이터는 잘 작동한단 말이오. 당신은 위층에 올라가보지도 않았잖소."

"그렇기는 하죠." 라일라 메이가 말한다. 현장 점검 파일을 열고 신분 확인 칸 맨 아랫줄에 이니셜을 쓴다. 12층인데도 아래층에서 여자가 아이한테 고함치는 소리가 여전히 들린다. 라일라 메이는 아이라고 추정했지만, 요즘에는 모르는 법이다.

"당신도 그 부두교 점검원이오? 아무것도 볼 필요 없고 그냥 느낀다, 맞소? 지미가 당신네 같은 주술사에 관해 농담하는 걸 들었지."

"직관주의자죠." 라일라 메이는 대답하고, 볼펜 촉을 문질러 잉크가 나오게 한다. 이니셜에서 W는 유령 알파벳에 속한다.

건물 관리인이 이를 드러내며 웃더니 말한다. "그 게임을 하고 싶은 거라면, 당신이 거의 이긴 것 같군." 기름투성이 손에는 20달러짜리 세 장이 있다. 건물 관리인은 라일라 메이 위로 몸을 숙이고는 라일라 메이의 가슴 주머니에 돈을 넣는다. 톡톡 두드린다. "유색인종은 둘째 치고 여자 엘리베이터 점검원도 처음 보지만, 당신한테도 완전히 똑같은 수법을 가르쳐줬나 보지."

라일라 메이 뒤에서 12-A호 문이 살짝 열린다. 높고 새된 목소리가 묻는다. "복도에서 무슨 소란이에요? 거기 누구 있어요? 뭐 하는 거예요?"

건물 관리인은 12-A호 문을 당겨서 꽉 닫고는 말한다. "러플러 부인은 신경 꺼요. 나밖에 없으니까." 그러고는 라일라 메이를 향해 돌아서서 다시 미소를 짓는다. 예전에 앞니가 두 개 있던 구멍에 혀를 찔러 넣는다. 아르보사는 '4분의 1점 균형추 시스템'에 대해서는 거짓말하지 않았다. 아주 드물게 고장이 났다. 애틀랜타에서 일어난 유감스러운 사고는 몇 년 전에 시장에 큰 소란을 일으켰다. 하지만 조사에서 아르보사가 부정행위를 하지 않았다고 선언했다. 그렇다고들 말한다. 하지만 그 모델의 과속 조절기는 다른 문제다. 못 믿을 만한 것으로 악명이 자자하고, 확률로 따지면 그 유명한 제조 결함이 오래전에 발생했어야 한다. 60달러는 60달러고 말이다.

"며칠 뒤에 정식 소환장 한 부를 우편으로 받을 거고, 거기에 벌금이 얼마인지 나와 있을 거예요." 라일라 메이가 말하고, 워커가 125번지 점검 기록에 **333**이라고 적는다.

건물 관리인은 그 커다란 손으로 12-A호 문을 철썩 친다. "하지만 내가 방금 60달러를 쥤잖소! 아무도 나한테서 60달러 넘게 쥐어짠 사람은 없었소." 관리인은 떨리는 두 팔을 애써 가슴께에 붙들어두었다. 그래, 관리인은 라일라 메이를 힘껏 때리고 싶을 것이다.

"당신이 내 주머니에 60달러를 넣었죠. 나는 뇌물을 받고 싶다는 뜻을 행동으로 넌지시 비치지도, 예컨대 돈을 쥤으니 보고서를 바꾸겠다고 말하면서 손바닥을 펴는 것 같은 말이나 손짓을 하지도 않았다고 생각하는데요. 당신이 힘들게 번 돈을 나눠주고 싶다면." 라일라 메이는 낙서가 집중된 쪽으로 손을 흔든다. "나는 당신한테 별나지만, 이 경우에는 운 좋은 버릇이 있을 뿐 나랑은 아무 상관이 없다고 받아들일 거예요. 내가 여기 있는 이유랑도 말이죠." 라일라 메이는 계단을 내려가기 시작한다. 온종일 엘리베이터를 탄 뒤에는 계단을 걸어 내려가는 것이 기대된다. "나한테서 60달러를 다시 가져가고 싶다면 얼마든지 시도해봐요. 내가 발견한 것에 이의를 제기하고 다른 사람이 과속 조절기를 재확인해주길 바란다면, 당신한테는 이 건물의 대표로서 그럴 권리가 있어요. 하지만 나는 틀리지 않아요." 라일라 메이는 건물 관리인을 아르보사의 '매끄러운 활공'과 함께 12층에 버리고 떠난다. 건물 관리인은 욕을 내뱉는다. 라일라 메이는 과속 조절기와 관련해 옳다. 라일라 메이는 절대 틀리지 않는다.

라일라 메이는 아직 모른다.

* * *

부서 소속 차량은 전부 녹조류색이고 조류처럼 빛난다. 공용 차량을 성실하게 관리한 덕분이다. 캔커는 취임식 날 굵고 뭉툭한 손가락으로 독서대를 붙잡고 '10대 계획'을 발표했다. 캔커는 직급에 맞는 금배지를 애국심이 드러나는 긴 리본을 이용해 어깨에 매달았다. 그리고 큰 소리로 말했다. "부서 차량은 부서에 걸맞은 상태를 유지해야 합니다." 알바트로스 호텔에 있는 어둑한 연회장 안에서 큰 갈채가 쏟아졌다. 긴 타원형 테이블에 앉은 사람들은 캔커의 부인이 보기 흉하게 장식한 꽃 주변에 모여서 7번 계획을 선뜻 더 간단명료하게 바꿨다. "그 유색인종 친구들이 차에 광을 내야 합니다." 기계공 중 한 명인 지미는 라일라 메이를 남몰래 짝사랑한다. 완전한 비밀은 아니다. 라일라 메이가 타는 세단형 차량만 매일 진공청소기로 청소가 돼 있고, 매일 아침 라일라 메이가 차고에서 현장으로 나설 때면 야간 근무자가 비틀어둔 백미러가 라일라 메이가 좋아하는 식으로 맞춰져 있었으니 말이다. 지미는 공용 차량 관리팀의 건장한 사람들 중에서 날 씬하고 가장 어리다. 손에 박인 굳은살은 아직 살에 박힌 작은 자갈에 불과하다.

퇴근 시간은 교통 상황이 골칫거리다. WCAM 라디오 방송국에서 쌍안경을 준비해주고 전략상 중요한 고가도로에 배치한 남자들은 정체 및 혼잡 상황을 설명한다. 라일라 메이는 이런 남자들을 고속도로 가장자리에 머물면서 두서없이 떠드는 소외된 사람들과 전혀 구분하지 못한다. 모두 모호하고 수상쩍은 손짓을 하고, 특정하게 구부정한 자세를 함으로써 자기가 그 자리에, 길가에 있는 이유가 대단하지 않다고 말해준다. 그 정도 거리에서는 싸구려 포도주병과 워키토키를 구분하기도 불가능하다.

저 사람들한테는 알리바이가 없다며, 라일라 메이는 길가에 있는 남자들을 뜯어본다.

라일라 메이가 운전하는 세단이 까맣고 끈적한 바닥을 느리게 나아간다. WCAM 보초병이 앞에 사고가 있다고 경고한다. 통학 버스가 전복되었고, 통근하는 사람들이 지나가면서 고개를 돌리고 성호를 긋느라 교통이 엉킨다.

이리로 와, 빨간 소형차를 탄 어느 여자가 경적을 울린다. 자동차 경적은 가볍게 떨리면서 외국에서 태어났음을, 요람 옆에서 어르는 소리가 낯선 언어였음을 밝힌다. 라일라 메이는 자동차 경적이 뒤로 작동한다고 생각한다. 앞에 가는 굼벵이를 찌르고 재촉하는 것이 아니라 뒤에 있는 것을 부른다. 이리로, 따라와. 라일라 메이가 산발적인 부름을 듣고, WCAM에서 나오는 뉴스를 듣는 동안 길 앞에서는 브레이크 등에 연기가 피어오른다. 진행자가 하는 말 하나하나에는 일정한 품위가, 라일라 메이가 기하학과 연관 짓는 순수한 깨끗함이 있다. 아나운서는 저기압 배치가 동쪽으로 이동한다고 말한다. 아나운서는 패니 브리그스 기념 건물에서 사고가 났다고 말한다. 엘리베이터가 떨어졌다.

이제 마침내 나아가기 시작한다.

부서 무전기를 켜자 파견 담당자가 라일라 메이의 점검원 암호를 부르는 소리가 들린다.

"응답하라, Z34. 보고하라 줄루-3-4."

"여기는 Z34, 본부에 보고한다." 라일라 메이가 말한다.

"왜 보고를 하지 않았나, Z34?" 만연한 통념과는 반대로, 엘리베이터 점검원 파견실은 기다란 콘솔들로 가득 차 있지 않지도, 유능한 팀이 그 앞에서 수많은 입력 단자에 선을 맹렬하게 꽂았다 뽑았다 하면서 바쁘게 전송하지도 않는다. 파견실은 사무실 꼭대기 층에 있는 작은 상자로, 한 번에 한 명만 근무한다. 매우 깔끔하고 창문은 없다. 지금은 크레이그가 파견실에서 근무 중이다. 라일라 메이가 상상하기에 크레이그는 헐렁한 바지를 멜빵으로 고정하고 민소매 속셔츠를 입은 채로 회전의자에서 시들어가는 마른 갈색 머리 남자다. 라일라 메이는 파견 담당원을 본 적이 없고 출근 첫날 파견실만 딱 한 번 보았다. 크레이그는 화장실에 갔거나 커피를 내리고 있었던 것이 틀림없다.

라일라 메이가 대답한다. "점검 방문 중이었다. 워커가 125번지. 방금 차에 탔다." 아무도 이 거짓말을 알아차리지 못할 것이다. 라일라 메이는 그날 일이 끝나면 늘 무전기를 꺼두었다. 이따금 야간 근무자가 병가를 내면 크레이그는 라일라 메이가 몇 시간 메꿔주길 바란다. 시와 부서에서 초과근무 정책을 마련할 때까지 라일라 메이가 야간 근무자 자리를 채워주는 일은 없을 것이다. 여섯 시까지 숙취를 해소하지 못했다면 묵묵히 감수해야 한다고 라일라 메이는 생각한다.

"즉시 본부에 보고해야 한다." 크레이그가 말한다. 그리고 덧붙인다. "줄루-3-4."

"브리그스 건물에 관한 개소리는 뭔가?" 라일라 메이가 묻는다.

"즉시 여기로 보고하라, Z34. 캔커 회장님이 이야기하길 바라신다. 그리고 시 주파수에서 비속어를 사용하는 일에 관한 부서 규정을 내가 읊어줄 필요는 없으리라 생각한다. 무선 종료."

라일라 메이는 더 자세한 내용을 기대하면서 WCAM에 다시 귀를 기울인다. 어떤 이유에선지 크레이그가 꽉 막힌 사람처럼 구는데, 좋은 징조는 아니다. 라일라 메이는 갓길로 나가 차량을 우회하고, 만약 경찰한테 붙잡히면 점검원 자격증을 휘두를지 생각한다. 하지만 경찰과 엘리베이터 점검원 사이에는 풀기 어려운 과거사가 있고, 시 업무라 할지라도 경찰이 라일라 메이를 풀어줄지는 의심스럽다. 물론 시는 캔커가 반복해서 사이렌을 요청해도 응답해주는 법이 없다. 협회 내부자가 아니면 어떤 이유로든 사이렌이 필요하다고 생각하지 않는 듯했다. 앞에 있는 WCAM 보초병 중 하나는 응급 전문가가 아이들을 통학 버스에서 꺼내는 데 얼마나 오래 걸릴지를 라디오에서 언급한다.

라일라 메이는 3학년 때 패니 브리그스에 관해 발표한 적이 한 번 있다. 패니 브리그스는 새로 나온 백과사전에 실려 있었다. 어느 백과

사전에는 사진까지 실렸다. 여백에 나온 패니 브리그스는 피곤해 보였다. 눈꺼풀이 처지고 턱 밑 살은 광대뼈부터 흘러내렸다. 라일라 메이는 파커 선생님이 가르치는 3학년 반 앞에 섰고 떨면서 발표를 시작했다. 라일라 메이는 뒷줄에, 토끼장 옆에, 봄맞이 미술 과제로 그린 어색한 파스텔화 아래에 희미하게 섞이는 것이 더 좋았다. 라일라 메이는 파커 선생님의 책상에 있었고 그 작은 손안에서 항목 카드가 떨렸다.

"패니 브리그스는 노예였지만 독학으로 읽는 법을 배웠습니다."

언젠가 라디오 프로그램에서는 전국에서 가장 유명한 유색인종 배우인 도러시 비첨이 출연해 패니 브리그스가 북부로 탈출한 경험담을 몇 부분 읽어줬다. 어머니는 라일라 메이를 거실로 불렀다. 라일라 메이는 어머니의 무릎에 앉아 라디오 스피커를 싼 갈색 망 쪽으로 몸을 숙이면서 다리를 달랑거렸다. 이 여배우는 목소리가 단단하고 강력할 뿐 아니라 청중 중에 더 진보적인 무리한테서, 숭고한 투쟁에 관해 중얼거리는 사람들한테서 박수를 끌어내는 데 성공했다. 어둡고 아주 작은 입자가 금이 간 밀빛 스피커 망 너머로 밀어닥치는데, 라일라 메이는 이런 불안한 어둠을 나중에 엘리베이터 우물과 연관 지을 터였다. 물론 패니 브리그스에 관한 발표도 할 것이다. 아니면 누가 하겠는가?

교통은 별로 진전이 없다.

시대는 변한다. 대단치 않은 타블로이드 신문에 찬성하여 성가시게 시위를 벌이거나 완벽하게 마무리될 연설이나 집회에 토마토나 썩은 양배추를 던질 준비가 된 유색 인구가 점점 더 소리 높여 항의하는 도시에서 새로운 지자체 건물은 유색인종의 영웅한테서 이름을 따오는 것만이 말이 됐다. 시장은 어리석지 않다. 이렇게 크고 정신없는 도시의 지도자는 어리석으면 될 수가 없다. 시장은 상황 판단이 빠르고 이 도시가 남부 도시가 아님을, 대대로 부유한 도시거나 최근에 부유해진 도시도 아니지만, 세상에서 가장 유명한 도시며 여기서는 규칙이 다름을 이해한다. 새로운 지자체 건물에는 패니 브리그스 기념 건물이라는 이름이 붙었는데, 이에 대해 불평은 거의 없고 토마토는 더욱 날아오지 않았다.

라일라 메이는 패니 브리그스 기념 건물을 맡았을 때, 이를 대수롭지 않게 여겼다. 부서에서 둘밖에 없는 유색인종인 라일라 메이나 폼페이가 담당자가 되는 것이 타당해 보였다. 캔커는 바보가 아니다. 어쨌거나 엘리베이터 협회에도 선거를 치르는 해가 있고, 이번 선거도 그중 하나고, 온갖 예상치 못한 일이 벌어졌다. 예를 들면 부서 전체에 걸쳐 임금이 1.25달러 인상된다. 캔커의 말처럼 얼마간 쌓이면 정말로 돈푼깨나 될 것이다. 그가 개성이 강하기로 유명하고 때로는 충동적으로 터무니없는 행동을 해도 철저한 공무원인 엘리베이터 점검원들에게 1.25달러 임금 인상이 얼마나 중요한지를 설득해야 했다는 말은 아니다. 엘리베이터를 점검하든 고기를 가득 실은 기차간을 점검하든 공무원은 공무원이다. 그리고 미국에 도움이 되도록 공헌한 것에 더 걸맞은 급여를 챙겨준다면 전부 기꺼이 받아들인다. 그것이 선거용 공수표든 아니든. 스크루드라이버도 마찬가지다. 임금 인상 발표가 나고 얼마 안 가 새 스크루드라이버가 온다고 쪽지가 돌 때, 협회장이 너무 노골적으로 유권자에게 점수를 따려고 시도한다며 우려하는 사람은 거의 없었다. 새 스크루드라이버가 상당히 멋졌기 때문이다. 시에서 이 부서에 허가를 내준 뒤로, 부피가 크고 볼품없는 스크루드라이버는 엘리베이터 점검원의 재킷 주머니에 찔러 넣으면 불룩 튀어나와서 말쑥한 차림으로 사교 수완을 발휘하려는 시도를 완전히 망쳤다. 한쪽으로 기운 채 공식적이고 인상적으로 보이기란 어렵다. 새 스크루드라이버는 손잡이가 자개고 팁 너비가 점검판 나사에 꼭 들어맞는다. 잭나이프처럼 접이식이어서 첩보원과 비밀 임무가 등장하는 바로크풍 상상에 젖기에 적합하다. 누가 여기에 이의를 제기할 수 있을까?

따라서 패니 브리그스 기념 건물에 나란히 설치한 엘리베이터 18대(18대나!)를, 어느 점검원한테나 경력에 큰 도움이 될 그 일을 라일라 메이가 맡았다는 말이 퍼질 때, 놀란 사람은 별로 없었다. 캔커가 협회의 늙은 개들 사이에서 지지를 잃었다 해도 임금 인상과 새 자개 장식 잭나이프형 스크루드라이버로 더 큰 호응을 얻었다. 라일라 메이는 그 일을 맡았을 때, 협회장 선거전에서 상대 후보의 주의를 끌기 위한 것임을 알았다. 상대 후보인 자유주의자 오빌 레버는 오직 직관주의자만이 연합체를 구성할 능력이, 완전히 다른 사람들과 악수하는 등의 능력이 있다고 생각하는 것이 분명했다. 어쨌든 아직도 저녁 차량 속에서 그리 나아가지 못한 라일라 메이는 직관주의자일지라도 유색인종 여자고 이 점이 더 중요하다. 캔커의 비서는 라일라 메이의 책상에 쪽지를 남겼다. **선거 뒤에도 당신의 공로를 잊지 않을 겁니다.** 라일라 메이를 모호한 승진 약속(어차피 거짓말일 수도 있다)으로 매수해야 하는 것처럼 말이다. 라일라 메이가 맡은 일이다. 라일라 메이는 선서했고 선서 같은 것은 진지하게 받아들여야 한다. 라일라 메이는 작은 두 손으로 쪽지를 잡았다. 책상에서 시선을 들지 않아도 모두가, 늙은 개는 물론이고 시대를 역행하는 안전 머리 모양을 한 신입이 자신을 쳐다본다는 것을 알았다. 구덩이에서 소문이 흘러가는 방식을 보면(라일라 메이는 상당히 하류에 있다), 다른 사람들은 라일라 메이가 그 일을 맡는다는 것을 알았는지도 모른다. 아마 말라깽이 네드가, 그 증기가, 사람인 체하고서 정처 없이 떠도는 그 적운이, 악명 높은 존슨 타워 참사 이후에 사무직으로 내몰린 그 남자가 어떤 남자한테 말했고 그 남자는 캔커의 핵심 지지층 중 하나한테 말했고, 그렇게 말이 흘러갔을지도 모른다. 유색인종 여자가 그 일을 맡았다. 자기들 중 그 누구도 아닌, 폼페이마저도 아닌. 선거가 있는 해에는 놀랄 만한 일이 없다. 단지 잡음이 더 있을 뿐이다.

그리고 지금 여기 캔커가 있다. 늘 입는 단추 두 줄짜리 정장 끝자락을 양팔로 받치고, 키가 6미터에 이르는 모습으로 유나이티드 엘리베이터사(社) 옥외 광고판에 나온다. 라일라 메이가 모는 차는 터널 입구에 형성된 병목을 엉금엉금 기어 통과하므로 캔커를 놓칠 수가 없다. 이 침울한 행진에서 더는 경적이 울리지 않는다. 이제 터널을 볼 수 있고, 터널에 진입하는 일을 수심 어리게 예측하는 의무 기간이 언제나 찾아온다. **완전히 안전합니다.** 캔커의 발을 가로지르는 광고문이 선언한다. 오티스가 1853년 수정궁 박람회에서 했던 유명한 선언을 이용한 것이다. 이 인용문은 라일라 메이 주변에 있는 차를 탄 사람들한테는 큰 의미가 없다. 일반 시민은 엘리베이터 광고를 보면서 현대성을, 만족스러운 발전을 당연히 누릴 수 있다는 어렴풋한

확언으로만 여기고 반쯤 무의식적으로 기억할 것이다. 하지만 오티스가 남긴 말은 라일라 메이와 동료 점검원을 매일 아침 일으키는 인양기다. 신성한 좌우명이다.

회사가 허영심을 비밀리에 채우는 방식을 오래도록 목격한 사람들조차도 갑자기 곳곳에 나타난 엘리베이터 광고를 이해하는 데 애를 먹었다. 지금 라일라 메이 위로 높이 솟아 있는 옥외 광고판 같은 것도 그렇지만, 엘리베이터 산업 광고는 공원 의자를 따라 늘어서고, 도시 교통망을 운행하는 버스와 지하철을 꾸미고, 야구 경기장의 외야 벽면에 버티고 서 있다. 명백히 불합리한 결론이다. 다른 장소도 마찬가지다. 라일라 메이는 언젠가 가장 좋아하는 영화관에서, 공짜로 다시 채워주는 팝콘을 아는 사람들 사이에서 악명이 자자한 23번가 대형 차양 밑에서, 두 편 연속 상영이 시작되기 전에 30초짜리 영상 필름이 아메리칸 엘리베이터사(社)에서 새롭게 내놓은 마찰 없는 구동 장치를 소개하는 동안 깜짝 놀란 채 앉아 있었다. 아직도 라일라 메이는 이따금 자신이 그 장면에서 흘러나오는 경쾌한 두왑 코러스를 흥얼거리는 것을 알아챈다. 그 문제의 마찰 없는 구동장치가 그저 아메리칸사의 옛 240~260 구동장치에 깔끔한 덮개를 씌운 것임을 개의치 않은 채 말이다. 국제적인 단거리 수직 수송 산업이 비교적 최근에 목소리를 내기 시작했지만 아무도 이를 설명하지 못한다. 캔커가 엘리베이터를 보증하는 광고로 매년 얼마를 버는지 모두 짐작만 할 뿐이다. 그가 협회장 재선거에 많은 것을 걸고 있다는 것은 말할 필요도 없다. 그냥 저 위에 있는 캔커를 본다. 아직도 라일라 메이는 자기가 선거운동에서 맡은 역할이 진열창 장식에 불과하다고 생각한다. 엘리베이터 협회의, 더 나아가 시의회의 새롭고 진보적인 얼굴의 증거 말이다.

라일라 메이는 아직 모른다.

라일라 메이가 터널에 거의 들어갈 무렵, WCAM에서는 마침내 패니 브리그스 기념 건물의 상황을 더 알려주기로 한다. 터널 내부에서는 노란 타일이 번들거리는데, 긴 목이 가래에 막힌 것처럼 보인다. WCAM 라디오 아나운서가 평면이 잔뜩 들어간 기하학적 목소리로 말하길, 캔커와 시장이 기자회견을 열어 새 지자체 건물에서 오늘 이른 오후에 일어난 일을 논의할 것이라고 한다. 하지만 아나운서가 무언가를, 라일라 메이가 스스로 준비하는 데 사용할 수 있겠다고 감지할 만한 무언가를 더 말하기 전에 터널이 전파를 잡아먹는다. 그런 식이다. 그 뒤로 라일라 메이가 탄 차 안에서는 수신기 잡음이 불안하게 긁는 소리를 내고 바깥에서는 여러 타이어가 터널 바닥에서 성실하게 윙윙대는 소리를 낼 뿐이다. 침묵 속이나 다름이 없어 사람들이 줄곧 경험하는 경이로운 공학 기술에 대해, 그들이 살고 있는 기적의 시대에 대해 깊이 생각하는 것이 더 나았다. 공기가 지독히 불쾌하다.

무슨 일이 생겼다. 라일라 메이가 담당했던 엘리베이터였다. 라일라 메이는 손가락으로 핸들을 계속 두드리면서 하루 전에 브리그스 건물을 방문했던 일을 생생하게 회상한다. 패니 브리그스의 건강하고 육중한 몸과 그녀의 의지에 헌정한 건물의 형태에서 상관관계를 찾는 사람들은 모든 도시 설계자의 영혼에 쪼그려 앉고자 하는 의지가 있음을 유념해야 한다. 정부 건물은 대개 높기보다 땅딸막하다. 짐작건대 세 통씩 작성했다가 곧 폐기하는 서류들을 보관할 깊은 서류철

서랍을 수용하기가 더 낫기 때문일 것이다. 그렇게 여러 세대를 거쳤다. 하지만 오늘날 엘리베이터의 유혹을 누가 거부할 수 있을까? 하늘로 가는 그 디딤돌의, 가차 없는 수직 상태를 몹시 매혹적으로 만드는 그것의 유혹을. 건축가는 미래가 위로 향한다는 것을, 얼마나 위로 올라갈 수 있는지에 달려 있음을 이해하면서도 옛 관습을 떨쳐내기가 어렵다. 관습은 발목을 강하게 구속하고, 아무리 논리적인 간청이라도 전부 거부한다. 정치에서도 그렇듯 결국 유일한 승자는 흉물스러운 타협안이었다. 패니 브리그스 기념 건물은 시내에서 새로 보수한 구역에 있는 연방 광장 북부 외곽에 쭈그리고 앉아 있다. 5층까지는 건장하고 땅딸막하다가 그 위로 깨끗하고 순수한 강철이 40층에 걸쳐 우주로 뻗어나간다. 결과는 번데기 같다. 돌로 된 고치에서 나오는 유리 곤충을 찍은 사진이다. 라일라 메이는 건물 앞에 놓인 널따란 돌계단을 처음 걸어 올라갔을 때, 위쪽의 거대한 돌기둥을 올려다보고 현기증 때문에 순간적으로 전율을 느꼈다. 막중한 책무였다. 입구 위에는 꼭 따라야 하는 좌우명이 라틴어로 새겨져 있었다.

라일라 메이는 이제 터널을 벗어났지만, 자신이 무엇을 잘못했는지 생각나지 않는다. 계획을 세워야 한다.

침착해, 라일라 메이.

* * *

터널의 이상한 점은, 세상 쪽에서는 도시의 스카이라인이 그저 지평선에서 일어나는 수많은 사건 중 하나에 불과하다는 것이다. 터널의 세상 쪽에서 보면 스카이라인은 부러진 이빨이 한 줄로 있는 것처럼, 성난 톱니가 공중을 갈아대는 것처럼 보이며 그 밖에도 많은 것들이 이어진다. 더러운 물이 흐르고, 그 너머로 땅이 더 있고, 방금 떠나온 변변찮은 대도시 외곽 건물이 있고, 홀쭉하고 높은 굴뚝이 잇달아 서 있고, 많은 것을 360도 안에서 고를 수 있고, 고를 수 있다는 관대한 환상이 존재한다. 그러다 터널로 들어가면, 더는 하늘이 없다. 이빨뿐이다. 운전자는 일단 도시에 도달하면 부드러워진다. 왜냐하면 도시가 어떤지 다시 기억이 나고, 차례로 터널을 탈출하는 동안 진이 다 빠지고, 왜 거기에 도착하려고 그토록 서둘렀는지를 잊어버리기 때문이다. 일방통행로와 유턴 금지라는 골육상잔을 일으키는 제도는 후퇴를 시도하기 어렵게 만든다. 의도한 것이다.

라일라 메이는 본부 쪽으로 모퉁이를 돌면서, 보고 들은 것으로 추측하는 데 잠시 시간이 걸리긴 해도 기자회견이 진행 중인 것을 알아챘다. 신문 기자와 라디오 기자가 걸친 정장의 세로줄 무늬가 눈에 띈다. 시 고위 인사가 건축물을 규제하고, 이 장소가 멀리서 어떻게 보일지 계산한다면, 도시는 이런 줄무늬였을 것이다. 균일하고, 확실하고, 엄격했을 것이다. 페도라를 쓴 남자들이 덤불처럼 모여 있어 라일라 메이는 처음에 캔커와 시장을 못 찾았다. 그러다가 재임 중인 협회장이 폭발할 상황이 되자 캔커의 아일랜드 사람다운 얼굴에 피가 전부 몰려 가장자리에 기묘한 붉은빛이 어리는 것을 본다. 라일라 메이는 노출된 느낌을, 가장 맑은 여름밤 밝은 달빛 아래에 구경꾼이 있는 느낌을 받는다. 사람들이 라일라 메이에 대해 이야기하기 때문이다. 라일라 메이가 이 모든 일에 연루되어 있기 때문이다. 라일라 메이는 자세히는 아니어도 이 정도는 안다. 기자회견이 본부로 들어가는 입구를 활처럼 둘러쌌지만 차고로 내려가는 비탈길은 다행히 가로막는 것이 없다. 플래시전구가 사냥꾼의 발아래에 놓인 마른 덤불처럼 탁탁거리고 팡 터진다.

시립 건물은 편안한 의자와 질 좋은 화장실 휴지 등 적절한 생필품은 부족할지 몰라도 화사한 조명은 부족한 법이 없다. 라일라 메이는 칠흑 같은 차고로 차를 천천히 움직이면서 정비공 사무실에 난 감시창을 지나간다. 여섯 명으로 이루어진 정비팀이 진녹색 유니폼을 입고서 사무실에 있는 낡고 믿음직한 라디오를 향해 목을 길게 빼고 있다. 라일라 메이는 정비공들을 안전하게 지나가면서 습관적인 찡그림과 자기들끼리 나누는 끄덕거림을 모면하길 기도한다. 대학을 나온 거만한 여자. 차고에 있는 이 공간은 부서에서 유색인종 남자들에게 허락된 곳으로 지하이고, 하늘을 허락하는 창문이 없고, 조명이 비실비실해 더욱 맥이 빠지는 곳이다. 하지만 정비공들은 이곳을 자기들의 공간으로 만들고자 최선을 다했다. 예를 들어, 본부부터 90미터 이내에서는 선거운동 관련 인쇄물을 금지하는 규정이 있는데도, 시멘트 기둥마다 테이프로 붙인 캔커의 선거 포스터를 점검하면, 수많은 작은 반란이 드러난다. 캔커의 눈동자 가운데에 있는 반시계 방향 소용돌이로 말하자면, 그 유명한 야행성 알코올중독을 암시한다. 포스터에 정말 가까이 가야지만 소용돌이가 보이고, 그렇게 해도 지나치기가 쉽다. 라일라 메이는 지미가 가리켜 보여줘야 했다. 각질, 부풀어 오른 수포, 이따금 널빤지 같은 치아를 가로질러 잉크로 쓴 욕설들. 이것들은 얼마 지나지 않아 사무실을 꾸밀 때 보통 사용하는 만화나

미인 사진보다 왜 그런지 더 개인적이고 의미 있는 것이 된다. 아무도 그것들을 알아보지 못하지만, 거기엔, 거의 보이지 않게 존재하는, 어떤 의미가 있다.

라일라 메이는 문을 닫고 차 사이를 비집고 들어간다. 7시가 넘었지만, 아직 야간 교대조 중 아무도 나가지 않았다. 라일라 메이가 이 부서에서 3년 동안 일했지만 이런 적이 없다. 아직 계획은 없다. 적어도 기자회견이 끝나고 캔커를 만나기 전까지 시간이 있으니 그 시간에 이야기를 타당하게 만들어두어야 한다. 안타깝게도 어제 오후에 브리그스 건물을 점검한 보고서를 제출했음을 깨닫는다. 밸리 부인과 그쪽 여자들을 통과해 서류 처리팀에 몰래 들어갈 방법이 떠오른다 한들, 이미 보고서를 가져갔을 것이다. 증거로 말이다. 아직 조사팀이 관여하지 않았다면, 얼마나 더 있다가 관여할까? 아무도 라일라 메이에게 신세를 진 적이 없다. 3년이 지나도록 라일라 메이는 어떤 신세도 지지 않았고 아무도 라일라 메이에게 빚진 것이 없다. 라일라 메이도 지금까지 이런 방식이 좋았다. 라일라 메이는 자기 처지를 다시 생각한다. 척이라면.

"오늘은 어떻게 굴러가요?" 지미가 묻는다. 이 젊은 정비공은 라일라 메이가 현장에서 복귀할 때면 늘 이 질문을 한다. 이런 한결같고 친근한 일 관련 대화가 언젠가 가치 있어 보이리라고, 두 사람의 연애사에서 먼 옛날 순수했던 시절로 사랑스럽게 기억되리라고 판단해서다. 지미가 라일라 메이에게 몰래 다가간 것은 정말로 아니다. 단지 그녀가 다른 일에 너무 정신이 팔린 나머지 여위었지만 강단 있는 몸이 시멘트 맞은편 사무실에서 성큼성큼 걸어 나오는 것을 눈치채지 못했을 뿐이다. 하지만 그 일상적인 질문이 오늘은 모호하게 들리는 것을 눈치 못 챌 만큼 정신이 팔리지는 않았다. 라일라 메이에 대해 묻는 것인지 아니면 부서 차량에 대해 묻는 것인지가 평소에도 모호한데 더욱 헷갈린다. 하지만 지미가 미소를 짓고 있어 라일라 메이는 어쩌면 상황이 결국에는 그리 나쁘지 않을지도 모른다고 생각한다.

라일라 메이가 묻는다. "지금까지 차들이 전부 여기서 뭐 하는 거예요?"

"다들 캔커와 시장이 그 건물에 관해 이야기하는 걸 듣는 중이거든요." 지미는 얼마나 말할지 또는 어떻게 말할지 확신이 안 선다. 작업용 멜빵바지 뒷주머니에서 해진 천을 꺼내 비틀고 구부린다.

어려운 문제일 것이다. 시간이 많이 흘렀지만 라일라 메이는 지미가 그저 수줍은 것인지 우둔한 것인지 확신이 안 선다. 한쪽이라고 확고하게 결정해도, 지미가 무엇을 하는 것을 보면 다시 생각하게 되고, 또다시 몇 달에 걸쳐 추측하기 시작한다. "패니 브리그스 건물에 관해 말하는 것 맞죠?"

"네." 지미가 대답한다.

"무슨 일이 생긴 거죠?" 라일라 메이가 한 걸음씩 나아간다. 라일라 메이는 시간이 줄어든다는 걸 아주 잘 안다.

"무슨 일이 일어났고 엘리베이터가 떨어졌죠. 그 일을 두고 소란이 크게 일었고, 차고에 있는 사람들은 전부 당신이 했다고 말해요." 지미는 숨을 크게 들이마신다. "라디오에서도 그렇게 말하고요."

"괜찮아요, 지미. 하나만 더요. 주간 교대조는 위층에 있나요, 아니면 오코너 술집에 있나요?"

"주간 근무자 몇 명이 캔커가 하는 말을 들으러 오코너 술집으로 간다고 하는 걸 들었어요." 가여운 지미는 몸을 떤다. 미소는 한참 전에 사라졌다.

"고마워요, 지미." 라일라 메이가 말한다. 경사로를 올라가, 거리로 나가서 가게 세 곳을 가로지르면 오코너 술집이 있다. 아마도 입구에 모인 사람들에게 들키지 않고 도착할 수 있을 것이다. 척이 거기 있다면. 라일라 메이는 나가는 길에 지미의 어깨를 잡고 잘 굴러간다고 말한다. 당연히 거짓말이다.

* * *

라일라 메이는 부서에 친구가 한 명 있다. 이름은 척이다. 척은 붉은 머리를 안전 모양으로 단정하게 자르고 다듬었다. 그 덕분에 부서에 있는 젊은 점검원과 어울리는 데 도움이 됐다. 척에 따르면 지난봄부터 모교가 된 미드웨스턴 수직 수송 전문대학교에서는 이 머리 모양이 의무다. 〈학생용 안내서〉 1번 항목(아니면 1번에 가까운 항목)이다. 여학생까지도 안전 머리 모양을 해야 하기 때문에 많은 사람이 혼란스러워 고개를 홱 돌리다 목을 뺐다. 미드웨스턴 교내 의사는 이런 결과로 교내 전역에 유행하게 된 경추 근육 타박상에 '안전 목'이라고 이름을 붙였다. 척의 이론에 따르면, 이번 시즌의 최소형 탑승칸 설계부터 유럽식 원형 난간이 불행하게 끝을 맺은 후 튼튼한 T자형 레일의 귀환까지 엘리베이터 산업 곳곳에서 보수주의가 새어 나오고, 안전 머리 모양도 그 일부로서 재출현한 것이다. 척은 말한다. 지난 몇 년 동안 협회에 변화가 너무 많았다. 직관주의의 골치 아픈 부상 또는 협회 내에서 계속 증가하는 여자와 유색인종 수만 봐도 그렇다. 젠장, 그냥 라일라 메이만 봐도 변화 그 자체인데 세 배로 지긋지긋하다. 필연적으로 주기는 늙은 개가 원하는 것으로 돌아와야 했다. "혁신과 회귀죠." 척은 점심을 먹으며 라일라 메이와 이야기하는 것을 좋아한다. 사무실에서 몇 구역 떨어진 메츠거 건물에 있는 더러운 안마당에서 보통은 갈색 봉투에 싸 온 점심을 먹으며 무릎을 맞대고 논의한다. "앞으로 갔다 뒤로 가고 앞으로 갔다 뒤로 가고요." 아니면 위로 갔다가 아래로 가거나. 라일라 메이는 속으로 덧붙인다.

척은 거리를 달리는 근무 기간을 빨리 끝낸 뒤, 한동안 부서 내 사무직에 머물다가 짐을 싸서 에스컬레이터 과목을 가르치러 전문대학에 갈 것이라고 단언한다. 척은 상황 판단이 빠른 사람이다. 엘리베이터 점검의 남성성을 과시하는 명백한 특징과 협회 내 특혜 조치를 고려할 때, 조직 제도에서 가장 하위에 자리한 운송 수단인 에스컬레이터를 전문 분야로 삼으면 독특한 개성이 된다. 에스컬레이터 안전 분야는 마땅하게 존중받은 적이 없다. 아마 회전하는 창조물을 점검하는 일이 무척 단조로워 폭포처럼 쏟아지는 이빨을 종일 빤히 쳐다보는 데 꼭 필요한 불굴의 용기와 어지러움을 감수할 결단성을 지닌 사람이 거의 없기 때문일 것이다. 하지만 척은 무명 생활과 무례함과 이따금 찾아오는 편두통을 감수할 수 있다. 전문성은 고용 보장을 의미하며 전국적으로 대학에 에스컬레이터 교수가 부족하기 때문에 척은 자기가 교직을 확실히 얻을 후보라고 판단한다. 또 종신 재직권을 노리며 대학에 입성한 다음에는 에스컬레이터에서 새로운 분야로 진출하고 원하는 것을 가르칠 수 있다. 어쩌면 바로 이 순간에도 꿈꾸는 강의 요강을 싸구려 냅킨에 휘갈겨 주머니에 쑤셔 넣어두었을지 모른다. 예를 들면 유압식 엘리베이터의 역사에 관한 일반 개론 같은 것을 말이다. 에두사(社)에서 출시한 1867년산 직접 운행 거대 장치부터 최근의 소문에 따르면 아르보사 연구실에서 내년 가을에 출시할 계획이라는 혼합식 장치에 이르기까지 척은 유압식 기계에 열광한다. 아니면 가상 엘리베이터에 관해 가르칠 수도 있다. 가상 엘리베이터 연구는 다시 유행할 것이 틀림없다. 그 광기가 차츰 잦아들었기 때문이다. 척은 라일라 메이한테 장담하길 본인은 확고한 경험주의자지만 직관주의자가 내세우는 반론도 필요한 곳에 덧붙일 것이라고 했다. 척이 가르치는 학생은 그저 주요한 문헌뿐만 아니라 엘리베이터 관련 지식의 전체 틀을 숙지해야 할 것이다. 척은 협회에서 미래를 보장받는다고 느낀다. 당분간은 '디딤판이나 조작하는 사람'이라는 온갖 조롱을 들으며 무시당하겠지만 말이다.

　하지만 지금 당장은 조롱당하지도, 다른 형태로 부드럽거나 그리 부드럽지 않게 놀림받지도 않는다. 척은 짐작도 못 할 신참 골리기 기간(척 같은 신참이나 라일라 메이 같은 영원한 외부인은 알아차리기는커녕 짐작도 못 한다. 회원들만 알아보는 비밀 암호와 가벼운 손짓으로 대부분이 이루어지기 때문이다)을 짧게 보낸 뒤에 부서원에게 어느 정도 인정받기도 했고, 게다가 오늘 밤은 모두가 라디오 주변에 몰려서 기자회견을 듣는다. 중요한 뉴스다. 라일라 메이는 차고를 살금살금 나와 오코너 술집으로 걸어갔다. 하도 머뭇거리며 걸어 누가 보면 라일라 메이가 그날 아침에 자기 다리를 발견했다고 생각했을 것이다. 라일라 메이는 동료들이 듣는 라디오가 90미터 남짓 떨어진 곳의 상황을 전한다는 것을 알지만 놀라지 않는다. 그들은 본사 앞에 모인 기자들과 손쉽게 합류할 수 있었다. 하지만 그렇게 하면 점검원들에게 어울리지 않게 너무 직접적이었을 것이다. 엘리베이터 점검원에게 여행은 덜컹거림과 흔들림이 전부다. 출발지와 목적지는 따분할 뿐. 라디오 전파가 기자의 마이크에서 WCAM 건물 꼭대기에 있는 수신기로 먼저 느긋하게 이동해(초라한 탄생지(의 근처로) 돌아오기 전에) 거기서 잠시 꾸물거린다면, 훨씬 더 좋다. 점검 고유의 우회성은 라일라 메이와 동료들의 정신세계에서 특정하게 칙칙한 부분에 딱 부합한다. 핵심적이고 근본적인 성격 결함이 존재하는 바로 그 부분에. 어쨌든 아무도 이런 부분들을 조사하려고, 인정하려고, 말하려고 하지 않는다. 그렇게 하면 물론 유익하겠지만, 자기 직업에 관해, 자기 자신에 관해 엄청난 피해를 남기는 폭로를 하게 될 것이 분명하다. 그것들이 그렇게 중요하다. 정말로. 오코너 술집에 가서 캔커와 시장이 하는 말을 듣자고 처음 제안한 사람은, 늘어나는 수많은 회피와 우회를 마음껏 탐닉하기 쉽게 만들어준 그 사람은 아마 밤새 공짜 술을 마실 것이다.

바 뒤에, 토끼풀 모양의 선녹색 네온 등 아래에 고이 모셔둔 오코너 술집의 라디오 주위에 주간 교대조와 야간 교대조가 구부정한 반원을 이루며 단단히 자리 잡았다. 라일라 메이는 척의 붉은 머리를 무리 중간쯤에서 발견한다. 늑대들은 소리에 몰두한다. 라디오에서는 시장이 이번 사건이 발생한 진짜 이유를 밝히겠다고, 책임이 있는 쪽을 강력히 비판하겠다고, 이 나라의 가장 유명한 딸 중 하나에게 헌정한 패니 브리그스 건물에서 발생한 이 끔찍한 사고를 총력을 기울여 조사하겠다고 말한다.

"유색인종의 발전을 반대하는 단체에 책임이 있으리라 보십니까?" 기자가 시장에게 묻자, 오코너 술집에서 몹시 화가 난 중얼거림이 나온다. 모두는 당연한 듯 지난여름에 일어난 폭동을 떠올리고, 멋진 고가철도가 있고, 주간지가 다섯 가지고, 야구장이 두 곳인 이런 대도시에 살면서 집을 나서기가 몹시 두렵다는 것이 아주 이상하다고 생각한다. 상황이 얼마나 빨리 중세시대의 무질서 상태에 빠질 수 있는지를 말이다.

시장이 말한다. "당장은 누구한테 책임이 있고 없는지 추측하기가 망설여집니다. 저희는 감정에 불을 붙이거나 저급한 충동을 부추기고 싶지 않습니다. 저는 현장에 있었고, 제가 아는 것은 크게 쩔그렁거리는 소리가, 아주 크게 쩔그렁쩔그렁거리는 소리가 나고 대혼란이 있었다는 것입니다. 패니 브리그스 기념 건물에 무언가 끔찍한 일이 발생했다는 것을 압니다. 현재는 점검 보고서 같은 이미 확보한 사실들에 집중하고 있습니다. 하지만 엘리베이터 점검원 부서장인 캔커 씨가 그런 질문에 대답을 드릴 수 있을 겁니다. 캔커 씨?"

라일라 메이가 오코너 술집에 자주 가지 않는다는 것은 말할 필요도 없다. 보통은 부서에서 볼링을 치러 가는 밤에, 오코너 술집에 상주하는 알코올중독자들만(깨끗한 바닥만 위협하는 무리다) 있을 때 척과 함께 간다. 왜냐하면 아버지가 백인은 언제고 라일라 메이를 기습 공격할 수 있다고 가르쳤기 때문이다. 라일라 메이는 오코너 술집에 가면 목숨을 걱정한다. 예기치 않게 맞은편 바닥에서 의자가 긁히는 소리 또는 갑자기 격앙된 목소리가 싸움으로 번질 가능성이 있다고 믿기 때문이다. 몇 번뿐이긴 하지만 야구 경기나 복싱 시합 방송을 들으며 오코너 술집에 있은 적이 있다. 라일라 메이는 환호성이 터질 때마다 임시변통할 무기를 찾았다. 손님이 팁을 안 주면 바텐더가 커다란 황동 종을 친다는 것도 문제다. 그럴 때마다 화들짝 놀란다. 그 소리에 놀라고, 유나이티드사의 엘리베이터 제동장치의 열 분산 처리와 관련된 다양한 장단점을 두고 열띤 논쟁을 벌일 때처럼 다툼을 진압하려고 쏘는 출발 신호총에 놀란다. 사람들은 언제든 과격해질 수 있다. 이것은 급격한 통합이 낳은 진짜 결과다. 확실한 폭력을 미뤄진 확실한 폭력으로 대체하는 것이다. 라일라 메이는 사무실에서 자기 위치가 위태롭다는 것을 알고 있고, 오코너 술집이라고 다르지 않다. 라일라 메이는 모음을 강하게 발음하는 사람들 속에서 길을 잃은 관광객, 조상의 고향을 그린 조악한 지도, 거의 몰살당한 가문을 상징하는 문장이다. 그런 이유로 라일라 메이는 이 도시에서 어디에 있든 위태롭다. 하지만 두려움을 길들여서, 소화전이나 밟혀서 보도에 까만 점으로 남은 껌처럼, 어디에나 있기에 눈에 띄지 않게 했다. 임시변통할 무기에는 신발, 열쇠, 부서진 병도 들어간다. 당구봉도 가까이 있다면 해당한다.

"캔커가 선거 연설을 한다는 데 10달러를 걸죠."

"지는 내기인데요."

오늘 밤은 특히 위험하다. 이렇게 상상해보자. 알았던 모든 것이 이제는 다르다.

"이제 그 여자도 진짜 어렵게 됐네요."

"그 여자랑 그 여자 패거리 말이죠, 성 롤란드시여."

"이제 캔커가 우승 후보예요."

3학년 때 어느 어린 금발 소녀가 윗잇몸이 드러나게 웃으면서 **"왜 흑인은 머리가 곱슬곱슬해?"** 하고 물은 뒤로 라일라 메이가 싸운 적이 없다는 사실은 신경 쓰지 않아도 된다.

"괴짜랑 부적응자를 협회에 들이면 그런 일이 생긴다니까요."

"조용히 해요. 캔커가 뭐라고 말하는지 듣게."

백인들이 가는 술집에 유색인종이 들어가면 처음 하는 일은 다른 유색인종을 찾는 것이다. 오코너 술집 문에서 삐딱하게 웃으며 신나게 뛰는 아일랜드 민속 요정을 언제나 위험을 무릅쓰고 지나치는 라일라 메이 외에 유색인종은 딱 한 명이다. 그 한 명인 폼페이가 오늘은 여기서 두 팔을 바에 얹고 위스키를 칼리프가 마시는 차라도 되는 양 우아하게 홀짝인다. 슬프면서 웃기게 짧은 재킷 소매 밖으로 셔츠 소맷동이 한참 삐져나와 있다. 바텐더는 시곗바늘처럼 성급하게 빈 잔을 전부 치워서, 안전한 한도를 가늠하지 않아도 되게 한다. 폼페이가 아니라 라일라 메이를 위해서. 이 남자들은 폼페이를, 훌륭한 소명 의식을 찾지 못했더라면 (아니면 소명 의식이 폼페이를 찾은 것일 수도 있다. 점검원이 자신의 평생 직업을 향해 보이는 태도에는 돌이킬 수 없는 체념과 유사한 무언가가 있다) 경주로에서 다리를 절뚝이는 암말이나 지휘했을 것이 뻔한 하찮은 폼페이를 절대 해치지 않는다. 여기에 폼페이에 대한 일화가 있다. 사실인지 아닌지는 모른다. 그건 중요하지 않다. 언젠가 캔커의 전임자인 조지 홀트가 퇴근 시간 무렵에 폼페이를 사무실로 불렀다. 협회장 사무실은 구덩이 위 간부용 층에 있다. 징계 및 해고 안내문은 공식적인 부서용 편지 봉투에 담겨 도착하므로, 위층으로 부르는 초대는 보통 행운이 올 징조로 여겨진다. 승진, 알짜배기 담당 업무, 더 좋은 부서 차량 열쇠. 이번에도 그렇다. 이 도시 최초의 유색인종 엘리베이터 점검원인 폼페이는 4년을 거리에 투자한 뒤에 처음으로 위층에 불려 가 홀트를 만난다. 모든 '최초의' 유색인종이 겪는 어려움은 기록이 잘 남아 있거나 최소한 쉽게 상상할 수 있어서, 폼페이가 여러 가지로 무척 어려운 시기를 보냈다고만 말하면 나머지는 자세히 설명할 필요가 없다. 홀트가 위층으로 불렀을 때, 폼페이는 아부를 못하는 성격을 부서에서 지내면서 특출한 수준까지 연마했더니 마침내 큰 도움이 됐다고 믿었다. 홀트는 이전에 폼페이에게 말을 한 번도 건 적이 없었고, 폼페이는 홀트가 놀랍도록 상냥한 것을 알게 됐다. 홀트는 폼페이에게 시가를 건넸고 그 향은 폼페이에게 무척 익숙했다. 부서 내 복도와 사무실에서 무작위로 여러 주머니에 머물면서 홀트가 어디로 걸어가고 점검했는지 표시하는, 권력을 상기시키는 매캐한 향이었기 때문이다. 이 향은 형태도 없고, 보이지도 않지만, 어디에나 있다. 폼페이는 볼 안쪽을 혀로 훑으며 희미한 계피 맛 연기에서, 홀트로부터 존중받고 있음을 보여주는 그 연기 가닥에서 남은 잔여물을 찾았다. 폼페이는 은밀한 말을 기대했다. 홀트는 폼페이한테 엉덩이를 차겠다고 했다. 폼페이는 웃었고(간부들이 하는 이런 농담은 익숙해지는 데 시간이 조금 걸린다), 홀트가 허리를 숙이라고 말한 뒤까지도 그 농담에 어울렸다. 폼페이는 그렇게 했다. 홀트가 암적색 가죽 구두에 달린 뾰족한 코로 왼쪽 볼기짝을 찰 때까지 계속 깔깔댔다(폼페이는 시야각 때문에 정확히 어느 쪽 신발인지는 못 봤다). 그러고 나서 홀트는 사무실을 나가라고 했다. 다음 날, 폼페이의 책상에 나타난 쪽지는 폼페이가 2급 점검원으로 승진했음을 알렸다. 사실을 말하자면, 홀트가 폼페이에게 구두를 닦으라고 먼저 시키지는 않았다. 그리고 폼페이는 시가를 간직할 기회를 얻었다.

라일라 메이는 척이 말해주기 전까지 이 이야기를 들은 적이 없었다. 이 이야기는 폼페이가 라일라 메이에게 품은 적대감을 설명해주지도 않으며 문제를 모호하게 만들 뿐이었다. 폼페이가 라일라 메이를 불쾌하게 여기는 이유는 더 이국적인 징표를 제시함으로써 폼페이에게 향하는 혐오를, 시간이 지나 석회처럼 굳어 소중히 여기고 우정처럼 음미하게 된 무언가로 변한 그 혐오를 희석해서일까? 아니면 그 거만한 시선과 강한 경멸은 자기처럼 되지 말라고 경고하려는 시도고 따라서 같은 인종에게 보이는 호의의 일면일까? "라일라 메이는 오래전에 쌓은 업보를 드디어 돌려받네요." 이제 폼페이가 말하자 핼리토시스 해리가 동의하는 뜻으로 폼페이의 등을 퍽 친다. 바텐더를 제외하면 아직 아무도 라일라 메이를 발견하지 못했고, 바텐더는 무슨 말을 하기에는 직업의식이 지나치게 높았다. 라일라 메이는 엄밀히 말해 숨어 있지 않지만, 라디오 앞 군중과 문 사이에 편리하게 자리한 기둥 뒤에 몸이 거의 다 가려져 있다. 오코너 술집 현관문에서와 똑같이 음흉하게 쳐다보는 아일랜드 민속 요정이 기둥에서 세 번씩 씰룩씰룩 춤춘다. 아니, 라일라 메이는 숨어 있는지도 모른다. 확신이 없다. 어떻게 척의 주의를 끌지 모르겠다. 척은 내내 침묵을 지켰다. 동료 중 하나는 캔커가 방금 내뱉은 어떤 말을 두고 으르렁거리듯이 큰 소리로 반발한다.

"점검원이 직관주의자였다는 것이 사실입니까?" 기자가 묻는다.

"네, 패니 브리그스 건물의 점검원은 라일라 메이 왓슨 양으로 직관주의자입니다. 이 끔찍한 일을 정치 사안으로 바꾸는 일은 정말로 피하고 싶지만, 이번 협회장 선거에서 제 상대 후보 역시 직관주의자라는 사실을 여러분 대다수가 아시리라 확신합니다."

라일라 메이는 오코너 술집에 어떻게 찾아갈지 생각하며 보낸 시간을 라디오를 듣거나 그냥 척한테 접근해 무리에서 잡아 끌어내는 데 쓰는 것이 더 나았을 것임을 깨닫는다. 그러면 사람들이 깜짝 놀랐을 것이다. 하지만 이제 라일라 메이는 들어올 때보다 더 나은 생각이 안 난다.

"예전에 직관주의자가 사용하는 방법을 두고 '이단이자 완전한 부두교'라고 설명하셨는데, 오늘 일어난 충돌 사고와도 관련이 있으리라 보십니까?"

"현재 조사팀이 바로 그 가능성을 살펴보는 중입니다. 저희한테는 그 건물의 점검 보고서가 있으며, 제가 말하는 동안에도 면밀하게 조사하면서 심사숙고하고 있음을 믿어주시기 바랍니다. 여러분, 저는 협회장으로 지낸 4년 동안 바로 이런 사건을 근절하고자 노력했으며, 제가 상당히 잘해온 듯하다고 말씀드려도 자만하는 것이 아니라고 생각합니다. 부서 차량은 전에 없이 반짝이고, 이렇게 사기가 높았던 적도 없습니다. 무서울 정도지요. 때때로 사람들은 제게 이 부서를 어떻게 왕관에 달린 보석으로, 시 공공사업의 진주로 만들었냐고 묻습니다. 저는 가끔은 옛 방식이 가장 좋은 방식이라고 대답합니다. 왜 거만하고 새로운 유행만 좇는 사람들과 손을 잡을까요? 경험주의야 말로 늘 추론을 이끄는 안내 등이었는데 말입니다. 아버지 시대에, 할아버지 시대에 그랬던 것처럼 말이죠. 오늘 일어난 사고는 해외에서 건너온 최신 유행만 받들어 모실 때 일어날 수 있는 그런 운 나쁜 작은 사고입니다. 여러분, 엄숙히 맹세하건대 저희는 이런 소동이 발생한 진짜 이유를 알아낼 겁니다."

고속도로 가장자리에 있는 이름 모를 유령처럼 지금 자기에게도 알리바이가 없다는 생각이 라일라 메이를 스친다. 그게 누구인지 아무도 모른다.

* * *

라일라 메이가 삶에서 신나는 일이 필요했다고 해도, 두 남자가 아파트를 뒤지면서 물건과 소지품에서 무언가를 찾는 걸 바랐던 정도는 아니다. 짐은 라일라 메이의 벽장 안에서 무릎을 꿇고, 신발에 포동포동한 손가락을 밀어 넣어 굽에 비밀스럽게 숨길 공간이 있는지 확인한다. 라일라 메이는 해진 운동화가 한 켤레 있다. 처음에 도시로 이사해 건물 사이를 터덜터덜 행군하며 오랜 시간을 보냈던 시절이 남긴 잔재다. 라일라 메이는 도시 외곽에 도달해 그 너머로 세차게 휘도는 갈색 강을 볼 때마다 직각이 떠올라 건물들 속으로, 더 깊숙하게 돌아오곤 했다. 라일라 메이는 그런 익명성을 경험해본 적이 없었다. 마치 그 장소에서는 딱딱한 껍데기를 형성하는 효소가 활성화되는 것 같았다. 걷는 일은 약 1년 전에 서서히 끝났다. 이제 라일라 메이는 앉는다. 나머지 신발은 전부 부서에서 지정한 앞이 뾰족한 가죽 구두고, 캔커가 이미지 쇄신 운동을 벌인 결과 강박적으로 반짝인다. 이 구두는 다섯 켤레로 근무일이 정해져 있다. 금요일 신발이 안 보인다.

짐은 바늘땀을 모두 따라가면서 옷에 달린 주머니를 전부 뒤졌다. '찾아라'가 짐의 좌우명이다. 짐은 이 2인조 중에서 더 알기 쉬운 쪽인데, 각 날에 정해진 구체적인 지시를 따르겠다고 맹세했다. 오늘 따를 지시는 '증거를 확보해라'다. 존은 철학적으로 기울어진 쪽으로, 부모님과 함께 사는 집의 다락방에서 창문 밖을 침울하게 빤히 내다보는 경향이 있다. 이웃집에 사는 루이자가 옷을 다 벗고 불을 끈 뒤에도 계속 빤히 내다봤다. 존은 패턴이 필요하고 상황이 안 맞을 때조차 그 패턴에 따라 일한다. 왜냐하면 패턴은 존재해야 하고, 경험은 되풀이되고, 패턴이 아직 나타나지 않았다면 온화한 방식으로 또렷하고 확실하게 나타날 것이기 때문이다. 존은 동정을 떼는 일(구매)과 한 시간 정도 되는 오차를 참작하여 정확히 3년 뒤에 발목을 삐는 일(사고) 사이에 존재하는 유사점을 여전히 찾는 중이다. 존은 유사점이 드러날 것이라고 확신하면서, 연속되는 일에 속한 또 다른 사항이나 현존하는 관점에 대한 새로운 관점을 기다린다. 상관없다. 지금은 짐의 굽힌 등을 부드럽게 쓰는 라일라 메이의 옷을 평가하는 데 만족한다. 평상복은 거의 없고 그나마 있는 것도 가을 범주에 어울린다. 구중중한 갈색, 녹슨 색, 불안정한 회색. 진청색 정장 네 벌(이번에도 한 벌은 안 보인다)은 완전히 똑같다. 이것은 존이 생각하기로는 규칙성, 일정하고 확실한 것을 향한 병적인 친밀감을 설명한다. 여기에 맞추려고 시도하면 이목을 끄는 것은 피할 수 없다. 라일라 메이가 유색인종이라는 사실은 존이 생각하는 사회 도식을 충족시킨다.

짐과 존은 백인이고, 통계 분포가 예상치 못하게 변한 덕분에 이 지역에서는 평균 시민에 해당한다. 2인조에서 나타나는 보편상수와는 대조적으로 짐과 존은 키가 크고 작지 않고, 뚱뚱하고 마르지 않으며, 웃기는 차이점이 드러나지 않는다. 두 사람은 닮았고, 수많은 다른 사람과도 비슷하다. 두 사람 같은 부류는 검거한 폭행범을 기록한 경찰 서류에서 과반수를 차지한다. 식료품점에서 마지막 남은 시리얼 상자에 손을 뻗어 다음 손님이 못 누리도록 하지만 시리얼을 좋아하지도 않는다. 은행에는 이런 사람이 가득하고, 영화관과 대중교통에도 마찬가지다. 눈에 안 띄는 보통 사람, 진정한 시민이다. 라일라 메이는 이런 세상에서 아주 적은 사람만 친구로 여긴다. 짐과 존은 그 밖에 있는 사람이다. 칙칙한 갈색 머리카락 다발, 용맹스러운 턱, 쉽게 붉어지는 안색. 스테이크를 먹는 사람, 걸신들린 듯이 먹는 뚱보, 트림하는 사람. (엘리베이터 점검원 부서에도 이런 남자들이 넘쳐나지만, 거들먹거리는 태도와 체계적인 성향에 속으면 안 된다. 짐과 존은 부서 사람이 아니다.) 짐이 가장 좋아하는 식사는 겨자를 뿌린 핫도그인데 겨자는 단순한 조미료가 아니라 신중을 요구하는 요소다. 존은 케첩을 곁들인 햄버거를 좋아한다. 존은 무엇이 진실인지 아는 것을 자랑스러워하는 부류로 미세한 차이를 놓치지 않는다. 현재 임무와 관련된 진실은, 찾는 것을 아직 발견하지 못했다는 것이다.

방은 두 개다. 라일라 메이가 그저 자기 발을 밟지 않을 정도 넓이의 안방이 있고, 침대와 서랍장만 간신히 들어가는 더 좁은 방이 있다. 식물, 돼지 저금통, 플라스틱 배. 몇 안 되는 소지품은 자기 자리에, 창턱과 탁자에 냉담하게 앉아 있다. 자기들 지위가 올라가지 않을 것이며, 라일라 메이한테 관심을 받기 위한 경쟁은 오랫동안 그래왔던 것처럼 이어질 것임을 확신한다. 존이 가장 큰 인상을 받았던 것은 섬세하게 계획해둔 거주지의 모습이었다. 라일라 메이는 자기가 여기에 산다고 다른 사람을 설득시키려 하지만, 서서히, 조금씩 이사를 나간다는 인상을 준다. 돼지 저금통에는 짤랑거리는 것이 없다.

"이 집은 빛이 많이 들어오겠어." 존이 말한다. 창밖에서는 라디오 방송탑 꼭대기에 달린 빨간 전구가 도마뱀처럼 천천히 깜빡인다.

"많은 빛이라고." 짐이 대답한다.

"그 여자는 이 집에 얼마를 낼까?"

"네가 돈을 주면 나는 이 동네는 안 살 거야." 짐은 미련 없이 말한다.

동네는 도시에서 발생하는 긴급사태에 따라 밀물과 썰물처럼 물러나고 팽창한다. 수년 전, 한 부자 남자가 자신을 기념하는 건축물을, 이런 동네들을 포함해 시를 가로지르는 고가철도를 건립하기로 했는데, 이런 동네는 아직 거주 구역조차 아니었고, 다루기 힘든 농장에 낙천적인 시민들이 사는 나무 주택이 산재한 상태였다. 돼지우리와 염소가. 철도와 이 부자 남자가 품은 낭만을 정당화하기 위해 투기꾼들은 따분하고 튼튼한 다세대 주택을 조립하고 이주자 문의를 북쪽으로, 새로운 영토로 유도했다. 철도는 적당한 때에 명분이 섰고 투기꾼은 자기 역할을 상당히 잘 해냈다. 이제 도착지가 있고, 항구에서는 하루에 수백 명씩 쏟아졌고, 이 사람들은 어디선가 살아야 했다. 동네에 이름이 붙었고, 외부에 비치는 특성이 생겼다. 낙천적이고, 허우적

대고, 작고 보잘것없는 부분이나마 내어준 웅장하고 새로운 나라에 빚을 졌다. 그다음에는 유색인종이 밀려들었는데, 이들도 북쪽을 꿈꿨다. 무슨 이야기를 듣고 믿었다. 폴란드인과 러시아인이 살던 아파트의 창문에서 하나씩 불이 꺼졌고, 다시 창문이 눈부시게 빛났을 때는 그 안에서 색이 있는 빛이 타올랐다. 동네는 옛 이름을 유지했지만, 의미는 완전히 달라졌다. 몇몇 폴란드인과 러시아인이 계속 식료품점과 정육점을 운영하고 이따금 신용거래를 연장한다는 사실은 신경 쓰지 말자. 이 동네의 새로운 의미가 이겼음을 의심하는 사람은 없었는데, 폴란드인과 러시아인은 해 질 녘에 가게 불을 끈 다음 고가철도를 타고 허둥지둥 새로운 동네로 돌아갔기 때문이다. 동네는 다시 바뀐다. 우글거리는 인구밀도와 교활한 임대료에 대한 시 정책에 따라 백인들이 돌아오면서 외곽에서는 의미가 모호해진다. 의미란 탄력적이라는 것을 이해하는 부동산업자만이 이 동네의 경계를 확실히 알고서, 유색인종 동네가 아니고 인접한 백인 동네의 먼 외곽으로 이사하는 것이라고 영업하는 말을 조절하며 고객을 안심시킨다. 돈을 주면 이 동네로 이사 오지 않겠다는 짐한테는 그 무엇도 인상적이지 않다.

　라일라 메이가 사는 건물에는 엘리베이터가 없다. 벽돌로 지은 어두운 벽에는 그림을 두 점 걸어뒀다. 아마추어가 그린 풍경 수채화다. 모텔 방에 있는 그림 같다. 아파트의 전반적인 분위기에 어울린다. 존은 아파트에서 사진 하나를 집어 든다. 음산한 허수아비 의자 옆에 있는 작은 탁자에 있던 것이다. 지금 라일라 메이는 아파트에서 몇 구역 떨어진 곳에 있지만, 10년 전 아버지가 이 사진을 찍을 적에는 어린 시절에 살던 집 현관에서 어머니와 서 있었다. 말랐고 수수하다. 그 장면에서 보이는 빛 노출과 슬픈 무기력감은 늦여름을 표현한다. 추운 달이 다가온다. 라일라 메이는 그 사실을 알고도 평온해 보인다. 라일라 메이는 표정이 기본적으로 슬프다. 안쪽을 향하며 내리막을 그리고 있어서, 부주의한 사람을 우울한 비탈길로 끌어 내리는 표정이다. 골격이 원인인 듯한데, 존은 어머니를 평가하고 난 뒤에 유전이라고 판단한다. 아이는 부모가 생김새에서 저지른 실수를 되풀이하기 마련이다. 여러 세대에 표지를 남기며 알 수 없는 속죄 행위를 기다리는 저주에 갇힌 듯 말이다. 짐의 부모님은 가까운 친족이 분명하며 짐에게 물으면 부인하지 않을 것이다.

라일라 메이는 언젠가 새를 키웠지만, 죽어버렸다.

존은 짐이 턱을 문지르는 것을 눈치챈다. "아직도 이가 아파?" 존이 묻는다.

짐은 진지하게 끄덕인다.

존이 조언한다. "내일 치과 가봐. 쓸데없이 아픈 채로 돌아다닐 필요는 없잖아."

존은 작은 탁자 밑에 지구라트처럼 쌓아둔 책을 발견한다. 모두 학습서, 표준 교재다. 치터가 쓴 《균형추 입문》, 《엘리샤 오티스: 남자와 그 시대》 등. 라일라 메이는 풀턴이 쓴 책이라면, 획기적인 《수직 수송 체계를 향하여》부터 그의 전체 작품 중 더 불경스러운 축에 속하는 《이론 엘리베이터학》 1권과 2권에 이르기까지 전부 갖고 있다. 언제나 그렇지만, 지금까지도 짐과 존이 아는 정보는 정확했다.

"완전히 모범생 유형 같은데." 존이 유죄를 입증해줄 만한 문서를 찾아《엘리베이터 안전 안내서》를 휙휙 넘기면서 판단한다.

"너는 매번 그렇게 예상하지." 짐이 말한다.

"이 여자는 내용이 올바른 책을 전부 갖고 있어."

"너는 매번 그렇게 예상해." 짐이 반복한다.

짐과 존은 깔끔하게 뒤지는 사람이다. 작업 대상은 집에 돌아오면 아주 어렴풋한 상실감을, 계속되는 당혹감을 느낄 뿐이며, 그런 상실감을 유발할 만한 원인은 많으므로 이 두 남자가 자기 물건을 건드렸으리라고 추측하는 사람은 거의 없다. 존은 자신을 시 구조에서 핵심을 차지하는 장치라고, 대도시에 불안을 일으키는 시끄러운 프리랜서 유령이라고 여긴다. 짐과 존의 고용주는 두 사람을 자랑스러워하며, 오늘 활동에 관해 짧은 보고를 할 때, 짐과 존은 실패에 대해 징계를 받지 않을 것이다. 두 사람이 일하는 특수 조직은 용서를 베풀 줄 아는데, 다만 상습 결근, 연필 절도, 화재 손해(실수, 보험 사기) 등처럼 그 용서를 추적하고 표로 기록해서 매 분기 말에 장부를 총합한다.

짐과 존이 놓치는 것은 칙칙한 건초 더미 그림 뒤에 있는 금고다. 라일라 메이는 거기에 중요한 것을 전부 보관한다. 라일라 메이가 수색을 방해하지 않았다면, 아마 존은 끝내 금고를 발견했을 것이다. 라일라 메이는 몇 번 시도한 끝에야 문에 걸린 잠금을 풀 수 없는 이유가 이미 잠금이 풀렸기 때문임을 깨닫는다. 짐과 존은 라일라 메이가 딸깍거리고 더듬거린 덕분에 번 시간을 이용해 비상 사다리를 타고 기어 내려가거나 벽장에 숨거나 총을 꺼내 우리가 접수했다는 자세로 다소 부자연스럽게 소파에 앉지 않는다. 아니, 두 사람은 계속 집을 샅샅이 뒤져나가고, 그렇게 라일라 메이는 두 사람을 발견한다. 존은 라일라 메이가 나중에 간이 부엌에 우울하게 추가한 서랍장의 가운데 왼쪽 칸에서 영수증 더미를 세심하게 살핀다. '밥의 식료품점: 장을 보는 장소'처럼 겉보기에 해롭지 않은 문구나 '가격'과 '세금'으로 지은 숫자 요새에 어떤 기호가 암호화되어 들어갈지 모르기 때문이다. 짐은 라일라 메이가 지난 크리스마스 때 이모한테서 받은 복숭아 설탕 절임 병에 손가락을 하나 넣어 긁으면서, 버스 정류장 물품 보관함 열쇠와 마이크로필름, 짐이 수많은 아파트를 뒤지는 동안 한 번도 접한 적이 없는, 그러나 언젠가 마주치리라 확신한 마이크로필름 같은 귀중품을 확인한다. 그렇게 라일라 메이는 두 사람을 발견한다. 존은 커다란 한쪽 눈으로 돋보기를 자세히 들여다보고 있고, 짐은 손가락을 핥는다. 공격적인 단어가 대화체에 놀랍도록 빨리 달려 들어갈 수 있음을 생각하면, 아파트에 도사리고 있는 두 낯선 사람을 향해 라일라 메이가 다채로운 욕설을 퍼부으리라 예상된다. 하지만 먼저 입을 연 것은 존이다. 존이 말한다. "당신이 그 아가씨군요."

* * *

사고로 징집된 균형추가 새로운 속도에 화를 내며 수직 통로 꼭대기에 있는 요새로 치솟는다.

* * *

척이 인조가죽 의자에서 일어나 오코너 술집에 있는 무시무시한 화장실로 조용히 건너간 이유가 선천적으로 약한 방광(가문 내 구전에 따르면 고모 세 명과 사촌 한 명이 같은 고통을 겪는다) 때문인지 아니면 캔커가 뻔뻔한 정치 공작을 벌이는 것이 역겨워서인지는 오직 본인만 확실히 알 뿐이다. 캔커는 협회장으로, 따라서 부서장으로 지낸 4년 동안 성취한 것에 관해 선거 연설을 하면서 아직도 오늘 일어난 사고를 물고 늘어진다. 어쨌든 선거는 코앞이고, (영리한 남자지만 그렇다고 조숙하지는 않은) 척은 캔커의 의도를 안다. 캔커는 이 기자 회견을 이용해 더는 시 소속으로 일하지 않는 엘리베이터 점검원 협회 회원에게, 거리를 달리는 외로운 삶에서 은퇴한 '비활동자'에게, 수직 수송 대학교의 담쟁이덩굴 문 뒤에 숨거나, 민간 부문에서 일하면서 유나이티드사와 아메리칸사와 아르보사의 얼간이들에게 엘리베이터가 실제로 무엇인지를, 수직 통로가 소리를 들을 줄 아는 사람에게 털어놔야 하는 비밀을 자문하는 '비활동자'에게 영향을 미친다. 대다수가 경험주의자인 부서 사람들은 캔커를 지지한다. 캔커가 그렇게 만들었다. 하지만 비활동자는 변덕스러운 일당으로 짜증을 잘 내고 초당파 성향이 있으며 투표권이 있다. 엘리베이터 점검원 협회 회원은 누구나 4년마다 새 협회장에게 투표하며, 그 협회장은 자동으로 시의 엘리베이터 ("및 에스컬레이터"라고 척이 덧붙인다) 점검원 부서의 대표가 된다. 척은 협회와 시 사이에서 어떻게 이 협정이 나왔는지 아직도 모른다. 늙은 개한테 물어보면, 주제를 바꾸고 불안한 기색을 보인다. 이 협정에 관한 서류를 찾을 수 없었고, 대학에 있는 조용한 기록 보관소에서도 마찬가지였다. 선례가 단 하나도 없었다. 그렇지만 협회원은 협회장을 뽑고 협회장은 근사한 정부 직책을 얻는다.

척은 재임자가 재선 시도에 실패하면, 꼼짝도 안 하려고 하면서 푹신한 가죽 의자에 죽어라 매달릴 수도 있겠다 싶었다. 하지만 그런 일은 일어난 적이 없다. 척은 캔커가 그렇게 하는 모습을 상상할 수 있고, 오코너 술집 화장실 앞에 있는 벽감으로 걸어 들어가면서 그러면 무슨 일이 일어날지 궁금해한다.

라일라 메이가 척을 여자 화장실로 잡아당기는데, 척이 알아차리기도 전에 일어난 일이다. 오코너 술집에 있는 여자 화장실은 한 명이 들어가게 지은 것이다. 두 명이면 아늑하고 세 명은 언어도단이지만, 지금 그만큼이 들어가 있다. 척, 라일라 메이, 둥근 얼굴 애니. 근엄한 낯짝을 한 둥근 얼굴 애니는 이 시간이 되면 늘 그렇듯 변기에 기절해 있다. 오코너 술집에 있는 유일한 여자 알코올중독자로, 긴 하루를 보내고 나면 그날 마지막으로 길게 술을 마시기 위해 휴식 시간이 필요하다. 의식을 잃은 것처럼 보이지 않고 기이하게도 더없이 행복해 보이기까지 했는데, 마치……. 라일라 메이는 만약을 대비해 둥근 얼굴 애니의 맥을 이미 짚어봤다. 술집에 있는 엉성한 은폐 장소에서 화장실까지는 단거리경주를 했다. 척이 일어서는 걸 봤을 때 출발해서, 척이 무리를 빠져나오기도 전에 모퉁이를 도는 데 성공했다. 친절을 발휘해, 둥근 얼굴 애니의 공기가 통하는 너그러운 다리를 모아주었다.

세 가지 점이 똑같이 척을 심란하게 했다. 쉽게 납치당함으로써 기민한 감각이 모욕당한 것, 여자 화장실에 있다는 생소함 때문에 어머니가 쪼그려 앉아 있는 불편한 장면이 갑자기 떠오른 것, 라일라 메이는 패니 브리그스 건물에 관한 이 개탄스러운 일에 척을 끌어들일 것이 분명하다는 것. 척이 말한다. "라일라 메이, 이건 별로 적절한 행동이 아닌 것 같군요." 축축한 개수대가 허벅지 뒤를 적시는 것을 느낄 수 있다.

라일라 메이가 대답한다. "미안해요, 척. 하지만 저는 오늘 무슨 일이 일어났는지 알아야 해요."

"아직 위층에 보고하지 않았어요?"

"대비하고 싶었어요."

결국 둥근 얼굴 애니가 어머니와 닮았다는 것이 척의 속을 가장 뒤집는다. 더러운 꼬마가 되어 눅눅하고 좁은 방에 어머니와 서 있는 기분이다. 이것에 비하면 부서의 법망을 피해 도망친 사람과 대화를 나누는 것은 별것 아니다. 척은 천장에 생긴 노란 물 얼룩을 올려다보며 라일라 메이에게 말한다. "패니 브리그스의 수직 통로에 있는 엘리베이터 중 하나가 오늘 오후에 완전히 자유낙하 했어요. 시장이 프랑스 대사관에서 나온 사람들에게 그 건물을 자랑하는 중이었는데, 시가 얼마나 훌륭하게 작동하는지 보여준다나 어쩐다나. 시장이 호출 버튼을 누르자, 쿵! 탑승칸이 떨어졌죠. 다행히 아무도 안 타고 있었대요."

누군가가 다쳤을지도 모른다는 생각이 처음으로 라일라 메이를 스친다. "그건 불가능해요. 완전한 자유낙하는 물리적으로 불가능하다고요." 라일라 메이가 고개를 흔든다.

"그게 실제로 일어났죠." 척이 다시 확실하게 말한다. 척은 여전히 천장을 쳐다본다. 문밖에서 동료 몇 명이 와 하고 함성을 지르는 소리가 들린다. "40층에서요."

"어떤 게요?"

"11호기인 것 같아요."

라일라 메이는 11호기를 확실하게 기억한다. 말하기 좀 쑥스럽지만 새 탑승칸에선 그러는 게 정상이다. 라일라 메이는 주장한다. "전체 엘리베이터가 아르보사 잠금방지장치를 갖췄어요. 거기에 표준통제장치도 있고요. 제가 직접 점검했어요."

척이 머뭇거리며 묻는다. "봤어요, 아니면 직감했어요?"

라일라 메이는 그 비난을 무시하고 대답한다. "저는 할 일을 했어요."

"어쩌면 무언가를 놓쳤을 수도 있잖아요."

"저는 할 일을 했다고요." 라일라 메이가 말한다. 자기 목소리가 높아지는 것이 들린다. 침착하자. "캔커는 뭐라고 해요?"

"그 일이 일어난 뒤로 시장과 자기 사무실에 있어요." 척이 대답하며, 도움을 주고자 시도한다. "그래서 공식 이야기가 뭔지는 모르지만, 연설에서 요지를 파악할 수 있죠. 캔커는 이 일을 정치적으로 만드는 중인데, 당신이 직관주의자여서 그래요. 그리고 유색인종이지만, 캔커는 거기에 관해서는 영리하게 행동하죠."

"그 부분은 저도 들었어요."

"조사팀이 당신을 찾아요."

"부서 사람들은 뭐라고 해요?"

"뭘 기대해요?" 척이 라일라 메이한테 말한다. 둥근 얼굴 애니가 신음하자 척이 몸서리친다.

"완전한 자유낙하요? 확실해요?" 말도 안 된다. 우선 철제 밧줄도 있지 않은가.

척이 대답한다. "네, 확실해요. 라일라 메이, 제 생각에는 정말로 위층에 가서 조사위원회와 이야기해야 해요. 설사 무언가를 놓쳤다 해도, 당신이 그 가능성을 아무리 인정하기 싫어도, 빨리 가서 이야기할수록 더 나을 거예요. 그 사람들은 공정해요. 당신도 알잖아요."

"그게 표준 절차겠죠. 하지만 이건 표준 사고가 아니에요." 라일라 메이는 생각에 잠기며 말한다.

"당신은 진짜로 위층에 올라가야 해요. 정말이에요. 이런 상황에서는 다른 수가 없어요."

라일라 메이는 결심했다. "척, 저 좀 봐요. 당신은 저를 만난 적 없는 거예요, 알겠죠?"

"바보 같은 짓이에요."

"저를 만난 적 없다고 말해요."

"저는 당신을 만난 적 없어요."

자기 삶에서 당신을 지우려고 열중하는 사람들이 겪는 부작용 중 하나는 이따금 그렇게 하는 게 유리하지 않을 만한 때도 당신을 지운다는 것이다. 엘리베이터 점검원 부서에 있는 라일라 메이의 동료들은 라일라 메이가 여자 화장실을 나서는 모습을 보면 무척 기뻤을 것이다. 욕설을 퍼붓고 큰 소리로 으르렁거리며 격렬한 순간을 잠시 즐길 수 있었을 것이기 때문이다. 라일라 메이가 오코너 술집을 떠날 때 본 사람은 아무도 없으니 그 사람들은 손해를 본다. 본사 바깥에 있는 기자들이 바람에 날리는 마른 잎처럼 인도를 가로지르며 허둥지둥 멀어진다. 중간 지구가 비어간다. 중간 지구에는 아무도 살지 않는다.

라일라 메이는 집에 가기로 했다. 패니 브리그스 기념 건물에서 정확히 무슨 일이 일어났는지 조사하려면 하룻밤은 필요하다. 내일 아침까지 사고에 관해 듣지 못한 척할 수 있다. 그럴듯하다. 라일라 메이의 표정은 거짓말하기에 좋다. 지하철 승차장에 있는 동안, 파견실 문제가 떠오른다. 크레이그는 라일라 메이한테 본부에 보고하라고 했다. 지하철이 도착한다. 월요일까지 기다릴 수 있는 서류 이야기인 줄 알았다고 말할 것이다. 그 거짓말 때문에 조사위원회와 문제가 생길 수 있지만, 완전히 받아들일 수 없는 핑계는 아니다. 위원회는 라일라 메이를 안 믿어도 라일라 메이가 태만하지 않은 한 징계할 수 없으며 라일라 메이는 자신이 태만할 가능성을 용납하지 않을 것이다. 그건 불가능하다.

둥근 얼굴 애니가 인사불성 상태를 떨쳐내고 나면, 엘리베이터와 추락에 관한 이상한 꿈이 기억날 것이고, 변기에서 떨어진 탓이라고 생각할 것이다. 약 한 시간 뒤에 그렇게 될 것이기 때문이다.

* * *

《이론 엘리베이터학》 1권, 제임스 풀턴 저:

다음이 무엇인지는 우리도 모른다. 우리가 사는 훌륭한 도시 앞에다 야만인을 아랫도리 가리개까지 그대로 데려다 둔다면, 야만인은 어떤 느낌을 받을까? 두 가지 두려움을 느낄 것이다. 우리가 만든 건축 과잉 앞에서 자신이 무력해지는 두려움, 건축 과잉을 만들어낸 우리의 두려움. 결함에 대한 공포. 우리에게는 도시와 건물이 필요 없다. 곤충처럼 본능적으로 도시와 건물을 세우도록 우리를 몰아간 것은 어둠에 대한 공포다. 관점은 상대성이라는 보병이다. 야만인이 지금 우리의 도시와 건물을 두렵고 불가해한 시선으로 응시하듯이 우리도 미래 도시와 건물을 그렇게 응시할 것이다. 다음 건물은 타원형일까, 피라미드형일까? 다음 엘리베이터는 비눗방울이나 조가비 모양에, 안팎을 이동하고…….

수용력을 예로 들자. 표준 주거 건물용 엘리베이터는 승객 열두 명을 수용하도록 설계됐는데, 모든 승객이 평균 몸무게와 형태를 하고 있다고 가정한다. 이는 점유자의 오류다. 12라는 숫자는 병적으로 비만한 사람 또는 마른 남자 협의회와 그 협의회에 필요한 신속한 수송은 고려하지 않는다. 우리는 물체에 순응하고 항복한다. 우리는 이 순서를 뒤집어야 한다. 발전을 이끄는 것은 실패다. 완벽은 개선할 유인을 제공하지 않으며, 완벽한 것은 없다. 우리가 만드는 것은 그 무엇도 원래 의도대로 작동하지 않는다. 자동차는 고속도로에서 과열되고, 전동 깡통 따개는 깡통을 못 딴다. 우리는 물체를 돌봐주고 새로 태어난 아이처럼 대해주어야 한다. 우리 엘리베이터는 약하다. 쉽게 감기에 걸리고 잘 잊어버린다. 우리 엘리베이터는 크기와 높이가 가변적이고, 완전히 신축적이고, 긁힘에 무디고, 자동 세척이 되고, 입이 달려야 한다. 마른 남자의 협의회는 언제든 열릴 수 있다. 실제로 언제나 열리고 있으며…….

* * *

라일라 메이가 다른 무슨 말을 할 수 있을까? 남자가 건넨 말은 친절하고, 친근한 업계 말투에 흠뻑 젖었으며, 억양은 쾌활했고, 표정은 이 나라와 마찬가지로 무척 진부하고 단순해서 라일라 메이는 자기가 그 남자를 안다고 생각할 뻔했다. 이 남자가 '당신이 그 아가씨군요'라고 말할 때, 라일라 메이한테 떠오른 말이라고는 '그런 것 같네요'뿐이었다.

침묵. 짐은 다 안다는 듯이 고개를 끄덕인다.

"도대체 내 집에서 뭘 하는 거죠?" 라일라 메이가 따져 묻는다.

존이 대답한다. "우리가 뭘 하는 것 같은데요? 우리는 증거를 찾으려고 당신 집을 조사하는 중이죠."

침묵. 짐은 이번에도 다 안다는 듯이 고개를 끄덕인다. 존이 보인 침착한 행동을 보증해주지만, 사실 현장에서 붙잡혀 본의 아니게 나온 반응에 더 가깝다.

"내가 근무 뒤에 보고를 했든 안 했든 조사팀에 그런 권한은 없어요. 내 아파트에서 당장 나가요." 라일라 메이가 퉁명스럽게 말한다. 지금까지 아파트에 이렇게 많은 사람이 있던 적은 없다.

짐과 존은 라일라 메이한테 한 걸음 가깝게 다가간다. 적절하게 튀어 나가면 라일라 메이를 붙잡을 것이다.

"그러니까, 우리가 조사팀인가?" 짐이 묻는다. 샐리 이모가 준 과일 절임에서 남은 진홍색 잔여물이 오른손 집게손가락에서 반짝인다.

"그래. 우리는 엘리베이터 점검원 업계의 감시인이지." 존이 거든다.

"부서야." 짐이 말한다. 손가락에 남은 과일 절임을 핥는다.

"우리는 엘리베이터 점검원 부의 감시인이지." 존이 말한다.

"엘리베이터 점검원 부서." 짐이 수정한다.

짐이 돋보기를 허공에 튕겼다 잡으며 주의를 산만하게 하는 것을 존이 이용한다. 라일라 메이한테 겁을 준다. 존이 갑자기 앞으로 확 덮치는 시늉을 하며 미소를 짓지만, 라일라 메이는 도피 반응을 억누른다. 절대 약해 보이지 않을 것이다. 방문자들이 하는 되지도 않는 말장난에 짜증이 난다. 어쩌면 집에, 유일하게 안전한 공간에 무단 침입했다는 것보다 더 짜증이 났다. 라일라 메이는 물건을 올바르게 배열하려고 애쓰느라 많은 시간을 보냈다. 물론 손님을 초대한 적은 없지만, 조그만 가능성은 늘 있다. 당연하다. 라일라 메이가 요구한다. "신분증을 보여주세요. 당장."

"그 신분증이라는 걸 보여주자고." 존이 읊조린다.

"그만하시오, 신사분들." 라일라 메이 뒤에서 목소리가 들려온다. 해변의 돌멩이처럼 매끄러운 목소리다. 목소리의 주인은 완벽한 청색 블레이저를 입은 키 작은 남자다. 요즘 시대에 코안경이라니, 남자는 라일라 메이의 아파트에 들어오면서 손수건으로 코안경을 닦는다. 너무 열심히 광을 내서 실제로 렌즈에는 티끌이 하나도 없다. 남자는 비둘기처럼 빠른 동작으로 움직인다. 왼팔은 날개 모양으로 몸에 밀착해서 그 틈으로 가죽 가방을 끼워뒀다. 남자가 라일라 메이의 어깨에 손을 얹자 그제야 라일라 메이는 진정으로 두려움을 느낀다. 남자의 피부를 느낄 수는 없지만 차가운 것을 깨닫는다. "당신들은 이 아가씨를 괴롭힐 이유가 없소." 남자가 말한다.

짐과 존이 서로를 쳐다본다. 두 사람이 협업해온 역사에서는 콧구멍을 젖히거나 왼쪽 무릎을 희미하게 떠는 것처럼 미묘한 신호를 동료가 보내면 짐이 받는다. 지금 짐은 존한테서 어떤 신호도 읽을 수 없다. 이번이 처음이다. 두 사람은 방해받아본 적이 한 번도 없었다. 무척 당혹스럽다.

낯선 사람이, 가장 나중에 등장한 낯선 사람이 라일라 메이의 어깨를 꽉 쥐면서 묻는다. "내가 누군지 아시오?"

존이 한숨을 쉬며 대답한다. "당신의 신분을 알죠, 리드 씨. 그리고 자세한 신상 정보 몇 가지도요. 하지만 제가 당신을 정말로 안다고 할 수 있을까요?"

짐이 '누군가는 누군가를 정말로 아나?' 또는 '성적으로?' 같은 의미 없는 대화문으로 평소처럼 즉흥 지원에 나서려는 찰나에, 리드 씨가 한 손을 털며 무시한다. 허튼소리. 리드 씨가 처음으로 라일라 메이를 쳐다본다. "왓슨 양, 저 남자들을 집에 초대하셨습니까?"

라일라 메이한테는 이제 모든 것이 달라 보인다. 아파트는 아무것도 움직인 적이 없는 것처럼 보이지만, 모든 것이 다르다. 라일라 메이는 그렇게 느낀다. 더는 여기서 사는 느낌이 안 든다. 리드 씨는 키가 작은 남자고, 라일라 메이보다도 작기에, 내려다보며 말한다. "아뇨. 그런 적 없어요." 라일라 메이는 여기서 살지 않는다.

"제가 거칠게 나가도 될지……." 리드 씨가 입을 연다. 눈이 똥그랗고 멀리 떨어져 있다. 비둘기처럼. 라일라 메이는 고개를 끄덕인다. 리드 씨는 짐과 존을 돌아보고 말한다. "신사분들, 여기를 떠나시오. 당장."

존이 바지 왼쪽에 달린 무릎 보호대를 흔들자 짐이 과일 절임 병을 부엌 조리대에 두면서 늘 그러듯 뚜껑을 돌려 닫는다. 발각당하긴 했지만, 그 습관은 존이 흔적을 남기지 않음을 말해준다. "당장." 존이 흉내를 내면서 특유의 진지한 표정과 건방진 말대꾸로 체면을 지키려 하지만, 이제 성의가 없고 잘 봐줘도 체면 차리기용이었다.

"당장." 짐이 말한다.

짐과 존은 라일라 메이의 아파트 밖 어둑한 복도로 향한다. 라일라 메이 및 조그마한 리드 씨와 안전거리를 유지한다. 존은 손잡이를 쥐고 말한다. "이 문은 열어둘까요, 닫을까요?"

리드 씨가 라일라 메이를 쳐다본다. "열어요." 라일라 메이가 말한다.

짐과 존은 한 층 아래 층계참에 도착하고 나서야 말을 시작하고, 라일라 메이는 두 사람이 무슨 말을 하는지 알 수 없다. 말이 들리긴 하지만 그 소리가 귓속에서 실제 소리보다 훨씬 크게 윙윙거린다. 현기증이 나지만 잘 숨긴다. 라일라 메이는 리드 씨가 누구인지 전혀 모른다. 지금까지는 예리한 시간 감각을 빼면 태도가 위협적인 또 다른 백인 남자일 뿐이다. "리드 씨라고요?" 라일라 메이가 묻는다.

리드 씨가 대답한다. "리드 씨 맞습니다. 오빌 레버 씨의 비서죠. 그분이 당신을 데려오라고 저를 보내셨습니다."

"저를 데려갈 필요는 없어요. 그 상황에서 저를 꺼내주신 점은 감사드려야 할 것 같지만요." 라일라 메이는 음침한 간이 부엌으로 걸어가서 절임 병을 냉장고에 돌려놓는다. 그러다 생각을 바꾸고는 쓰레기통에 떨어뜨린다.

"천만에요, 왓슨 양. 괜찮으시다면?"

"앉으세요." 라일라 메이가 제안한다. 선택지가 거의 없다.

"당신이 얼마나 힘든 상황에 놓였는지를 완전히 인지하는지 모르겠군요, 왓슨 양. 오늘 일어난 사고는 무척 충격적인 파문을 일으킬 겁니다."

"직관주의자 협회장 후보가 누군가를 보내서 저를 살펴보는 것이 옳다고 생각한 이유겠군요. 저는 살펴봐줄 필요가 없어요."

"하나 물어봐도 될까요? 근무를 마치고 왜 부서에 보고하지 않았습니까?"

"피곤했어요."

"상사한테 보고하는 것이 사고 후 표준 운영 절차 아닙니까?"

"집에 오는 지하철에서 석간신문을 볼 때까지 사고가 난 줄 몰랐어요."

"같이 가죠, 왓슨 양. 오늘 밤 여기서 머무는 건 권하지 않습니다."

"여기는 제 집이에요."

"제가 잠시 들르지 않았다면요?"

"그 사람들은 제가 해결했을 거예요."

"제 차가 아래에서 대기 중입니다. 당신은 패니 브리그스 건물을 점검하지 않았습니까?"

"제가 했다는 걸 아시잖아요."

"그러면 무엇이 잘못됐죠?"

아무것도 잘못되지 않았다.

"왓슨 양, 그 사람들이 조사팀에서 나오지 않았다는 건 알죠?"

"네."

"그러면 그 사람들은 누구죠?"

아무도 아니다.

"아직도 당신이 곤경에 처했다는 생각이 안 듭니까?"

그 사고는 불가능하다. 사고가 아니었다.

짐과 존이 그림 뒤에 있는 라일라 메이의 금고를 발견했다 하더라도, 그 내용물은 관심을 끌지 못했을 것이고, 다만 존이 알고자 하는 오늘 밤 목표물의 심리적 특징에 살을 붙여줬을 것이다. 고등학교 때 받은 축구 트로피(시합 기간 내내 벤치에만 앉아 있었고 어머니가 '사교성' 있게 지내라고 재촉해서 팀에 가입했을 뿐인 라일라 메이까지 포함해 팀원 모두가 받았다). 고등학교 졸업 반지(솜씨가 형편없다). 따분한 남자애한테서 받은 고백 편지, 수직 수송 대학교 졸업장, 이론 엘리베이터학과 관련해 상을 받은 논문이 있다. 정말로 별것 없다.

* * *

아버지는 앞으로 살게 될 곳 앞에 라일라 메이를 내려주고 시동은 끄지 않았다. 라일라 메이는 소형 트럭 뒷자리에서 여행 가방 두 개를 꺼낸다. 여행 가방은 새것이고 겉면은 강력한 초록 플라스틱이다. 흠집 방지 기능이 있는 것으로 보인다. 제조사의 약속이 무색하게 흠집이 생겼기 때문에 아버지가 유일하게 살 수 있었던 가방이다. 사실은 흠이 파였다. 마치 동물이 가방의 오만을 알려주려고 송곳니로 물어버린 것 같았다.

마빈 왓슨은 딸이 자랑스러웠다. 딸은 자신이 절대로 할 수 없었던 것을 했다. 그녀는 엘리베이터 점검원이 되고자 공부했다. 그의 자부심은 이런 형편에 대한 부끄러움으로 나타났다. 마빈은 외동딸을, 자신의 아기이자 핏줄을, 학교에 태워줄 이날을 오래도록 꿈꿨다. 하지만 트럭에서 내리지 않았고 딸이 살게 될 건물을 올려다보지도 않았다. 손잡이를 돌려 창문을 열고 작별 입맞춤을 했다. 낡은 트럭은 공회전을 오래 하면 딸꾹질을 하며 모든 것을 맹렬하게 떨게 했고, 라일라 메이가 아버지에게 작별 입맞춤을 하러 몸을 숙였을 때 입술이 아버지의 볼을 스치지도 못했다. 아버지는 떠났고 딸이 3년 동안 살게될 방을, 최근에 보수한 체육관 위에 있는 개조한 관리실 창고를, 절대 보지 않았다. 체육관은 이름이 바뀌었는데, 구동 도르래로 번 재산을 물려받은 늠름하고 젊은 상속자의, 대학에서 재량으로 사용할 수 있도록 큰돈을 기부한 이 나라 남부 출신 신사의 이름을 땄다. 라일라 메이는 관리실 창고에서 살았다. 수직 수송 대학교에는 유색인종 학생이 거주할 공간이 없었기 때문이다.

　이전에 대학 교정은 신경쇠약에 걸린 부유한 여자들이 북동부 대도시에서 와 머무는 요양 시설이었는데, 그런 이유로 학생들은 그리스풍 님프 조각상과, 길고 숱 많은 머리카락이 늘어진 튜닉으로 물결처럼 내려오는 작은 코 요정과 늘 가까이에 있었다. 기후가 온화한 남서부 지역에 새로운 요양 시설이 문을 연 뒤에 이 요양 시설은 파산했다. 신체 통증 때문에 도움을 구하는 사람들은 온화한 기후를 무척 흔쾌히 받아들이면서 무한함과 영원함을 떠올렸고, 머지않아 북동부 대도시에 사는 신경쇠약에 걸린 부유한 여자들은 날씨에서 벗어나고자, 시끄럽게 구는 가족한테서, 자신을 황폐하게 만드는 원흉한테서 멀어지고자 비행기를 탔다. 부지를 구입하고 요양 시설에 있는 시설물을 새로 꾸며 학습에 더 적합한 장소로 만들었던 엘리베이터 업계 큰손은 주변 동네가 마침내 부유한 교외 지역이 되자 낙담했고, 아내와 아이들이 잠들고 오래된 아일랜드 술병만이 동석한 겨울밤에 기계수송 장치가 아니라 부동산을 거래했다면 삶이 어떻게 달라졌을지를 곰곰이 생각했다. 수직성은 그렇게 위험한 사업이다.

라일라 메이는 다른 학생들과 크게 어울리지 않았고, 결과적으로 다른 학생들은 함께 어울리는 척해야 하는 부담을 그녀가 덜어줘서 고마워했다. 초등학교 때처럼 교실 맨 뒷줄에 앉았고 다른 선택을 할 수 없을 때가 아니면 말을 하지 않았다. 라일라 메이는 저녁 일찍 잠자리에 들어 체육관의 보일러실에서 다급하게 우르릉거리는 소리를 무시하고 눈을 감았다. 밤에는 보일러실에서 나는 긴 울음소리가 빈 건물을 채워 유령이 항의하는 것 같았다. 아침에는 일찍, 첫 번째 햇빛이 그리스풍 님프 조각상을 살금살금 넘어가되 서쪽으로 몇 킬로미터 떨어진 주요 도시까지 나아가기 전에 일어났다. 수직 수송 대학교는 유색인종 학생을 시차를 두고 입학시킴으로써 겹치지 않게 하고 겹쳐서 발생할지도 모르는 맹렬한 비난이나 폭동을 예방했다. 이전 관리실 창고 세입자는 단 음식을 좋아했다. 청소할 때마다 구겨진 보가트 풍선껌 포장지가 새로 나왔다. 이따금 교수들은 라일라 메이를 이전 세입자 이름으로 불렀는데, 이름에 비슷한 구석이 있다고는 말하기 어려웠음에도 그랬다. 라일라 메이는 절대로 교수에게 실수를 지적하지 않았다. 교수들은 성미가 까다로운 사람들로 이 나라에서 가장 수준 높은 엘리베이터 점검 학교에서 가르치기 위해 은퇴 생활을 거절한 전직 현장 직원이 대다수였다. 검정 가운은 가장 교양 없는 사람에게조차 위신을 부여하기에 놀랍도록 효과적이다.

라일라 메이는 수직 수송 대학교에서 보낸 첫 학기에 많은 것을 배웠다. 고대 로마의 콜로세움에서 밧줄과 도르래로 만들고 노예가 동력을 제공하는 리프트 장치로 환호하는 사신들 앞에 끌어 올려진 동물들에 대해 배웠고, 빌라예르가 만든 '비행 의자'에 관해, 나폴레옹 1세가 아내인 마리 루이즈 황녀한테 쓴 연애편지에서 묘사한 도르래와 수직 통로와 납 균형추의 단순한 조합에 관해 배웠다. 증기력과 최초의 증기 엘리베이터에 관해서도 배웠다. 라일라 메이는 엘리샤 그레이브스 오티스, 오티스가 영광스러운 발명품을 이용해 성능을 부여한 도시들, 새로 직무 대행을 맡은 엘리베이터 점검원과 엘리베이터 회사에 속한 유지 관리 도급자 사이에 발발한 성전에 관한 글도 읽었다. 안전 규제의 부상, 안전장치 혁명, 국가 표준 지정에 관해서도 읽었다. 경험주의에 대해 배우는 중이지만, 아직은 몰랐다.

라일라 메이는 처음 그 빛을 봤던 때를 기억한다. 보통 해 질 녘에는 무척 피곤해서 방이 너무 덥거나 춥다는 것, 한 층 아래에 있는 여자 공중화장실로 가는 길은 어둠이 가득하다는 것, 관리인이 정비 창고에서 업무를 볼 때는 갓 없는 전구 하나만 있으면 되는 것이 분명하다는 것 말고 다른 것은 거의 알아채지 못했다. 라일라 메이는 책을 읽으려고 하면 열악한 조명 때문에 머리가 아팠다. 어느 날 밤에는 잘 수가 없었다. 말 그대로다. 공부해야 했다. 엘리베이터 점검에 대한 정부 태도라는 변화하는 개념을 배우는 수업을 학기 내내 소홀히 했고(솔직히 말하면 대학에서 처음 몇 달 동안은 기계의 진화가 더 흥미로웠다), 이제 다음 날 아침에 볼 시험을 대비해 벼락치기로 공부해야 했다. 커피와 차가 몸에 안 맞는 데다가 늦게까지 깨어 있어 본 적도 드물었기에, 라일라 메이는 고개가 아래로 떨어지려고 하면 손목을 꼬집기 시작했다. 계획에 없던 쪽잠에서 깨어나다가 풀턴 회관에 불이 켜진 것을 눈치챘다. 작은 도서관이 있는 꼭대기 층에 말이다. 거기에, 황혼 녘에는 문을 닫는 도서관에 누군가가 있어서는 안 됐다. 엘리베이터 점검원은 수습생조차 보통 아침형 인간이다. 라일라 메이는 행정팀이 시험 기간에 도서관 이용 시간을 연장한 것인지 궁금했다. 라일라 메이는 동료 학생들은 아는 여러 일상적인 정보에 자신이 종종 무지하다는 것을 예전에 깨달았다. 하지만 풀턴 회관 아래층은 어두웠다. 라일라 메이는 저 불을 실수로 켜뒀다고 판단하고 **미국 대 아르보 엘리베이터 회사** 사건을 다룬 건조한 법원 기록으로 돌아갔다.

봄이 도착하고 새 학기가 시작됐다. 공부는 전보다 더 어려웠다. 《이론 엘리베이터학》1권을 발견했고 잠을 자는 데 애를 먹었다. 2월 어느 날, 풀턴 회관에서 빛이 다시 보였다. 불이 매일 밤 켜지는 것도 아니고, 어떤 정해진 일정을 명확하게 밝힐 수도 없었지만, 실수라기에는 너무 자주 켜졌다. 라일라 메이는 눈치챌 수밖에 없었다. 풀턴 회관은 이전에 요양 시설에서 운영하던 활력 증진 센터였고, 교정 중앙에 있는 넓은 석조 건물이다. 분홍색 타일로 깔아둔 인도가 이 건축물에서 뻗어 나와 정신 및 신체 질환을 치료하는 데 중요한 모든 건물로 향했다. 진흙 치료실, 관장실, 사혈실. 이제 그 건물들에는 공학 기술, 선진 개념, 안전 회관이 들어갔다. 분홍색 길은 체육관으로도 향했는데, 요양 시설일 적에도 체육관이었고 재활 운동용 공이 가득했다. 그 길은 불 켜진 풀턴 회관 창문에서 라일라 메이가 사는 관리실 창고로 곧장 향하다시피 했다.

때때로 서가 사이를 이동하는 인형이 보이곤 했다. 라일라 메이는 나이 든 남자라고 판단했다. 남자는 지팡이를 짚고 걸었다. 때로는 불을 켜는 대신에 랜턴을 사용했는데, 그럴 때면 랜턴을 떨어뜨릴까 봐과도하게 걱정하는 것처럼 더 천천히 걸었다. 라일라 메이는 그 남자를 다 합쳐서 수십 번은 봤는데, 그때마다 자기들이 지구에 마지막으로 남은 사람이라는 느낌을 받았다. 엘리베이터 탑승칸에 서서 엘리베이터 수직 통로 안에 있을 때와 같은 느낌이었다. 점검원 사이에는오래된 금언이 있다. '엘리베이터는 무덤이다.' 엘리베이터에는 그 정도로 상실과 황폐함이 존재한다. 이런 이유로 탑승칸 벽은 절대 순수하지 않다. 여러 개의 사각형 판으로 분해할 수 있고, 뒤쪽에는 가로대를 갖췄다. 그렇지 않으면 상자가 됐을 것이다. 관 말이다. 그 인형이 풀턴 회관에 나타난 밤, 그 남자는 라일라 메이의 엘리베이터였다. 라일라 메이가 수직 통로의 어둠 속에 서 있는 것, 그 남자, 라일라 메이, 어둠뿐이었다. 규칙적인 간격으로 층마다 가늘고 긴 빛이 문틈 사이로 스며들어 와 엘리베이터 벽에 맺히지만, 위안을 주지 않는다. 이가늘고 긴 빛은 손이 닿지 않는 곳에 더 많은 빛이 있다고 말한다. 구원은 없을 것이라고 말이다.

그 남자를 마지막으로 본 날 밤에 라일라 메이가 그 남자의 정체를알았더라면, 다르게 반응했을까? 그 마지막 날 밤, 남자는 라일라 메이를 봤고 천천히 손을 흔들며 어둠에 관해 자신이 아는 전부와 라일라 메이가 이미 이해한 것을 전달했다. 그 남자가 제임스 풀턴이며, 다음 날 아침이면 랜턴 심지가 아직 어둑하게 빛나는 가운데 숙취에시달리는 관리인이 뇌졸중으로 사망한 풀턴의 시신을 도서관 바닥에서 발견할 것이라는 사실을 알았다면, 라일라 메이는 그 손짓에 다르게 반응(공손하기는커녕 고개를 끄덕이지도 않았다)했을까? 아닐 것이다. 라일라 메이는 그런 사람이다.

* * *

어쨌든 잠을 청했다. 자본 적이 있는 침대 중 가장 큰 침대에서, 헤엄칠 수 있을 정도의 큰 침대에서. 라일라 메이는 체지방이 무시해도 될 만큼 적은데도(그녀는 비쩍 말랐다) 침대에 떠 있다. 침대에는 꿈을 꾸는 데 도움이 되는 저류가 흐르지만, 라일라 메이는 깨어나면 꿈을 기억하지 못한다. 깨어나는 동안 그녀의 의식은 반수면 상태에서 패니 브리그스 건물을 방문했던 기억으로 넘어간다. 쉬운 일이었다. 라일라 메이는 2번가 117번지에 있는 그녀의 방에서 그렇게 생각한다.

라일라 메이가 도착했을 때 패니 브리그스 기념 건물은 현관이 거의 완성된 상태였다. 위층에서 발생할 일에 대한 작고 비좁은 철학에서 주의를 딴 데로 돌리려는 듯 시는 공간이 너그러운 로비를 방문자에게 제공했다. 발아래 모조 대리석은 진짜 대리석처럼 단단하며 반짝였고, 떨리는 반향을 쉽게 일으켰다. 원을 이룬 도리아식 기둥은 위에서 가하는 무게를 불평 없이 받쳤다. 하지만 벽화는 미완성이었다. 벽화는 라일라 메이의 왼쪽에서 아주 멋지게 시작했다. 생기 없는 미대륙 원주민이 불 앞에서 사슴 가죽을 떠받친다. 물론, 원래 세입자다. 대형 범선 한 대가 섬 주변에 흐르는 까다로운 해협을 지난다. 기쁨에 넘치는 미대륙 원주민 두 명이 백인 한 무리와 구슬을 교환한다. 악명 높은 섬 판매 사건이다. 꼭 포함해야 하는 중요한 순간으로, 이 도시의 역사에서 일어난 수많은 수상쩍은 거래 중 첫 번째다. (아직 엘리베이터가 없다. 덕분에 라일라 메이에게 풍경이 평면처럼 보인다. 도시에 차원이 없다.) 그러다 벽화가 수많은 일을 건너뛰고 혁명으로 뛰어넘어 가는 것이 눈에 띈다. 화가는 도시를 만든 사람들처럼 진행하면서 그림을 지어내는 듯했다. 혁명 장면은 훌륭한 작품이었다. 식민지 주민이 조지 3세의 조각상을 끌어 내린다. 라일라 메이가 맞게 기억한다면, 그것을 녹여서 탄약으로 만들었다. 선량한 군중은 언제나 힘을 합치면 좋다. 그림은 거기서 끝났다. (누군가가 2번가 117번지에 있는 그녀의 방문을 두드렸지만, 라일라 메이는 눈을 뜨지 않는다.) 라일라 메이의 오른쪽에 남아 있는 벽 공간 크기로 판단하건대 벽화는 도시의 위대한 순간으로 된 연대기를 더 간략하게 표현해야 할 것이다. 화가가 공간이 얼마나 있는지 잘못 판단했든 아니면 그 사이 시대에서 그리 강렬한 인상을 못 받았든 말이다. 요점만 부탁드립니다.

지방 건설부 부차관이 맞은편 벽에서 뒤뚱거리며 다가온다. "엘리베이터를 보러 왔소?" 지방 긴 오만함을 풍기는 것이 족벌 인사로 고용된 모든 사람들과 같았다. 누군가의 조카, 누군가의 누이의 아들.

라일라 메이가 고개를 끄덕였다.

"오래 걸릴 예정이오? 나는 지금 일을 쉴 시간인데 말이오." 무슨 일을 쉰다는 것일까? 이런 건물은 경비원과 관리인만 경험한다. 아직도 아득히 멀리 있는, 세상 반대편에 억류된 따뜻한 해류를 빙하에 꽉 낀 채 기다리는, 짐을 가득 실은 배와 비슷하다. 쥐는 이 건물로 이사조차 안 했고, 바퀴벌레는 신중하게 생각하는 중이다. 지금부터, 오늘 이 시각부터 한 달 뒤면, 현관은 시민으로 어지러울 것이다. 라일라 메이는 건물을 이 상태로 보는 것을 영광으로 여긴다. 부차관은 지루해하며 주머니 안을 만지작거렸다. 벽화 화가가 사용하는 발판이 무너질 듯한 교수대처럼 라일라 메이의 머리 위에서 휘청거렸다.

"엘리베이터를 보여주기만 하세요." 라일라 메이가 말했다. 이 일은 쉬울 것이다.

라일라 메이가 점검 기억을 더 되살리기 전에, 대답하지도 않았는데 사환이 문을 연다. 두 손에 흰 장갑을 꼭 맞게 끼고 은색 쟁반을 들었다. 미소를 짓는다. 라일라 메이는 두꺼운 빨간색 담요를 작고 여윈 턱까지 당긴다.

사환이 말한다. "방해해서 죄송하지만, 이 근사한 아침 식사를 버리는 것은 부끄러운 일 같아서요."

"감사합니다." 라일라 메이가 말한다. 참나무로 만든 침대 머리판에 기대앉는다. 머리판에 자세히 새겨진 유나이티드사 최초의 승강기 모터가 왼쪽 어깨를 찌른다. 남자는 라일라 메이의 허리 앞에 쟁반을 놓는다. 달걀, 햄, 주스. 라일라 메이는 이른 아침에 이렇게 음식을 많이 받으면(분명히 말하면 아주 드문 일이다) 보통은 깨작이고, 먹었다는 착각을 극대화하기 위해 음식을 접시 주위로 공손하게 옮긴다. 이번 아침은 감사하다.

사환의 입이 재빨리 미소를 짓는다. 사환은 키가 크고 몸집이 큰 남자로 미소가 없다면 위협적으로 잘생겼을 것이다. 그녀는 그가 힘이 강한 남자임을 알았다. 비록 그 힘을 아기자기한 일에 낭비하고 있지만. 흰색 정복이 잘 어울리지만, 풀을 먹여 주름을 잡은 한계에 갇힌 것처럼 보인다. 하지만 우리는 얻을 수 있는 직업을 받아들인다고, 라일라 메이는 생각한다. 더듬어 찾을 수 있는 일이라면 무엇이든. 라일라 메이는 유색인종이 시중을 들어주는 것을 좋아하지 않는다. 옳지 않다.

사환은 창가에 있다. "커튼을 열어도 될까요?" 사환이 묻는다.

라일라 메이는 고개를 끄덕인다. 생각보다 늦은 아침이다. 뜰에는 오래된 나무의 잎사귀에 빛이 엉겨 방울진다. 인근 건물들의 뒷벽은 길가에 선보이는 정면에 비해 낡았지만 제 역할을 한다. 뜰에서 보물을 가져갈지도 모르는 사람을 대비하여 방비를 굳힌다. 대대로 내려온 정원을 지킨다. 아침 식사에 몰두하려는 차에, 라일라 메이는 방 맞은편에, 인상적인 책상 옆에 있는 초록색 여행 가방이 약간 열린 것을 눈치챈다. 그리고 텅 빈 것을.

"걱정하지 마세요." 사환이 안심시키며 라일라 메이의 시선을 관찰한다. "제가 건드리지 않았으니까요. 그레이블리 부인이 어젯밤에 짐을 풀었습니다. 리드 씨가 생각하기에 그래야 당신이 더 마음을 놓으실 것 같았거든요." 사환의 눈썹이 휜다. "하실 말씀이 있을까요?" 사환이 묻는다.

"없어요. 그저 피곤할 뿐이에요." 라일라 메이가 대답한다.

사환이 말한다. "전혀 피곤해 보이지 않으십니다. 무척 아름다우시죠. 일어나서 외출할 준비를 마치신 것처럼요."

흠. 라일라 메이는 고개를 가로젓고 말한다. "감사합니다."

"진심입니다." 사환이 활짝 웃으며 말한다. "이 일이 제 정규 직업은 아니에요. 삼촌이 아프셔서 제가 여기 왔죠. 삼촌 대신 일을 하는 중이에요. 하지만 삼촌이 하는 일에 임시 고용인이 이렇게 많다는 걸 알았다면, 전부터 여기에 더 자주 들렀을 거예요." 사환이 손을 뻗는다. "제 이름은 나체즈입니다." 사환이 말한다.

"라일라 메이예요."

흠.

* * *

"듣고 있나요, 왓슨 양?"

"네. 그냥 생각을⋯⋯."

"시간제한이 있는 시험이라는 것 알죠?"

"네."

"그러면 시작합시다. 1846년."

"윌리엄 암스트롱 경이 유압식 기중기를 설계하여 제조합니다. 뉴캐슬에 건립한 기중기는 런던의 주요 수도관에서 발생하는 수압을 활용했습니다. 암스트롱은 마침내 똑같은 원리를 가중 가속기에 이용했습니다."

"셰이딩 코일의 주요 기능은?"

"규정 한도를 넘어선 과열을 예방합니다."

"시민이 엘리베이터 사고를 당할 확률은?"

"부상 말씀이신가요, 사망 말씀이신가요?"

"둘 다요."

"각각 3억분의 1과 6억 5천만분의 1입니다."

"T자형 레일에 비금속성 물질을 사용하는 경우는?"

"탑승칸의 정격속도가 초당 0.76미터를 넘지 않을 때입니다."

"안전장치 유형 세 가지는?"

"즉시형, 완충 효과를 내는 즉시형, 점진형입니다. 즉시형은 정지하는 시간에 가이드 레일에 빠르게 증가하는 압력을 가합니다. 정지 시간과 거리가 짧습니다. 이런 장치는 정격속도가 초당 0.76미터를 넘지 않는 탑승칸에 적용할 수 있습니다. 완충 효과를 내는 즉시형은 에너지를 축적하거나 내보내는 탄성장치를 포함합니다. 보통 탑승칸 아래쪽 틀에 달린 유압 완충기 시스템과 난간에 달린 안전판으로 구성됩니다. 정격속도가 초당 최대 2.5미터일 때 효과적입니다. 점진형은 난간에 증가하는 압력을 한정적으로 적용하는데, 주로 유럽에서 정격속도가 초당 1미터 이하인 탑승칸에 이용합니다."

"아주 완벽한 답이었어요."

"감사합니다."

"표준 사고 곡선은 어떤 모양이죠?"

"엘리베이터 고장률은 RT는 1 빼기 FT로 표현되는데 R는 신뢰도, T는 시간, F는 고장입니다. 이 공식은 '욕조' 모양 곡선이 특징이며 세 단계가 뚜렷이 나타납니다. 초기 또는 '이른 고장' 단계는 상대적으로 높은 사고 건에서 시작하는데, 대부분 설치 실수 때문이며 그다음에 빠르게 떨어집니다. 이 부분이 '욕조'의 첫 번째 벽입니다. 다음 단계는 '무작위 고장' 단계라고 부르는데 안정기이며 엘리베이터의 사용 기간 대부분 동안 이어집니다. 이 평평한 면이 '욕조'의 바닥입니다.

이 단계에서 일어나는 사고는 예측할 수 없으며 보통 승객이 잘못 사용하거나 유지 관리가 형편없는 탓에 발생합니다. 드물게 '참사'가 발생하는 것도 이 단계입니다. 엘리베이터가 전성기를 넘은 최종 또는 '마모' 단계에서는 곡선이 다시 빠르게 상승합니다. 욕조의 반대편 벽이죠. 이 결정적인 시기에도 부지런한 점검과 신중한 유지 관리로 사고를 대부분 예방할 수 있습니다. 물을 마셔도 될까요?"

"그러세요. 네 가지 질문은?"

"메틀하임은 이렇게 제시합니다. 어떻게 발생했나? 어떻게 발생할 수 있었나? 예외적인가? 앞으로 어떻게 하면 피할 수 있는가?"

"미국 대 마리오 식당 재판의 평결은?"

"식당 식기용 승강기는 수동 엘리베이터이며, 사람을 나르지 않는다고 해도 지자체 소속 엘리베이터 점검원한테 정밀 조사를 받아야 하는 대상이라고 결정했습니다."

"그 여파는?"

"비평가들은 엘리베이터 점검원 '파벌'이 관할 구역 범위를 과도하게 확장하려고 시도한다며 비난했습니다."

"열여섯 가지 유형은?"

"화물용 엘리베이터. 화물을 운반하는 데 사용하는 엘리베이터로 운전자와 짐을 싣고 내리는 데 꼭 필요한 사람만 탈 수 있습니다. 중력 엘리베이터. 중력을 이용해 탑승칸을 움직이는 엘리베이터입니다. 수동 엘리베이터. 인력을 이용하는 엘리베이터입니다. 경사형 엘리베이터. 수평선에서 70도 이하인 경사도로 이동하는 엘리베이터입니다. 다중 승강장 엘리베이터. 객실 두 개 이상이 위아래에 바로 위치한 엘리베이터입니다. 전망용 엘리베이터. 승객이 외부 전경을 볼 수 있게 설계했습니다. 승객용 엘리베이터. 주로 운전자 이외의 사람을 운반하고자 사용합니다. 동력 엘리베이터. 중력이나 인력 이외의 힘을 이용합니다. 전기식 엘리베이터. 전기 운전 기계를 사용하는 동력 엘리베이터입니다. 유압식 엘리베이터. 실린더 속에서 액체에 압력을 가하는 식으로 힘을 주는 동력 엘리베이터입니다. 직접 플런저 유압식 엘리베이터. 플런저나 실린더가 탑승칸 틀이나 승강구에 바로 붙은 유압식 엘리베이터입니다. 전기-유압식 엘리베이터. 전기모터로 액체를 퍼 올리는 직접 플런저 엘리베이터입니다. 압력 유지 유압식 엘리베이터. 압력을 받는 액체를 언제든 실린더로 전달할 수 있는 직접 플런저 엘리베이터입니다. 밧줄-유압식 엘리베이터. 피스톤을 탑승칸에 밧줄로 연결한 유압식 엘리베이터입니다. 개인 주거지용 엘리베이터. 개인 주거지에 설치하거나 개인 주거지에 접근할 목적으로 공동주택에 설치하는 동력 승객용 엘리베이터입니다. 인도 엘리베이터. 자동차를 제외한 물건을 운반하는 화물용 엘리베이터로 보도에 있는 착륙장이나 건물 밖에 있는 여타 공간부터 보도나 건물이 선 땅 아래층 사이를 운행합니다. 이상 열여섯 가지입니다."

"아주 훌륭해요, 왓슨 양."

"감사합니다."

"이제 거의 다 했어요. 대답해보세요. 이 나라에 유색인종 엘리베이터 점검원은 몇 명이죠?"

"열두 명입니다."

"엄밀한 의미로 고용된 사람은 몇 명인지 아나요? 구두닦이로 일하지 않고? 가정부도 아니고?"

"모르겠습니다. 열두 명 이하요."

"다 알지는 못하는군요. 끝났습니다, 왓슨 양. 다음 주에 성적을 받을 거예요."

* * *

추락하는 엘리베이터가 남기는 흔적은 불꽃, 떨어지는 동안 내내 어둠을 긁는 수많은 불꽃이다.

* * *

주소는 2번가 117번지였지만 모두가 이곳을 직관주의자 회관으로 알았다. 엘리베이터 혁신 분야에서 뛰어난 업적을 쌓아 베르너 폰 지멘스 상을 두 번 수상했던(첫 번째는 플라이보이 제한 스위치, 두 번째는 '똑똑한' 과속 조절기로 받았다) 에드워드 딥스-와트니는 20년 전, 이 운동 단체가 여전히 더러운 의붓자식 취급을 받을 당시에 이 연립주택을 샀다. 엘리베이터 공동체는 에드워드 딥스-와트니를 기질이 돈키호테 같은 남자로 여겼다. 이 남자는 직관주의에 완전히 휩쓸리지는 않았지만, 어떤 것이 이렇게나 고함과 비난을 유발한다면, 싹을 틔우고 자신을 드러내어, 바라건대 더 많은 고함과 비난을 유발할 장소를 얻을 가치가 있다고 느꼈다. 그리고 모형 기차 애호가로도 유명했다.

에드워드 딥스-와트니가 쌓은 업적은 예나 지금이나 인정받는다. 그 이름은 엘리베이터 점검원용 교과서의 색인에서 영원히 배회할 것이다. 토막 정보 하나. 딥스-와트니가 만든 플라이보이 제한 스위치의 독점 판매권을 운 좋게 소유한 아르보 엘리베이터 회사는 시제품을 금에 담가서 어느 추운 해에 크리스마스 선물로 발명가에게 헌정했다. 하지만 에드워드 딥스-와트니는 명성이라는 금박을 입힌 특권에는 관심이 없었다. 풀턴이 창시한 학문이 얼마나 오래 살아남을지는 불확실했다. 그래도 딥스-와트니는 하느님이 자신에게 재능을 주었다면, 자신이 가장 해서는 안 되는 일은 다른 사람이 자기 재능을 찾도록 돕는 일이라고 판단했다. 하느님의 의지가 이렇다고 믿은 덕분에, 에드워드 딥스-와트니는 국제적인 직관주의자 단체를 대표해서 자기 노력의 결실을 목격하지 못했다. 또 목에 생긴 낭포를 하느님이 주신 또 다른 재능이라고, 허영을 멀리하라고 알려주는 것이라고 믿었다. 에드워드 딥스-와트니가 틀렸다.

후원자가 죽고 나서 몇 해 동안, 이 회관은 번창해서 국제 직관주의자 본부가 됐는데, 대학교 행정부가 생각을 바꿔 새로운 학문에 관해 수업을 제공하고 그 용맹한 강사한테 큰 사무실(위치는 안 좋다)을 수여하고 난 뒤까지도 계속해서 고집스레 번성했다. 회관에서 실제로 진행하는 연구는 극소수인데, 이 건물이 의도하는 목적이 밤샘하며 공부하는 것인 적은 한 번도 없었다. 점검원과 엘리베이터 학자는 직업이 그 영혼에 대가를 요구하지만, 여전히 사회적 동물이다. 매 수요일, 제임스 풀턴은(나중에는 오빌 레버가) 아래층 응접실에 서서 자기가 창시한 학문에 관해 복잡한 내용을 강의했다. 유럽식 유지 관리

편차가 직관주의에 미친 영향을 강의했고, 수직 통로를 채운 어둠과 어떻게 그 어둠이 모든 생명체의 내면에 있는 어둠을 상기시킬 뿐 아니라 완벽히 되풀이하는지 자세히 설명했다. 나중에는 모두에게 박하술을 대접했고, 그보다 더 나중에, 풀턴이 수직 수송 대학교 북쪽 교정에 있는 튜더식 저택으로 물러난 뒤에는 가슴 큰 배구 선수가 나오는 스웨덴 영화를 보여줬다. 풀턴은 이 수상쩍은 활동은 알아채지 못했다. 회관에서 일하는 운전기사는 쾌락을 찾아다니고 돈을 낼 용의가 있는 외판원을 데려와 정기적으로 화요일 밤 강의를 빽빽하게 채웠다. 풀턴이 이 상황에 관해 의아해했던 적이 있다면, 아마 비전문가 청중을 보며 자기 이론을 보편적으로 적용할 수 있는 증거라고 받아들였을 것이다.

레버가 회관의 수장으로서 풀턴의 뒤를 이은 이래로, 세계 직관주의자 부족은 2번가 117번지를 마음과 머리로 세 배 더 중요하게 여겼다. 지금은 레버의 선거운동 본부이자 대체로 침울한 탐정인 수직 수송 철학자가 처음 겪는 가공할 만한 낙관주의가 탄생한 곳이다. 새로운 소문이 활개를 쳤다. 세간에서 소곤거리길 레버는 정말로 협회장 선거에서 이길 가능성이 있다. 예상했던 대로 직관주의자의 시대가 왔다. 레버가 진행하는 화요일 밤 강의는 기본적인 경험주의가 저지르는 오류를 두고 더는 건방지게 미적거리지 않으며, 맹공을 퍼붓는다. 회관 벽은 선거 연설이 내는 치찰음으로 진동한다. 레버가 이기면, 회관은 영원히 달라질 것이다.

지금 회관에서는 지난 수년 동안처럼 일상을 이어가는데, 시간이 사람을 부르는 마법에 액운이 끼는 것을 막기 위해서다. 이 학문을 연구하는 외국인 학자가 유럽 대륙에서 건너오고, 대학교에서 강의한 뒤에는 회관과 2층 손님방에 칩거한다. (라일라 메이는 지금 자기가 누워 있는 침대에서 잠을 청했던 권위자들의 이름을 들으면 깜짝 놀랄 것이다. 라일라 메이는 손으로 깍지를 껴서 머리 밑에 받치고 천장을 빤히 쳐다본다.) 직관주의자에 대한 신간을 발표하면 여기서 성대하게 기념 파티를 여는데, 참석자는 논평하면서 그레이블리 부인이 구운 사과 푸딩의 절묘한 성질을 향해 경외감을 뚝뚝 흘리는 풍습이 있다. 지역 회원(직관주의에 맹세한 사람, 양쪽에 모두 돈을 건 요령 있는 경험주의자, 그저 아내한테서 벗어나고 싶을 뿐인 초당파 점검원)은 여전히 포커 게임을 하러, 특별한 밤에는 순수한 최고급 스카치위스키를 맛보러 모인다. 회관이 영향력을 키움에 따라 이제 스웨덴 영화도 참석자 사이에서 불어났고, 추가 수입 덕분에 처가 식구들한테 더 높이 평가받으며 대담해진 운전기사는 근무시간 뒤에 넥타이핀, 토스터, 성경 판매원이 차고에 모이는 회담에도 회관 회원을 초대하여 끼워주기 시작했는데, 운전기사가 가차 없이 예리하게 선별할 수 있는 이런 회원들은 눈에 무언가가 있다.

라일라 메이한테 물어보면 리드 씨가 회관에서 한두 밤을 보내는 것이 현명할 거라고 제안했을 때 심장이 쿵 내려앉았다고 인정하지 않을 것이지만, 사실이 그랬다. 내심 집에서 지내다가 다른 불청객이 들르면 화를 쏟아내고 싶기도 했다. 이런 식으로 폭력을 기분 좋게 느낀 적은 매우 드물었다. 라일라 메이는 자기 성격을 다스리는 주인이며, 세상은 세상이므로 이따금 주먹을 날리거나 눈을 찔러도 세상을 달리 바꿀 수는 없을 것이라는 더 원초적인 마음가짐을 매우 익숙하게 되새긴다. 하지만 이 최근 사건은 몹시 충격적이었다. 진흙탕 같은 상황을 이해하고 받아들이고 그 속에서 산다고 해도, 그 진흙탕이 너무나 갑자기 극적으로 변해 새롭고 더 깊은 진흙탕으로 나자빠지는 것은 상당히 다른 문제다. 라일라 메이는 그렇게 생각한다. 일이 너무 빨리 벌어진 나머지 라일라 메이는 생각하고 진상을 밝힐 시간이 필요 없다고 자신을 다독이지 못한다. 진상을 밝히려면 이 리드라는 남자한테 도움을 받기도 해야 하는데 말이다. 라일라 메이를 분하고 자존심이 얼어붙게 만드는 것은 도움 그 자체가 아니라 받아들이는 행위다. 그 남자에게 빚을 진다는 뜻이니 말이다. 그 별난 사람한테.

　라일라 메이가 회관에서 머무는 방은 버트럼 암스 아파트에 있는 자기 방보다 두 배가 넓은데, 지금처럼 커튼을 활짝 걷으면 거기서 다시 두 배가 더 넓어지며 숨어 있던 빛이 전부 방으로 쏟아진다. 버트럼 암스에 있는 방에서도 하늘이 보이지만, 빛이 들어오지 않는다. 둘 사이에는 차이가 있다. 라일라 메이는 아침 식사용 쟁반을 어떻게 해야 할지 모른다. 영화에 나오는 호텔 장면처럼 문밖에 둘까, 아니면 침대 옆에 두고 자연스럽게 행동할까? 어쨌든 일어날 시간이다. 방 맞은편 벽에 걸린 큰 타원형 거울에는 먼지가 한 톨도 없다. 라일라 메이는 배를 문지른다. 더 자주 이렇게 먹어야겠다. 정장이 그립다. 많지도 않은 돈을 필요도 없는 곳에 사용하지 않지만, 자기 자신을 보려면 정장 재단 선이 필요하다. 대담하게 각진 형태와 날카로운 옷깃이. 단추는 라일라 메이를 닫아두는 나사다. 재단사는 라일라 메이에게 무엇이 필요한지를 아는 것처럼 보였고, 라일라 메이가 집을 완전히 떠나서 다른 사람들과 어울리는 데 필요한 극적 효과를 이해했다.

노련한 남자였다.

그레이블리 부인(그 사람이 누구인지, 요리사인지, 냉소적인 할망구인지는 모르지만, 라일라 메이는 그레이블리 부인을 볼 수 있는데, 머리가 하얗게 셌고 냉소적인 것은 확실하다)은 라일라 메이의 정장을 옷장에 걸어두면서, 라일라 메이가 옷걸이라는 정중함을 한 번도 베푼 적 없는 흰색 면 셔츠 두 벌도 걸어뒀다. 직관주의자 회관에서는 옷마저도 왕처럼 대우받는다. 라일라 메이는 하룻밤을 더 머물 생각이 없었는데도 여분의 정장을 챙겼다. 왜인지는 모른다. 정장에서는 옷장에 맴도는 좀약 냄새가, 약효가 있는 안개가 흔적을 드러내지 않는다.

옷을 차려입고 거울 앞에 선다. 무장을 갖췄다. 얼굴을 꾸민다. 라일라 메이한테는 화장품이 아니라 의지가 중요하다. 어떻게 몹시 슬픈 표정을 철저하게 지을까? 연습이 필요했다. 거울 앞에서 하거나, 낯선 사람 앞에서 하면서 그 사람들이 표현하는 공포, 역겨움 등을 보고 성공 여부를 판단한 것은 아니다. 침대에 누워 연습했는데, 긴장을 조성할 때 어떤 얼굴 근육이 고통스러운지를 느끼고 시험했다. 가장 극심한 통증을 고르면 무서운 표정이 될 것이다. 힘을 풍자한 표현이다. 어느 날 밤에 윗입술에 붙은 작은 근육을 시험하다가 눈금을 획득했는데, 실제 통증이 최고조에 이르는 지점에서 몇 센티미터 아래에 고통을 주어야겠다는 생각이 우연히 스쳤다. 이런 불편함은 모든 얼굴 근육, 눈썹 위, 턱 아래, 콧구멍 맞은편에 적용하는 표준이 됐다. 라일라 메이는 관리실 창고에 있는 작은 거울로 확인하지 않았는데, 그럴 필요가 없었다. 제대로 될 것을 알았다.

얼굴은 다 꾸몄다. 창문으로 몰래 지켜봤던 리드 씨를 만날 준비가 끝났다. 리드 씨는 정원에서 돌의자에 앉아, 더러워진 적 없는 코안경에 광을 내는 중이다.

* * *

보라, 경험주의자는 몸을 숙여서 승강기 윈치에 뚜렷하게 생긴 줄무늬를 점검하고 보상 밧줄 도르래에 생긴 산화 흔적을 붙잡는 데 모든 근육을 쓰면서 직관주의자는 일을 편하게 한다고 생각한다. 게으른 자식들.

경험주의자가 변절한 동료한테 붙인 별명이 있다. 힌두교 지도자, 부두교인, 서아프리카 부적 대가리, 주술사, 해리 후디니. 이 모든 단어는 까무잡잡한 이국적인 것에, 사악한 외국 것에 이름을 짓는 방법을 따랐다. 후디니는 예외지만, 후디니한테도 거무스름한 무언가가 있다.

직관주의자가 이에 맞서 지은 별명도 있다. 지구평평설 추종자, 구식 기계 부품, 압력 변태(경험주의를 훈련받은 사람들이 밖에서 거리를 달릴 때 흔히 내뱉는 말이 '압력 징후 점검'이다), 속물, 교정자(이 마지막 단어는 최대한 업신여기며 낮게 말하는 것이 좋다).

왜 직관주의자가 경험주의자보다 적중률이 10퍼센트 더 높은지는 아무도 잘 설명하지 못한다.

***

정원에서는 모든 것이 죽어가는데, 그런 계절이다. 나뭇잎은 활활 타오르고 생기를 잃으며 죽어가다가 몸을 비틀며 재가 되어 바닥으로 떨어진다. 라일라 메이는 도시에 있는 비밀 정원 중 하나에서 리드 씨를 향해 저벅저벅 걸어간다. 무뚝뚝한 보초병(따분한 갈색 사암으로 지은 빅토리아시대풍 연립주택)은 라일라 메이한테서 등을 돌린 채다. 이 침입자는 특별 허가를 받아 용무를 볼 권한이 있으므로, 저 너머 거리에 있는 배고픈 사람 수천 명이야말로 더 철저하게 조사해야 한다. 그 사람들을 못 들어오게 하고, 죽어가는 정원을 안전하게 지켜야 한다.

리드 씨가 무감각하게 말한다. "그레이블리 부인은 집 안에서 담배를 못 피우게 하죠. 여기에 나와 피웁니다." 의자에서 나뭇잎을 쓸어내고 라일라 메이한테 앉으라며 몸짓한다. 지난밤과 같은 남자가 아니다. 어쨌든 몇 초 동안은. 그러더니 깜짝 놀라 이마에 생긴 주름을 편다. 결의에 찬 얼굴을 하며 라일라 메이가 쓴 가면을 가면으로 막는다. 리드 씨가 말한다. "거처는 당신 기준에 만족스러웠을 거라 믿습니다."

시비를 건다. 라일라 메이가 사는 좁은 방을 모욕하는 것인가? 침착하자. 라일라 메이가 말한다. "잘 잤어요."

"아침 식사는요? 아침 식사는 어땠죠?"

"좋았어요."

"당신 방으로 식사를 가져간 남자는 정중했습니까?" 리드 씨는 바닥을 아주 골똘하게 쳐다본다. 리드 씨가 생각을 입 밖에 꺼냈다고, 라일라 메이는 생각한다.

"네."

리드 씨는 잠에서 덜 깬 듯이 속삭인다. "평소에 일하는 사람이 오늘 아침에 병가를 냈어요. 조카를 보냈더군요. 여기서는 처음 써보는 사람입니다."

라일라 메이는 아무 말이 없다. 비가 더 올 듯한 냄새가 난다. 몇 미터 떨어지면, 며칠 전에 비가 와 아직도 웅덩이가 고인 석조 분수 표면에서, 사방에 널린 죽은 잎사귀가 엉긴다. 분수에 있는 천사상은 한 발로 춤추며(뭐에 맞추어 춤을 출까? 내년 봄에 맞춰, 주인에게 춤을 보여주려고?), 작은 입으로 축축한 가을 공기를 감싼다. 라일라 메이도 리드 씨에 관해 아는 바가 있다. 미드웨스턴 수직 수송 전문대학교를 동기 중 최고 성적으로 졸업했고, 다른 해안 지역에 있는 더 큰 부서에서 재빨리 서둘러 출셋길에 올랐다. 업계 거물이 될 온갖 징후가 보였다. 그때 풀턴이 《이론 엘리베이터학》 1권을 풀어놨고 이 남자를 엄습했다. 라일라 메이는 말할 수 있다. 개론서에서 간결한 색인 항목('풀턴이 최근에 상스러움을 보일지라도……')을 보고 발길이 닿지 않는 도서관 서가 후미로 향한 뒤에, 라일라 메이도 《이론 엘리베이터학》 1권에서 전향을 경험했다. 학교 측이 직관주의자 수업을 강좌 요람 속 칙칙한 구석으로 쫓아낸 것은 놀랍지 않고, 좁은 교실이 항상 꽉 차고 강사가 이런 지식을 짊어진 채 낙심하여 지긋지긋하게 시달리는 것도 놀랍지 않다. 라일라 메이는 공부를 시작한 초기에 풀턴이 한 말을 발견했고 변했다. 이 책이 리드 씨처럼 무척 오랫동안 충실하게 경험주의를 섬겼던 남자한테 어떤 영적인 재앙을 초래했는지는 생각만 해볼 수 있을 따름이다. 세상에 배신당하는 느낌이었을 것이다.

지난여름에 〈승강기〉 잡지에 나온 인물 소개 중 다른 것도 기억난다.

초기 직관주의 전향자 대부분이 그렇듯, 리드 씨는 새로운 복음을 설교하고자 엘리베이터 점검 일을 완전히 그만뒀다. 이 초기 개척자들은 자기들이 이전에 믿었던 신념의 모든 교리에 풀턴이 오줌을 갈겼을 때, 정말로 그 의도가 무엇이었는지를 추론했다. 여기서 리드 씨는 자신을 인지했다. 사상가가 아니라 노새로서. 힘들고 지루한 일을 했다. 이 생경한 학문을, 이 종양을 더 넓은 엘리베이터 공동체에 부지런히 통합하면서, 이 이단을(그 사상을!) 가르치라며 심통 사나운 대학교 학장을 설득했고, 뚱하고 사과할 줄 모르는 직관주의자 점검원을 대도시 엘리베이터 점검원 부서에 중개했다. 리드 씨가 어떻게 36시간에 걸친 길고 복잡한 협상 끝에 미드웨스턴 대학을 졸라 직관주의자 건물을 통째로 짓게 했는지에 대한 이야기가 있는데, 회담을 동전 던지기로 축소하고 나서야 상품을 얻었다. 거기에 조작이 있다. 리드 씨는 복도 끝에 있는 사탕 자판기에서 꺼냈던, 앞면이 두 개인 마술용 동전을 사용했다. 교묘하고 노련한 사람이다. 라일라 메이한테는 리드 씨가 그렇게 보이는데, 그녀가 예기치 않게 정원을 침입한 일에서 회복하여 얼굴을 꾸몄기 때문이다. 남을 이용하는 사람이다. 라일라 메이가 사는 아파트에 왔던 이상한 비둘기가 아니라 계산적인 청소 동물이다. 군인이다.

물론 오빌 레버는 이 군인을 선거운동 관리자 자리에 밀어 넣었다.

리드 씨는 현장에서 근무하는 사람들이 보기에 지나치게 학술적이지 않고, 학자들이 교류를 못 할 만큼 낭만주의에 젖어 있지도 않는다. 레버는 호감 가는 친구지만, 리드 씨가 뒤에서 작전을 짠다는 것을 모두가 알며, 직관주의자를 당선으로 이끌 수 있는 사람은 리드 씨가 유일하다는 것도 누구든지 알 수 있다. 라일라 메이는 혼란스러운 패니 브리그스 사태를 왜 리드 씨가 진정시켜주려는지 모르지만, 곧 알아낼 것이다. 종합 계획을 둘러싼 음산한 안개가 리드 씨의 모공에서 나와 정원 공기를 오염시킨다.

잠시 뒤에 리드 씨가 라일라 메이한테로 고개를 돌리고 말한다. "오리가 마을 밖으로 나가 아르보사에서 좋은 사람들과 이야기 중인 것이 무척 아쉽군요. 두 사람이 만났다면 좋았을 겁니다."

라일라 메이가 리드 씨한테 말한다. "언젠가 악수한 적이 있어요. 집회에서요." 오리. 오빌.

"우리가 문을 여는 밤에 오세요, 왓슨 양. 회원이 되는 걸 생각해본 적 있나요?"

"가정만 해봤어요." 라일라 메이가 대답한다.

리드 씨는 조금 지친 듯이 말한다. "지금 우리가 어떤지 아셔야 합니다, 왓슨 양. 단체로서 말이죠. 당신은 우리와 동류예요." 그러고는 줄곧 누르던 신문에서 손을 뗀다. "이걸 보십시오." 라일라 메이한테 신문을 건네며 말한다. 라일라 메이는 오래 걸리지 않아, 「엘리베이터 추락!」이라고 크게 제목을 단 꼭대기부터 마지막으로 캔커가 한 말을 인용한 끝부분까지 타블로이드판 기사를 소화한다. 예상치 못한 것은 없다. "편파적이에요." 라일라 메이가 선언한다.

"캔커가 마지막으로 남긴 말을 보셨습니까? 제 기억을 시험하자면…… '상대 후보와 그 친구들은 선거운동을 시작한 뒤로 온갖 술책을 시도했지만, 저는 그 어떤 더러운 수법보다도 이 사고가 저들이 벌이는 바보 같은 짓에 대해 잘 말해준다고 생각합니다.'"

"게거품을 무는군요. 더러운 수법이라니." 라일라 메이가 말한다.

"일리는 있습니다." 리드 씨가 말하며 입매를 굳힌다. "블랙박스에 관한 이야기니까요."

이제 비 냄새가 더 진하다. 라일라 메이가 학교에서 들었던 악명 높은 설계 문제. 지금 우리가 시달리는 도시에서, 이 성장이 저해된 판잣집에서 우리를 구해줄 완벽한 엘리베이터는 어떻게 생겼을까? 우리는 그 안을 들여다볼 수 없기 때문에 알 수 없다. 천사한테 난 치아 모양처럼 우리가 상상할 수 없는 무언가, 그것이 블랙박스다.

리드 씨가 분홍색 양손을 무릎에 문지르며 입을 연다. "2주 전, 레버가 소포를 받았습니다. 다 찢어진 일기 몇 편이 들어 있었는데, 몇 년 전에 작성한 것이었고, 블랙박스에 대한 필기였습니다."

라일라 메이가 반박한다. "모두가 블랙박스를 연구해요. 아메리칸사와 아르보사의 연구 개발 자금이 전부 거기로 가는걸요. 새로울 건 없어요." 오티스가 최초로 이룬 상승이 중세풍 5, 6층짜리 건축물에서 우리를 구해줬다면, 다음 엘리베이터는 우리한테 하늘을, 끝없는 탑을 허락할 것이라는 믿음이 존재한다. 제2의 상승을 말이다. 당연히 사람들은 블랙박스를 연구한다. 블랙박스는 미래다.

"풀턴의 필적이었습니다. 마지막 일기에서, 우리가 결코 찾을 수 없었던 그것에서 뜯어낸 것이 분명했죠. 당연히 매우 흥미로웠습니다.

몇 가지 조사를 했고 〈승강기〉 기자도 일부를 받았다는 사실을 알아냈습니다. 캔커도 마찬가지죠."

라일라 메이는 고개를 흔든다. 무시하듯 말한다. "풀턴이 블랙박스를 연구했다는 소문은 늘 존재했어요. 하지만 증거 대부분에 따르면 풀턴은 공학이 아니라 직관주의자 이론에 힘을 쏟았죠. 학장이 된 뒤로는 기계장치에 관여하지 않았어요."

리드 씨가 말한다. "당신이 봤던 증거는 그렇죠. 지금 우리가 알기로 풀턴은 둘 다 조금씩 했습니다. 풀턴은 말년에 가정부를 제외한 다른 누구와도 거의 이야기하지 않았고, 집에서 나올 때면 그야말로 별나게 행동했다는 점을 알아두시기를 바랍니다. 그 일기가 보여주길 풀턴은 엘리베이터를 연구했고 직관주의자 원칙에 따라 설계하는 중이었습니다. 그 필기를 보고 판단하건대 풀턴은 연구를 완성했습니다. 세상 어딘가에 청사진이 있죠."

라일라 메이는 마지막 말을 이해하려고 노력한다. 적어도 리드 씨는 천천히 설명하며 라일라 메이를 이해시키고자 한다. 하지만 여전히. "어떻게 그게 가능한지 모르겠어요." 라일라 메이가 중얼거리며 정장에 달린 단추를 비튼다. "공학 관점에서 말이죠. 직관주의는 엘리베이터와 비물질적으로 소통하는 것이 핵심이에요. '엘리베이터를 엘리베이터다움에서 분리한다' 맞죠? 강철을 이용해 공기로 된 것을 만들기는 어려워 보여요."

리드 씨는 은색 갑에서 담배를 꺼낸다. 그리고 말한다. "당신이 생각하는 것처럼 양립 불가능하지 않아요. 1권에서 암시했고 2권에서 말없이 표현하려고 애썼던 것도 이 점이죠. 물체와 우리의 관계를 재검토하는 겁니다. 처음부터 시작하기 위해서 말입니다."

"못 알아듣겠어요." 라일라 메이가 인정한다. 마지못해.

"엘리베이터 연구—경험주의를 구성하는 부품—가 사람다운, 따라서 본질부터 이질적인 관점에서 엘리베이터를 상상한다고 판단했다면, 직관주의자 관점을 채택한 다음에 밟을 논리적 단계는 엘리베이터를 올바르게 만드는 것 아닐까요? 우리가 배운 것을 이용해서?"

"엘리베이터 관점에서 엘리베이터를 건설하는 거군요."

"그것이 완벽한 엘리베이터 아닐까요? 그것이 블랙박스가 아닐까요?" 리드 씨의 왼쪽 눈꺼풀이 떨린다.

"믿을 수 없네요." 라일라 메이가 말한다. 버트럼 암스에 있는 방을 생각한다. 거기에 사는 것은 기적이고, 그 작은 세계는 라일라 메이에게 얼마나 익숙한가. 기대가 얼마나 작은가. 풀턴이 남긴 글 중 어느 부분에서 가장 크게 영향을 받았나? 머리에 처음 떠오르는 문장이 눈부시게 타오른다. **이 세계 너머에 또 다른 세계가 있다.** 라일라 메이가 묻는다. "그게 어제 일어난 사고랑 무슨 상관이죠?"

리드 씨는 사색하듯 길게 공기를 마신다. 그리고 말한다. "생각해보십시오. 금세기에 가장 유명한 엘리베이터 이론가가 블랙박스를 설계했는데, 직관주의자 원칙에 따라서 완성했습니다. 경험주의자한테는 어떤 영향을 미칠까요?"

라일라 메이는 고개를 끄덕이고 리드 씨가 말을 잇는다. "이제 캔커는 재선거를 앞두고 있습니다. 풀턴이 블랙박스를 설계했다는 소문은 늘 있었지만, 갑자기 이 새로운 변수가 등장하죠. 블랙박스는 정말로 존재하며, 직관주의자를 위한 것이다. 선거에서 질 뿐 아니라 다른 모든 것을 잃는 겁니다. 신념을요. 게다가 20년 동안 이를 악물고 싸워온 적을 포옹해야 합니다."

"블랙박스를 찾아야 해요." 라일라 메이가 말한다.

"진실인지 아닌지 밝힌 다음에 서둘러 찾아야 하죠."

"그리고 저를 선제공격에 썼군요." 라일라 메이는 깨닫는다.

폼페이.

리드 씨가 말한다. "당신일 필요는 없었습니다. 누구든 될 수 있었죠. 캔커는 블랙박스를 못 찾아도, 최소한 선거가 끝날 때까지 지연작전을 쓸 수 있고, 세간의 이목을 끄는 잘못을 직관주의자한테 뒤집어씌워 소문에 맞설 수 있죠. 직관주의자가 택한 진보적인 정책도 그렇고요."

진보는 라일라 메이를 의미한다. "하지만 저는 소문을 들은 적이 없는걸요."

"상당히 핵심층만 들어봤어요, 왓슨 양. 월요일에 〈승강기〉 최신 호가 나오기 전까지 얘기지만요. 표지 기사입니다. 캔커가 일을 서두르게 했죠." 리드 씨는 담뱃갑을 허벅지에 톡톡 치고 분수에 있는 천사상을 응시한다. 천사상은 움직이지 않았다. 절대 안 움직인다. "엘리베이터는 자유낙하를 하지 않습니다. 도움 없이는 말이죠. 캔커는 겁을 먹었습니다. 어제 그걸 증명했고요. 그리고 우리로 말하자면." 리드 씨가 라일라 메이를 다시 쳐다본다. "우리는 블랙박스를 손에 넣고 그것이 직접 말하도록 둘 수 있기를 간절히 바란다고 말해두죠."

"제 아파트에 왔던 남자들은 누군가요?"

"캔커가 사용하는 수단에 놀랐습니까? 캔커가 불량배라서요? 캔커는 화요일마다 조니 셔시와 골프를 치죠. 아마 셔시가 부리는 남자들일 겁니다. 알다시피, 그 마피아는 시의 엘리베이터 유지 관리 계약을 조종하기만 하지는 않죠. 힘이 셉니다." 리드 씨가 길게 하늘을 올려다본다. "비가 올 것처럼 보이지만, 그렇지 않죠. 오늘은 아니에요."

리드 씨의 눈에 다시 그 건조한 빛이 깃든다. "그래서 어디에 있나요?" 라일라 메이가 추궁한다.

리드 씨가 대답한다. "곧 찾아낼 겁니다. 그 일기를 누가 보냈는지 짐작이 가요. 곧 찾아낼 것 같습니다."

비에 관한 이 느린 논쟁. 비에 관한 것이 전혀 아니며, 우리가 알고 있는 것이 얼마나 부서지기 쉬운지에 대한 것이다. 우리는 추측할 따름이다. 제2의 상승이라, 라일라 메이가 생각한다. 새로운 도시가 온다. 라일라 메이가 말한다. "어제 일에 다시 감사드립니다. 방을 내주신 것도요."

"안가입니다." 리드 씨가 말한다. 미소를 지으려 시도한다. "당신이 쌓은 경력에 얼마나 많은 사람이 관심을 보이는지 알면 놀랄 겁니다, 왓슨 양. 엘리베이터 점검원이 된 최초의 유색인종 여성. 상당한 성취죠. 당신이 우리 진영에 와서 기쁩니다." 라일라 메이의 허벅지를 토닥인다. "이 모든 일은 월요일이면 정리가 될 겁니다. 우리 회관 변호사인 제임슨 씨가 조사팀한테 이야기하면 그쪽에서도 물러날 테죠. 우리는 스스로 챙깁니다."

라일라 메이는 타블로이드판 1면 제목을 내려다본다. "사고는 어떻게 되죠?"

"당신은 무죄로 드러날 겁니다. 할 일을 했습니까?"

"네."

"그러면 대중의 신뢰를 배신한 경험주의자와 캔커 씨한테 잘못이 있습니다. 제임슨 씨가 해결할 겁니다. 캔커가 선거에서 이긴다면, 이 문제를 강조할 이유가 없죠. 그리고 진다면, 레버가 진압할 테니 그러지 못할 거고요. 우리가 월요일에 캔커한테 공동전선을 보여주고 나면, 그쪽 깡패들도 당신을 괴롭히길 멈출 겁니다. 우리가 자기 잘못을 안다는 걸 깨달을 테죠." 리드 씨는 다시 미소를 지으려 시도하는데, 이번에는 더 성공적이다. "월요일 밤에는 아파트에 돌아갈 수 있을 겁니다."

"그러고 싶지 않아요." 라일라 메이가 말한다.

"싫다고요?"

"저도 블랙박스를 찾고 싶어요."

*　*　*

11호기는 완벽하게 몰락해서, 추락과 반대로 수직 통로에서 상승하는 충돌 소리 외에는 아무것도 남은 것이 없다. 영혼뿐이다.

2장

    토요일 밤, 벤 유리크. 느린 걸음걸이로 서둘러 길을 가는데, 가장 좋아하는 연청색 무명옷을 입어 흐릿하게 보인다. 걸어가면서 10센트짜리 동전을 튕긴다. 앞면이다. 항상 앞면에 걸면 절반은 맞힌다. 두왑 음악을 휘파람으로 부는데, 벤 유리크가 아침을 먹고, 스포츠 면을 정독하기 좋게 신문을 사각형으로 꽉 접는 커피숍의 라디오에서 늘 흘러나오는 노래다.

    늦었지만 너무 늦은 시간은 아니다. 큰 공연이 끝나고, 멋쟁이 시민과 용감한 관광객이 밝게 빛나는 현관에서 인도로 쏟아진다. 너무 늦지는 않은 시간이고, 벤 유리크는 시계를 보고, 마음속에서는 축하 기분이 덩치를 불리는데, 자신이 쓴 표지 기사가 실린 신간 견본을 사무실에서 찾은 다음에 이 축제 기분을 더듬고 탐닉할 것이다. 오코너 술집? 무슨 기사인지를 30분은 설명해야 술에 취한 점검원이 술을 사주기 시작할 텐데, 토요일 근무자는 보통 성질이 못된 무리로 직업 면에서 쓸모없는 놈들이다. 야망은 거의 없고 땀과 함께 하루를 배출하면서 달력에서 은퇴할 날짜를 찾아보는 남자들로 넘쳐난다는 사실은 말할 필요도 없다. 거친 무리다. 덧붙이면 오코너 술집은 유쾌한 장소가 아니다. 완전히 우울하다. 또 덧붙이면 직관주의자 블랙박스가 존재할 가능성을 그치들이 얼마나 잘 받아들일지 모르겠다. 특히 싸구려 술을 마시며 몇 시간을 보낸 뒤에 말이다. 밤의 이 시간이 되면 플라밍고가 달아오르기 시작하고, 플라밍고에서 토요일 밤에 부르는 유색인종 밴드는 벤 유리크가 바라는 감성적인 곡을 연주한다. 성적인 음악을. 바에는 음악, 보일러공 몇 명, 행운의 여신이 보낸 선물이 있다. 쉽게 감동받고 질문을 많이 하지 않을 가짜 금발 여자, 어뢰 모양 브래지어를 한 법률 비서, 이상한 미용사. 앞면이다. 여기는 내 도시, 내 밤이다.

여자는 바이올렛메리를 적당히 마시고 나자 수다스러워졌다. 처음에 유나이티드 엘리베이터사에서 여자가 하는 일에 관해 벤 유리크가 너무 일찍 자세히 캐내려 했을 때는 미심쩍어했다. 벤 유리크는 가장 큰 상업지인 〈승강기〉 잡지에서 일하는 악명 높은 폭로자였다. 100와트짜리 미소를 짓고 술이 떨어지면 웨이터를 향해 검지를 흔들었다. 계속 가져와요. 여자를 향해 불편하게 만들 셈은 아니었다고, 그저 일에 관해 물어볼 뿐이고 무척 흥미롭게 들린다고 말했다. 여자는 얼굴을 붉히고 바이올렛메리를 비웠다. 기자의 신성한 신조, 업계 부패에 맞선 끈질긴 전쟁, 더불어 여성 참정권 운동가인 어머니에 얽힌 구미가 당기는 일화. 벤 유리크는 이런 것 외에도 여러 가지 주제에 관해 담론을 펼치면서 동행인 베티 윌리엄스 양을 열광적으로 즐거워하게 만들었다. 이날 밤에는 터를 닦는 것뿐이었다. 표지 기사가 일을 성사시킬 것이다. 벤 유리크의 진실성을 지키는 가운데, 베티 윌리엄스 양이 유나이티드사 기록 보관소에서 파일 한두 개를 몰래 가지고 나오지 못할 이유가 없었다. 배경 사정용으로 말이다. 벤 유리크는 어떤 상황에서도 문서를 인용하지 않을 것이라고 습관처럼 장담했다. 정보원은 침범하면 안 되는 존재다. 벤 유리크가 베티 윌리엄스 양에게 알리길, 어린 시절에 어머니가 여성 참정권을 주장하는 현수막에 글을 쓰면서 그에게 심어준 가치를 충실히 지키면서, 그저 능력껏 대중한테 봉사하려고 노력할 뿐이라고 했다. 뉴스실 용어를 흘렸을 때 베티 윌리엄스 양의 눈이 살짝 반짝였고, **원고**와 **리드** 같은 단어를 자장가 여기저기에 섞기 시작하자, 그에 맞춰 눈의 반짝임도 그만큼 커졌다. 벤 유리크는 자기가 표지 기사를 쓴 〈승강기〉를 베티 윌리엄스 양의 사무실 옆에 떨어뜨릴 것이고, 다음 날이나 그다음 날에는 이 새로 얻은 친구한테서 엄선한 파일 한두 개를 받아낼 것이다. 벤 유리크는 베티 윌리엄스를 택시에 태워 보내면서 그 흔들리는 볼에 입맞춤을 했다. 꽤 황홀하게.

앞면이다. 하지만 전부 거짓은 아니었다. 이 나라의 수직 수송 산업을 감시하는 자칭 파수꾼이라는 직업을 벤 유리크는 진지하게 받아들이며, 자기가 한 일이 공로를 인정받아 마땅하다고 느낀다. 페어웨더 사건을 폭로한 결과 엘리베이터 점검원 일곱 명과 건물 부서 사무원 다섯 명이 사임하고, 지자체의 불규칙한 엘리베이터 점검과 관련하여 최초로 시-협회 공동 위원단이 발족한 것처럼 말이다. 마피아가 시의 엘리베이터 유지 관리를 통제한다는 의혹('의혹'은 기자가 쓰는 지휘봉을 돌린다)을 다룬 연속 기사는 누구도 구속당하게 만들지는 못했을지라도 업계에 존재하는 가장 크고 더러운 비밀에 대한 첫 공개 보도로서 여전히 서 있다. 글쎄, 이것도 그중 하나다. 풀턴이 만든 블랙박스가 지금 어딘가에 있고, 그것을 가지는 자가 수직 수송의 전체 미래를 차지할 수 있다. 벤 유리크가 나아갈 미래도 마찬가지다. 벤 유리크는 고생한 보상을 받았다. 머지않아, 온갖 후유증이 발생한 뒤에, 합법적인 보도 일자리를 찾아다닐 수 있다. 시에서 가장 큰 일간지 중 하나, 어쩌면 고급 잡지까지도. 앞면이다.

이 시간에 야간 경비원은 〈승강기〉 건물에서 할 일이 별로 없어 우편 대학 강좌나 되는대로 필기한다. 그리하여 오늘 밤 야간 경비원 빌리는 빅토리아시대 영어 문장을 분석하기에 이르는데, 그때 벤 유리크가 정문을 두드린다.

빌리가 문을 열어줄 때 벤 유리크가 말한다. "《제인 에어》군요. 좋은 책이죠."

"아주 좋아요." 빌리가 웅얼거린다. 빌리는 뚱뚱한 신사다. 열쇠 꾸러미가 촉촉한 손안에서 쩔그렁거린다. "오늘 같은 밤에는 시내에 나가실 줄 알았어요."

벤 유리크가 빈 사무실 건물을 지키는 용감한 보초병 빌리에게 알린다. "일하는 건 아니에요. 인쇄업자가 신간을 놓고 갔나요? 한 권 가져가고 싶어서요."

"여기 받아놨어요." 야간 경비원이자 야행성 신입생이 대답하면서 책상 뒤에서 책 묶음을 꺼낸다. 끈을 가위로 자르고 책 더미 맨 위에서 한 권을 뺀다.

빌리가 잡지를 건네는 그 짧은 시간에, 벤 유리크는 이미 무언가가 잘못된 것을 알아챈다. 빨간빛이다. 며칠 전에 자기가 승인했던 기사 배치에는 기술자용 청사진을 가까이서 찍은 사진이 특별히 들어갔다. 풀턴이 설계한 블랙박스 도면이었다. 당연히 실제 설계도는 아니었지만 〈승강기〉는 독자한테 상상할 수 있는 능력이 있다고 가정한다. 빨간빛은 완전히 잘못됐다.

일이 이 부정적인 혈관을 타고 흐른다. 표지에는 벤 유리크라는 이름이 아예 없고, 삽화는 동지를 맞이하여 배가 불룩 나온 산타클로스가 엘리베이터용 철제 밧줄을 타고 꿈틀대며 내려오는 모습을 묘사한다. 평범한 공구 벨트를 찼다. 표제는 이랬다. 「연휴 준비하기: 크리스마스 유지 관리 비법 10가지」. 벤 유리크가 반대한 최소한의 이유는 크리스마스가 아직 몇 달이 남은 데다가, 광고 및 소매업계에서 연휴 기간을 확대하는 일에 뛰어난 상업지가 참여하는 것은 범죄이기 때문이다.

빼버린 것이다. 벤 유리크가 쓴 기사를 뺐다.

"뭐가 잘못됐어요, 벤?"

화를 내기에 앞서 벤 유리크는 언제나처럼 실용주의를 택했다. 조금 다듬으면 더 작은 엘리베이터 소식지에 실을 수 있겠지만, 돈도 잘 안 주고 유통 규모도 작을 것이다. 위신도 떨어지고. 일반 대중용 잡지에 실을 수 있을까? 비전문가 독자한테 배경지식을 더 제공하고, 직관주의자-경험주의자 논쟁을 더 자세히 다뤄야 할 것이다. 직관주의를, 멍청이로 안 보이고 그럭저럭 넘길 만큼은 알지만 평범한 사람한테 정확히 알려주려면 어려울 주제를 설명해야 한다. 아니, 화가 치

밀었다. 〈승강기〉가 아니면 안 된다.

"무슨 말 좀 해봐요, 벤. 한잔할래요? 한 병 샀거든요."

"카슨은 위에 있어요?" 벤이 따져 물으며 〈승강기〉 신간을 몽둥이 모양으로 비튼다.

"위에는 아무도 없어요. 오늘 밤에는요." 빌리가 대답한다.

벤은 밖에 있다. 로비에 있으려니 열불이 났다. 편집자가 지난 며칠 동안 보인 행동을 돌이켜본다. 카슨은 기사를 무척 마음에 들어 하는 듯했는데, 아르보사에서 내놓은 강력 스프링, 그 실패한 나선형 완충기의 슬픈 출현 이래로 자기가 본 것 중 가장 큰 특종이라고 했다. 벤 유리크는 확실히 하고자 차례를 점검한다. 새로운 유럽식 탑승칸 시범 운행, 제15회 국제 엘리베이터 도급업자 회담에 대한 보도, 연휴에 관한 그 망할 저질 기사, 하지만 블랙박스에 관한 내용은 없었다. 차례 면에 벤 유리크라는 이름은 없었다. 주머니에서 10센트짜리 동전을 꺼내지만, 튕기지는 않는다. 공중전화에 넣고 회전식 번호판에 손가락을 넣는다. 카슨의 집 전화번호가?

"실례지만, 몇 시인지 아십니까?"

벤 유리크가 어깨 너머로 손을 내젓는다.

"몇 시인지 아십니까?" 그 목소리가 다시 묻는다.

"아뇨, 모릅니다." 벤이 말한다.

숫자 하나를 돌리고 플라스틱 원이 미끄러지며 반쯤 돌아오는 것을 지켜보다가 두 손에 어깨가 꽉 잡히는 느낌이 든다. 몸이 돌아간다. 다부진 남자 두 명이 앞에 있다. 한 사람은 벤 유리크의 양어깨를 위압적인 집게처럼 단단히 쥐었다. 그 남자는 볼이 빨갛게 부었다. 다른 남자는 부드럽고 친절한 표정으로 묻는다. "조니 셔시가 열받게 하거나 짜증 나게 구는 사람을 어떻게 하는지 알아?"

오늘 밤에는 일이 확실히 부정적인 추세로 흐른다. 실제로 속도도 빨라졌다. 이 남자들과 그 두목 때문에 벤 유리크가 한 폭로가 실리지 않은 것이다. "네, 압니다." 벤이 말한다. 동조하는 체하다가 목숨이 온전한 채로 이 밤을 탈출하는 것이 가장 좋다. 어떻게 하는지 안다.

"짐?" 말하는 남자가 부른다.

벤 유리크를 양손으로 꽉 잡은 남자가 벤 유리크의 뺨을 때리고, 몸을 반으로 접어서 아기처럼 들어 올리더니, 고동색 캐딜락 뒷좌석으로 던져 넣는다. 말하는 남자는 운전석에, 다른 남자는 벤 옆에 탄다. 벤의 팔목을 확실하게 꽉 잡는다.

운전을 맡은 남자가 차에 시동을 건다. 벤은 자기 상황을 깨닫는다. 이런 일이 더 일찍 일어나지 않았던 것이 놀랍다. 직설적인 보도, 진실을 찾아 떠나는 무자비한 탐색에도 말이다. 언젠가 모르는 사람이 죽은 쥐를 호박단에 포장해서 우편으로 보낸 적이 있는데, 누구든 어떤 이유에서나 그럴 수 있었다. 이런 일이 더 일찍 일어나지 않았던 것이 놀랍다.

운전하는 남자가 말한다. "지금 당장 우리랑 잠깐 달리자고. 그냥 짧게 유람하는 거야." 남자는 말도 안 되게 빽빽한 정박지에서, 더러운 빨간색 승합차와 불길한 포드 승용차 사이에서 차를 빼낸다. 도시의 두 구역을 말없이 횡단한다. 벤 유리크로서는 목에 걸린 묵직함을 빼낼 수 있다면 목숨을 구걸하고 싶었다.

운전자가 밝게 말한다. "지금 쓰는 기사를 멈추라고 하면 끔찍하게 싫어할 건가?"

"끝난 일입니다. 마무리됐어요." 벤 유리크가 간신히 말하자 옆자리에 있는 남자가 벤의 손가락을 부러뜨린다.

벤 유리크의 검지는 핵심 선수로, 다재다능하며, 일상적인 업무를 할 때뿐 아니라 어려운 상황에서도 믿을 수 있어 그 진가가 드러난다. 망설이는 법 없이 마른 콧구멍에서 따개비를 파내면서도, 성미가 고약한 자물쇠로 집 열쇠를 안내하는 무척 섬세한 도구이기도 하다. 벤은 검지로 웨이터를 불러 계산서를 받고, 불안하거나 그냥 시간을 죽일 때 표면(탁자 윗면, 의자, 오른쪽 허벅지)을 두드린다. 말 없는 남자가 벤의 손가락을 무분별하게 90도로 꺾는다. 평소에 움직이던 평범한 사용 범위를 넘어갈 때 느끼는 장밋빛 불꽃보다 그 결과로 나는 부러지는 소리가 훨씬 끔찍하다. 잔가지 같다. 소리가 고통보다 훨씬, 훨씬 끔찍하다. 처음에는. 그 소리는 벤에게 몸이 얼마나 부서지기 쉬운지 말해준다. 엘리베이터 호출 버튼을 누르는 일은 말할 필요도 없다. 호출 버튼을 누르는 일에는 모든 손가락 중에서 당연히 검지를 가장 많이 동원한다.

남자들은 벤 유리크가 비명을 지르다가 간간이 오락가락하며 훌쩍이도록 둔다. 말 없는 남자는 벤의 손을 잡은 손에서 힘을 풀어, 벤이 자유를 억압당함을, 이동이 편리한 상태에서 방금 추방당했음을 일깨운다. 운전대를 잡은 남자가 벤에게 알린다. "나는 존. 형씨 옆에 있는 건 짐. 짐은 방금 치과에 다녀와서 우리 대화에 많이 보태지 않을 거야. 어쨌든 말은 말이지. 가끔 시기적절하게 손짓하면서 내 말을 강조해줄 거고. 어디서 운전하는 법을 배웠는지 모를 사람이 태반이긴 하지만, 오늘 밤은 정말로 형편없는 운전자가 길에 많이 나왔네."

벤은 검지를 움직일 수가 없다. 시도하면 다른 손가락이 어색하게 동조하며 펄럭거릴 뿐이다. 검지는 타자기에서 꼭 필요한 사분면 중앙을 책임지기도 한다. 벤은 차가 시내로 향하면서, 영화가 끝난 뒤 몰려나온 차량 막을 뚫고 계속 나아가는 것을 눈치챘다. 밤의 이 시간에는 신호등이 무자비하고 불가사의하고 변덕스러운데, 최근에 시민과 그 차량이 보이는 추태에 겁을 먹은 듯하다. 신호등은 전형적인 공무원이다. 다음 정지신호에서, 벤의 왼손이 창문을 기어 올라가 창문에 대고 우는 소리를 낸다. 공회전하는 차 옆으로, 캐딜락이 검정 야회복을 차려입은 냉담한 부부를 싣고 간다. 이 두 사람은 교외로 빠져나가면서 요란스러운 대도시에서 멀어진다. 벤과 게처럼 꼼지락거리는 그 손을 여자가 쳐다본다. 눈살을 찌푸리더니 남편을 향해 다시 고개를 돌린다. 신호등이 바뀌고 존은 차를 앞으로 몬다.

존이 느리게 말한다. "봐. 아무도 자기 이웃을 정말로 신경 쓰지 않는다고. 저 사람들은 우리가 형씨를 데리고 나가서 쓰레기 매립지에 버릴 수도 있다는 걸 모르고, 계속 운전만 할 거야. 자기들의 흐리멍덩한 운전 실력을 옆 사람보다 더 걱정할걸." 벤은 휘청이며 백미러를 올려다본다. 운전하는 남자는 줄곧 벤의 눈을 응시했다. "말해봐, 유리크 씨. 오늘 밤 우리한테 거짓말을 몇 번 했지?"

"맙소사, 나는 거짓말을 한 적이 없습니다. 제발 보내주십시오." 벤이 힘없이 말한다.

존은 감흥이 없어 보인다. 어두운 눈이 앞으로 난 포장도로를 스치고 다시 벤에게 향한다. 존이 말한다. "그것도 또 거짓말이군. 형씨는 구걸하는 데 소질이 있는 게 분명하니 내가 말해주지. 네 번이야. 거짓말 한 번당 내 동료인 짐이 손가락을 부러뜨릴 건데, 어떻게 하냐면 힘을, 글쎄, 내가 그레이 해부학을 훑어본 지 오래돼서 그 뼈를 제대로 부르는 말이 정확히 뭔지 확실하지 않지만, 힘을 줘야 할 곳에 짐이 힘을 줄 거라고는 할 수 있지."

짐은 벤의 중지를 손등에 닿도록 구부리고, 또 한 번 나뭇가지 소리가 난다.

존은 다시 이야기를 시작한다. "취재를 하되 일정한 선을 넘지 말라고 해도 화를 안 낼 거라며 거짓말을 했어. 정장의 팔꿈치와 무릎 주변이 반들거리는 것을 보니 형씨는 사교계에서 요구하는 하찮은 지시에 따라서 살다가 죽을 사람이 아니야. 대다수 사람은 사교 모임에 나가고, 가장 멋있어 보이길 바라지. 저 뒤에서 차에 있던 사람들처럼. 그 사람들은 저녁을 간소하게 먹고, 공연을 봤을 테고, 멋지게 차려입었지. 하지만 당신 같은 남자한테, 도덕관념이 무척 예민한 남자한테 그런 것은 아무 의미가 없잖아. 내가 그렇게 생각하지 않으려고 얼마나 노력하든, 형씨 처지에서 단도직입적으로 말하면 우리는 깡패가 맞는데, 그 두 깡패가 형씨가 보기에 도덕적으로 꼭 해야 하는 일에서 손을 떼라고 하면 불쾌하겠지. 그러니 형씨는 거짓말을 했어. 그게 손가락 하나였지." 존은 고개를 앞뒤로 휙 돌린다. "잠시 기다려." 존이 부탁한다. 앞에 있는 짙은 파란색 승용차가 분명하고 공격적인 번쩍임을 가미한 잡다한 메시지를 보낸다. "봤어? 방금 저 차가 갑자기 끼어들면서 지나갔어. 돌리고 싶었으면 신호는 줬어야지. 내가 무슨 말을 하는지 알지?"

"제발, 그 기사에서 손을 뗀다고 맹세합니다. 맹세해요." 벤이 애원한다.

존이 말한다. "그래, 뭐. 형씨는 조니 셔시가 자기를 열받게 한 사람한테 어떻게 하는지 안다고도 거짓말했지. 형씨가 정말로 알았다면, 타블로이드지에서 봤거나 그럴 리는 없겠지만 영화에서 본 걸로 상상한 것이 아니라면, 형씨는 결코, 절대로, 조니가 화낼 만한 일은 안 했을 거야. 더 잘 알았겠지. 우리도 지금 여기에 없었을 테고. 밤의 이 시간에 중간 지구에서 드라이브한다고? 꿈 깨. 그러니 이건 또 다른 거짓말이었고, 다른 손가락이었어. 거짓말 두 개가 더 남았지. 거짓말을 안 했다며 거짓말했으니, 그건 또 다른 손가락이지만, 짐한테 지금은 손가락을 부러뜨리는 일을 미뤄달라고 부탁할 건데, 그 딱 소리는 정말로 집중을 방해하고, 이 도시에서 저 미치광이들과 함께 운전하는 건 집중을 해도 어렵거든. 괜찮지, 짐? 치아랑 그런 것 때문에 말하면 아플 테니, 그냥 끄덕이기만 해."

짐은 친구이자 동료가 자신을 잘 안다는 사실에 고마워하며 끄덕인다.

"거짓말이 하나 남았어. 형씨가 우리한테 처음 한 거짓말이야. 내가 시간을 물어봤을 때 모른다고 했지. 하지만 나는 이것도 거짓말이라는 걸 알아. 바로 거기에, 짐한테 붙잡힌 손목 바로 아래에 시계를 찬 걸 볼 수 있거든. 이건 가장 나쁜 거짓말이야. 낯선 사람이 시간을 물어볼 때는 절대로 거짓말하면 안 돼. 정이 없잖아."

* * *

　라일라 메이는 침대에 비스듬히 기대어 전쟁 계획을 구상한다. 대화를 마친 뒤, 리드 씨는 시급한 일에 참석하고자 자리를 비우고 라일라 메이를 정원에 남겨뒀는데, 라일라 메이는 그 일이 자신과 관련이 있는지 없는지까지는 모른다. 시간이 느리게 흘렀고, 위에서 간간이 떨어지는 수분이 집중을 방해했는데, 마치 하늘이 비가 미칠 영향에 관해서 타당성 조사를 진행하는 것 같았다. 행동 방침을 시행했을 때 생길 영향에 관해서 말이다. 라일라 메이는 정원을 떠나 방에서 다시 계획을 세우기 시작했다. 8시에 그레이블리 부인이 상당한 음식 솜씨를 발휘한 저녁을 차려줬다. 그레이블리 부인은 라일라 메이가 상상했던 것 같지 않았다. 아담하고 기운 넘치는 여자로 흰머리를 단단히 말아서 머리에 손잡이처럼 고정했다. 라일라 메이의 무릎에 쟁반을 놓아주면서 공손하게 미소를 지었고, 나가기 전에 잠시 멈춰 베개를 두드려 부풀려주기까지 했다. 말은 없었다. 라일라 메이는 (어머니한테 배운 대로 천천히) 식사하면서 왜 아침에 왔던 멋진 남자가 저녁을 가져다주지 않았는지 궁금해했다.

　몇 시간 뒤에 그 남자가 문을 두드리는 소리를 알아챘다. 가볍고 간격이 규칙적이고 단호하다. 온종일 세우던 계획이 희미해지고, 라일라 메이는 침대에서 일어나 앉는다. 들어오라고 말한다.

　"필요하신 게 있을까 확인하러 왔습니다." 나체즈가 말한다. 엄지는 주머니 구석에 끼워 넣고 나머지 손가락은 엉덩이에 쫙 벌려뒀다.

　"괜찮아요." 라일라 메이가 대답한다. 그때, 괜찮다는 생각이 들어

덧붙인다. "밤새 있으세요? 제 말은, 여기서 주무시나요?"

나체즈는 재미있어하며 고개를 젓는다. "아니요. 몇 분 뒤에 퇴근이에요. 나가기 전에 필요하신 것이 있는지 확인하고 싶었을 뿐입니다. 그레이블리 부인이 주무셔서 제가 가고 나면 혼자 지내셔야 해요."

"괜찮아요. 감사합니다."

나체즈가 몸을 기울여 나가려는데 라일라 메이가 멈춰 세운다. "나체즈에서 왔나요?"

"어머니가 거기 출신이시죠." 나체즈가 대답한다. 문에 기댄다. "어머니는 그곳에 머물 만큼은 안 좋아하셨지만, 그 지명을 따서 제 이름을 지을 만큼은 좋아하셨죠. 여전히 사람들이 나체즈라고 말하는 걸 듣고 싶어 하시고요."

"저도 남부에서 왔어요."

"어디죠?"

"더러운 동네죠."

"별로 말할 기분은 아니시군요, 그렇죠?"

"말하는 중인데요."

나체즈는 다시 고개를 젓고 미소를 짓는다. "좋습니다. 선생님도 늘 여기서 머무는 방문 교수 중 한 분이신가요? 연설하시나요?"

"아뇨, 저는 엘리베이터 점검원이에요." 라일라 메이는 목소리가 저절로 올라가는데, 마지막 두 단어에 가서는 점검을 나갔을 때 사용하는 어조에 도달한다.

"그걸 할 수 있는지 몰랐습니다. 이 위에서도 말이죠." 나체즈가 말한다.

"그렇지는 않지만 저는 어쨌든 하는 중이죠."

"괜찮은 일입니까? 엘리베이터를 다루는 건? 시에서 하는 일 맞죠?"

"나쁘지 않아요." 라일라 메이가 말하며 나체즈의 손을 빠르게 힐 끗 본다. 손가락이 쫙 벌어져 있다. 오만해 보인다. "엘리베이터는 올라가고 내려오죠. 왜 그러는지 이해하기만 하면 돼요." 라일라 메이가 나체즈의 눈을 쳐다본다. "여기에 없을 때는 무슨 일을 하나요? 이게 고정적으로 하는 일은 아니죠?"

"그냥 대리 근무죠. 이런저런 일을 합니다. 할 수 있는 건 뭐든지요. 이 도시는 살기가 힘들다고 말씀드리죠."

"살기 힘든 도시죠." 라일라 메이가 반복한다. 이제 대홧거리가 떨어졌다.

나체즈는 개의치 않고 말한다. "그럼 내일 뵙겠습니다. 삼촌이 아직도 아프시거든요."

"뭐가 잘못되셨죠?"

"다리에 감각이 없다고 하세요." 나체즈가 얼굴을 찌푸린다. "잘려나간 느낌이라고 하시네요."

"끔찍하군요."

"가끔 겪으시는 일이에요."

"확인하러 와주셔서 고마워요."

"안녕히 주무세요, 라일라 메이. 잘 자요."

* * *

아이들은 미끌미끌한 치아로 얼음 사탕을 씹으며 침이 걸쭉한 설탕물이 되기를 기다린다. 열기 속에서는 모든 것이 끈적인다. 사탕 때문에 혀가 초록색, 빨간색이다.

만국 산업박람회에서는 모든 문명국가의 국기가 축 늘어진 공기 속에서 마구간지기가 쓰는 낡은 천처럼 달랑거린다. 태양이 타오르며 환하게 빛나는 거대 건축물은 수정궁으로 런던에 있는 같은 이름을 한 건물을 복제한 것이다. 철, 나무, 유리, 얇은 교차 늑골로 강화한 방사형 늑골. 왕실 보석 같다. 수직성을 발명하기 전에는 작은 망원경에만 의지해 바다 건너에서 가져올 수 있는 유리와 철로 만든 공예품이 사람들이 열망하는 전부였다.

수정궁 서쪽에는 악취를 풍기는 크로톤 저수지가 있다. 동쪽으로는 마차와 발굽이 가고일처럼 흉측한 풍경을 만들어낸 6번가가 있다. 수정궁은 5년 뒤인 1858년에 화마에 휩싸여 15분 만에 무너질 테고, 적절한 시기에 타임스퀘어가 된다. 하지만 오늘은 창문 수천 개가 빛을 꾀어 들이고, 땀이 응축되어 생긴 염분 막이 유리에 줄무늬를 그린다. 이곳은 온실이며, 어떤 보석이 꽃을 피울까! 한 전시실에는 유리 뒤, 벨벳 천 위에 원자재를 진열해뒀다. 광물, 온갖 모양을 한 광석, 석탄, 구리, 석재, 대리석, 크리스털, 모두가 감탄할 만큼 다양하다. 한 회랑에는 기관차가 강철 엉덩이를 검은 받침대에 붙이고 쪼그려 앉아 있다. 이 기계는 역동적인 시대를 증류한 것이다. 운송 수단의 시대를. 전시물은 전 세계에서 왔다. 함부르크는 뿔로 만든 여러 가지 물건,

몇몇 예쁜 가구, 방대한 지팡이 소장품, 자수를 보여주고, 터키는 부드러운 비단, 원자재, 땅에서 나온 것, 많이 언급되는 카펫과 깔개를 전시한다. 박람회 기간에는 수백만 명이 이 유리창 아래로 모인다. 스위스에서 온 아름다운 시계 앞에서는 사람들이 자리를 뜨지 못하며 헉하고 숨을 들이쉬는데, 매우 작고 진실한 공예품으로, 둘레는 2.5센티미터 남짓하며, 태엽을 감아둬 째깍째깍 소리가 들리고, 가장 아름다운 점은 외관에 멋진 에나멜을 입혔다는 것이다. 곡물과 초콜릿과 총기류, 머스킷 총과 프랑스산 권총(유명한 결투다), 배부른 아파치족. 아마존 덩굴식물에서 딴 진홍색 과일과 라마 고기를 말려서 보존처리한 갈색 조각.

2층에는 수확기와 탈곡기가 있는데, 미동도 없고 우아한 것이, 유연한 동물이 몸을 숙이고 수분을 핥는 것 같다. 사냥칼은 햇빛을 받아 눈물을 흘린다. 미국인이 이 칼 없이 다니는 모습은 볼 수 없다고들 한다(재빨리 주변을 둘러보면 이 유럽 대륙에서 건너온 협잡에 반박할 수 있다). 흑담비 털 망토를 입고 가죽 목줄을 찬 원숭이는 미래를 말할 수 있다. 한 전시에서는 높이가 고작 30센티미터인 말과 병 속에 들어 있는 머리 두 개 달린 아기가 눈에 띄는데, 어린이들을 즐겁게 해주기 위한 것이다. 그 남자가 지나가자, 신사 숙녀들이 옆으로 비켜서서 깊은 존경을 표하며 손수건을 흔든다. 중국 고위 관료와 하인 두 명이다. (나중에 신문에서 보도하길 고작 아편 밀수꾼이 사람들을 속여먹은 것이었다.)

첫날인 1853년 7월 14일에 2층에서 울리는 오르간 소리는 악기 200개와 목소리 600개로 맞서도 안 될 만큼 크다가 잦아드는데, 한 남자가 말하길 열기가 오르간에도 타격을 준다고 한다. 아니, 오르간이 멈춘 이유는 곰의 폐를 가진 남자가, 미국 부통령이 참석자들에게 연설할 참이기 때문이다. "우리 박람회는 오랫동안 여러 나라의 행복을 지연시켜왔던 편견과 적대감을 완전히 근절하지는 못하더라도 완화하는 데는 실패할 수 없습니다. 우리는 가장 경이로운 과도기를 살아가는데, 이 시대는 모든 역사가 가리키는 위대한 목표를, 인류 통합 실현을 신속하게 성취하는 경향이 있습니다. 여러 나라를 갈라뒀던 거리는 현대 발명을 이룩함으로써 빠르게 사라집니다. 우리는 그 거리를 놀라운 속도로 횡단할 수 있죠. 오늘날 언론 홍보는 누군가가 발견이나 발명을 하자마자 다른 쪽에서 경쟁 활동을 통해 벌써 개선하고 추월하는 상황을 초래합니다. 오늘날에는 전 세계 모든 지역에서 생산하는 제품을 소비할 수 있는데, 우리는 어느 것이 목적에 가장 부합하고 저렴한지 선택하기만 하면 되며, 생산력은 경쟁과 자본이라는 자극제가 좌우합니다. 신사 숙녀 여러분, 1853년 박람회는 우리에게 진정한 시금석이자 인류 전체가 이룩한 발전을 보여주는 활인화입니다. 그리고 모든 국가가 더 노력할 방향을 찾을 수 있게 해줄 새로운 시작점을 제공하기 위한 것입니다." 흑담비 털 망토를 입은 원숭이가 주머니를 털어 간다.

그 첫째 날 밤, 남자는 자살을 시도했지만 성공하지 못한다. 그레이트홀에서 보여주는 많은 행위 중 하나, 세계에서 모은 온갖 보석 중 원석 하나일 뿐이다. 엘리샤 그레이브스 오티스는 엘리베이터 단에 선다. 오티스가 하는 행위를 이전에 본 사람은 없으며, 오늘 온갖 것을 보고 나니 수정궁에서는 이 겸손한 신사한테 거의 열광하지 않는다. 오티스가 미래를 약속함에도 말이다. 오티스는 날씬한 중년 남자로 오늬무늬 프록코트를 입었다. 오른손으로 흰 조끼를 쓰다듬는다. 참석자들이 멈춰서 이 행위를 본다면, 아마 지쳐서일 가능성이 가장 큰데, 평생 볼 이국적인 광경을 영광스러운 하루에 밀어 넣고 저녁이 되어 이제야 누그러지는 열기가 수정궁에 늪처럼 고였던 탓이다. 게다가 화물용 엘리베이터는 특별한 것이 없는데, 어쩌면 시골에서 온 촌놈한테는 특별할 수도 있지만 도시 사람한테는 아니다.

엘리베이터 단이 10미터가량 허공으로 올라가, 밤이 되어 새까매진 구형 유리 천장을 붙잡는다. 사람들은 페르시아산 태피스트리와 이집트산 풍뎅이 장식에서 끌려오고, 에티오피아산 도자기에서 불려 와 오티스 씨에게 향한다. 그레이트홀에 모인 사람들은 단과 남자와 톱니가 달린 레일을 빤히 쳐다본다. 어쨌거나 이 사람들도 미래를 원한다. "주의 깊게 지켜봐주시기 바랍니다." 오티스 씨가 말한다. 톱을, 등불에 비친 금색 초승달을 허공에 들고 자신을 공중에서 지탱해주는 밧줄을 자르기 시작한다. 오티스 씨가 한 행위가 앞으로 몇 주, 몇 달에 걸쳐 유명해지면, 수정궁은 다시는 지금처럼 조용하지 않을 것이다. 처음이 가장 좋은 때다. 고요하다. 마지막 가닥이 굴복하면서 밧줄이 공중에서 춤춘다. 단이 30센티미터에서 60센티미터가량 속절없이 추락하더니, 단 밑에 달린 구식 마차 스프링이 풀려나 난간에 달린 톱니를 붙잡는다. 오늘 온갖 것을 보고 난 뒤에도 박람회에 온 사람들은 여전히 흥분하여 소리칠 수 있다. 안전한 엘리베이터다. 이제 수직성은, 진정한 도시는 멀리 있지 않다. 첫 상승이 시작됐다. 엘리샤 오티스 씨는 연습해둔 과장된 동작으로 모자를 벗으며 말한다. "완전히 안전합니다, 신사 여러분. 완전히 안전해요."

* * *

운전기사는 말없이 운전하며 양 손바닥으로 운전대를 돌린다. 화가처럼 세심한 우아함. 짧고 신중하게 운전대를 움직이는데 너무 낭비하거나 너무 인색한 법이 없다. 목덜미에 작고 빨갛게 난 상처는 이발사한테 베인 것이다. 검정 뷰익이 도시에 있는 술집들을 헤집으며 수직 수송 전문대학교로 향하는 동안 라일라 메이는 리드 씨가 했던 말을 다시 생각한다. 이렇게 말했다. "어쩌면 당신은 그 여자랑 이야기하기에 완벽한 사람 같군요. 우리한테는 말을 안 할 거라서요."

라일라 메이 왓슨은 유색인종이고 마리 클레어 로저스도 유색인종이다.

라일라 메이가 든 파일에는 크기와 품질과 두께가 다양한 종이가 들어 있다. 어떤 단어는 손 글씨고 어떤 단어는 타자기로 찍었다. 맨 위에는 마리 클레어 로저스가 스마트청소회사에 가정부로 지원한 채용 지원서가 있다. 지원 당시에는 마흔다섯 살이고 아이가 두 명이고 남편을 잃은 뒤였다. 지원서에는 이전에 일했던 곳이 나열돼 있다. 보아하니 다른 사람이 어지른 것을 치우며 거의 평생을 보냈고, 이런 계통의 일에 매우 능숙했다. 칠칠치 못한 사람을 돌보는 일에. 이전 고용주 한 명은 추천서에서 그 재능을 보증하면서, '순종적'이고 '조용'하고 '고분고분'하다고 설명한다. 지원서와 함께 클립으로 끼워져 있고 스마트청소회사의 상징이 처마처럼 붙어 있는 또 다른 문서에서는 로저스 부인이 매카프리 가정에 6개월 동안 파견된 이야기를 한다. 거기서 사고 없이 근무 기간을 보냈다. 제임스 매카프리 부부는 로저스 부인이 일을 '효율적이고 신중하게' 한다고 특징지었다. 스마트청소회사의 기록에 따르면 매카프리 가족은 날씨가 더 화창한 곳으로 이사했고, 로저스 부인은 회사의 정기적인 고객 중 하나인 수직 수송 전문대학교로 다시 발령이 났다.

라일라 메이는 고용인 평가 양식 맨 밑에서 제임스 풀턴의 서명을 알아보는데, 날짜가 로저스 부인이 대학의 교수 주택으로 발령받고 나서 1년 뒤다. 서명에 사용한 것과 똑같은 잉크를 그 위에 있는 작은 상자들에서도 관찰할 수 있으며, '훌륭함'을 나타내는 상자 열에 X자를 그리는 데 잉크를 사용했다. 시간 엄수를 물어보는 질문과 관련하여 '보통' 열에 있는 상자 하나만 예외다. 라일라 메이가 이 양식에 나온 날짜를 보니 풀턴은 협회장직을 막 사임했는데, (더 큰 엘리베이터 점검 업계에서 크고 작게 중얼거리는 바에 따르면) 대학교 학장이 되기 위해서다. 경력의 최종 단계 말이다. 알짜배기를 전부 훔쳤으니, 다른 곳은 갈 데가 없었다.

편지지 윗부분에 인쇄된 대학 문장은 가짜로 고풍스러운 느낌을 낸 스마트청소회사의 편지지보다 더 위엄 있고 진중하다. 극히 소수만 이해하는 준엄함이 고등교육을 하는 장소에 잘 어울린다. 라일라 메이가 든 문서는 대학 이사회로 보내는 것인데, 글에서 풍기는 감정 상태가, 조절되지 않은 공황 상태가 편지지 꼭대기에 있는 평온한 대학 문장과 몹시 흥미로운 대조를 이룬다. 그 편지는 풀턴이 보이는 '별난' 행동(라일라 메이는 '별난'이라는 단어가 백인이 지명도 높은 미친 백인을 묘사할 때 사용하는 단어임에 냉담하게 주목한다)과 관련하여 '신속한 조처'를 촉구하면서 아래에 자세한 내용을 열거한다. 제임스 풀턴이 성급하게 화를 낸다든가, 새 공학관 착공식이 한창일 때 갑자기 울부짖으며 발작한다든가 하는 이야기는 라일라 메이도 예전에 대부분 들었지만, 지금 읽는 충격적인 행동은 거의 다 처음 보는 것이다. 백인들은 자기들끼리 뒤를 봐준다. 라일라 메이는 풀턴이 한 행동을 보며 운명을 관장하는 아버지에 관한 생각을 굳힌다. 인간은 다른 길로 벗어나지 않으며 자신의 본래 모습으로 존재할 뿐이라고 예상한다. 나약한 자신으로 말이다.

다음으로 찾은 문서에도 진정한 폭로는 없다. 익명의 비서가 (첫 번째 문서에서 보여준 것보다 훨씬 더 열정적으로) 보고하길, 풀턴은 이 사회에 올랐다가 사임하기로 했다. 풀턴은 교수 주택뿐 아니라 관리인도 함께 살도록 한 대학의 제안을 수락했다. 이 상세한 종이(뷰익이 속도를 내면서 흔들리는데, 운전기사가 모든 것을 통제하지는 못하는 법이다)는 대학에서 추천하는 관리인들(풀턴이 문 앞에 찾아온 유능한 인력 관리자 행렬에 하는 말에 따르면 '유모')을 풀턴이 전부 거절했던 일을 설명하기 시작한다. 풀턴이 원한 여성은 가정부인 마리 클레어 로저스였다. 다른 누구도 아니었다. 비서는 로저스 부인이 동의했으며, 다음 달 둘째 주에 1층에 있는 옛 하인 숙소에 들어올 것이라고 행복하게 보고한다. 축하합니다, 신사분들. 라일라 메이가 속으로 생각한다.

라일라 메이와 회관 운전기사인 스벤은 지도에 없는 교외 지역에 깊숙이 들어왔는데, 라일라 메이가 마지막에 이곳에서 나온 뒤로 대형 할인 매장과 주로 유색인종에게 음식을 제공하는 패밀리 레스토랑이 우후죽순 생겨났다. 여기는 도시보다 숨을 쉬기가 편하고, 볼 것도 적다. 라일라 메이는 다음 서류를, 지난 〈승강기〉 잡지에 처음 나왔을 때 읽었던 기사를 다시 내려다본다. 종이는 흐늘거리고 반들거리고 산들바람처럼 얇다. 재판은 끝났다. 판사는 판결을 내렸다. 마리 클레어 로저스는 풀턴이 남긴 문서를 전부 수직 수송 전문대학교에 양도해야 한다. 〈승강기〉 기자(단어 선택을 보니 대학 측 협력자다)에 따르면, 풀턴은 오래 살지 못하리라 깨달았을 때, 자기가 살던 교정 내 주택에 마리 클레어 로저스 부인이 원하는 만큼 살 수 있도록 보장하는 조건으로 대학 측에 개인적인 문서를 넘겨주기로 거래했다. 말할 필요도 없이, 대학은 풀턴이 세상을 떠나면 문서를 확보하리라 앞서 확신하면서, 꼭 필요한 유물함을 둘 구석을 이미 만들어뒀다. 이 예상치 못한 조건은 그저 각다귀처럼 거슬릴 뿐이었다. 또는 처음에는 그렇게 생각했다. 풀턴의 영혼이 떠난 뒤, 로저스 부인은 해당 문서를 소중히 전달했다. 그러나 전부는 아니었다. 일부 공책은, 풀턴이 생애 마지막 2년 동안 작성한 공책은 사라진 것이 분명했다. 학계, 후대, 역사를 움직이는 확고한 엔진은 거부를 용납하지 않을 것이다. 하지만 로저스 부인은 단호하게 그 일기장을 보관했고, 북부 사람이 사는 지역에서 백인은 별로 들을 일이 없는 욕설로 집주인을 괴롭히다가, 제임스 메디슨 판사님(아는 사이는 아니다)이 법정에서 명령했을 때 겨우 그 참을 수 없는 행동을 누그러뜨렸다. 기사는 거기서 끝나지만, 라일라 메이는 증거의 특징에 대한 후기를 덧붙인다. 일기장에 나온 날짜로 보건대 일부가 여전히 사라진 것은 명백했지만, 로저스 부인이 주장하는 대로 풀턴이 꼭두새벽에 밀려드는 절망감에 파괴했거나, 도둑맞은 것이 아니라고는 아무도 증명할 수 없다. 이 가정부가 주장하길, 풀턴의 장례식 날 주택이 침입당했다. 소문은 이보다 더 나쁜 토양에서도 번창한다.

차는 대학 근처에 있다. 보지 않아도 아는데, 라일라 메이와 운전기사가 하나뿐인 진정한 계곡을 발견한 것처럼 마침내 도시의 소리가 사라졌기 때문이다. 도시가 내는 갈고 분쇄하는 소리가, 신선한 사냥감을 뒤쫓는 날카로운 웃음소리가. 여기는 요양 시설이 있어 건강을 되찾고 사교계에 복귀하기에 완벽한 장소다. 파일에 든 마지막 내용물은 마틴 설리번이라고 하는 대학 소속 직관주의자 조수가 손으로 작성한 쪽지다. **목표물이 내 앞에서 문을 쾅 닫고 내 어머니를 모욕한다. 목표물이 부엌 창문으로 숨어들려는 나를 발견하여 손에 고기용 온도계를 들고 찌른다. 목표물이 나무 뒤에 숨은 나를 보고 위협적으로 다가오기 시작한다. 나는 그 주변을 떠나기로 한다.** 마틴 설리번은 일주일 전에 증거로 수집했던 쓰레기통 내용물의 목록을 작성하기 시작한다. 설리번이 적어두길, **주로 음식물 관련 쓰레기지만 약 10퍼센트가량은 종이 쓰레기다. '아이다 고모'라는 누군가에게 개인적인 편지를 쓰려고 한 것으로 보이는 실패한 도입부 두 장 등. 한 품목은 징조가 좋아 보이는데 크위키의 주간 십자말풀이로, 수수께끼 중 3분의 2가량을 다양한 정확도와 완성도로 풀려고 시도한 것이었다. 하지만 나는 무던히 노력했음에도 이 수수께끼에서 어떤 숨겨진 메시지나 다른 감춰진 의미를 못 찾았다.**

그만 됐다. 라일라 메이는 노부인을 귀찮게 할 다음 타자다.

라일라 메이가 이곳에 와본 지는 오래됐다. 너무 오래돼서 처음 나온 반응이 일상적이지 않고 첫인상을 받은 것 같았다. 대학의 넓은 검은색 문으로 처음 들어왔던 것이, 운전대를 쥔 아버지의 손이 기억난다. 사고 소식이 부모님께도 닿았을지, 그 보도에 라일라 메이의 이름이 들어 있을지 다시 궁금해진다. (다른 생각도 든다. 라일라 메이가 무릎에 올려둔 파일처럼, 라일라 메이에 관한 파일도 지금 어디에선가 쌓이는 중이다. 허위 사실이 겹겹이 늘어난다.) 라일라 메이는 마리 클레어 로저스를 추궁하고 괴롭히러 왔던 다른 사람들과는 다르다. 라일라 메이는 자기 명예를 깨끗이 하러 왔다. 어떤 대가를 치르더라도.

리드 씨는 라일라 메이에게 말했다. "그 여자는 우리한테 말하기를 거부하거든요. 어쩌면 당신이 그 여자한테 말을 걸 가장 완벽한 사람일 것 같군요. 두 사람 다 유색인종이니까요."

* * *

《이론 엘리베이터학》 2권, 제임스 풀턴 저:

침묵을 믿는 것. 우리가 거품 속에 살 때 그랬던 것처럼. 감각은 우리가 아는 한 따듯했다. 침묵이 그 온기를 제공했다. 자궁을. 개미는 화학물질로 쉽게 이야기한다. 음식, 날아감, 따라와. 명사와 동사뿐이고 절대 그 둘을 동시에 쓰지 않는다. 자연이 부과하는 것(죽음)을 제외하면 형벌이 없으므로 잘못도 없다. 여러분은 열차 승차장에 서 있다. 열차를 놓칠지도 모른다는 두려움, 시간에 대한 예속 때문에 열차가 떠나기 10분 전에 준비를 마쳤다. 여러분은 동행인에게 한 번도 말한 적 없는 것이 무척 많고, 표현할 시간은 너무 적다. 소박한 단어 주위로 세월이 쌓이는데, 세월이 가로막거나 숨기지 않았다면 말할 시간이 풍부했을 것이다. 승무원이 승차장을 서성거리며 왜 여러분이 아무 말도 하지 않는지 궁금해한다. 여러분은 승차장과 시간표를 망치는 사람이다. 말하라, 단어를 찾아라, 열차는 출발하고 싶어 하기 시작한다. 여러분은 단어를 못 찾고, 단어는 출발 시각에 맞춰 여러분 앞에 나타나지 않을 것이다. 여러분과 동행인 사이에는 아무것도 오가지 못한다. 늦었고, 좌석이 기다리고 있다. 단어가 소박하고 진실하다는 점은 절반만 해결할 뿐이다. 열차는 떠난다. 열차는 항상 떠나고 여러분은 단어를 찾지 못했다.

열차를, 여러분과 단어 사이에 있는 곳을 기억하자. 엘리베이터는 열차다. 종착지가 천국인 완벽한 열차. 완벽한 엘리베이터는 인간 화물이 진흙탕을 파헤치며 단어를 찾으려고 시도하는 동안 기다려준다. 블랙박스에서는 인간의 의사소통이라는 이 지저분한 일이, 화학물질의 분비로, 영혼에 있는 수용기로 이해된 진정한 말로 변환된다.

* * *

연갈색 탄산음료도, 건자두 주스도, 당연히 커피도 안 된다. 폼페이는 자기 피부보다 어두운 것은 전부 마시지 않는데, 지금보다 더 검어질까 봐 두렵기 때문이다. 자기 피부가 얼룩이며 더 나빠지고 물들고 젖어서 지옥 같은 검은색이 될 수 있다는 듯이. 그자들이 폼페이를 보내서 패니 브리그스 건물에 있는 엘리베이터를 훼손했다고 라일라 메이는 확신했다. 그렇게 함으로써 자기네가 보기에 조화롭지 않은 부분을 누그러뜨려 두 유색인종을 구덩이에 넣고 싸우게 하려고 했을 것이다. 투견장에 있는 개처럼. 폼페이는 그 기회를 덥석 잡고, 하얀 거품 같은 침이 볼에 마구 묻어났을 것이다. 추락 사고 직후에 오코너 술집에서, 라일라 메이가 도둑처럼 벽에 붙어 웅크리고 있을 때 폼페이도 그런 취지로 말하지 않았던가? **라일라 메이가 드디어 업보를 치른다고.** 그런 식으로 말했다. 폼페이는 너무 작은 담갈색 정장을 입고 중산모를 기울여 쓰고 기계실에서 피해를 줬다.

라일라 메이는 마리 클레어 로저스가 나타나길 차에서 기다린다. 교수 주택은 언덕 아래, 떡갈나무 군집 뒤에 비스듬히 기울어 있다. 항상 부조화를 이룬다. 무언가에 몰두하는 이론가와 막무가내인 전직 점검원이 학계에서 결합해 외관이 튜더양식인 듯한 건물 전면 뒤에 산다. 자동차 창문으로 예전에 살았던 체육관과, 교정을 향한 창문이었던 작은 구멍이 보인다. 풀턴 회관 위층, 그 남자가 사망했던 도서관까지 허공을 가로지르며 선을 그린다. 지금 라일라 메이는 남자의 집 앞에, 운전석에서 말이 없는 남자와 함께 앉아 있다. 스벤은 말처럼 입으로 깊이 숨을 쉰다.

창문을 두드리는 소리에 깜짝 놀란다. "여기에 종일 있느니 그냥 들어와요." 목표물이 말하자, 라일라 메이의 오른쪽에 2센티미터 열린 창문 틈으로 그 말이 들어온다. 마리 클레어 로저스가 덧붙인다. "당신만요. 저 남자는 말고."

마리 클레어 로저스는 키가 작은 여자로 튼튼하고 땅딸막한 다리 위에 지은 헛간 같았고, 라일라 메이가 예상한 것보다 젊어 보였다. 그런 일을 한 것치고는 늙고 지쳐 보이지 않았다. 이 구름 낀 날에 단단하게 살아 있는 존재이고, 흰색 주름 장식이 목에 딱 붙는 밝은 빨간색 여름 원피스를 입은 황소다. 밀짚모자에는 갈색으로 마른 꽃이 주먹을 쥔 것처럼 뭉쳐 있다. 라일라 메이가 대답하길 기다리지 않고 석조 보도를 따라 풀턴 집으로, 자기 집으로 좁고 침착한 걸음을 옮기기 시작한다. 라일라 메이는 운전기사에게 기다리지 말라고, 직관주의자 회관으로 알아서 돌아갈 것이라고 말한다. 쉽게 향수에 젖는 성격은 아니지만, 로저스 부인을 면담한 뒤에 교정을 둘러보기로 마음먹었다. 예전에 살던 방에 사람이 살고 있는지 보기로. 어쩌면 과거가 혼선을 빚는지도 모른다.

라일라 메이가 현관문을 열자 왼쪽으로 빨간색 흐릿한 형체가 보인다. 로저스 부인이 말한다. "모퉁이를 돌다가 당신과 저 남자가 집 앞에 주차하는 걸 봤어요." 모자 고정용 긴 핀을 머리에서 뽑고 밀짚모자를 옆에 있는 소파에 둔다. "20분을 기다렸는데 움직이질 않더군요. 내 집에 못 들어가는 건 싫어서요."

라일라 메이가 대답한다. "불편을 끼쳐서 죄송합니다. 그저 질문을 한두 가지 드리고 싶어서요. 시간을 내주신다면요."

로저스 부인은 진력이 나서 고개를 흔든다. 단호하게 말한다. "안 들여보내주려고 했지만, 그래도 당신은 여기에 찾아왔던 다른 남자들이랑 다르긴 하네요. 그 사람들은 시 정복을 차려입고 저 잘난 줄밖에 모르던데. 자기네가 나보다 우월하다고 생각하지만, 나한테 원하는 게 있으니 잘 대해준다는 식이죠." 로저스 부인은 방문자의 눈을 빤히 들여다본다. "하지만 나는 그 사람들을 아주 곤란하게 만들었고, 그 사람들은 당신을 보내면 내가 이야기를 할 거라고 판단했나 보네요."

"비슷해요."

"그리고 우리가 같은 부류에 속하니 내가 숨겨왔던 것을 그냥 얘기해줄 거라고요." 로저스 부인은 뭔가를 털어내려는 것처럼 양손으로 무릎을 닦는다. 선 채로 말한다. "앉는 게 어때요. 차를 끓이는 동안이요."

집은 라일라 메이가 예상했던 모습이 아니긴 하지만, 풀턴이 죽은 지 6년이 지났으니 그럴 만도 했다. 계약상 합의에 따라 이제는 로저스 부인의 집이다. 파일에는 언급이 없었지만, 풀턴과 로저스가 연인이었다는 소문이 돌았을 것이 분명하다. 그렇지 않으면 왜 고용인을 위해 이렇게 큰 수고를 감수할까. 로저스 부인은 풀턴이 살아 있을 때 야금야금 집을 다시 장식하기 시작했을까? 벽난로 위 선반에는 도자기로 만든 말 열다섯 마리가 서 있는데, 한창 질주하는 자세부터 생각에 잠겨 풀을 뜯는 자세까지 하고 있다. 로저스 부인이 복도 끝에서 쨍그랑거리고 부산 떠는 소리가 들린다. 물 끓는 소리. 로저스 부인이 이 집을 고칠 때 풀턴은 뭐라고 했을까? 주변 세계를 인지하기에는 너무 상태가 나빠졌을까, 아니면 블랙박스에 너무 몰두한 나머지 사물의 껍데기는 신경 쓰지 않았을까. 물질의 겉모습 말이다.

로저스 부인이 차와 갈색 웨이퍼를 들고 돌아온다. 차에서는 정향 냄새와 맛이 난다. 라일라 메이가 앉은 의자는 낡고 튼튼하다. 다루기 어렵다. 로저스 부인이 차를 마시면서, 컵 윗부분 너머로 라일라 메이에게 시선을 고정하고 묻는다. "그러면, 빨리 시작하는 게 어때요?"

"저는 그저 풀턴 선생님에 관해 여쭤보려고 왔습니다."

"다른 남자들도 그렇게 말했어요. 누구랑 일하죠? 대학이나 시에 있는 그 부서에서? 아니면 나를 새로 괴롭히기 시작할 사람과?"

"제 이름은 라일라 메이 왓슨입니다. 저는 직관주의자예요. 지금은 엘리베이터 점검원 부서에서 일하죠. 시에서요."

"그래요. 물어보려는 걸 물어봐요." 로저스 부인이 감흥 없이 말한다. 작은 치아로 비스킷을 야금야금 먹는다.

"아주머니만 여기서 풀턴 선생님과 사셨나요?" 로저스가 만만치 않을지도 모르지만, 라일라 메이는 알고 싶은 것을 캐내리라 결심한다. 그럴 것이다.

로저스 부인이 진력이 나서 대답한다. "누군가는 그래야 했어요. 제임스는 누군가가 주변에서 광기에 빠지지 않도록 막아주지 않으면 살 수가 없었거든. 자기 자신한테서 떨어뜨려주지 않으면 말이에요. 처음에는 유럽이나 그런 곳에서 훌륭한 여자들을 많이 데려왔어요." 그 나라들이 바로 나무숲 너머에 있다는 듯이 창밖으로 손을 내젓는다. "하지만 제임스는 그 여자들이 들어오자마자 집 밖으로 쫓아냈지요. 무섭다고 했어요. 스웨덴, 러시아 같은 데서 온 여자들이요. 그러던 어느 날 집 안에 자기랑 나만 둘 거라고 했죠."

"아주머니는 수락하셨고요."

"내 애들은 전부 결혼해서 나갔어요." 로저스 부인이 옆에 있는 탁자에 둔 사진 쪽으로 고개를 살짝 기울이며 대답한다. 라일라 메이가 눈치채지 못했던 사진이다. 얼굴과 몸을 알아볼 수 없고, 전통적인 가족사진 구도로 자세를 잡았다. 로저스 부인이 말을 이었다. "요즘 온갖 바보 같은 일이 일어나는데, 그 도시에 머물며 내가 뭘 할까요? 여기는 할 일은 별로 없지만, 어떤 젊은 애가 돈을 노리고 머리를 후려칠까 걱정할 필요도 없죠."

"그러면 두 분은 친구였군요. 아주머니와 풀턴 선생님이요."

"나는 고용돼서 일했고 우리는 친구가 됐죠. 나한테 잘해줬어요. 그 사람들은 내가 제임스를 몰래 조사하길 바랐다는 것 알아요? 언젠가 제임스가 그 책을 쓰기 시작했는데, 뭐에 관해서였냐면 엘리베이터를 느끼고 엘리베이터와 사업을 껴안고……."

"《이론 엘리베이터학》이군요." 라일라 메이가 제시한다.

"그거예요. 그걸 시작했을 때, 언덕 위에 있는 늙은 백인 멍청이들은 제임스에 관해 무얼 해야 할지 몰랐죠. 미친개에 물린 것처럼 행동하며 지내더니 어느 날 그 책을 쓰기 시작한 거니까. 그 점이 가장 거슬렸을 거예요. 책이라는 점이요. 그 책을 어떻게 판단할지도 못 정한 채, 밤낮없이 여기에 들렀죠. 제임스를 멈추려고 한 건지 아니면 외부에 안 드러나게 하려고 한 건지는 몰라요. 어느 날에는 제임스가 연설하러 외출했는데, 그 사람들 중 하나가, 어느 쭈글쭈글하게 늙은 백인 남자가 여기 와서는 내 부엌으로 들어와, 제임스가 들락거리는 것과 밤에 방에서 무엇을 하는지를 '계속 알려주면 감사하겠다'라고 했어요. 내 집에서 첩자 노릇을 하라는 것이나 다름없었는데, 이 장소는 내가 이사하자마자 내 집이 됐기 때문이에요. 나는 내 부엌에서 썩 꺼지라고 했고, 내 집에 다시 찾아오면 풀턴 씨한테 말할 거라고 했어요. 그러면 풀턴 씨가 역정을 낼 거라고요." 로저스 부인은 찻잔을 소파 옆 작은 탁자에 두고 라일라 메이를 빤히 응시하며 기어를 바꾼다.

강하게 말한다. "왜 그렇게 꾸물대죠? 풀턴이 남긴 것을 내가 어디에 숨겨뒀는지 물으려던 것 아니에요? 다들 그걸 알고 싶어 하던데. '잠시 이야기를 나눌 수 있을까요.' '시간 좀 있으십니까.' 아니, 난 그 사람들한테 내어줄 시간은 없어요."

"저희는 확인하고 싶을 뿐이에요." 라일라 메이가 말한다. 상황 장악력을 잃고, 이 화가 난 노부인이 우위를 점하게 둔다.

로저스 부인이 묻는다. "그건 그렇고 어떻게 그 사람들과 얽히게 됐죠? 당신은 완전히 그 사람들처럼 차려입었지만, 여전히 사리 분별을 할 줄 알아야 해요."

"이 학교에 왔습니다. 몇 년 전에요." 라일라 메이가 대답한다. 자신이 아니라 로저스에 관해 이야기를 이어가려고 한다. 그러려고 여기 왔으니까.

"그게 전부예요? 겨우?"

"제가 말했듯, 저는 직관주의자입니다. 풀턴 선생님께 가르침을 받은 학생이고 어딘가에 무언가가 더 있다면, 찾고 싶어요."

"이 학교에 다녔다고요?"

"몇 년 전에요."

"기억이 나는 것 같네요." 로저스 부인이 무심하게 말하며 고개를 끄덕인다. "이 주변에는 우리 같은 사람이, 그러니까 바닥을 닦거나 물건을 정리하지 않는 사람이 거의 없거든. 그래. 기억나요. 당신을 기억하는 이유는 여기서 일하지 않았던 유일한 유색인종 여자였기 때문이에요. 어딘가에 가야 하는데 거기까지 갈 시간이 없다는 듯이, 어디든 완전히 빠른 걸음으로 다니는 걸 보곤 했어요. 늘 혼자서 빨리 걸어 다녔죠."

"해내고 말았죠."

"그런 것 같네요." 로저스 부인의 갈색 눈이 라일라 메이의 눈을 빠르게 추적한다. "그만한 가치가 있었나요? 그 사람들이 당신한테 주는 것이?"

"저는 배지가 있죠. 제 배지를 받았습니다." 라일라 메이는 자신이 적잖이 당황해 손을 주머니에 넣고 금배지의 튀어나온 양각을 더듬는 것을 깨닫는다. 쟁반에 있는 비스킷으로 손을 뻗는다.

"내가 묻는 건 그게 아닌데요?" 로저스 부인이 말한다. 종이를 공처럼 구겨놓은 것 같은 라일라 메이의 얼굴에 떠오른 어색한 표정을 보니 만족스러워, 소파에 등을 기대고 미소를 짓는다. 로저스 부인이 천천히 말한다. "미안해요. 나는 그냥 일요일 오후에 잔소리를 멈추지 않는 할머니일 뿐이에요. 당신은 물어볼 것이 있어서 여기 왔죠. 내가 무언가를 숨기는지 알고 싶어서. 풀턴이 남긴 것을, 세상 사람들과 저 위 언덕에 있는 사람들이 없으면 못 하는 무언가를 말이에요."

"왜 그 문서를 계속 보관하셨죠? 협정을 맺으셨잖아요?"

"제임스가 그러길 바랐으니까요." 로저스 부인의 얼굴에 떠오른 미소는 아련하고 낯설어서, 멀리서 들리는 음악을 즐기는 듯하다. "사람이 자기가 곧 떠난다는 것을 깨닫듯, 제임스도 자기가 머지않아 죽을 걸 알기에 나한테 말을 남겼는데, 사람들이 찾아와서 자기 물건을 들쑤시고 다니면 서재에 있는 것은 무엇이든 주되, 침실에 있는 것은 무엇도 만지지 못하게 하라고 했어요. 제임스는 나한테 그렇게 말했고, 나는 제임스가 진심이라고 확신했죠. 연구 자료의 일부는 침실에 보관했고 일부는 서재에 보관했는데, 두 공간은 다른 곳이에요. 제임스가 원한 것이니까, 나는 그 늙은 백인 멍청이들과 변호사들이 뭐라고 하든 제임스가 한 말에 따라 행동하려고 했죠."

"하지만 결국에는 그 사람들한테 항복하셨죠."

"내 생각이 뭔지 알아요? 내 생각에 풀턴은 그 문서를 벽난로에 태워버릴 셈이었을 거예요. 다만 그렇게 빨리 떠날 줄은 몰랐던 거죠. 그자들은 나를 판사 앞에 세운 다음에 성경에 대고 맹세하게 했어요. 내가 달리 뭘 하겠어요? 물어볼게요. 내가 달리 뭘 하죠? 성경에 맹세해야 했는데. 제임스가 화를 낼 것은 알지만, 내가 달리 뭘 하겠어요? 나는 다시 출발할 수 없고 제임스는 내가 이곳을 갖기를 바랐어요."

"전부 넘겨주셨나요?"

"전부 줬는데도 사람들은 여전히 날 안 믿었죠. 우리가 제임스의 장례를 치르던 날, 누군가가 이 집에 무단으로 침입했어요. 온통 엉망으로 만들면서 무언가를 찾았죠. 나는 누군가가 이 집에 침입했고 어쩌면 그 사람이 무언가를 가져갔을 수도 있다고 말했지만, 사람들은 여전히 날 안 믿었어요." 노부인의 몸에 있는 작은 장치가 딸깍 제자리를 찾더니 갑자기 작동한다. 무엇 때문인지는 라일라 메이도 모른다. 하지만 이 면담에 끝이 다가오는 것은 안다. 로저스 부인은 크게 외쳤다. "일전에는 창문을 내다보는데 거기서 뭐가 보이는지 알아요? 어떤 남자가 내 쓰레기통을 뒤지는 것이 보여요. 나는 쓰레기를 가져가러 오는 사람을 아는데, 이 남자는 쓰레기 수거인이 아니었어요. 그러더니 뛰어서 떠나더군요. 이걸 두고 뭐라고 해야 하죠?"

"모르겠습니다."

"최근에 사람들이 얼마나 많이 여기에 찾아와서 똑같은 걸 물어보는지 당신도 알죠? 어떨 때는 뚱뚱하고 어떨 때는 키가 크고 어떨 때는 존중을 해주기까지 해요. 이런 사람이 보냈다고 하거나 저런 단체에 속해 있다고 하거나 그러죠. 내가 그 사람들더러 뭐라고 하는지 알아요? 문을 쾅 닫아요. 그러면 나를 보는 눈빛이 있어요. 나는 살면서 몹시 다양한 백인을 만났는데, 하나 말해주죠. 백인들은 다 똑같아요. 전부 다. 내가 방에 있지도 않은 것처럼 행동하죠. 그런 말을, 내가 보는 바로 앞에서 하는 말을 들으면, 나는 방에 있지도 않은 것 같아요. 끔찍하죠. 제임스를 빼면 전부 똑같아요. 나는 그 사람들 중 누구한테도 할 말이 없어요. 더는 말이죠. 내 평생 그 사람들이 나와 내 것에 무슨 짓을 했는지 생각하면요."

날아가는 찻잔, 라일라 메이를 향해 던지는 도자기 말 하나. 라일라 메이가 자리를 뜨지 않으면 당장이라도 일어날 일이다.

"그러더니 당신을 보내네요. 젊은 흑인 여자를 고용했다니. 새로운 세상이에요. 그 사람들은 당신을 여기로 보내면 내가 당신한테 얘기할 줄 알았나 보군요. 우리가 서로 아는 사이라도 되는 것처럼. 당신은 남자처럼 남자 정장을 입었네요. 뭐 좀 물어보죠. 왜 여기 있죠? 일요일에?"

"중요하기 때문이죠." 라일라 메이가 대답한다. 도전적으로. 자기 임무가 옳다고 생각하며.

로저스 부인이 따진다. "누구한테요? 당신한테, 아니면 그 사람들한테?"

라일라 메이는 입을 닫고 로저스 부인이 말한다. "지금은 여기서 끝내죠." 라일라 메이가 복도를 반쯤 걸어갔을 때 노부인이 마지막으로 말한다. "제임스는 당신이 생각하는 그런 사람이 아니에요. 이걸 기억해요. 당신이 생각하는 그런 사람이 아니라는 걸."

* * *

창문이 없고 시계도 가져가서 아래로 내려온 지 얼마나 오래됐는지 알 길이 없었다. 소리치는 남자라는 별명이 붙을 만큼 오래, 그 별명을 수십 번은 더 얻을 만큼 오래 있었다. 덩치가 크고 눈이 없는 남자가 첫 번째 손가락을 처음 부러뜨렸을 때 처음 소리를 질렀다. 그 뒤로 두 번 더 소리를 질렀고 거기서부터 상황이 흘러갔다.

덩치가 큰 남자는 사실 눈이 있었지만, 두개골 안으로 깊숙이 들어가 있어서 소리치는 남자는 심연을 들여다봤는지도 모른다. 이곳에 도착했을 때, 두 남자는 덜덜 떠는 소리치는 남자를 들어 올리고, 축축한 돌계단을 내려와, 조용한 굴을 파서 만든 복도를 지나, 이 방으로 내려왔다. 소리치는 남자를 간이침대에 사슬로 묶었고, 침대에서는 소변, 토사물, 인체에서 이따금 나온다고 말할 수 있을 다른 더러운 액체 냄새가 났다. 고름. 매트리스는 문신을 새겼는데, 짙은 무정형 얼룩이 다양한 신체 부위가 침대로 떨어졌던 자리에 들어맞는 것이, 뿌연 갈색 자국은 오른쪽 무릎 주변이고 오물이 엉겨 붙은 곳은 사타구니 근처다. 소리치는 남자는 매트리스를 봤을 때 소리를 질렀고, 침대에 사슬로 묶여 자기 팔다리와 신체 부위가 이전 손님이 남긴 분비물 위에 놓이는 것을 보며 더 소리를 질렀다. 몽롱하고 고통에 찬

채로, 이 작은 방이 지하에 있다는 것과 자기가 지르는 소리가 진짜 사람한테는 들리지 않는다는 것을 깨달았다. 자기를 붙잡은 남자들은 진짜 사람이 아니었다. 괴물들이었고 자기를 죽이려고 했다.

소리치는 남자가 자기 죄를 모른다고 할 수는 없었다. 알면서도 무단 침입을 했다. 많은 이유로, 몇 년 전으로 거슬러 가는 이유로, 정당성을 입증하는 순간까지 악의적인 시간을 인내한다는 이유로 무단 침입을 했다. 거미줄이 작동하는 순간을 기다리며. 남자는 나라에서 정한 법을 어기지는 않았지만, 눈썹이 짙고 피에 충성을 서약한 폭력배 군단을 지휘하는 권력자가 정한 법을 어겼다. 몇 시간가량 비명을 멈추고 풀려나는 꿈을, 뉘우침과 용서가 들어간 소소한 드라마(우리는 그냥 형씨한테 교훈을 주려고 했을 뿐이야)를 음미하기에 이르렀다. 그 무렵에 키가 작고 손놀림이 잽싼 남자가 방에 들어와 고문을 지시했다. 키가 작은 남자는 소리치는 남자를 베면서 말했다. "웃자란 것만 잘라낼게." 이 소리치는 남자는 그 순간에 그리고 그 뒤로 이어지는 몇 시간 동안 진정으로 철저하게 별명을 얻었다.

상처들(복수형이다)에서 나온 피가 속이 빈 콘크리트 벽에 튀고, 마르고, 결국에는 전에 다른 사람이 뿌리고 간 말라붙은 피와 구별할 수 없게 된다. 소리치는 남자가 여러 전임자와 구분되는 점은 매우 흥미롭고 선명하다고 할 만한 혈액 분사 흔적이 아니라 설명할 길 없이 독창적인 비명이다. 무척 안정적이고 시간에 따라 변하는 (고통이 명연주자고 비명은 지옥을 그린 오페라 대본이라도 되는 것처럼 커지다가 작아진 다음 배로 강해지기를 완벽한 간격으로 한다) 비명이 서서히 잦아지면, 문밖에서 경계하며 서 있는 남자들은 소리치는 남자가 소리를 지르지 않을 때가 온 것 같다고 생각하기에 이른다. 사실상 소리 지르기를 멈췄다고 말이다. 하지만 그 뒤로 얼마 안 가 소리치는 남자는 다시 소리를 지르기 시작했고, 소리치는 남자가 재발할 것이라는 쪽에 내기를 걸었던 남자는 더 긍정적인 동료에게 지겹다는 듯이 손바닥을 내민다. 이 동료는 내기로 잃은 돈을 충실하게 건네면서 왜 어떤 사람은 충격에 굴복하고 어떤 사람은 그렇지 않은지를 조용히 혼자 고민했다.

조니 셔시의 변덕스러운 도덕률에 따라 이 방에 끌려오길 선고받은 사람은 당연히 전부 소리를 지른다. 그러나 지켜보는 사람뿐 아니라 고문하는 사람도 소리치는 남자를 흥미롭게 여겼던 이유는 비명의 성질과 품질, 고갈될 줄 모르는 선명함 때문이었다. 이렇게 태도가 겸손한 남자한테서는 기대할 수 없을 만큼 무척 참신했다. 그 작은 방에 있는 초라한 무대에서, 고문을 상영하는 모든 순서에 맞춰 고통이 이렇게 노래하는 것은 지금까지 들어본 적이 없었다. 이미 지난 몇 년 동안 정말로 요란한 장면이 여기, 이 무대에 등장했는데도 말이다. 얼굴 양쪽에 펄럭이는 것이 남아 있어 프랭키 양쪽 귀라는 이름으로 통하는 어느 고루한 남자가 방 밖에서 말했다. 일자리와 아내와 개를 동시에 잃은 것 같은 소리라고. 보아하니 이 그림이 프랭키 양쪽 귀가 상상할 수 있는 가장 나쁜 일인 듯했다. 하지만 아니다. 소리치는 남자의 비명은 영혼이 낼 만한 소리였다. 살갗이 벗겨지고 허공에, 끔찍한 죽음의 영역에 노출됐을 때 영혼이 내는 소리를 들을 수 있다면 말이다. 손가락 다섯 개를 잃었다. 다시 자라지는 않을 테지만, 아직 다섯 개가 더 있지 않은가? 그자들은 소리치는 남자의 손가락 중 절반을 잘라 클럽 회관 게시판에, 사법부가 최근에 조니 셔시를 기소하여 제압하는 데 실패했음을 알리는 기사 제목 아래에 못으로 박았지만, 나머지 절반은 아직 자르지 않았다. 아직 희망이 있다. 이 작은 방에 끌려온 남자들은 아무리 크게 다쳐도, 형상이 극도로 손상됐어도 이 진창에서 대화로 빠져나갈 수 있다는 희망을 포기하지 않는다. (지금까지 관찰한 바에 따르면 희망은 가장 끔찍한 고문 도구다.) 하지만 소리치는 남자는 목숨뿐 아니라 평화로운 영면까지, 죽은 자가 데이지 꽃밭에 누워 있고 눈썹이 근심에서 자유로운 고요한 사후 세계까지 잃는다는 듯이 소리를 질렀다. 아래층에서 보초를 서는 남자들은 보통은 마음에 동요가 없는데도, 새로운 불안감을 경험했다. 몇몇은 속으로 직업을 바꿀 계획을 세우면서, 이런저런 사촌이 얼마 전에 식당이나 포드 자동차 대리점을 새로 개업한 일을 떠올렸다. 이런 비명은 이전에도 들어본 적이 없었다. 순수하다. 투명하다. 오염되지 않았다. 소리치는 남자가 예언자라면, 예언에 사용하는 언어가 외침과 비명이어서 예언자가 구원하려는 사람은 알아듣기는커녕 이 전갈의 중요함을 추측하고 개인적으로 심판에 대비할 수밖에 없는 듯했다. 휴식 시간과 근무 교대가 있어 다행이라고, 경비원 하나가 생각했다.

조니 셔시는 절대 지하로 내려가지 않았다. 거기가 우울하다고 했다. 조니 셔시가 도착하고, 경비원이 소리치는 남자를 1층으로 데려왔다. 놀랍게도 아직 목이 안 쉰 남자한테 조니 셔시가 '나한테 잘못했으니 대가를 치러야지'라며 평소처럼 말하려고 하는데, 우연히도 게으른 조 마컴이 그 유색인종 여자를 아래층으로 데려왔다. 유색인종 여자는 소리치는 남자를 봤고 소리치는 남자는 유색인종 여자를 보며 자연스럽게 나오는 반응을 했다. 소리를 질렀다.

* * *

라일라 메이가 운전기사한테 먼저 떠나라고 지시했음에도 검푸른 색 뷰익은 아직 연석 옆에 있다. 라일라 메이는 모교를 알아서 탈출하려 했다. 악명 높은 직관주의자의 충성심이다. 풀턴의 집 현관부터 길을 따라 걸어가는데, 운전기사의 손이 운전대에 축 늘어져 해변에 나온 해파리처럼 빈둥대는 것이 보인다. 라일라 메이가 뒷좌석의 매끈한 가죽에 앉자마자 엔진이 짖으며 으르렁댄다. 라일라 메이는 앉아서 바지의 무릎 부분 천을 들어 올린다. 마찰을 줄이기 위해.

나이 든 여자와 그 퀴퀴한 냄새가 나는 집, 먼지 떼가 햇빛 속에서 아주 작은 해양생물처럼 뱅글뱅글 돌며 반짝이는 곳. 라일라 메이는 리드 씨한테 임무 결과를 보고하는 것은 두렵지 않다. 라일라 메이가 실망시킨 사람은 자기 자신이다. 로저스 부인의 의지는 자신만큼이나 단호하고 맹목적이었다. 어쩌면 정말로 누군가가 풀턴의 집에 침입해 그 마지막 일기를 훔쳤고, 그 사람이 풀턴이 쓴 일기를 소포로 보냈는지도 모른다. 그날 오후에 생긴 상황 변화에 너무 정신이 팔린 나머지 라일라 메이는 선으로 장식한 수직 수송 전문대학교 정문을 통과하고 얼마간 시간이 지나서야 운전기사의 목에 빨간 흉터가 없다는 것을, 목이 분홍색 콘크리트 기둥 같다는 것을 눈치챈다. 뒷좌석에 문의 잠금을 푸는 버튼이나 창문을 내릴 손잡이가 없다는 것을. 라일라 메이가 타고 온 차가 아니라는 것을. (두 사람 다 침묵을 좋아하는 점은 같지만) 라일라 메이를 태우고 온 운전기사가 아니라는 것을, 도시로 돌아가는 것이 아니라 완전히 다른 어딘가로 가는 것을 말이다.

* * *

땅과 하늘을 오가는 연락선. 이제 라일라 메이는 전에 그것을 몰랐던 것이 어리석어 보인다. 직관주의자 블랙박스를. 이론 엘리베이터학에 관한 2학년 토론 수업이 끝나갈 무렵 매킨 교수는 학생들한테 모든 제약에서 벗어난다면 어떤 엘리베이터를 지을지 설명해보라고 했다. 일부 학생은 제약이라는 것을 혁신이 시급하다는 의미로 받아들이고, 가장 좋아하는 옛날 창작물을 구하고자 서두르면서 그저 예컨대 스프래그-프랫 엘리베이터의 아주 오래된 차체에 현대식 선택 장치만 추가했다. 다른 학생들은 당시에 만연한 설계 개념을 개선했는데(또는 자기들은 그랬다고 생각했는데), 예컨대 시카고에서 온 옅은 갈색 머리 청년들은 최근에 오스트리아에서 나온 개발품에 큰 빚을 진 청사진을 제출했다. 라일라 메이는 경력상 그 시점에는 여전히 선형성에 몰두했고, 미래의 협동조합과 특허가 없는 상태를 상상하면서 가장 좋은 회사에서 나온 최신 모델과 대기업이 제공해야 하는 모델(아르보사에서 나온 접이식 문닫힘장치, 유나이티드사에서 나온 부식 방지 도르래)을 대충 조합했다. (지금은 그때를 회상하면 후회스러운 웃음이 나온다.) 진중한 눈을 한 어느 젊은 신사는 빈 수직 통로와 '액체가 똑똑 떨어지는 으스스한 소리'로만 된 청사진을 제출했다. 모턴이 이런 바보 같은 짓으로 높은 점수를 받았다는 사실을 아무도 그리 달가워하지 않았다.

라일라 메이는 매킨 교수를 판단하기가 어려웠다. 매킨 교수는 참전한 적이 있었다. 왼팔이 팔꿈치에서 사라졌고, 전장에서 용기를 발휘한 대가로 받은 작고 반짝이는 훈장을 이용해 코트 소매를 뒤로 넘겨 고정했다. 아무도 자세한 이야기를 묻지 않았는데, 당연히 소문은 돌았지만, 아무도 묻지 않고 매킨도 말하지 않았다. 매킨은 키가 크고 수척했으며 백발을 여전히 군인처럼 짧게 잘랐다. 아직 상당히 젊은데도 머리가 희었다. 라일라 메이는 매킨이 직관주의를 어떻게 생각하는지 지금도 모른다. 그 수업을 처음으로 가르쳤다는 것을 알았지만, 어조가 무미건조해서 이 새로운 학문을 파견 나온 수천 명한테 수십 년 동안 가르쳐본 것 같았다. 그의 열의를 전부 끌어모은다고 해도, 고작 중국인 세탁소에 셔츠를 몇 벌이나 맡겼는지 나열할 수 있는 정도일 것이다. 열정적이지 않다. 하지만 또 직관주의는 열정에 관한 것이 아니라고 라일라 메이는 생각한다. 진정한 신념은 무척 진지해서 열정으로 주의가 흐트러질 여유가 없다.

이 토론 수업은 에두 강당 밑 지하 강의실에서 열렸다. 증기관이 성마르게 쉬익 소리를 내지 않으면 라디에이터에서 징 소리가 울렸다. 어쨌든 강의실이 그리 넓지 않음에도 또박또박 발음하고 목소리를 키워야 다른 사람한테 들렸다. 라일라 메이는 음향 상태가 거슬리지 않았는데, 말은 거의 안 했다. 얼마나 성실한가와 상관없이 직관주의를 토론할 만큼 충분히 이해하지 못했다고 느꼈다. 앞뒤 없이 이야기하는 것은 극히 상스러운 일이자, 가장 꼴사나운 부정행위라는 것처럼.

다른 학생 여섯 명은 라일라 메이처럼 신중하지 않았고, 무지한 중얼거림은 증기 열이 내뿜는 소리에 녹아버렸다. 세 명은 라일라 메이처럼 풀턴이 세운 신화로 개종한 열렬한 신자였고, 두 명은 사람 좋은 진보주의자로 수직 교육 기간 중 1년을 이 과목에 쓸 만큼 흥미를 보였다. 이 항해에 승선한 마지막 구성원은 프레더릭 고스라는 사람이었는데, 배 맞은편 끝에 앉아서, 퍼지는 혐오감과 파도가 일렁이는 담론이라는 바다 때문에 메스꺼워했다. 고스는 통통하고 말랑말랑한 녀석(라일라 메이는 도살장에 가기에는 자기 고기가 너무 질이 안 좋다는 것을 이해하는 늙고 자신감 넘치는 돼지를 떠올렸다)으로, 공동체에 소란을 일으키기 일쑤인 변절자 무리를 이해하여 이들에게 더 잘 대비하고자 토론 수업을 신청한 완고한 경험주의자다. 눈에 협회장이 되려는 야심이 있으며 모두가 그걸 볼 수 있었는데, 종종 '허튼소리!', '사기!'라고 외치는 행동이 무언가를 암시했다면, 언젠가 직관주의에 이를 드러내고 맞서는 적이 되리라는 것이었다. 처음 안면을 틀 때 고스는 이미 고대 징벌자 같았다. 라일라 메이가 나중에 깨닫길, 매킨 교수는 고스에게 발언을 허락함으로써 그를 계속 주시했다. 전향자 사이에서 수적으로 열세이면서 다른 학생들이 단체로 봉기하여 대항하는 바로 그 교리에 찬성하는 고스는, 매킨이 효율적인 교육 도구로 고스를 연간 부서 예산에 포함하겠다고 주장해도 설득력이 있을 정도였다.

라일라 메이는 블랙박스와 제2의 상승이 불러온 새로운 도시를 알았어야 했는데, 풀턴의 첫 책이 그 구조를 기술적이고 신비롭게 연구하기 때문이다. 《수직 수송 체계를 향하여》는 지금도 경험주의 사상을 위한 기본서다. 풀턴이 설계 천재로 두각을 드러낸 내력을 잘 아는 사람은 없다. 풀턴은 그저 어느 날 피어폰트 공과대학에 나타났는데, 열여덟 살이고, 느리게 말하고, 머뭇거리고, 큰 충격을 주며 나아갔다. 블랙박스가 전부 설명한다. 풀턴은 기묘한 통찰력을 발휘하고, 뻔하지 않으면서 완벽한 해법을 찾아내는 방식으로 기술 천재가 됐다. 라일라 메이가 보기에 풀턴은 이런 식으로 이 세계를 가린 장막을 찢고 엘리베이터 세상을 발견했다. 《이론 엘리베이터학》이 그 일을 했는데, 이 책은 한 세상을 설명하고 있다. 그 세상이 실제로 존재하려면 주민이 필요할 것이다. 블랙박스는 엘리베이터 세상에 사는 엘리베이터 시민이다.

어느 날 토론 수업이 끝나갈 때, 그 지하 벙커 위에 이미 봄이 찾아오기 시작했을 때, 매킨 교수는 유령 승객의 딜레마라는 주제를 꺼냈다. (아직도 《이론 엘리베이터학》 1권에 열중하는 것이 분명했다.) 주먹 쥔 한 손을 흠집 방지 처리가 된 회의실 탁자 표면에 올려둔 매킨 교수는 어젯밤 읽기 과제가 함축하는 바를 설명해줄 사람이 있는지 물었다.

똑똑 떨어지는 소리가 나는 엘리베이터를 만든 모턴이 말했다. "유령 승객의 딜레마는 호출 버튼을 누른 승객이 자리를 비우면 무슨 일이 일어나는지 질문합니다. 마음을 바꿔 계단으로 갔든, 내려가야 하는데 기다릴 기분이 아니어서 위로 가는 탑승칸에 탔든, 호출한 승객이 떠난 엘리베이터에 무슨 일이 일어나는지 묻습니다."

매킨 교수가 말했다. "맞습니다. 풀턴은 이 질문을 던지고 독자에게 뒤를 맡긴 다음 갑자기 문 닫힘 버튼의 심리학을 진행하죠. 풀턴은 이 질문에 어떻게 대답할까요?"

고스가 대답했다. "당연히 엘리베이터가 도착해서 표준 적재 시간 동안 문이 열렸다가 닫힐 겁니다. 그뿐입니다."

항상 라일라 메이 옆에 앉는 건장한 신입생 존슨은 고스를 무시하고 망설이는 목소리로 제안했다. "저는 풀턴이 엘리베이터가 도착하지만, 문은 열리지 않는다고 말할 것 같습니다. 문이 열릴 필요가 없다면 수직 규범은 적용되지 않습니다."

매킨 교수는 고개를 끄덕인다. "다른 이론은?"

합리적인 대답을 제공하는 것으로 평소에 믿을 수 있는 버나드가 말했다. "우선 수직 규범은 엘리베이터의 의지에 적용되며 승객한테는 적용되지 않습니다. 제 생각에 풀턴이 이 부분에서 가리키는 것은 '존재 지표', 운행 중이 아닐 때 엘리베이터가 어디에 있는가입니다. 존재 지표가 말해주는 대로 화물이나 사람 등이 없을 때 엘리베이터가 존재하지 않는다면, 이 사례에서는 문이 열리고 엘리베이터가 존재하지만, 적재 시간 동안만이라고 생각합니다. 문이 닫히고 나면 엘리베이터는 다시 호출받아 운행할 때까지 무존재로, '영원한 정적'으로 돌아갑니다." 버나드는 금속 의자에 뒤로 기대앉으며 만족해했다.

매킨 교수가 평이하게 말했다. "좋아요. 다른 의견은?"

라일라 메이는 누군가가 답을 주기를 기다렸다. 아무도 주지 않았다. 라일라 메이가 목을 가다듬고 가는 목소리로 말했다. "풀턴은 독자를 골탕 먹이려 합니다. 엘리베이터는 화물 없이는 존재하지 않습니다. 탈 사람이 아무도 없다면, 엘리베이터는 정적 속에 남아 있습니다. 엘리베이터와 승객은 서로가 필요합니다."

매킨 교수가 재빨리 고개를 끄덕인 다음 학생한테 물었다. "무슨 일이 일어나는지 보려고 복도에 필름 카메라를 설치한다면, 필름을 현상했을 때 뭐가 보일까요, 왓슨?"

라일라 메이가 매킨과 눈을 마주쳤다. "카메라를 거기에 남겨둠으로써 풀턴이 '기대 화물'이라고 말하는 것을 만들게 됐습니다. 카메라는 엘리베이터에 타기를 거절하는 승객이지, 유령 승객이 아닙니다. 필름에는 문이 열리고 엘리베이터가 기다리고 다시 문이 닫히는 장면이 기록될 것입니다."

"아주 좋아요." 매킨 교수가 인정했다.

지난 몇 분 동안 자리에서 가만히 있지 못하고 안달했던 고스는 치욕스러움을 억누를 수 없었다. "볼 수 없다고 해서 거기에 없다는 뜻은 아니죠!" 폭발하듯 내뱉고 뚱뚱한 주먹으로 탁자를 쾅 내려쳤다. 이건 근본적인 원칙 싸움이다.

매킨 교수가 얼굴을 찡그렸다. 회의 탁자에서 벽에 둔탁하게 쾅 부딪칠 때까지 의자를 밀었다. 오른손으로 소매에서 전쟁 훈장을 뽑자, 재킷 소매가 흐트러져 앞뒤로 대롱대롱 흔들렸다. 매킨 교수가 말했다. "고스, 내 팔이 여기 있습니까, 없습니까?"

"팔은…… 거기 없습니다." 고스가 소심하게 대답했다.

"소매 안에는 뭐가 있지?"

"아무것도 없습니다." 고스가 대답했다.

"그거 재미있군요." 매킨 교수가 말하며 이제 미소를 지었다. "내 팔은 없어졌는데, 때로는 있다니." 빈 소매를 내려다봤다. 남은 손으로 소매를 튀겼고 학생들은 천이 흔들리는 모습을 지켜봤다.

* * *

구덩이에서 일이 없던 언젠가 라일라 메이는 마틴 그루버에게 조니 셔시가 어떻게 그 이름을 얻었는지 물었다. 마틴 그루버는 일하기 수월한 상담역으로 은퇴하기를 한두 계절 남겨둔 늙은 개다. 부패 조사, 수많은 시 소속 관리 직원의 괴롭힘, 전기 엘리베이터의 부상을 무사히 헤쳐 나왔다. 하지만 라일라 메이가 던진 질문 앞에서 평소 같은 유창함을 잃어버렸다. 주위를 둘러보며 혹여 누군가가 들을지 확인한 다음 지시했다. "아무도 그 이야기는 하지 않아. 쉿!" '셔시!'라고 말하듯이.

쉬, 빈 창고에 달린 많은 검은색 입이 속삭이는데, 이 부서진 창문들은 산산이 조각난 상태로 무척 안정된 나머지 더는 유리를 기억하지 않았다. 라일라 메이는 이곳에, 이 지하실에 오기까지 어느 지역을 통과했는지 몰랐다. 알루미늄 외장재로 감싼 조립식 주택가가 얇아지다가 사라졌고, 신호등이 사라졌고, 더는 사람이 없고, 창고 단지가, 번영의 사체가 나오기 시작했다. 자동차가 오래된 손수레 길을 타고 우르릉거리며 창고 옆을 굴러가는 동안, 특정 시점마다 창문 너머와 무너진 지붕 위로 하늘을 볼 수 있었다. 쇠락은 시각 효과를 극대화한다. 라일라 메이는 겁을 먹기에는 호기심이 많았다. 운전기사를 알아본 뒤로는 말을 하려고도 안 했다. 게으른 조 마컴, 피네건 5인 중 하나였다.

오래된 이야기였다. 정부가 엘리베이터 제조업체의 유지 관리 독점 (우리가 설치하니 우리가 매달 비용을 받고 운영하겠다)을 무너뜨리자, 이 새롭게 자리가 빈 사업적 귀퉁이로 온갖 교활한 사람들이 들어왔다. 마피아는 자기네 사람을 엘리베이터 유지 관리 도급업자로 쓰라며 주인을 괴롭혔다. 엘리베이터가 걸리는 질병에 별 도움이 된 적은 없지만, 중국 음식 포장 용기와 반들거리는 샌드위치 포장지를 수직 통로에 떨어뜨리는 이상한 취미가 번지기 시작했는데, 들리는 바로는 쓰레기가 일그러지고 뒤틀리며 어둠 속으로 내려가 바닥에 있는 완충재 사이로 사라지는 모습을 마음에 들어 한다고 했다. 마피아는 목을 조여왔다. 셔시는 웨스트사이드를 섬 꼭대기에서 부두까지 장악했다.

몇 년 전, 셔시의 부하 한 명이 내기 당구장에 불을 지르다가 경찰에 붙잡혔다(엘리베이터와는 상관이 없으며 조직범죄가 별개로 우려되는 일이었다). 경찰은 그 남자를 위협했고 남자는 공범한테 불리한 증언을 했다. 이 초조한 경찰 끄나풀은 새 호화 고층 빌딩에 유쾌하게 부는 거센 바람에 관한 무용담을 공유한 자기 테이프에서 피네건 5인을 포착했다. 라일라 메이는 피네건 5인이 수감 생활을 했는지는 기억나지 않았다. 더 중요한 것은 이 다섯 명이 조니 셔시를 밀고하지 않았다는 점이다. 듣기로 이 사람, 게으른 조 마컴은 침묵을 지킨 보상으로 운전기사 자리를 얻었다고 했다.

리드 씨가 말하길 캔커는 조니 셔시와 골프를 친다.

황폐한 점에서는 폐허가 된 공업 구역에 있는 동료들과 똑같은 어느 창고에 마침내 도착하자, 마컴은 라일라 메이를 데리고 낡은 돌계단을 내려갔는데, 거기서 다른 두 남자한테 끌려 계단을 올라가는 피투성이 남자를 지나쳤다. 남자는 소리를 질렀다.

체내시계(라일라 메이가 태엽을 감는 만큼 믿을 수 있다)에 따르면 이제 여기에 온 지 두 시간이 지났다. 방에는 사각형 나무 탁자가 있는데 가운데에 까맣게 탄 자국이 삐죽삐죽 나 있다. 의자 두 개가 탁자를 가로지르며 마주 봤고, 라일라 메이는 등이 문으로 향하는 의자에 앉는다. 전국에 있는 우중충한 마피아 은신처와 경찰서에서 인정하는 취조실 정책에 따라서 말이다. 방바닥은 깨끗한데, 마피아가 시의 유치장 조합에 영향을 미치는지를 확인해야 했다는 뜻은 아니다. 문은 회색이며 단단하고 가장자리를 따라서 대갈못이 박혀 있다. 연약한 라일라 메이를 위한 공업용 문이다.

게으른 조 마컴은 라일라 메이를 방으로 데려올 때 몸수색을 했다. 털이 많은 손으로 라일라 메이의 몸을 가볍고 점잖게 훑다가, 허리에서 엉덩뼈가 삐죽 튀어나온 예상치 못한 곳을 잠시 잡았다가, 복귀해서 바지를 훑어 내려갔다. 마컴은 풋내기가 아니었다. 몸수색에서 보상을 받지 않았다. 마컴과, 라일라 메이의 아파트를 수색했던 두 사람은 조니 셔시가 그렇다고 알려진 만큼이나 꼼꼼하고 철저하다.

라일라 메이에게는 시간이 있다. 지금쯤 누군가가 자신을 걱정할지도 모른다. 내일은 출근해야 한다고 생각한다. 사고 뒤에 보고하지 않았으니 내일 9시에 구덩이에 나타나지 않으면 공식적으로 의심을 살 것을 안다. 리드 씨가 옳아서 사고 책임을 피하게 된다면, 정례적인 일을 이어가야 한다. 조사팀 심리에 응해야 한다. 여기에 밤새 갇히면 처지가 난처해질 것이다. 희망 사항이 있다면 그 사람들이 자신을 가둬두기만 하는 것이다. 라일라 메이는 리드 씨의 운전기사를 보냈고, 마리 클레어 로저스는 라일라 메이를 인질로 잡은 차와 대학으로 데려온 차를 구분하지 못할 것이다. 아무도 모른다.

라일라 메이는 남자가 비명을 멈추길 바란다.

* * *

척, 가여운 척, 척은 종종걸음 치는 자기 야망을 제외하면 발치에
아무 생물도 없는 사무실에서 늦은 일요일 밤에 홀로 일하기를 정말
로 원한다. 왼쪽에는 소다수 한 병, 오른쪽에는 공책 더미가 있다. 앞
에는 스스로 힘겹게 뽑아낸 문구들이 있는데, 이 문구들은 거머리처
럼 척의 자의식에 매달린다. 문구는 공을 들일수록 쌓여간다. 지금 당
장에 이 문구들은 척한테만 말이 된다. **이번에는 시간이 정당성을 입증
할 것이다.** 이따금 아내 마시는 한밤중에 잠든 남편의 입에서 나오는
이 말을 들을 것이다. 척이 여기 있는 이유는 집에서는 일하기가 힘들
어서다. 마시가 하염없이 하는 집안일(걸레로 표면 닦기, 유리컵을 들
어 올려 부엌 불빛에 비춰보기, 무엇보다도 참아주기 힘들게 흥얼거
리는 짧은 노래)이 집중을 방해한다. 척은 논문을 써야 하므로 구덩이
에 온다. 「엘리베이터를 동시에 갖춘 백화점에서 에스컬레이터를 사
용하는 유형의 이해」. 때로는 섬세한 감성으로 이 무게를 간신히 지
탱한다.

척은 토요일 오후마다 잠복근무를 나간다. 인생에서 최근 6개월은
토요일마다 프릴리네에 가서 인파가 길목에서 현관을 통과하여 1층
의 여성용 화장품, 남성용품, 보석 코너에 우르르 섞여 들어가는 모습
을 관찰했다. 고급스러운 즐길 거리(제트기 속도선 모양으로 이랑이

있는 향수병, 곡선으로 된 분홍색 및 청록색 자동 토스터)를 진열한 이 전시실의 모든 선택지는 저 위, 꼭대기 층에 있는 비밀 방에서 남자들이 정한 것이지만, 여전히 기본적인 선택은 미정으로 남아 있다. 엘리베이터냐, 에스컬레이터냐. 척은 격렬하게 반대하지만, 존경받는 큐비어는 이 선택이 무작위라고, 단순한 접근성 문제라고 생각한다. 화려한 코너에서 코너로 튕기고, 이 반짝임에 빠지고 저 광택에 유혹당하면서 쇼핑객은 어느 쪽이 더 편리하든 가까이 있는 수직 수송 방법을 선택한다. 척한테는 안 맞는 생각이다. 척은 1차 자료에 의지한다. 10센트 1상승. 오티스 엘리베이터사(社)가 1900년 파리 박람회에서 세계 최초로 에스컬레이터를 공개했을 때, 황금색 문 아래 놓인 표지에 이렇게 나와 있었다. **10센트 1상승.** 이보다 더 명확할 수 있을까? 상승 욕구는 생물학적이며, 백화점 건축술이라는 모호한 물리학을 초월한다. 우리는 에스컬레이터를 선택하고, 엘리베이터를 선택하며 이 선택들은 우리가 누구인지에 관해 많은 말을 해준다고, 척은 말한다. (이 문구에는 아주 작다고는 할 수 없는 악의가 들어 있지만, 의욕이 넘치는 척한테는 안 보인다. 척은 자기 전문 분야를 정당화하려고 애쓴다.) 비스듬히 상승하면서 아래와 뒤로 여러분이 사는 세상을 조망하고, 마음속 팔을 벌려 하늘의 왕이 되길 바라는가, 아니면 하늘을 향한 여정을 매우 빠르게 이행하는 상자를, 관을, 마법사가 쓰는 지루한 연출 같은 도착을 선호하는가? 척은 에스컬레이터 난간을 감싼 검정 고무(매우 신비한 물질이다! 연금술 같다!)를 만질 때마다 자기가 결정을 내렸음을 깨닫는다. 올바른 결정을 내렸음을.

척은 지금처럼 늘 사무실에서 늦게까지 일하면서, 학위논문에 근거를 대기 위해 자료를 뒤지고 짜고 고문한다.

방광, 늘 방광이 문제다. 타자기 자판에서 손가락을 뗀다. 책상 조명이 용맹하게 원뿔형 빛을 뿌려 모든 어둠을 원 밖으로 밀어낸다. 구덩이 벽에 느슨하게 걸린 도시 지도는 안 보이지만, 여기저기에 갖가지 색깔 핀을 꽂아뒀는데, 이 냉혹한 도시에서 결함 있고 비밀스러운 곳, 그렇지 않더라도 저항하는 수직 운송 수단에 맞서 부서가 성전을 벌이는 곳을 표시한다. 사무실에서 대화를 나누는 조용한 장소, 즉 냉수기와 그 시원한 불굴의 용기도 안 보인다. 여러 줄로 늘어선 검정 서류철에는 시의 상형문자 같은 엘리베이터 규정, 무질서를 헤치고 수행하는 임무를 정리한 코드 일람표가 가득한데, 그 앞을 걸어 지나는 동안 보이지 않는 적에 포위되어 발가락을 여러 번 찧는다. 복도로 나오니 길이 더 쉬운데(역설적이지만 언제나 화장실에 가까이 갈수록 방광이 더 고통스럽다), 수석 점검원 하드윅이 사무실에 있기 때문이다. 뿌연 유리 뒤로 흰 빛이 고동치고 끙 앓는 소리가 들린다. 이렇게 늦게 하드윅이 여기 있을 리가 없었지만, 주류 판매점이 일요일에 문을 열지 않으니 어쩌면 사무실에 숨겨둔 위스키병을 되찾아 가야 했을지도 모른다. 척한테는 긴장되는 순간이다. 소변을 봐야 하지만, 천성적인 다정함과 늦은 밤 동료를 보고 싶은 마음이 인사를 건네라고 부추긴다. 하드윅은 말이 짧은 편이니 인사하는 데 오래 걸리지는 않을 터다. 척은 방광을 달래고 소다수는 더 안 마신다고 약속하며 문을 두드린다. 앓는 소리를 환영으로 받아들이고 안으로 들어간다.

남자는 하드윅이 아니다. 땅딸막하고 뚱뚱하며, 기름진 검은 머리 몇 가닥이 벗겨진 정수리를 쓰다듬는다. 남은 머리에서 떨어져 어깨를 하얗게 덮은 것을 문에서도 볼 수 있다. 남자는 척의 평가는 신경 쓰지 않는 것처럼 보인다. 길고 커다란 샌드위치를 수박처럼 들고 먹으면서 손을 향해 바깥쪽으로 씹는다. 서류철을 넉넉하게 쌓아둔 것으로 보아, 그것 때문에 바쁜 듯했다.

남자가 으깨진 살라미를 보이며 말한다. "당신이 찰스 굴드겠군요. 여기 당신 파일을 보면 일요일에 나오는 것을 좋아하고요."

"하드윅의 사무실에서 뭘 하는 겁니까?" 척이 반대로 물었다.

남자는 지긋지긋하다는 듯이 재킷에서 가죽 지갑을 꺼내 휙 연다. 남자가 말한다. "바트 아버개스트, 조사팀입니다. 패니 브리그스 사건을 조사 중이죠."

척은 오코너 술집에 있는 화장실(가야 할 때는 가야 한다고, 방광이 주장한다)에서 라일라 메이를 만난 뒤로는 소식을 못 들었고, 동료들이 화가 나 떠들던 소문이 기억난다. 그 건방진 년도 곧 망하게 돼 있어. 캔커한테 당선이 넘어갔군. 척은 어제 라일라 메이한테 전화를 걸려고 했지만, 전화교환원이 라일라 메이의 방 바깥 복도에 있는 공중전화로 연결해줬을 때, 아무도, 심지어 그 이상한 이웃조차도 전화를 안 받았다. 왓슨 양이 방에서 대답이 없다고 말해주는 카리브해 억양도 없었다. "그럼 방해해서 죄송합니다." 척이 문고리에 손을 올린 채 조사팀 남자한테 말한다.

"잠깐만." 아버개스트가 말하며, 쥐를 게걸스레 먹어치우는 고양이처럼 양파 조각을 입으로 빨아들인다. "당신은 그 왓슨이라는 사람과 친구 맞죠?"

"이 부서에서는 친구를 사귀기가 힘들죠."

"무슨 말을 하려는지 알아요." 아버개스트가 고개를 끄덕인다. "굴드는 유대인 이름이군요, 그렇죠?"

"네. 그게 무슨 상관입니까?"

"당신은 에스컬레이터 책임자고?"

"네, 그게 제 전문 분야입니다. 전공이 있는 게 중요하다고 생각하거든요. 뭔가 잘하는 것 말이죠. 그러면……."

"그 망할 에스컬레이터처럼 말이군요. 당신이 지겹게 떠들던데." 아버개스트는 손톱으로 이를 쑤신다. "솔직히 말하면, 나는 당신 같은 발판 조종사한테는 크게 관심이 없어요. 엘리베이터 쪽 사람들이랑 교묘하게 섞이려고 노력하지 말고 그냥 당신들끼리 협회를 시작하는 게 어때요? 상황을 복잡하게 하잖아요. 당신네가 만드는 온갖 부서 간 서류 작업 말이에요."

"에스컬레이터가 엘리베이터만큼 신속한 수송에 중요하다는 것을 윗분들이 깨달으면, 늘 이렇게 골치가 아프지는 않을 거예요."

아버개스트는 손톱 아래에 낀 부드러운 갈색 물질을 점검하더니 먹는다. 아버개스트가 말한다. "최소한 당신네는 문제를 일으키지는 않죠. 대개는 말이에요. 당신에 관한 파일을 읽던 참입니다. 몇 달 전에 프릴리네에서 작은 소란을 일으킨 것처럼 보이는군요. 고객을 괴롭혔다죠?"

척이 서둘러 대답한다. "완전히 과장됐어요. 저는 단지 그 여자한테 에스컬레이터가 바로 옆에 있는데 왜 가던 길을 벗어나서 엘리베이터로 향하는지 물으려고 했을 뿐인데, 여자가 가게 경비원한테 제가 자기를 괴롭힌다고 말했어요. 이게 말이 되나 보세요. 엘리베이터를 타려는 줄은 무척 길었고, 그 여자 시야에서도 분명히 보였는데, 여자는 거의 텅 비다시피 한 에스컬레이터를 거부했어요. 여자는……."

"맙소사! 당신네 에스컬레이터 사람들은 모든 것에 깔끔하게도 대답하는군요?"

화가 치미는 척의 볼에 작고 빨간 주근깨가 나타났다. "이게 정식 심문입니까, 아니면 그냥 가도 됩니까?"

"언제든 가도 돼요." 아버개스트가 툴툴대며 소매로 입술을 문지른다. "하지만 친구를 돕고 싶다면 내가 고민하는 문제를 도와주는 게 좋을 겁니다." 그러고는 샌드위치를 아무렇게나 흔든다. "앉을 겁니까?"

복도를 따라 몇 미터 떨어진 곳에 관대한 도자기가 있다. 척은 벽에서 의자를 끌어와 아버개스트 반대편에 둔다. 친구를 위해 하는 일이다.

아버개스트는 공책을 훑어보더니 입을 연다. "지난 금요일, 패니 브리그스 건물에서 사고가 납니다. 열여덟 대짜리 엘리베이터에서요. 최첨단 제품이죠. 그 건물은 시에서 수백만 달러를 쏟아부었고, 시장이 무척 기대하는 곳이에요. 당신 친구 라일라 메이 왓슨이 엘리베이터를 점검하고 문제가 없다는 보증서를 발급합니다. 여기까지 이해가 되죠?"

"이미 다 아는 겁니다."

"그 주둥이 때문에 당신네가 그런 평판을 듣는 거예요. 그러니까 왓슨한테 왜 그 일을 배정하죠? 왓슨은 이력이 깨끗해요. 사실 흠잡을 데가 없죠. 하지만 그 건물은 상당히 알짜예요. 패니 브리그스 말이죠. 아마 캔커가 자기 아첨꾼 중 하나한테 보상으로 줄 만해요. 왜 왓슨인지가 내 질문이에요."

"당신이 말했듯이 일을 잘하니까요." 척이 말하며 다리를 꼰다. "자격이 있어요."

아버개스트가 툴툴거린다. "자격은 아무 상관이 없어요. 엘리베이터 한 대가 추락하는데, 공교롭게도 마침 시장이 시범 운행을 하려던 참이라니. 그러면 세간의 이목을 끄는 소란이 되죠. 누군가한테 죄를 뒤집어씌우고 싶다면 이보다 더 나은 계획은 없었을 겁니다."

"어쩌면요." 척이 마지못해 수긍한다. 이 조사위원회 사람은 몇 분 전보다 더 흥미를 느끼는 것처럼 보이기 시작한다. 척의 관자놀이가, 척을 어머니의 다리 사이에서 꺼낼 때 분만겸자로 집었던 부분이 살짝 들어간 것을 눈치챈다.

아버개스트가 말을 잇는다. "엘리베이터 자체만 보죠. 말했다시피 가장 좋은 모델이에요. 과학수사팀이 수직 통로 바닥에서 무엇을 긁어냈는지에 대해 아직 보고서를 제출하지 않았지만, 한두 가지는 말해줄 수 있죠. 철제 밧줄이 끊어졌어요. 아르보사에서 나온 신형 합금 밧줄이요. 화물선도 끌 수 있는 그 줄이, 어째선지 두 동강이 났죠. 밧줄 자체에도 아르보사의 신형 잠금방지장치가 있어요. 이 아가들을 아르보사에서 최종 점검할 때 그 자리에 있었는데, 훌륭하더군요. 공식 정격속도는 초당 2.5미터지만, 그보다 두 배를 견딜 수 있죠. 불이 붙지 않았어요. 이건 시작일 뿐이에요. 이 엘리베이터는 자유낙하를 했는데, 5년 동안 없던 일이고, 그마저도 우크라이나에서 일어났던 일이니, 그쪽에서 어떤 낙후된 기준을 적용하는지는 아무도 모르죠. 내가 알기로 아마 거기서는 철제 밧줄을 노새한테 연결하니까요. 이 나라에서는 당신이 태어나기 전부터 없던 일이에요."

"그러면 확실히 파괴 공작을 생각하시나 보군요."

"그거예요." 아버개스트가 마지막 남은 샌드위치 조각을 입에 털어 넣는다. "누군가가 거기에 장난을 쳐놨어요. 그 사람과 접촉했는지 가장 불확실한 인물이 왓슨이고요."

"그 생각에는 문제가 있습니다, 조사관님." 척이 말하며 무심코 사타구니를 누른다. 이거 먼저 마무리하자. "라일라 메이가, 점검원 왓슨이, 엘리베이터를 파괴할 거였다면 왜 보증서를 줬을까요?"

"모르죠. 우리를 따돌리려고 했든지. 알리바이를 확보하려고 했든지."

"설득력이 새는 것 같군요." 소변이 새지 않게 막는다. "다른 사람을 찾아 책임을 물으셔야 할 것 같군요."

"당신이 알아야 할 건 말이죠, 누가 됐든 나는 적합한 사람한테 책임을 물 거라는 거예요." 아버개스트가 새로 채운 배 앞으로 팔짱을 낀다. "그게 조사팀 소속으로서 내 특권이죠. 다른 사람은 됐어요. 말해봐요, 발판 조종사 양반. 왓슨은 어디에 있죠?"

"모릅니다." 척이 대답한다.

"왓슨은 근무를 마치고 보고를 했어야 하죠. 차량 관리팀이 말하길 금요일에 근무가 끝나고 차를 반납했다고 하던데 퇴근 카드는 안 찍었더군요."

"그리 드문 일은 아니죠. 저도 항상 카드를 찍지는 않아요. 가끔 그냥 피곤해서요."

아버개스트는 빠르게 고개를 끄덕인다. "라디오에서 사고에 관해 듣지 않았다면 당연히 그럴 수 있죠. 하지만 다음 날에는 왜 안 왔죠? 분명 다음 날 오후 무렵에는 사고에 관해 들었을 텐데. 신문에 도배가 됐으니까요."

"꼭 그래야 하는 것은 아닙니다. 왓슨의 다음 근무일은 내일이기도 하고, 규정에 따르면 내일 출근해야 하죠."

"궁금하지도 않을까요?" 이제 미소를 짓는다. "조금도? 자기 직업인데 말이죠."

"라일라 메이에 관해서 아셔야 할 것이 있습니다. 조사관님이나 저랑은 다른 사람이에요."

"유색인종이죠."

"제가 하려는 말은 그게 아닙니다. 사물을 보는 방법에 관한 것이죠. 라일라 메이는 여기서 일하기가 쉽지 않아요. 신문을 봐도 그래요. 캔커는 언론에 라일라 메이의 이름을 밝혔죠. 자기 측근이었다면 캔커는 그 자칼들한테 누가 패니 브리그스를 점검했는지 절대로 말하지 않았을 겁니다."

"캔커는 선거운동을 벌일 기회를 잡았죠." 아버개스트가 일축한다. 트림을 하는데 어찌나 생생한지 눈에 보이는 듯하다. "그건 정치예요. 당신도 알죠. 내가 한마디 하겠습니다. 나는 캔커한테 크게 신경 안 써요. 그자는 무자비하죠. 괴롭히는 사람이에요. 직관주의자와 그 사람들이 쓰는 속임수도 크게 신경 안 써요. 내가 신경 쓰는 건 지난 금요일 오후 3시 35분경에 패니 브리그스 건물에서 무슨 일이 일어났는지예요. 시장이 시암의 왕을 안내하고 있었는지도 신경 안 써요. 그 엘리베이터에 무슨 일이 일어났는지 알고 싶을 뿐이라는 겁니다. 누군가가 능숙하게 손을 봐뒀어요. 그리고 지금 내가 아는 건 라일라 메이가 거기에 나타난 마지막 사람이라는 겁니다. 그러니 뭔가를 알 거예요. 보고서에 쓴 것보다 더 많은 것을요. 개인적으로는 왓슨을 용의자로 보고 싶지 않지만, 내 패가 왓슨밖에 없으니 주어진 것을 활용해야죠. 그러니 당신 친구한테 친절을 베풀어서 내일 출근 카드를 찍자마자 바로 나한테 얘기하러 오라고 전해요. 아니면 지금보다 더 큰 어려움에 빠질 테니." 아버개스트가 손에 〈승강기〉 잡지 지난달 호를 말아 쥐고 일어선다. "이제 책임자를 조사하러 가야겠어요. 당신한테는 충분히 오래 붙잡혀 있었으니 말이에요."

아버개스트는 화장실에서 천천히 볼일을 본다. 척은 마침내 방광을 비우고 난 뒤(지금)에야 라일라 메이가 사는 건물로 전화를 건다. 라일라 메이가 사는 건물을 본 적은 없지만, 텅 빈 복도에서 전화가 울리고 또 울리는 모습을 상상할 수 있다.

* * *

방 밖 복도에서 큰 웃음소리가 들려온다. 라일라 메이가 예전에 사무실에서 많이 들었던 마음에서 우러나는 웃음이다. 뒤에서 철문이 열리며 긁는 소리가 들린다. 캔커가 문밖에 있는 남자들한테 말한다. "중국인과 수녀, 아 그거 재밌군, 참 재밌어." 캔커가 방(라일라 메이가 보기에는 감옥)에 있다.

캔커는 교회용 정장을 입고 들어오는데, 남부 신사들이 가장 좋아하는 흰 정장이다. 라일라 메이의 반대편 의자에 앉아 기름 낀 목을 파란색 물방울무늬 손수건으로 문지른다. "여기는 창문이 별로 없군 그래." 우중충한 방을 혐오스럽게 보며 말한다. 호텔 종업원, 그물 모양 스타킹을 신고 환하게 웃으며 담배를 파는 여자는 없다.

라일라 메이는 아무 말이 없다.

"오늘 풀턴 집에 사는 그 유색인종 여자를 직접 잠시 방문했다고 들었지." 캔커가 말한다. 방금 손수건에 문지른 축축한 먼지 선을 점검한다. "자네가 예전에 다니던 곳이지? 나도 여전히 시간이 날 때마다 브리지훅에 돌아가지. 서른다섯 번째 동창회 회장이야. 그걸 넘을 수 있겠나?"

탁자 맞은편에서는 거의 아무 소리도 들려오지 않는다.

"맞아, 자네는 말이 별로 없지. 말을 많이 하고 싶지 않아 한다고 들었어. 다 괜찮아. 부서에서 지내는 것이 힘들 테지. 사람들이 때때로 난폭해질 수도 있으니까. 내가 그런 식으로 만들었으니 알지." 축축한 입술이 벌어진다. 희미하게 노란 치아가 드러난다. "하지만 자네는 두각을 드러냈지. 자네가 거둔 성과를 내가 눈치채지 못했다고 생각하지 말게. 보비는 늘 자네한테 높은 평가를 줬어. 거기에 있는 것이, 부서에서 일하는 것이 행복한가, 왓슨 양?"

"제 일을 좋아합니다." 라일라 메이가 대답한다. 목소리가 가늘다. 캔커는 뚱뚱하고 살이 분홍색이다. 유나이티드 엘리베이터사 광고에서는 에어브러시로 볼에 있는 마맛자국과 코에 있는 빨간 조각을 지운다. 직접 보면 살이 너무 쪄서, 생고기 한 줌 같다. 알려지기로 개들이 따라다닌다고 한다. 긍정적이다.

캔커가 밝게 말한다. "그 말을 들으니 기쁘군. 자네 앞에는 멋진 미래가 있고, 나는 그게 보여. 발을 잘못 디디지만 않는다면 말이지. 그런데 잘못 내딛기가 쉽단 말이지."

"이게 제 표를 얻으려는 방법인가요? 1대 1 선거 연설이요?" 라일라 메이가 묻는다. 엘리베이터 산업 지원금이, 피가 흐르고 부드럽게 구운 커다란 스테이크가, 위스키 잔이 없다면 캔커는 어디에 있을까. 블랙박스가 모래에서 나와 수면을 부수고 캔커와 그 동류를 향해서 풀턴이 남긴 마지막 저주를 퍼붓는다면, 어디에 있을까?

캔커는 미소를 짓고 의자에 등을 기대며 앉는다. 의자가 그 육중한 몸에 대해 불평하고, 라일라 메이는 의자가 부서지면서 캔커가 바닥에 처박히는 모습을 보고 싶다. 캔커가 말한다. "자네 표는 필요 없어. 이 시점에는 말이야. 레버가 이번 선거에서 이길 방법은 없거든. 내가 그렇게 조처해놨지."

"내일 〈승강기〉가 나와서 회장님 지지층이 블랙박스에 관해 읽으면 어떻게 되죠?"

캔커가 다시 미소를 짓는다. "〈승강기〉에는 풀턴에 관한 기사가 하나도 안 나올 거야. 이 문제에 관해서 편집 태도를 바꿨다고 말해두지."

라일라 메이는 대답하지 않는다. 옆방에서 비명 소리, 문을 쾅 닫는 소리, 셔시네 패거리가 복도에서 깔깔대는 소리가 들린다. 라일라 메이를 여기에 가두고, 사고에 대한 추문이 퍼지게 놔두고, 레버한테 더 심한 타격을 줄 셈이다. 캔커는 철저한 남자라고 라일라 메이가 생각한다.

"그 가정부와 무슨 얘기를 했지?" 캔커가 다시 묻는다.

이다음 부분은 평소에 말수가 적은 왓슨 양한테는 새로운 것이다. 빈정거리는 투로, 라일라 메이가 말한다. "유나이티드사에서 다음 달에 새 나선형 스프링이 나온대요." 사실 그다지 빈정댄 것은 아닌데, 라일라 메이는 말대꾸가 쉽게 나오지 않는다.

"자네를 수색했으니 자네한테 없다는 것은 알아. 리드나 레버가 이미 손에 넣었나?"

"누구를 시켜서 패니 브리그스 엘리베이터에 장난을 치셨죠? 폼페이?"

캔커는 혼자서 생각에 잠긴다. "자네한테 있으면, 리드가 자네를 대학으로 보내지 않았겠지."

"완전한 자유낙하라니. 다소 지나치지 않나요? 그건 자연스러운 사고가 아니에요. 조사위원회도 그 점을 알 겁니다."

캔커는 고개를 저으며 우습다는 듯이 말한다. "리드가 자네를 자기 계획에 끌어들이려고 무슨 새빨간 거짓말을 늘어놨는지는 모르지만, 우리는 패니 브리그스 건물 엘리베이터에 아무 짓도 안 했어. 그럴 필요가 없지. 회장 자리는 내 것이니까. 지금은 세부적인 것들을 처리하는 것뿐이야."

라일라 메이가 히죽히죽 웃는다. "그러면 셔시의 부하한테 시켜 제가 사는 집을 뒤지게 한 적도 없으시겠군요." 캔커를 쳐다본다. 캔커는 흉포하게 나아가며 부서에서 진급했고, 협상에 사용하는 통화에 익숙하며, 늙은 개 중 늙은 개다. 동료의 등을 악의 없이 철썩 때리고, 너털웃음을 터트리고, 당시에 아직 평검사였고 캔커만큼이나 굶주렸던 시장과 함께 매춘부를 쫓아다녔다. 라일라 메이는 캔커가 이전 협회장인 홀트 '사장님'을 부전승으로 이겼던 때를 기억하는데, 그 옛날 개자식은 선거 전날 밤에 기권했다. 척이 수집한 소문에 따르면 어떤 그림이 그려진다. 홀트는 어느 팔다리가 늘씬한 합창단 여자와 밀회를 즐겼다. 계략이다.

"리드가 자네를 정말로 잘 구워삶았군그래." 캔커가 말한다. 손수건을 반으로 접고 다시 반으로 접는다. "누명 씌우기라고? 왜 우리가 그 사건이 일어나기를 기다렸다가 자네 집을 뒤져야 하지? 자네 이론대로 우리가 패니 브리그스를 훼손했다면, 우리가 자네를 곤란하게 했다는 말이 자네 귀에 들어갈 때까지 우리가 왜 기다리지? 이제 사태가 기묘하게 전환되면서 자네가 청사진을 손에 넣었다고 하자고. 자네는 착한 아이처럼 그걸 리드와 레버에게 넘겼을 테고 사람들이 자네 집에 찾아갈 필요도 없었을 거야." 이제 손수건은 주머니에, 캔커가 원하는 바로 그 자리에 있다. "자네는 금요일에 사고가 일어나기 전까지 이 상황에 낀 적이 없고, 그다음에조차 자네들이 회관이라고 부르는 그 힌두교 움막으로 건너가서 그자들이 시키는 대로 풀턴네 가정부와 이야기할 때까지 관련인이 아니었어." 빙그레 웃는다. "자네들 직관주의자들은 정말로 정신이 나갔어. 자네는 '엘리베이터다움에서 엘리베이터를 분리'하기보다 사실에서 망상을 분리해야 할 것 같군."

라일라 메이는 등을 기대고 무릎 위 탁자 아래에서, 이 의기양양한 백인 멍청이가 볼 수 없는 곳에서 주먹을 쥔다. 왜 캔커는 이런 허튼짓을 할까? 정교한 납치 장면, 폐허가 된 공업단지를 관통하고 지하실에 앉혀둠으로써 두려움을 증폭시킨다. "확실히 기자회견에서는 그 사고를 아주 잘 활용하셨죠." 라일라 메이가 말한다. 이 온갖 쓸데없는 짓을 헤집고 캔커의 눈을 쳐다본다.

"선거가 가까이 왔지 않은가? 최대한 이용할 수밖에 없지." 캔커는 정치 게임을 그만두고 라일라 메이의 눈을 깊이 들여다보면서, 라일라 메이가 무슨 생각을 하는지 안다는 듯이 전략을 바꾼다. "이봐, 라일라 메이 왓슨. 자네 친구들은 자네를 큰 곤경에 빠트렸어. 지금부터 2주 뒤에 자네는 어디에 있을 거지? 내 부서에 있을 거야. 자네가 내 사람들 때문에 힘든 것 알아. 하지만 자네는 별일 없이 넘어간 거야. 폼페이를 받아들일 때 그 친구들이 어떻게 했는지 자네가 봤어야 해. 이제는 폼페이도 내 사람이지. 하지만 나는 다른 사람들이랑은 달라. 나는 자네 같은 사람들을 지지해. 자네가 그렇게 생각하지 않을지라도 나는 그래. 나는 유색인종 발전에 대찬성하는데, 점진적이길 바랄 뿐이야. 모든 것을 하룻밤에 바꿀 수는 없어. 그러면 혼이 찾아올걸." 캔커가 라일라 메이 앞에 손가락을 들고 움직인다. "나는 자네를 본보기로 만들고 싶어. 자네와 같은 사람들이 무엇을 성취할 수 있는지 보여주는 사례로 말이지. 자네는 그러기 위해 달리잖아? 무언가를 증명하기 위해서?"

라일라 메이가 말한다. "무엇에 대한 대가로요?"

캔커가 잠시 멈추고 음미하다가 대답한다. "자네가 할 일을 해. 부서에 봉사해. 리드는 자네더러 풀턴이 남긴 작은 상자를 찾아 돌아다니게 시켰지. 글쎄, 그걸 찾게 되면 우리한테 넘겨. 길게 보면 그자들한테 그 상자가 무슨 소용이겠어? 결정하지 못한 사람한테 다소 영향을 줄 수 있을지는 몰라도 엘리베이터 점검원 협회는 항상 경험주의자가 모인 단체였고 앞으로도 그럴 거야. 그자들이 한 말을 믿으면서 레버와 그 무리를 '유색인종의 친구'나 뭐 그런 거로 생각하는가 본데, 그자들도 다 똑같아. 그자들도 제도에서 얻을 수 있는 것을 얻기를 원해. 바로 나처럼. 그리고 바로 자네처럼." 캔커가 소리친다. "조! 문을 열어주겠나? 얘기는 끝났어."

라일라 메이를 돌아본다. "얘기를 마친 것, 맞지?"

"가도 됩니까?"

"태워다 주기까지 하지. 주변에 버스가 별로 없거든."

라일라 메이 뒤에서 문이 열리는 소리가 난다. 캔커가 일어선다. "그러면 우리는 서로를 이해한 셈이군, 그렇지?"

라일라 메이가 말한다. "제가 따르지 않는다면요?"

캔커는 기지개를 켜고 나서 한숨을 쉰다. "내가 확실하게 전했다고 생각했는데. 나를 이해시키는 일에 자부심이 있는데 말이지. 특히 선거기간에는 말이야. 나는 자네가 풀턴이 남긴 박스를 찾아서 나한테 주길 바라. 왜냐하면 아무도 흑인을 신경 쓰지 않거든. 그렇게 하지 않으면, 다음에 자네가 여기에 내려왔을 때는 나를 못 만날 거야. 셔시의 부하 중 하나와 대화를 나눌 텐데 그 녀석들은 이해받지 못하는 법이 없어."

* * *

라일라 메이는 이 사건을 잊고 지냈다. 하지만 상관없다. 사건이 일어났음에는 변함이 없으니까. 일은 이렇게 일어났다.

늦은 8월 어느 밤, 덜거덕거리는 창문과 흔들리는 나뭇가지 속에서 잃어버린 가을 기억이 되살아나, 화창한 여름 오락거리를 뒤잇는 자리를 잘못 차지하고, 작은 방과 땀이 찬 겨드랑이에 열기가 갇힌 어느 밤이었다. 그런 밤은 늘 거기에서 기다렸다. 가을은 언제나 찾아오고, 늦여름에 맞이하는 첫 번째 밤은 가을이 오고 있음을 알려주는 소소한 인사다. 라일라 메이의 여섯 번째 여름이 끝나가고 있었던 그 밤은 매년 방문하는 밤이었다.

바람이 집과 성가시게 언쟁을 벌이는 통에 잠들 수 없었다. 그 언쟁에서 하찮은 참가자는, 거의 구경꾼에 가까운 마른 잎이 집 뒤편 들판을 가로지르며 내는 소리였는데, 라일라 메이한테는 그 소리가 말하는 것처럼 들리면서, 건조한 목에 물 한 잔을 권했다. 아래층은 조용했고, 늦은 시간이었다. 어머니가 해 질 녘에는 잠자리에 들어야 한다며 상당히 확고하게 지시했지만 목이 마른다는 깨달음이 이 지시에 맞부딪힌다. 그리고 거기 머무른다. 여기 해 질 녘을 맞이하는 좋은 방법이 있고, 라일라 메이는 실제로 지시받은 대로 침대에 있었다. 그리고 목이 말랐다. 부모님은 잠이 드셨을 것이 분명했다. 부모님이 밤을 보내러 들어가면서 침실 문에서 경첩이 크게 삐걱거리는 소리가 마지막에 난 뒤로 아무 소리도 들리지 않았다. 부모님이 항상 잠자리에 드는 평소 시각이었다. 라일라 메이는 이전에도 이 도둑질에 관해 많이 생각했지만, 늘 그러지 않기로 했다. 물 한 잔을 훔치지 않기로. 엉덩이를 맞을지도 모르는 가능성에 늘 이 행동을 안 하기로 했는데, 잠자리에 들 시간에 물 한 잔을 뜨러 가는 일은 무척 반항적이었다.

하지만 오늘 밤은 아니다. 오늘 밤은 가을이 우연히 찾아왔고 그 말은 여름이 한 번 더 지났다는 뜻이다. 거의. 아직 더운 날이 하루나 이틀 정도 있겠으나 가을이라는 갈색 장막 아래에서 더울 것이다. 여름이 한 번 더 지났다. 라일라 메이는 여름을 셀 수 있고, 이 말은 나이를 먹었다는 뜻으로 봐도 된다고, 설득하는 말이 속삭였다. 늦은 밤 물 한 잔을 찾아 떠나는 모험에서 위험을 무릅쓴 발견을 시도하기에 충분히 나이를 먹었다고, 건조한 목이 재촉한다. 위험하고 과장된 몸짓으로 누비이불을 치운다. 그러면 좋다. 물 한 잔만이다.

문이 소리 없이 열렸다. 예전에 빨래 임무를 수행하러 적어도 거기까지는 도달해본 적이 있어, 라일라 메이는 그러리라는 것을 알았다. 복도를 따라 부모님 방까지 시선을 옮겼는데, 문 밑으로 빛줄기가 안 보였다. 부모님이 주무시는 게 분명했다. 잠시 한숨을 돌렸지만, 라일라 메이는 부모님이 공기처럼 어디에나 있고 어쩌면 박쥐 같은 청력을 가졌을지도 모른다는 것을 알았다. 박쥐에 대해, 어떻게 박쥐가 잠을 잘 때 빨래집게 같은 발로 거꾸로 매달리고, 어떻게 눈이 없어 귀가 커다란지에 대해서 배운 적이 있었다. 예컨대 어린 딸이 불법으로 방문 너머를 무단 침입하는지 수사하고자 아버지가 몸을 침대 밖으로 일으킬 때 부모님 침대에서 나는 스프링이 삐걱대는 소리는 들리지 않았다. 삐걱. 널마루가 삐걱댔다. 처음으로 낸 용기에 얼굴이 달아오른 채 복도에 발을 디뎠고 널마루가 삐걱댔다. 너무 시끄러워서 부모님이 당장이라도 나와 엉덩이를 때릴 것 같았다. 하지만 아니었다. 아직 부모님 방에서는 소리가 없었다. 먼저 뒤꿈치를 들고 아주 천천히 내디뎠으면 바닥에서 삐걱 소리가 안 났을 것이다. 네 걸음 뒤에는 용감해졌는데, 이 네 걸음을 성공한 다음에 속이기 쉬운 널마루를 재빨리 발로 눌렀더니 다섯 번째에서 삐걱댔다. 바로 그날 오후에 어머니가 확실하고 강하게 쓸면서 비질하는 모습을 봤는데도 발가락 아래서 먼지가 느껴졌다. 보이지 않는 먼지가 있었고 느껴졌다. 침대 스프링이 삐걱대는 소리는 아직 들리지 않았다. 계단 꼭대기에 도착했을 때, 계단을 밟으면 아주 시끄럽지만, 받쳐주는 힘이 적은 가운데에서 떨어져서 벽에 붙어 밟으면 전혀 시끄럽지 않다는 점이 기억났다. 마침내 계단을 내려왔을 때 목이 몹시 말랐다는 것은 말할 필요도 없는데, 위험한 계단을 가로지르는 데 오래 걸렸기 때문이다. 라일라 메이는 기도문을 절반만 기억했고 내려오는 동안 내내 그 절반을 속으로 읊었다. 나머지 절반은 기억하려고 애쓰지도 않았는데, 교회에서 입 모양을 흉내 내며 속이다가 가끔 소리 내서 말하기만 해도 부모님께 엉덩이를 맞지 않았기 때문이다. 위에 있는 방에서는 소리가 하나도 안 나는 것을 보니 어쩌면 때때로 기도문은 절반으로 충분한 듯했다. 아니면 어떤 식으로도 효과가 없든지. 예전에 밤에 목이 말라서 아래층에 내려가고 싶었지만 그러지 않았던 그 모든 때에는 무엇이 무서웠는지 궁금해졌다. 거실 깔개를 소리 없이 지나서 천천히 부엌문을 여는 동안에도 그 점이 궁금했다. 식탁을 돌아서 날카로운 모서리를 더듬은 끝에 유리컵을 가지러 싱크대에 도착한 순간, 아버지가 식탁 다리에 큰 소리로 거칠게 성냥을 긁어 식탁 초에 불을 붙였다. 라일라 메이는 잠옷에 오줌을 쌀 뻔했다. 부모님은 정말로 어디에나 있다고 생각했다. 팔을 재빨리 뒤로 당기고 아버지의 손 앞에 섰다.

아버지는 위스키 한 잔을 두고 어둠 속에 앉아 있었다. 낮에 자동차를 고치면서 묻은 검은색 기름이 커다란 팔뚝을 타고 올라가 팔꿈치까지 자국을 남겼다. 라일라 메이가 본 아버지는 식탁에 반쯤 고꾸라진 채, 입으로는 말을 하되 소리는 안 냈다. 아버지는 졸린 눈으로 라일라 메이를 쳐다봤다. 나무 의자를 밀어 식탁에서 떨어지더니 무릎을 톡톡 쳤다. 그리로 오라고 했다. 라일라 메이는 아버지의 바지에 묻은 기계 기름 때문에 잠옷에 얼룩이 지면 어머니한테 혼이 날까 싶어 잠시 망설였지만, 아버지가 오라고 하기에 그 넓은 무릎에 가서 앉았다. 아버지는 식탁에 둔 종이를 톡톡 치며 물었다. "읽는 법은 배우니, 얘야?"

라일라 메이는 고개를 끄덕이면서, 바로 앞 탁자에 있는 노란 종이를 쳐다본다. 그림이 있고 단어도 있었다.

"그러면 뭐라고 나와 있는지 말해주렴." 아버지가 말하며 다시 톡톡 두드리자 검은색 지문이 종이에 조금 남았다.

라일라 메이는 종이를 유심히 내려다봤는데, 촛불 때문에 노랬다. 그림 위아래로 작은 덩어리씩 모여 있는 단어가 라일라 메이를 놀렸다. 라일라 메이는 곤란해지리라 생각했다. 지금까지 한 번도 본 적 없는 단어가 많아서, 잘 알고 안심되는 단어를 몇 개 찾아봤더니 여기저기 흩어져 있었다. ⋯⋯에. 그. 있는 힘을 다해 노력했다. 어디서 시작해야 할지도 몰랐는데, 이미 배운 적 있는 단어들이 뭉쳐 있으면 한 지점을 골라 거기서 시작할 수 있었겠지만, 멀리 떨어져 있었다. 여기서 시작하나 저기서 시작하나 마찬가지였다. 그리하여 종이 맨 위에서 어머니의 베틀처럼 생긴 그림 하나를 고르고, 그 작은 글자들을 한데 모았는데, 한 번에 한 글자씩 뽑아서 모았다. 흰 공간이 있는 데는 단어가 끝나는 곳이었다. 창문은 여전히 바람 때문에 틀 안에서 짜증을 내고 잎사귀는 깔깔거렸다. 라일라 메이는 머뭇거리며 읽었다. "통…… 합…… 이인양……."

아버지는 자기 가슴에 있는 단어를 라일라 메이가 등으로 느낀다고 말했다. "통합 인양 엔진." 아버지가 읽었다. "'아르보사에서 특허를 보유한 이중 기어 인양 엔진으로 저장 창고, 통조림 공장, 하역장, 광산 등에서 사용하는 안전대에 연결할 수 있게 조정됨. 단의 움직임은 탑승자의 의지에 따라 최대 1분에 30미터.' 강하고 빠르다는 뜻이야." 아버지가 덧붙인다. 아버지는 작은 물병 두 개를 나무틀로 연결한 것처럼 생긴 또 다른 그림을 가리키며 읽었다. "'승강 동력 기어 조합. 범용 인양장치로, 아래 삽화에서처럼 '벨트 부착 기구'를 보여주는데, 이를 이용하면 기계를 가동하는 중에 벨트가 고장 날 때처럼 어떤 이유에선가 기어가 위험한 움직임에 도달할 때 기계가 즉각 정지함.' 무엇이든 잘못되면 엘리베이터를 멈춘다는 뜻이란다. 무너지지 않도록 말이야." 아버지는 아르보 엘리베이터사에서 나온 오래된 제품 목록을 계속 보면서, 범용 인양장치, 도시용 인양 엔진, 구조 인양 엔진, 자동 안전 원통, 승강 동력 나사 조합 등 기계 이름을 읽어주었는데, 라일라 메이가 보기에 마지막 것은 뚱뚱한 금속 박쥐가 천장에 매달린 그림 같았다. 아버지는 종이에 있는 말을 전부 읽어줬고 다 끝마쳤을 때 말했다. "선생님 말씀을 듣는 게 좋겠구나. 선생님 말씀을 듣고 선생님이 가르쳐주는 것을 배우는 게 좋겠어."

아버지는 라일라 메이를 무릎에서 내려놓고 위스키를 마셨다. "왜여기 내려왔니?" 아버지는 종이를 읽어주며 속삭이던 때와는 달리 이제 큰 소리로 물었다.

"물이요."

"그러면 물을 떠서 얼른 침대로 가거라." 아버지가 말했다.

라일라 메이가 물을 들고 거실을 지날 때 아버지가 부엌에서 초를 끄는 소리가 들렸다. 아버지가 가을인 것처럼.

* * *

전부 엉망이다. 누군가가 책상을 샅샅이 뒤졌고, 이상하게 후줄근한 스타킹은 서랍 밖으로 축 늘어져 있다. 종이는 쌓여 있지 않고, 직각인 모서리들이 깔개 여기저기서 거의 360도를 이룬다. 화분에 심어둔 식물은 빠져나와 있는데, 사람이 손을 허리에 댄 것 같은 모습을 한 뿌리와 흙이 애석하다. 라일라 메이가 유일하게 장식용으로 둔 플라스틱 배는 못 쓰게 되어 바닥을 뒹군다. 책 몇 권은 완전히 사라졌고, 에팅거가 쓴 《승강장치 및 도르래》는 몹시 고통스러운 척추 골절을 당했고, 《균형추와 그 효과》는 라디에이터 아래 거미줄 사이에 숨어 있다. 방석은 뒤집혀서 더 깨끗한 면이 나와 있다. 창문 블라인드는 비뚤어져, 틀 안에서 게으르게 구부정하니 있다. 엉망이다. 단정하지 않다.

라일라 메이는 아파트 문을 닫는다. 셔시가 쓰는 방식은 아니다. 라일라 메이와 캔커 사이에 오간 논의를 강조하고 싶은 것이 아니라면 말이다. 라일라 메이를 데리고 창고로 운전해 간 것이 충분하지 않았다는 듯이. (마컴은 라일라 메이를 여기에 내려주면서 뻔뻔스럽게도 운전기사 모자를 살짝 건드렸다.) 요전 날 밤에 여기에 왔던 두 남자는 깔끔함 면에서는 독실했다. 라일라 메이가 생각하기에 예기치 않게 발각당하기 전까지 한동안 여기에 있었던 것이 분명한데도 흔적을 남기지 않았다. 공손한 손님이다. 이 새로운 사람들은 자기가 하는 일을 비밀로 할 필요가 없었고, 개의치 않았다. 라일라 메이한테 그것이 있다고, 아니면 그것을 찾을 수 있는 단서가, 아파트에 긁힌 자국이 있다고 생각했다. 블랙박스가 말이다.

라일라 메이는 직관주의자 회관으로 돌아가고 싶지 않았다. 자기 아파트를 보고, 수많은 시간을 끓여서 수증기로 날려 보냈던 소파에 앉고 싶었다. 도시에서 늘 느끼는 것만큼 평화로운 곳에 말이다. 캔커가 한 말이 심지어 여기까지 잔물결을 일으키며 마음에 동요가 인다. 캔커는 라일라 메이를 자극하려고 하지만, 라일라 메이가 리드와 레버한테 충성하지 않는다는 것을 모른다고, 라일라 메이는 생각한다. 라일라 메이가 풀턴한테, 풀턴이 남긴 말에 충성하며 지금 관여하는 이유는 부당한 대우를 받았기 때문이다. 그자들이 라일라 메이의 이름을 더럽혔다. 캔커는 라일라 메이를 혼란스럽게 만들 수 없다.

오늘 밤에 여기서 잘까. 나체즈라는 남자는 아직도 직관주의자 회관에 있고, 라일라 메이는 나체즈가 편안하게 문을 두드리는 소리를 듣게 될까. 아침 식사 이후로 먹은 것이 없는데, 지금은 자정이 지났고 이웃집 창문은 대부분 까맣다. 라일라 메이가 사는 구역은 노동자 구역으로, 건물 앞에 둔 금속 쓰레기통은 뚜껑을 단단히 덮어두는데, 사람들이 배를 타고 건너온 이 나라에서는 그런 식으로 일하며 위로 올라가고자 발버둥 치기 때문이다. 여기는 그 사람들이 떠나온 사랑스러운 섬과는 상황이 다르다. 더 나은 삶에 바치는 제물로서 낡아빠진 가방 몇 개에 삶을 밀어 넣어 꾸린다. 일찍 잠자리에 드는 것은 열심히 일하면 이 나라에서 성공할 수 있기 때문이다. 그렇다고들 말했다.

냉장고 문이 살짝 열려 있고, 우유병 주둥이가 살짝 보이고, 거기서 나온 내용물이 바닥에 하얀 구름처럼 말라붙어 있다. 부엌 바닥 타일에서 고기 통조림을 집어 든다. 회색 내용물을 파내서 빵 한 조각에 얹고 숟가락 뒤로 고기를 뭉개서 울퉁불퉁한 층을 만든다. 고기와 빵의 밀도가 같다. 공복으로 머리를 괴롭혔던 어지러움이 어떤 수문으로 빠져 내려간다. 먹으면서 생각한다. 금요일에 집을 찾아온 다음 오늘 엉망으로 만들다니, 라일라 메이한테 한껏 겁을 주려는 것이 아니라면 불필요한 일이다. 이 위협을 관념에서 당겨낸다. 방을 대충 훑어보고, 무엇을 만졌는지 살펴본다. 언제 이 집에 왔는지는 짐작할 수 없다. 늦은 금요일 밤에 라일라 메이가 떠나고 난 뒤 또는 토요일 아무 때나, 라일라 메이한테 그것이 없음을 확신할 때까지 방을 만신창이로 만들었을 수 있다. 캔커가 남긴 불쾌한 주문. 우리는 패니 브리그스의 엘리베이터를 파괴하지 않았다. 우리는 자네 아파트에 가지 않았다. 그러면 다른 누가 있겠는가? 연골 파편이 잇몸을 파고든다. 동물을 잘게 갈았을 때 남는 것. 몇 안 되는 끈질긴 조각이다. 라일라 메이는 그렇게 쉽게 쫓겨나지 않을 것이다. 캔커는 라일라 메이가 리드를 불신하게 만들 수 없다. 라일라 메이는 리드를 믿은 적이 없기 때문이다.

그림은 움직이지 않았다. 벽에서 그림을 떼고 자물쇠에 숫자 조합을 돌려 넣고 금고를 연다. 전부 있다. 라일라 메이가 생각하기에 이 백인 남자들은 라일라 메이를 위협으로 여기면서도 라일라 메이가 위협적이고 교활하고 이중적이라고 판단하길 거부한다. 정보를 이리 저리 나르는 노새로 여길 뿐 그 내용물을 탐색할 만큼 영리하거나 호기심이 넘친다고 생각하지 않는다. 짐승. 흑인.

라일라 메이는 침실로 들어가서 박스 스프링에 매트리스를 다시 올린다. 곧 옷을 입은 채 잠에 빠진다. 시트가 한쪽 구석에서 빠져나오고, 느슨하게 풀린 모서리가 라일라 메이의 목 아래를 가로지른다. 부드러운 단두대처럼.

* * *

그리핀 머리를 잡고 판을 두드린다. 라일라 메이가 추측하기에 이 그리핀은 이제는 사라진 영국 회사인 그리핀 엘리베이터사(社)에서 준 선물이다. 직관주의자 편을 드는 것은 아주 현명한 선택은 아니다.

시간이 조금 흐른 뒤 직관주의자 회관의 육중한 문이 열리고 나체즈가 보인다. 처음에 잠시 깜짝 놀란 뒤에는 그 넓적한 얼굴이 반갑다. "돌아오셨군요, 라일라 메이." 나체즈가 말하고 나서 판자로 장식한 문을 활짝 연다.

"보고 싶었어요?" 라일라 메이가 자신을 점검할 새도 없이 질문이 튀어 나간다. 이 충동을 점검하기도 전에.

나체즈는 현관을 향해 팔을 매끄럽게 움직인다. "어제 리드 씨는 목이 잘린 닭처럼 정신없이 돌아다녔어요." 나체즈가 살펴보고 가늠한다. "한 덩이로 보이시네요."

라일라 메이는 현관 반대편 끝에 있는 기다란 거울로 자신을 본다. 한 덩이다. 지금은.

"괜찮으실까요?" 나체즈가 묻자 라일라 메이는 마지못해 트렌치코트를 나체즈한테 준다. 나체즈도 자기 일을 해야 한다. 고용주가 항상 지켜본다. 라일라 메이가 교과서에서 본 적이 있는 남자들을 그린 칙칙한 초상화가, 갈색 물감으로 마지막 붓질을 해서 대상을 묻어버린 그림들이, 사방에서 잔인한 시선으로 두 사람을 주시한다. 라일라 메이가 받은 특별 허가는 전부 한시적이다. 라일라 메이는 여기서 환영받지 않는다. "두 분은 응접실에 계세요." 나체즈가 말한다. 나체즈가 자기 처지와 위치를 신경 쓰는지는 표정에서 드러나지 않는다.

두 사람이 응접실로 걸어가는데, 나체즈가 한 걸음 뒤에서 따라간다. 라일라 메이는 나체즈와 나란히, 동등하게 걷고 싶다. 라일라 메이가 묻는다. "삼촌은 아직도 편찮으세요?"

나체즈가 대답한다. "한번 발병하면 시간이 조금 걸려요. 곧 일어나실 거예요." 응접실 문이 살짝 열려 있다. 긴 책장이 보이고 말소리가 들린다. "저는 동료 제자 여러분 앞에 서서, 치명적인 물질세계에 관해 말씀드리고자 합니다." 라일라 메이가 작별 인사를 하려고 돌아보니 나체즈는 이미 없다. 문을 가볍게 두드리고 성큼성큼 안으로 걸어가다가 발걸음이 갑자기 세진다.

라일라 메이가 들어가자 리드 씨와 오빌 레버가 갈색 안락의자에서 일어난다. 숙녀한테 예의를 차린다. 두 사람 사이에 있는 벽난로는 주황빛을 내며 오래 살아남아 그들의 차가운 피를 덥힌다. 밖은 춥지 않다. 리드 씨는 서류철을 발치에 놓고 말한다. "오리, 이분은 라일라 메이 왓슨 양이야." 라일라 메이는 그 표정을 읽기 어렵다. 냉담하다.

레버가 손을 뻗는다. "저희를 위해 해주신 모든 일에 관해서는 리드 씨한테 말을 많이 들었습니다, 왓슨 양." 레버는 머리가 세고 목살이 늘어졌지만, 영원한 젊은이다. 소맷동과 옷깃에 공간이 있고, 바지는 헐렁하게 늘어지다가 작은 무릎부터 좁아진다. 마지막으로 봤을 때도 이렇게 쇠약한 모습이었는지는 기억이 안 나지만, 그때는 선거운동 전이었다. 대화를 혐오하는 자신이 온종일 사람들이랑 이야기해야 했다면, 이보다 더 나빠 보였을 것이라고, 라일라 메이는 생각한다. 레버는 새빌 로가(街)에서 재단한 무늬가 촘촘한 정장을 입었는데, 캔커가 입는 길거리 불량배 같은 차림새와 대조를 이룬다. 두 사람이 벌이는 경쟁은 학술원 대 내기 당구장, 체스 대 복싱이다. 직관주의자는 적절한 승자를 골랐다.

리드 씨가 말한다. "오리, 위층에 가서 혼자 연습하면 어떤가? 이 문제에 관해 걱정하는 것보다는 그게 시간을 더 건설적으로 쓰는 길 같네만."

레버는 고개를 끄덕이고 연설 원고를 모은다. "그래그래. 자네가 맞아. 내가 필요하면 위층을 보게." 졸린 듯이 동의하며 엘리베이터 점검원을 돌아본다. 레버는 반쯤 투명한 백인 남자들 중 하나로 모든 혈관이 피부 표면으로 헤엄쳐 올라온다. "왓슨 양, 반가웠습니다. 곧 다시 뵈면 좋겠습니다."

문이 닫히자 리드는 레버가 앉았던 자리를 가리키고, 라일라 메이는 거기로 쑥 가라앉는다. 의자가 몸을 감싸는 것 같다. "어디 있었죠,

왔슨 양? 어제 스벤과 돌아오지 않아 걱정했습니다." 평이하고 무감한 어조로 리드가 말한다.

"알아서 집에 가려고 했거든요." 라일라 메이가 대답한다. 라일라 메이는 자기가 짓는 결의에 찬 표정에, 리드 씨 같은 백인 남자를 대비해 비축해둔 억양에 효과가 있음을 의심하지 않는다. "대학에 다시 안 가본 지가 오래됐거든요."

"당신한테 무슨 일이 생긴 줄 알았습니다."

"안타깝게도 로저스 부인은 큰 도움이 안 됐어요."

리드 씨가 고개를 재빨리 끄덕인다. 생각이 돌아가기 시작한다. "스벤은 로저스 부인이 당신을 들여보내줬다고 하더군요. 우리가 그 소포를 받은 뒤로 로저스 부인이 두 마디 이상 말을 건넨 사람은 당신이 처음입니다. 뭐라고 하던가요?"

라일라 메이가 리드 씨한테 말한다. "청사진에 관해서 아무것도 모른다고 했어요. 단호하더군요. 이미 가진 것을 전부 넘겼다고 했어요."

"그 말을 믿습니까?"

"말하기 어렵네요. 로저스 부인은 아무도 안 믿는 것 같거든요."

리드 씨는 고개를 젖혀 의자에 대고 다리를 꼬면서 생각에 잠긴다. "소인 말입니다. 소포에 찍힌 소인은 대학 우체국에서 찍은 것이었어요. 장담하는데……." 깜빡 졸았다 깬다. "로저스 부인이 금전적 보상을 바라고 기다릴지도 모른다고 생각하십니까?"

라일라 메이는 고개를 젓고 말한다. "그런 것 같지는 않아요. 로저스 부인의 표정을 봤죠. 저랑도 다시는 이야기할 것 같지 않아요."

176

리드 씨는 아무 말이 없다. 일어서서 책상으로 걸어간다. 거기서 서성이다가 무언가를 기억해내고는 태연해 보이려 노력하면서 서랍을 잠근다. 라일라 메이는 그 모습을 볼 수는 없었지만 들을 수 있었다. 그래서 거기에는 뭐가 있죠, 리드 씨? 리드 씨는 종이 더미 위에서 잡지를 들고 와 라일라 메이한테 건넨다. 라일라 메이는 〈승강기〉 표지에 있는 멍청한 산타클로스 그림을 쳐다본 다음 차례를 샅샅이 훑는다. 리드 씨가 자신을 지켜보는 것을 인지하면서 캔커가 실리지 않을 거라고 알려줬던 풀턴 관련 기사를 찾는 척한다. 마침내 고개를 들고 묻는다. "어디 있죠?"

"오늘 아침에 계단에서 잡지를 집었을 때 저도 바로 그 질문을 했습니다. 편집장한테 전화를 걸었죠. 아는 사람이거든요. 전화 교환대에서 알리길 병가를 냈다고 했습니다. 그래서 기자인 벤 유리크와 이야기하고 싶다고 요청했더니 교환원이 말하길 오늘 출근하지 않았다더군요."

"캔커가 두 사람한테 무슨 짓을 했다는 말씀인가요?"

리드 씨가 라일라 메이를 쳐다본다. 의심하나? 두 눈이 구멍 같다. 리드 씨가 입을 연다. "그게 논리적인 결론이겠죠. 우리 상대편은 손을 멀리 뻗치니까." 리드 씨가 의자에 등을 기댄다. "저는 당신이 대학에 갔다가 여기로 돌아올 줄 알았습니다." 리드 씨가 말한다.

"제 침대에서 밤을 보내려 했어요." 라일라 메이가 대답한다.

"그건 현명하지 못하다는 데 동의하지 않았던가요, 왓슨 양? 현 상황에서 말이죠." 리드 씨가 앙상한 손가락으로 의자 팔걸이에 보이지 않는 상형문자를 그린다.

동의하지 않았느냐니. 라일라 메이가 어린아이라도 되는 것처럼. 라일라 메이가 말한다. "제 침대에서 자고 싶었어요. 다른 단서가 있나요?"

리드 씨가 라일라 메이한테 말한다. "그 수수께끼 같은 사람이 누구일지에 관해서는 한두 가지 생각나는 것이 있는데, 아직 논의할 준비가 안 됐습니다. 현재는 반쪽짜리 생각일 뿐이어서요. 어쨌든 우리의 적은 수요일 이후까지 연회를 준비하느라 바쁠 테죠. 참석하실 계획입니까?"

"연회요?"

"공연에는 안 참여하실 테죠?"

라일라 메이는 케이블카 연회는 잊고 살았다. "가본 적이 없어요." 라일라 메이가 리드 씨한테 알린다.

"저도 피하려고 노력하죠. 장식이 지나치게 화려해요. 하지만 다음 주가 선거니 레버도 꼭 모습을 드러내야겠죠. 이렇게 중요한 막판 시기에는요."

"물론이죠." 라일라 메이가 말한다. 라일라 메이는 참석하지 않는 편이 현명할 텐데, 부서에서 진행하는 행사이고 라일라 메이는 현재 사무실에서 주요 용의자이기 때문이다.

라일라 메이가 걱정하는 것이 표정에 드러나나? 리드 씨가 말한다. "오늘 일터에 보고하지 않기로 했나 보군요."

"아무래도 그렇죠."

"그러면 조사팀에 안 좋게 보일 겁니다. 실수였어요."

"제가 처리할 거예요. 박스를 얻고 나면 문제 될 것 없잖아요, 그렇죠?" 잡지를 돌려준다.

리드 씨가 라일라 메이한테 말한다. "물론입니다. 하지만 캔커가 타블로이드지와 그 일을 어떻게 이용할지는 모르겠군요."

"제가 처리할게요. 그러면 다음은 뭐죠?" 라일라 메이가 말한다.

리드 씨가 일어선다. "정말로 돕고 싶다면⋯⋯ 제 조언을 안 따르고 조사위원회에도 이야기하지 않을 셈이라면, 그냥 눈에 띄지 않는 것이 가장 좋겠습니다. 며칠 뒤에 정보가 더 모일 테니 그때 이야기하죠."

라일라 메이가 고개를 끄덕인다. 마지못해서. 자기가 리드 씨를 믿는 것보다 리드 씨가 조금이라도 자기를 더 믿는지는 확실하지 않다. 리드 씨가 지난밤에 라일라 메이를 찾아서 아파트에 갔다가 그 난장판을 봤을 가능성이 있을까? 어쩌면 로저스 부인과 접촉할 유색인종 연락책으로서 라일라 메이가 이제 역할을 다했으니 배제하려는지도 모른다. 로저스 부인이 사용하는 언어를 아는 사람으로서는 말이다.

리드 씨가 말한다. "위층에 있는 방을 계속 사용하실 수 있습니다. 이 시점에는 그것이 우리한테 가장 좋은 선택 같군요."

우리한테라니. 이 중요한 시기에 라일라 메이를 격리하여 적과 지나치게 영향을 미치는 것에서 떨어뜨리려 한다. "저도 그렇게 생각해요." 라일라 메이가 말한다.

리드 씨는 종이로 시선을 돌리고 펜을 잡는다. 라일라 메이는 잊혔다. 뻣뻣하게 응접실을 걸어 나온다. 손님용 숙소로 가는 계단을 올라가면서 최근에는 들어가는 방이 전부 감옥이라고 생각한다. 각 방은 사악한 기계실에서 통제하는 버튼 없는 엘리베이터 탑승칸이다. 내려가고, 아무도 안 타고, 라일라 메이는 나갈 수 없다. 계단 꼭대기에서 누군가가 라일라 메이의 어깨를 두드린다. 나체즈가 묻는다. "오늘 밤에 방문해도 될까요? 이야기해드려야 할 것이 있어서요."

* * *

"로열 극장에 새로 들어온 영화를"이라고 하고 뜸을 들이다가 "나랑 보러 갈래?"라고 하기에, 라일라 메이는 그가 무척 긴장하며 제안했다는 것을 알 수 있었는데, 라디오에서 나오는 노래는 그 공백을 약삭빠르게 이용해 연결부와 후렴구를 끼워 넣었다. 라일라 메이는 그러자고 대답했다. 두 사람은 이전에도 함께 영화를 보러 간 적이 많다. 여러 해가 지나는 동안 영화는 좋고 나빴다. 라일라 메이의 부모님은 그레이디 주니어를 좋아했고, 그레이디 주니어의 부모님은 라일라 메이를 무척 좋아했다. 사실 그레이디 주니어는 그냥 마빈 왓슨과 이야기하러 집에 종종 들르곤 했다. 낚시에 관해서 또는 유색인종 동네의 길을 포장해주는 일에 관해 정확히 언제 구에서 신경을 쓸까 하는 끝나지 않을 질문에 관해서 말이다. 보통 마빈 왓슨은 친구들과 그러듯 현관에서 얘기했는데, 그레이디 주니어를 어떻게 여기는지 알 수 있었다. 라일라 메이와 그레이디 주니어는 친구였고, 그레이디 주니어는 방금 데이트를 신청했다. 라일라 메이는 그러겠다고 대답한 뒤에, 약국 겸 편의점에 들렀을 때 언제나 그랬듯 자기가 먹을 초콜릿셰이크 값을 냈다. 그레이디 주니어는 자기가 먹을 바닐라셰이크 값을 냈고, 두 사람은 오후에 각자 갈 길을 갔다.

밤공기를 향해 현관문을 열었을 때 라일라 메이는 그레이디 주니어가 짓는 미소를 보고 상황이 다름을 깨달았다. 라일라 메이와 그레이디 주니어는 함께 자랐고, 2인용 자전거를 타면서 무릎이 까졌고, 아기 때 서로 격려하며 기는 법을 배웠다. 그레이디 주니어는 짓기 까다로운 초승달 모양 미소를 띠고 있었는데, 서로 알고 지낸 세월을 통틀어서, 그레이디 주니어가 사용하는 모든 레퍼토리 중에서, 그런 미소를 본 적이 지금까지 한 번도 없었다. 지금까지 인생을 통틀어 한 번도 본 적이 없었다고도 할 수 있었다. "준비됐어?" 그레이디 주니어가 묻자 이내 라일라 메이는 그레이디 주니어가 아버지한테 빌려 온 빨갛고 녹슨 소형 트럭 조수석에 올랐다. 그레이디 주니어는 토실토실하게 태어났다. 그 성장 이야기에는 자연스러운 신체 비율을 향한 기나긴 소규모 충돌 이야기가 부수적으로 따랐다. 라일라 메이는 그레이디 아저씨의 공구 상자를 의자에서 치운 뒤에 차에 앉았고, 바퀴 자국이 깊이 팬 길을 따라 영화관으로 가는 동안, 길이 함몰된 곳마다 스크루드라이버와 망치가 서로 부딪쳐 쨍그랑거렸다. 길에는 함몰된 곳이 많았다. 방금 떠오른 달에 나무 경계가 뚜렷하게 드러났다.

라일라 메이는 영화를 보든 다른 여러 가지 일을 하든 시간이 얼마 안 남았음을 알았다. 가을에 그레이디 주니어는 수도로 가서 대학에 입학할 것이다. 라일라 메이는 그해 여름, 그레이디 주니어를 자주 보지 못했다. 그레이디 주니어는 책과 북쪽으로 올라가면 필요할지도 모를 여러 가지 것에 대비해 저금하느라 여름 대부분을 채석장에서 일하며 보냈다. 여름이 예전과 달라진 지 오래라고, 라일라 메이는 생각했다. 학교에 안 갔지만, 다른 무언가로 그 자리를 채우지는 않았다. 거리가 좁아지고, 라일라 메이는 어머니가 잘라준 머리카락이 화장실 바닥에 떨어져 있는 모습을 봤을 때 받았던 느낌을 두 사람이 향하는 장소에서도 느꼈다. 자기 내면에서 느껴지는 변화는 그레이디 주니어의 내면에서 생긴 변화와 자매임을 감지했다. 두 사람은 늘 모든 것을 함께했다. 로열 극장으로 차를 모는 동안 그레이디 주니어는 말이 별로 없었다.

로열 극장을 옆으로 돌아서 유색인종 고객용으로 마련된 입구로 향하는 계단으로 갔다. 계단을 올라가서 유색인종 고객용으로 마련된 발코니 좌석으로, 흑인 천국으로 갔고, 라일라 메이가 주머니에 손을 넣어 스키니한테 돈을 내려는데 그레이디 주니어가 선수를 쳐서 두 사람 몫을 냈다. 그전까지 그레이디 주니어는 라일라 메이가 빚을 지면 1센트까지 엄격하게 계산했고, 사탕 또는 만화책 등의 이유로 2, 3센트를 빚지면 만날 때마다 달라고 했던 아이였다. 호기심이 많은 소년이었다. 치과 의사가 되기를 원했는데, 현실적인 선택이었다. 선생님, 의사, 전도사, 장의사. 유색인종 소년이 이런 세상에서 어떤 포부를 가질 수 있겠는가. 유색인종은 늘 충치가 있고, 늘 영혼을 돌봐줘야 했다. 늘 죽어갔다. 그레이디 주니어의 아버지는 목수 일을 했는데, 그것이 고를 수 있는 일이기 때문이었다. 어머니는 도시에서 일하며 판사 가족의 집을 청소했다. 돌계단을 문질러 닦았다. 그레이디 아저씨는 공구마다 이름을 붙여줬지만, 살아 있는 다른 사람이 있을 때는 절대 입 밖에 꺼내지 않았다. 치과 의사. 하지만 우선 대학에 가야 했는데, 어려운 일은 아니었던 것이, 그레이디 주니어는 훌륭한 소년이었고, 부지런했고, 수도에 있는 유색인종 대학에서는 그레이디 주니어 같은 소년이 오기를 간절히 바랐다. 유색인종의 미래를. 올여름 들어 세 번째 떠오른 달은 밤이 농장이고 자기는 농부라는 듯이 나무 경계선 위에 걸렸는데, 이 농부는 농작물 사이를 느긋하게 이동하면서 그 농장은 자기 것이고, 오직 자기만의 것이고, 자기가 그 모든 비밀을 안다는 것을 깨닫고 이해할 것이다.

라일라 메이는 그 영화를 전에 본 적이 없었고 본 적이 있었다. 이것이 라일라 메이가 영화를 받아들이는 방식이었다. 이따금 제목이 달라도 보통 배우는 같았고, 배우가 다르더라도 똑같이 생겼다. 어느 시점엔가 라일라 메이는 그레이디 주니어와 팔걸이를 함께 쓰는 것을 눈치챘다. 앞서 빛이 어둑해질 때 그 팔걸이가 자기 것이라고 밝힌 것은 분명했지만, 상황이 이렇게 될 때는 눈치채지 못했다. 이제 그 상황을 선명하게 의식했다. 어떻게 그레이디 주니어가 몰래 팔을 올렸지? 라일라 메이는 팔을 움직이지 않았다. 그레이디 주니어의 팔이 자기 팔을 누르기 시작하는 것을 눈치챘는데, 단단하고 따뜻했다. 라일라 메이의 팔을 누르는 압력과 온기는 후퇴했다가 배짱과 목표를 회복하고 다시 주장에 나섰다. 화면에서는 긴 흑발을 한 어느 백인 여자가 사회가 강제로 자기 사랑을 갈라놓을 것임을 깨닫고 흐느껴 울었다. 마침내 라일라 메이는 팔을 떼서 무릎에 뒀다. 몇 분 뒤, 그레이디 주니어가 한숨을 쉬었다.

라일라 메이로 말하자면, 스스로 미래를 계획했고 이미 탐색을 시작한 뒤였다.

"괜찮은 영화였어." 집으로 출발하면서 그레이디 주니어가 말한다.

"응, 그랬지." 라일라 메이가 동의했다.

마을 경계를 통과하면서 그레이디 주니어가 말했다. "괜찮은 영화였어. 상당히 짧더라."

"보통 영화랑 비슷하던데." 라일라 메이가 대답했다.

그레이디 주니어가 말했다. "아냐. 영화관을 나올 때 시계를 봤어. 길이가 한 시간 반도 안 되더라고. 짧았어." 이제 가로등은 없고 창문으로 빛을 뿌리는 집도 거의 없다.

"그랬을지도." 라일라 메이가 대답했다.

그레이디 주니어는 목을 가다듬고 도로를 노려봤다. "오늘 아침 네 아버지를 우연히 만났을 때, 11시가 넘기 전에 너를 현관까지 데려다준다고 말씀드렸거든. 그런데 지금 11시가 한참 멀었는데도 우리는 벌써 네 집으로 가고 있어."

그레이디 주니어는 도로를 벗어나 군데군데 끊긴 오솔길로 들어갔는데, 그 길은 방앗간 주인네 공동까지 구불구불 이어졌다. 라일라 메이는 잡목이 우거진 그 입구를 수없이 지나다녔고, 이따금 어머니나 아버지는 라일라 메이가 이해할 수 없는 농담을 던지고는 했다. 그래도 한두 개는 알아들을 수 있었다. 방앗간 주인의 공동이 없었으면 유색인종 동네 사람 절반은 숨 쉬며 걸어 다니지 않았을 것이고, 약혼한 연인이 방앗간 주인의 공동에서 시간을 보낸 뒤에 압력에 못 이겨 결혼식을 올리는 사례가 적어도 한두 달에 한 번은 있었다. 공동으로 가는 길이 하나 더 있는데, 아이들이 들어가 노는 숲을 통과하는 길이다. 이 빈터를 채우는 햇빛이 나무 사이로 보일 때면, 아이들은 멈추고 숲으로 돌아갔다. 못 들어가게 하지 않았는데도 아이들은 자기들이 갈 장소가 아님을 알았다. 놀이하고 발부리가 걸리기에 좋은 장소였을 것이다. 채석장에서 쏟아지는 활기찬 바람을 타고 연이 치솟았을 것이다. 하지만 아이들은 이해했고 다른 장소를 찾아 놀았다.

숲을 통과했을 때 라일라 메이는 실망했다. 라일라 메이가 보기에 공동이 전혀 아니었고, 음침한 채석장 가장자리에서 끝나는 넓은 공터였다. 이런 금지된 모험을 떠난다는 흥분은 금세 사라졌다. 공동은 흥분되거나 무섭거나 따분하지조차 않았다. 그냥 나무가 안 자라고 햇볕에 갈색 풀이 말라버리는 장소일 뿐이었다.

"괜찮은 영화였어." 그레이디 주니어가 다시 말했다. 목도 다시 가다듬었다.

"그래, 맞아." 라일라 메이도 말했다. 그 말을 끝으로 두 사람은 잠시 말이 없었다. 라일라 메이는 그레이디 주니어의 숨결을 의식했고, 차에 있는 모든 것이, 모든 사소한 움직임이 새삼 소란스럽게 느껴졌다. 자동차 엔진은 식어가며 탁탁 초를 셌고, 곤충은 딸각거렸고, 밤에 깨어 있는 새는 비밀을 교환했다. 완만하게 휜 빨간 자동차 후드 너머로 채석장 반대편에 있는 흰 돌이 보였다. 달처럼 생겼다. 라일라 메이는 눈을 감았다 뜬 어느 순간에 지구를 떠났고 이제 그레이디 주니어와 함께 달에 있는데, 그래서 이렇게 춥다. 달은 추우므로. 그리고 고요하다.

그레이디는 떨리는 손을 라일라 메이의 어깨에 놓았는데, 그곳에 손을 놓자, 손을 놓을 곳이 생기자 떨림이 멈췄다. 라일라 메이는 그레이디를 쳐다봐야 할 것 같았고 그렇게 했다. 그레이디는 입술을 처음에는 라일라 메이의 코에, 그다음에는 볼에 부딪쳤고, 그다음에서야 만회하고 라일라 메이의 입술에 댔다. 그레이디의 입술은 건조하고 거칠었다. 입술이 제자리를 찾은 다음에는 움직이지 않았고, 두 사람은, 라일라 메이와 그레이디 주니어는, 그렇게 입술이 닿은 채로 한동안 앉아 있었다. 그러더니 그레이디가 입술을 떼고 앞 유리로 밖을 노려보면서 운전대를 꽉 쥐었다. 라일라 메이는 공구 상자 주변에 발을 다시 제대로 놨다.

그레이디가 말했다. "지금 11시쯤 됐을 거야."

라일라 메이도 말했다. "그럴 거야."

소형 트럭이 라일라 메이의 집 앞에 섰을 때, 두 사람은 집을 살펴봤다. 라일라 메이의 아버지가 현관 창문에 달린 커튼을 뒤로 젖히고 손을 흔드는 것이 보였다.

그레이디가 말했다. "미안해. 널 화나게 하려는 건 아니었어."

"들어갈게." 라일라 메이는 대답하고 나서 밤새 자신한테 욕을 퍼부었는데, 다시는 그레이디와 영화를 보러 갈 수 없을 것임을 깨달았기 때문이다. 라일라 메이는 전혀 화나지 않았지만, 그 사실을 말하지 않았다. 그레이디는 라일라 메이가 그 뒤로 내내 어떠했는지 알아야 했다. 라일라 메이는 전혀 화나지 않았고 그레이디가 더 입을 맞춰주기를 바랐다. 하지만 그 사실을 말하지 않았다.

* * *

라일라 메이는 재킷을 벗고 넥타이와 셔츠 맨 윗단추를 풀었다. 나체즈는 시간을 구체적으로 말하지 않았다. 서서히 자정이 돼간다. 라일라 메이는 머릿속으로 엘리베이터를 분해한 다음 분해하기 전과

후에 엘리베이터의 질량에 차이가 존재한다고 상상한다. 이 질량 차이는 엘리베이터를 다시 조립하면 원래대로 돌아올 것이다. 풀턴이 이런 내용을 쓰지는 않았지만, 라일라 메이는《이론 엘리베이터학》 2권에서 이 점을 추론했다. 라일라 메이는 직관주의자지만, 풀턴이 남긴 연구에 새로 추가하는 내용 중 바다 건너에서 온 것, 라일라 메이가 있는 곳 아래층 방에서 직관주의를 추종하는 실무자들이 논의하는 것은 그리 좋아하지 않는다. 이 사람들은 그럭저럭 나아가고, 때로는 학술지가 전부 무의미하지도 않지만, 라일라 메이는 직접 추론하기를 선호한다. 라일라 메이가 생각하기에 자기가 창안한 내용은 풀턴이 남긴 말의 영적인 측면을 충실히 따르지만, 이 운동을 벌이는 나머지 사람들은 더 난해하고 출처가 불분명한 문헌을 보며 혼란스러워한다. 예측하지 못한 질량 감소. 수수께끼.

　나체즈는 들어올 때, 초콜릿케이크 한 조각을 앞에 들고 살금살금 문을 통과한다. "그레이블리 부인이 구운 케이크를 좋아하실 것 같아서요." 나체즈가 말한다. 여전히 고용인 복장인데, 딱 맞는 흰색 사다리꼴이 몸통을 감싼다. 라일라 메이 옆으로 가 침대에 앉는다. "만찬 때 대성공을 거뒀거든요. 왓슨 양은 없었지만요." 나체즈가 덧붙인다.

　"배가 안 고팠어요." 라일라 메이가 포크를 들고 말한다.

　"생각이 많으신가요?" 나체즈가 묻는다.

　"그렇다고 할 수 있죠."

　"제가 여기 올라와도 괜찮으시죠?"

　"네. 좋죠." 이미 절반이 사라졌다. 케이크 말이다.

　나체즈는 대강 훑어보며 문을 닫았는지 다시 확인하고 말한다. "아래에서 리드 씨가 당신 집에 관해 뭐라고 말했는지는 모르지만, 그 사람이 말한 것과는 달라요."

라일라 메이는 접시를 침대 옆 탁자에 내려놓는다. "무슨 소리예요?"

나체즈는 숨을 깊이 들이쉰 다음 다시 문을 쳐다본다. 여전히 닫힌 채라고, 라일라 메이는 생각한다. 나체즈가 말한다. "어제 당신이 스벤과 돌아오지 않자 리드 씨는 격분했어요. 미친 듯이 화를 냈는데, 그 작은 백인 남자한테 그런 면이 있을 줄은 생각도 못 했지만, 그런 면이 있었고, 레버 씨와 스벤한테 고함을 치면서 온갖 말을 다 했죠. 스벤이 당신을 기다려야 했다고 말했어요. 그러다가 당신이 캔커라는 사람과 거래를 한 게 틀림없으며 자기를 배신했다고 하더군요. 저는 밖에 복도에 있었어요. 그리고 나서 전화를 걸더니 몇몇 남자들한테 가서 그것을 찾으라고 하더군요. 당신 주소를 넘겨줬어요."

라일라 메이의 배 속에서 케이크가 뭉쳤다. "리드 씨가 그런 말을 했어요?"

"제 판단으로는 블랙박스에 관한 이야기였어요." 나체즈가 말한다. 똑바로 앉았다. "리드 씨가 '그것'이라고 할 때 말이에요."

전부 틀렸다. "당신은 블랙박스에 관해서 뭘 알죠?" 라일라 메이가 강하게 묻는다.

나체즈가 미소를 지으며 말한다. "많이 알죠. 제 삼촌이 풀턴이었으니까요."

* * *

　소년은 이렇지 않은 장소를, 진창이 없고 길이 포장된 곳을, 추위를 막지 못하는 나무 벽이 아니라 고대 신이 깨어나듯 건물이 땅에서 분화한 곳을 꿈꾼다. 소년이 꿈꾸는 곳에서 밤은 넘쳐나지도 무섭지도 않으면서 소년을 아주 작게 만드는데, 건물이 무척 높아서 밤도 별도 없고 어둠뿐이기 때문이다. 소년은 사람들이 자기를 볼 수 있는 탁 트인 곳으로 나갈 일도 전혀 없는데, 사람들이 벌집처럼 층층이 쌓인 구멍에서 각자 문을 잠그기 때문이다. 사람들은 말하지 않는다. 아무도 다른 사람이 뭘 하는지 모른다. 아무도 당신이 어디서 왔는지 모른다.

　이 세계 너머에는 다른 세계가 있다.

　소년은 여자가 깊이 고통스러울 만큼 자기를 사랑한다는 것을 안다. 여자는 소년의 어머니다. 하지만 소년은 눈 주변을 제외하면 어머니를 닮지 않았다. 눈을 얼굴에서 숨기려 했다. 어머니와 아들 모두가. 시내로 걸어갈 때면, 어머니는 소년을 뒤에 바짝 붙어 걷게 하면서 등 뒤로 꼭 붙잡았는데, 마치 백인들의 눈에서 소년을 숨기려는 것 같았다. 백인들이 소년을 보면 빼앗아 가리라 생각하는 것처럼. 소년이 더 나이를 먹고 키가 큰 지금은 덜하지만, 소년이 보기에는 예전부터도 그럴 필요가 없어 보였다. 백인은 대낮의 시내 한가운데에서조차 유색인종을 안 본다. 소년이 햇빛 아래에 오래 있지 않았을 때는 흰 사람만큼이나 피부색이 옅은데, 아마 그래서 어머니가 겁을 냈던 것 같지만, 할 수 있는 한 양지에 머물렀기 때문에 평소에는 살이 옅은 호두색이었다. 태양은 결코 소년의 피부를 어머니나 누나만큼 검

게 만들지 않았다. 햇빛이 약하고 잘 들지 않는 겨울에 그러듯 태양을
벗어나서 지내면 피부에서 어두운 기운이 잠든다.

화가 나면 서로의 아버지가 다르다는 이야기를 다시 꺼내 소년을
상처 입히려고 하지만 그래도 소년은 누나가 자기를 좋아하는 것을
안다. 소년은 그 이야기에 상처받지 않았는데, 아버지를 만나본 적
이 없어 없는 편이 좋았기 때문이다. 아버지가 없으면 아버지에 관해
서 무언가를 느낄 이유도 없다. 집에 먹을 것이 없을 때처럼, 있는 것
으로 때우는 것이다. 있는 대로 때운다. 게다가 누나의 아버지는 가끔
나타나고, 와서도 잘 지내는 법이 없다.

소년은 언제나 숲이 몹시 두려웠다. 숲은 바깥에서 집을 둘러싸고
집을 향해 진군한다. 소년만이 나무와 가시덤불이 집으로 진군한다는
것을, 자기를 잡으러 온다는 것을 안다. 달이 소년에게 알려준다. 달
빛이 나뭇가지가 움직이는 것을 알아채고 소년의 방 벽에 투영해주
면, 소년은 그림자가 흔들리며 위협하는 모습을 지켜본다. 어머니, 누
나와 함께 지낸 시간이 짧다고 소년이 말할 수 있기 전부터 달은 경고
했다. 이곳을 떠나지 않으면 소년한테 무언가 나쁜 일이 일어날 것이
라고. 소년은 여기에 속하지 않으며 숲은 소년을 쫓아낸다. 숲은 다른
사람의 혀가 하지 않을 말을 한다.

누나는 어머니가 괴로워하며 집에 왔던 밤에 소년이 올 것을 알았
다고 말한다. 그날 밤 어머니가 뒤로 말없이 우는 것을 보며 무언가
새로운 것이 집에 찾아오리라는 것을 알았고, 그것이 소년으로 드러
났다고 말한다. 어머니는 시내에 일하러 가지 않았고, 이웃들이 음식
을 가져다줬고, 어머니가 소리치거나, 울면서 침대를 벗어나지 않으

려 할 때는 누나를 며칠 밤씩 자기네 집에서 돌봐줬다. 그러다 소년이 왔고 어머니는 소년을 보자마자 회복했고 다시 시내에 일하러 가기 시작했다. 다른 사람 밑에서 일하러. 누나는 소년보다 많이 큰 것도 아니면서 소년이 더러워지면 씻겨줬다.

어떤 유색인종 아기는 갓난아기일 때 살색이 밝기도 하지만, 소년은 나이를 먹으면서도 색이 진해지지 않았다. 머리카락은 태어났을 때는 몹시 곱슬곱슬했지만 나이가 들면서 덜 곱슬곱슬해졌다. 누나는 소년의 머리카락이 흰 사람들 같다고 놀렸는데, 한번은 누나가 그렇게 말하는 것을 어머니가 듣고 다시는 그러지 말라고 고함쳤다. 그러자 누나도 놀리기를 멈췄다. 그날 밤 잠자리에 들 때 누나는 미안하다고 했다. 기도 시간에 그런 말을 해서 죄송하다고 하느님한테도 말했다. 소년은 누나를 용서했는데, 어머니가 화를 내기 전까지 놀림받았다고 느끼지 않았기 때문이다. 누나는 진실을 말했다.

소년이 훔친 몇 권의 책에는 도면이 들어 있다. 단어를 전부 이해할 수가 없어서 알 수 없는 단어 주변에 있는 단어를 이용해서 그 의미를 지어낸다. 나중에 자기가 생각한 정의가 맞았음을 확인한다. 도면을 이해하는 데는 어려웠던 적이 없었다. 도면은 의미한다. 상승을.

어머니는 소년이 혼자 시내에 가는 것을 좋아하지 않지만, 모든 길은 시내로 통한다. 그래서다. 유색인종은 소년이 누구인지 알고 다른 더 중요한 사람과 헷갈리지 않는다. 하루는 소년이 시내에 있는 가게에 가서 1센트짜리 사탕을 손에 든다. 가게에서는 전에 본 적이 없는 나이 든 유색인종 남자가 오렌지 두 개를 들었다. 남자는 소년 앞에 줄을 섰고 소년은 기꺼이 기다린다. 그런데 기묘한 일이 벌어진다. 나이 든 유색인종 남자가 옆으로 비켜서 소년이 사탕을 사게 해준다. 소년은 이 남자가 다른 것을 가지고 오려고 자리를 뜬다고 생각하지만, 소년이 사탕값을 치른 뒤에도 남자가 오렌지에 추가한 것은 없다. 남자는 소년 뒤에서 기다린다. 무슨 일이 벌어진 것인지 소년이 이해하기까지는 오랜 시간이 걸린다. 그 달콤한 사탕을 다 먹고도 한참 뒤다. 깨달은 내용은 불쾌하다.

* * *

"그 사람일 수도 있겠네요." 라일라 메이가 인정한다. 사진 속에는 유색인종 여자 두 명과 백인 남자 한 명이 비스듬히 쏟아지는 햇볕을 받으며 오래된 나무집 현관에 서 있다. 뒤틀린 현관 계단이 웃고 있다. 라일라 메이는 다시 생각한다. 남자는 아직 성인은 아닌데, 소년처럼 양손을 바지 주머니에 숨겼다. 검은 머리는 바가지 모양으로 잘랐는데, 눈 윗부분은 들쭉날쭉하고 다듬지 않았다. 다음 사진과 그다음 사진에서는 눈이 전혀 안 보인다. 갈색 중절모를 개인적인 상징으로 삼았고, 모자챙에서 베일처럼 드리운 그림자가 어머니한테 물려받은 눈을 가린다. 백인 남자들한테 둘러싸였는데, 다들 정장이 처음이라 팔목이 헐렁하면서 좀 짧고, 위엄이 조금 부족하지만, 그럴싸하다. 으쓱대는 패거리, 입 모양은 새로 습득한 은어로 가득 차 있다. 피어폰트 공과대학 동기들과 찍은 졸업사진이다. 남자는 가족사진(접고 다시 접은 자리가 주름을 따라 하얗게 벗겨졌다)에서는 가느다란 목으로 어머니의 팔을 가리고, 졸업사진에서는 학교 친구들과 어깨를 대고 나란히 선다. 양쪽에서 환영받는데, 불청객이 아니며, 동행한테 인정받는다. 하지만 학교 사진에서는 눈을 볼 수 없다.

"그 사람이네요." 라일라 메이가 말하며 나체즈가 가져온 종이 더미에서 다음 사진을 단단히 잡고 빼낸다. 어수선한 벽과 압정, 요식적인 부속품이 가득하기 전의 구덩이다. 남자는 동료 전사들, 엘리베이터 점검원 부서의 첫 번째 투사들, 이 새로운 수직 도시가 걸음마를 하다 엉덩방아를 찧지 않도록 구해줄 사람들과 서 있다. 전부 안전 머리 모양을 했지만, 남자가 자기 머리를 얼마나 좋아하는지는 분명하지 않으며, 중절모가 눈을 가린다. 지금은 캔커와 지역 주민을, 가장 좋은 옷을 입은 돼지 가족을 캔커가 몰고 가는 모습을 세심하게 조직한 일상 사진에 담고 장식용 줄에 매달아 벽을 꾸몄지만, 남자가 협회장을 맡았던 때는 그렇지 않았다. 사진 속 벽에는 아무것도 없다. 이전에 생명이 존재했던 다른 흔적은 없다. 남자는 카메라가 아니라 넓은 참나무 책상에 쌓인 보고서로 시선을 향하는데, 근심에 차 보인다. 남자가 수직 수송 전문대학교 학장에 올랐음을 발표하면서 동문회지가 실은 얼굴 사진은 교과서 여백에 자주 출몰하는 책 커버에서 라일라 메이도 수없이 봤다. 남자는 이제 시선을 내려 카메라를 빤히 쳐다보는데, 자긍심이 있든, 용감하든, 공허하든, 그 검은 눈은 구덩이 같은 카메라 렌즈에 대적하는 구덩이다. 남자는 이제 그 기계에 결투를 신청하고, 더는 숨지 않는다. 더 뛰어난 자가 진실에 도달한다. 얼굴이 지나치게 성숙하여 축 늘어진 중년이 됐지만, 첫 번째 사진과 똑같은 남자다.

"어째서?" 라일라 메이가 묻는다. "대답 안 해도 돼요."

나체즈는 무릎에 쌓아둔 종이 더미로 어머니가 남긴 사진들을 끼워 넣는다. "삼촌이 어머니한테 편지를 보냈어요. 이것들이요." 기록물을 톡톡 두드린다. "신문에서 언급되거나 새 일자리를 얻게 되면요. 보다시피 어머니는 전부 보관했어요. 어머니가 돌아가셨을 때 제가 커다란 상자에서 다 발견했죠. 여기 있는 끈에 둘러싸여 있었어요."

나체즈는 입술을 오므린다. 라일라 메이는 편지 봉투를 본다. 당시에도 부서에서는 그 연미색 편지 봉투와 질 나쁜 접착제를 사용했다. 지금 사무실에 있는 것도 아마 그 조잡한 묶음에서 나왔을 것이다. 나체즈가 말을 잇는다. "어머니는 삼촌한테서 우편으로 무언가를 받으면, 며칠 동안 펄펄 화를 냈고, 저는 얌전히 걷는 법을 배웠는데, 어머니가 평소라면 목소리를 높이지 않을 만한 사소한 일에도 매를 들 것이기 때문이었죠. 어머니는 동생이 열여섯 살 때 집을 나간 뒤로 한 번도 못 봤다고 했어요."

라일라 메이는 그 남자와 나체즈의 어머니와 할머니가 담긴 사진을 꽉 쥔다. "지금까지 줄곧." 라일라 메이가 중얼거린다. 이 두 여자한테서 등을 돌리고자. "아버지는 누구였죠?" 라일라 메이가 묻는다.

"어머니와 삼촌의 아버지가 다른 것은 예전부터 알았지만, 삼촌의 아버지가 백인인 것은 몰랐어요. 어머니는 그 이야기를 한 적이 한 번도 없었죠. 하지만 사실이 그렇네요." 나체즈는 말꼬리를 늘이다가 대답한다. "나체즈에 사는 누군가예요. 나체즈에 사는 어떤 백인이요. 앨리스 할머니는 그 사람네 집을 청소하셨죠."

아래층에서 누군가가 움직이는 소리가 들려 두 사람은 말을 멈춘다. 기다린다. 라일라 메이는 옆에 앉은 남자가 아니라 문을 빤히 쳐

194

다본다. 하지만 남자가 자신을 쳐다보는 것은 느낄 수 있다. 이 저택에 있는 다른 방까지 소리가 멀어지는 데는 오랜 시간이 걸린다.

나체즈가 속삭이며 다시 이야기한다. "어머니는 지난여름에 돌아가셨어요. 그때 제 삼촌이 누구인지 알았죠."

라일라 메이는 다시 나체즈를 쳐다본다. "그러면 여기서 일하는 사람은요? 다리에 감각이 없는 당신 삼촌은요?"

입이 벌어지며 활짝 웃는다. "돈을 주고 며칠만 사라져달라고 했죠. 이곳에 잠입하고 싶었거든요."

"당신은 블랙박스를 원하네요."

"제가 타고난 권리니까요. 저한테 조카로서 소유권을 주장할 권리가 있다는 것이 제 생각이에요. 제가 유일하게 살아 있는 친척이니까요. 제가 본 바에 따르면, 삼촌은 이 엘리베이터 업계 사람들 사이에서 거물이더군요. 위대한 제임스 풀턴. 지난 며칠간 리드 씨와 그 패거리가 벌인 온갖 짓거리와 당신을 거기에 사는 여자와 이야기해보라고 보낸 일. 저 사람들은 삼촌이 만든 그 기계를 원하죠. 그건 제가 타고난 권리예요."

"그러면 됐네요." 라일라 메이가 결정한다. 사실이며 더는 헛소문이 아니다. 박스는 세상에 나와 있다. "그것에 관해 어떻게 들었죠?"

나체즈가 대답한다. "삼촌이 어머니한테 보낸 마지막 편지에 쓰여 있어요. 어머니가 남긴 다른 물건들과 함께 우리 집으로 가져왔죠. 삼촌은 완전히 미친 것처럼 이것저것 늘어놓다가 완벽한 엘리베이터를 생각해냈다고 하더군요. 그걸 보면 모두가 놀랄 거라고요. 하지만 삼촌은 1년 전에 돌아가셨는데, 아직 안 나왔죠? 사용하는 사람이 없으니 누군가가 가지고 있는 게 분명해요." 나체즈는 방 주변으로 모호하게 손짓한다. "그 사람들이 어떤지 보고 싶어서 여기에 왔죠. 여기 온 첫날 당신을 발견하고요."

나체즈의 목소리가 잦아든다. 풀턴이 유색인종이었을 줄 누가 알까. 로저스 부인. 풀턴이 로저스 부인한테는 말했을까? 세간에서 넌지시 말하는 대로 로저스 부인은 풀턴의 정부였을까? 우리가 주변에 없을 때 그자들은 유색인종에 관해 뭐라고 말할까? 그자들이 하얗게 행동할 때 풀턴은 무엇을 했을까? '유색인종 문제'와 그 원시적인 인종이 흰색 문명사회에 순응하도록, 새까만 아프리카를 벗어나도록 돕는 것이 왜 자기네 의무인지에 관해 말할 때 말이다. 아니면 침묵을 지키며 그 어두운 농담에 공손하게 미소를 지었나. 자기 의견을 몇 가지 말했나. 나체즈가 말한다. "조심해요. 제 친척이에요." 라일라 메이가 손에 든 사진을 구기면서 이미 접힌 자국에 기하학적이지 않은 자국을 새로 추가한 뒤다.

"제가 당신을 믿어도 됩니까?" 나체즈가 침대에서 옆에 앉아 라일라 메이에게 묻는데, 무척 가깝다.

"뭘 하려고요?"

"그자들은 늘 우리한테서 빼앗아 가죠. 삼촌이 유색인종이었다는 것을 그자들이 아는지는 모르지만, 안다고 해도 당신한테 진실을 말해주지는 않을 거라는 걸 당신도 알 거예요. 그 사실을 절대 인정하지 않을 거라고요. 아래층에 있는 사람들은 흑인을 숭배한다고 절대로 말하지 않을걸요. 그 값비싼 양탄자 여기저기에 토사물을 쏟고 말겠죠. 그 말을 하느니 죽어버릴 거예요." 라일라 메이는 나체즈의 무

196

릎에 쌓인 사진을 내려다본다. 라일라 메이와 마찬가지로 풀턴도 하얀 구역에 침입한 첩자였다. 하지만 두 사람은 다르다. 라일라 메이는 색이 있다. 나체즈가 말한다. "그자들이 삼촌이 만든 발명품에 관해 말하는 걸 들으면, 항상 그것이 미래라고 해요. 우리 도시의 미래라고 말이죠. 하지만 그자들이 아니라 우리의 미래예요. 우리 것이라고요. 우리는 그걸 되찾아와야 해요. 삼촌이 만든 것은, 그 엘리베이터는 유색인종이 만든 것이에요. 우리 거죠. 저는 우리가 하찮은 사람이 아니라는 걸 보여줄 거예요. 아래층에 있는 사람과 나머지 사람한테 우리가 살아 있음을 보여줄 겁니다."

나체즈가 떠난 뒤, 라일라 메이는 잠을 이루지 못한다. 나체즈가 손을 잡아오며 말했을 때 어떤 느낌이었는지를 기억하기 때문이다. "그렇게 하려면 당신이 필요합니다."

당신이 필요합니다.

2부
상승

1장

    화려함을 추구하는 사람은 보통 빨간색과 금색을, 왕족을 표현하는 색상이라는 사고방식에 오랫동안 젖은 색조를 선택한다. 오늘날 이런 도시에는 왕이 없다. 굴착기뿐이다. 2층 길이인 빨간 휘장이 조립 설비용 핀에 걸려서 바닥부터 천장까지 이어지는데, 허리께는 금색 띠를 두르고 발에는 금색 솔을 신었다. 빨간 식탁보 가장자리로는 금색 장식이 터벅터벅 걸어가고, 같은 계획이 남자들의 가랑이에 코를 비비는 냅킨에서도 소규모로 반복된다. 남자들의 발아래에 깔린 짙은 빨간색 카펫에서는 금색 생물이, 전혀 알아볼 수 없는 신화 체계에서 온 난민이 용암 웅덩이에서 온몸을 비튼다. 빨간색과 금색, 지옥에 떨어지는 형벌과 탐욕. 금색 트럼펫과 색소폰, 악기를 세게 부느라 빨개진 연주자의 볼과 코. 누군가가 길을 잃어버릴 때를 대비해서, 누군가가 윈스럽 호텔 3번 연회실에서 진행 중인 이 화려한 행사가 무엇인지 궁금해할 때를 대비해서, 연회실 바로 안쪽에 걸린 초라한 플래카드가 알려준다. **케이블카 희극제.** 빨간 바탕에 금색 글씨다. 호텔 칵테일 바로 가던 운 나쁜 여행자는 적절하게 경고를 받았다.

릭 레이먼드와 문-레이스는 흰색 예복을 맵시 있게 차려입고서, 박자는 경쾌해도 가사는 슬프기 그지없는 짧은 곡을 할부로 산 악기에서 뽑아낸다. 릭 레이먼드는 엘리베이터 점검원들이 춤을 추지 않는 것을 눈치챈다. 학습된 무기력에서 얻은 아무런 맛이 없는 과실처럼 이 집단에서 엄격하게 지키는 규칙 때문은 아니다. 발을 어디에 둘지 모르고, 말 못 할 마음의 상처가 미성숙한 당혹스러움에 아직도 짓무르기 쉽기에 단체로 춤추지 않는다. 애석한 일인데, 그런 불행한 질병을 앓아도 음악은 좋아하기 때문이다. 이 음악은 더는 라디오에서 들을 수 없다. 새로운 음률에 밀려나 불안정한 주파수로 쫓겨났다. 그렇게 사라진다. 하지만 릭 레이먼드와 문-레이스는 노련하다. 이것보다 훨씬 나쁜 분위기에서도 공연을 해냈다. 최근 경험한 일례를 들자면 모턴스위그 결혼식에서 펼쳐졌던 살풍경이 있다. 관객이 이렇게 앉아만 있으면서 종업원을 불러 세워 음식을 다시 채우는 데 몰두하면, 악단은 짜증 나는 요청이 들어올까 걱정하지 않아도 된다. 앞으로 공연할 연극에 필요한 음악은 복잡하지 않으며, 이 축제 행사는 형식이 느슨하다. 술 취한 관객을 앞에 둔 소란스러운 것 없는 밤이다. 릭 레이먼드는 만족스러운데, 자기네 악단은 엉성하기로 악명이 높기 때문이다.

릭 레이먼드는 예복 셔츠에 달린 파란색 주름 장식을 밀어낸다. 턱이 간지러워서다. 메리 루라는 여자와 파랗기 그지없는 그 눈동자에 관해 노래한다. 릭이 어떤 유명한 가수이자 여자들 사이에서 인기를 끄는 배우와 기묘하게 닮은 덕에 이 밴드도 공연을 많이 한다. 릭은 그 가수가 하는 유명한 동작을 따라 하는 데 거리낌이 없으며, 지금도 마이크대를 쓰러지는 아가씨라도 되는 양 살며시 안고서 보이지 않는 금발을 쓰다듬는다. 당신은 눈이 참 파랗군요, 릭이 작게 노래한다.

릭 레이먼드는 서투른 배우지만, 이 돼지들을 보자. 이 축제는 거품이 모자란 샴페인이다. 이 남자들은 접시 위로 코를 들고, 피에 뼈가 떠다니는 것처럼 생긴 새우 칵테일을 슬슬 민다. 남자들이 입은 예복은 전부 똑같이 깃이 넓으며, 주머니 안에 있는 상표를 자세히 보면 전부 어떤 지프 형제가 만들었으며 **친구를 한 명 데려오면 10퍼센트 할인을 받을 수 있음**을 증명할 것이다. 새우 칵테일은 작은 핫도그와 덜 자란 에그롤(이 간식들은 은색 쟁반에 앉아서 조그만 갈색 기름 웅덩이에 뒹굴며 양수를 뚝뚝 떨어뜨린다)로 구성된 기름진 부대를 뒤따라온 보충 병력이다. 이들 전채 요리는 갑자기 쏟아지는 공짜 위스키에 톡 쏘여 실망한 남자들의 위를 달래준다. 먼저 술, 그다음은 전채 요리와 술, 그다음은 희극과 술, 그리고 저녁 식사와 술, 남자들이 벌이는 대축제일에도, 이 가장 위엄 있는 축제인 제15회 연례 케이블카 희극제에서도 어김이 없다. 수직 차량을 다루는 이들 무당들한테는 한 해 중 가장 중요한 밤이다.

릭 레이먼드가 페기 수와 그 진실한 사랑에 관해 노래한다. 손가락은 마지막 남은 잔여물을 찾아 칵테일 소스를 파헤치고, 혀는 손가락을 핥는다. 그리고 이제 시가 차례다! 오늘 이른 아침에 엘리베이터 점검원들은 경쾌한 발걸음으로 착실하게 줄지어 구덩이에 들어가 산

만한 자기 책상(경범죄를 저지른 엘리베이터 주소, 철제 밧줄을 단 도주자에 대한 전국 지명수배령이 흩어져 있다)을 마주했다. 그 어지럽게 흩어진 종이에서 시가 다섯 대를, 배포가 큰 남자 캔커가 지금 이 시각에 이 방에서 피우라고 한 사람당 다섯 대씩 지급한 시가를 발견했다. 홀트가 재임 당시에 이 시가 의식을 시작했지만, 이제 아무도 그 사실을 기억하지 못한다. 캔커는 고작 시가 네 대가 아니라 다섯 대를 선물함으로써 전임자가 보여준 너그러움을 강탈했다. 이 엘리베이터 점검원들이 게걸스레 집어삼키는 동굴에서 회청색 램프의 요정들이 탈출하여 천장 근처에서 친분을 다진다. 어떤 환기장치도 없는 곳에서, 이 북부 대륙의 공기 역학에 관해 정보를 교환하며 의논한다.

엘리베이터 점검원들은 둥근 탁자 가장자리에 앉아 시가를 피우면서 동료 중 누가 오늘 저녁에 공연할지에 대해 틀린 정보를 교환하는데, 오늘 밤이, 엘리베이터 점검원 부서의 42주년 기념일이 중요하다는 것에 관해서는 아무도 언급할 필요가 없다. 은퇴한 점검원은 민간 부문에서 차지한 한직을 자랑하고, 현장을 돌아다니는 점검원은 선배한테 요즘 거리에서 풍기는 분위기를 새롭게 알려준다. 부정행위, 수상쩍은 비밀, 업적, 뇌물 이야기 등을 공유하면서 이따금 조사팀이 앉은 탁자를 몰래 흘끔대는데, 전략적으로 연회장 뒤에 배치한 그 탁자는 반밖에 안 찼다. 조사위원회 사람들은 먼 옛날에 연대했던 흔적이 남아서, 예의를 차리고자 오늘 밤 여기에 초대했을 뿐이다. 환영받지는 못하며 자기들도 안다. 대다수는 공짜 음식과 술과 연회장 구석 칵테일 바에 있는 매춘부 때문에 온다. 그럴싸한 말을 하면서 뒤꿈치가 닳은 가죽 신발을 빈 옆자리에 비스듬히 올리고, 부엌문과 가깝다는 이점을 온전히 누리면서 새 전채 요리 접시가 도착할 때마다 공습을 벌인다. 한 남자만, 부스럼이 난 괴짜로, 의도가 있고, 술을 안 마시며, 몇 시간 전에 퇴근 카드를 찍었는데도 사건을 조사하기에 여념이 없는 한 사람만 제외하면 말이다.

예쁜 아가씨, 그대는 나를 미치게 해요, 릭 레이먼드가 인정한다.

아내는 집에 남겨뒀는데, 이 남자들한테 아내가 남아 있다면 그렇다는 말이다. 엘리베이터 점검은 결혼 생활에, 가족한테 어려움을 준다. 이따금 한 번씩, 밤이 깊어갈수록 훨씬 자주, 한 점검원은 담배를 파는 아가씨 하나를 어설프게 붙잡으려고 시도하는데, 이 아가씨들은 단체로 금발에 젊고 창조주로부터 보기 드문 가슴이나 다리를 받았지만, 결코 둘 다 가지지는 못했다. 찰싹 때리는 손바닥에 꺅 소리치고 미소를 짓는다. 헛손질이 나올 때마다 탁자에 앉은 나머지 점검원들이 입을 모아 쾌활하게 껄껄 웃는다. 그 남자도 동료들과 함께 웃으며 실패를 떨치려 하지만 속은 부글부글 끓는다. 엉덩이와 가슴이 이렇게 근소하게 탈출하는 것을 웃어넘기지 못하기 때문이다. 실제로 욕구가 인다. 예정대로 각본이 풀린다. 아가씨가 든 담배 쟁반이, 초콜릿과 박하사탕과 담배가, 남자의 삶이 남긴 굴욕적인 잔해가 두 사람을 갈라놓는데, 의도적인 분열이다. 남자의 툭 튀어나온 배를, 뒤로 후퇴하는 머리카락을, 발음이 불분명한 말을 너그럽게 봐주라고 이 아가씨를 설득할 수 있을까? 이 젊은 아가씨는, 이 너그럽고 젊고 근시안적인 아가씨는 담배 쟁반을 내려놓는다. 남자가 속삭인다. 아가씨가 조용히 동의하는데, 그 눈에 모든 것이 있다. 남자의 욕구를 알고서 크게 뜬 그 눈에. 너그럽다. 연회장 밖에 있는 안내처에서 직원이 윙크하며 남자들끼리 쓰는 암호를 보낸다. 손에 든 방 열쇠는 빨간색과 금색이다.

라일라 메이는 동료들이 앉은 탁자에서 빈 접시를 집어 든다. 아무도 알아보지 못한다.

때가 왔다. 릭 레이먼드가 마이크를 톡톡 두드리자 남자들이 소문을 떠들기를 멈추고 갈채를 보낸다. 여러 기름진 입술에서 휘파람이 나오는데, 군중 속에서만 들을 수 있는 소리다. 릭 레이먼드가 마이크에 대고 말한다. "케이블카 희극제에 오신 것을 환영합니다, 점검원 여러분!" 함성에 묻혀 말을 알아듣기 힘들다. "진정하세요, 여러분. 즐거운 일이 곧 시작됩니다. 오늘 밤 좋은 시간 보내고 계신가요?" 함성이 더 크게 터지고 유리잔 한두 개가 산산이 조각난다. "자, 모자를 꽉 붙잡으시길 부탁드리는데, 이 개막 공연을 보면 여러분은 지금보다 더 기분이 **상승할** 것이 확실하기 때문이죠!" 작은북은 이 말장난을 열심히 부추긴다. "제가 소개해드릴 분은, 2주에 걸친 호주 순회공연을 매진시키고 막 돌아온 위대한 루이지입니다!"

참석자들은 놀람과 감사를 담아 환호하고, 무대 근처 탁자에 있을 캔커를 찾아 머리가 돌아간다. 어쨌든 캔커가 한 일이며, 아무도 그 점을 의심하지 않는다. 위대한 루이지가 노래를 시작하는데, 무슨 오페라인지 뭔지에 나오는 노래라지만, 어쨌거나 사람들은 가사를 이해하지 못한다. 이 남자가 등장했다는 점이, 캔커가 선거 일주일 전에 보내는 신호가 노래보다 중요하다. 이 유명한 테너는 세계적으로 돌풍을 일으킨다. 국가의 수장, 외교관, 광물자원이 넘치는 작은 나라의 독재자 앞에서 노래했고, 여기 엘리베이터 점검원 부서 연말 축제에

와 있다. 조니 셔시가 캔커한테 보낸 선물이다. 그 조직폭력배는 잡다하게 벌이는 사업을 연방수사국에서 점점 더 주시하는 마당이어서 오늘 밤 여기에 올 수는 없지만, 지하 왕국에서 특사를 보내 자기는 물론 더 나아가 캔커가 지닌 영향력은 보여줄 수 있다. 이 자리에 있는 여러 사람이 그 폭력배가 위대한 루이지(드레스를 입었나?)를 어떻게 속였는지 알아내려 하다가 그만둔다. 조니 셔시가 하는 일은 생각해봐야 소용이 없다. 캔커는 대충 살펴봐도 이 노래를 첫음절조차 들은 적이 없는 것이 뻔했지만 소리 없이 과장된 입 모양으로 테너와 말을 주고받는다. 등장이 전부다. 위대한 루이지가 먼지 낀 샹들리에를 향해 머리를 든다. 이곳은 대극장이 아니다. 루이지는 주방에서 떨어진 비품실에서, 콩 통조림 더미 옆에서 노래를 준비해야 했다. 하얀 예복에 달린 긴 꼬리가 열정 없이 끌린다. 마지막 음이 희미해질 때, 캔커가 의자에서 벗어나 부대원들이 일어서서 손뼉을 치기를 북돋운다. 테너는 간단하게 고개를 끄덕이고 뒤꿈치를 부딪쳐 탁 소리를 낸 다음 그 막대기 같은 다리가 허락하는 한 빠르게 이곳을 벗어난다.

릭 레이먼드가 서둘러 공백을 채운다. "주눅이 드는군요. 대단한 재능이지 않습니까, 여러분? 다음 공연은 그 뒤를 잇느라 고생하겠습니다. 누군가가 올라간다고 했나요? 왜냐하면 이 아가씨들이 여러분을 데리고 올라갈 것이라서요. 유나이티드 엘리베이터사의 안전 소녀들을 점검원들이 큰 소리로 맞이하는 소리를 들어봅시다." 이 남자들한테 박수를 부탁할 필요는 없는데, 탐욕스러운 기쁨에 젖어 두 손을 찰싹 부딪치는 것에 더해 경적 같은 소리를 내고 으르렁거리기까지 하기 때문이다. 안전 소녀들은 이번에 다섯 번째 출연하는데, 매번 저급한 충동이 승리를 거뒀다. 안전 소녀들이 이날 밤과 연례 엘리베이터 업계 공연 사이에 무엇을 하는지는 불분명하다. 어쩌면 발차기와 걸음, 매력적인 미소를 연습할지도 모른다. 이 볼거리에도 또 다른 의미가 있다. 캔커는 광고에서 유나이티드사를 지지한다. 아르보사나 아메리칸사와 함께 갈 수도 있었지만, 유나이티드사와 함께 왔고 그쪽에서는 고마워한다.

릭 레이먼드와 문-레이스는 몇 년 전 뮤지컬 영화에 나왔던 유명한 노래를 활발하게 연주하며 돕는다. 안전 소녀들 스무 명은 짧고 딱 달라붙는 주황색 복장을 하고서, 탄탄한 몸매와 음정을 벗어난 목소리를 선보인다. 가사를 바꿨다. '내가 원하는 것은 행운의 여신'이라는 익숙한 가사를 '내가 원하는 것은 당신을 일으키는 것'으로 바꿔서 엘리베이터 점검원한테 보상을 제공한다.

라일라 메이는 자기 회비가 이런 데 쓰이는구나, 생각한다.

남자는 여기로 오라는 쪽지를 남겼고, 라일라 메이는 그렇게 했다. 쪽지에는 이렇게 쓰여 있었다. **케이블카 희극제에서 봅시다. 당신이 놀랄 만한 것이 있어요. N.** 지금 그 쪽지는 신발에 숨겨져 있는데, 땀이 마르면서 살짝 덩어리졌다.

불안하고 목적 없는 생각에 빠져 화요일을 보낸 뒤, 오늘 아침에 문밑에서 쪽지를 발견했다. 직장도 아니고 집도 아니고, 아래층 응접실에서, 움푹 꺼진 커다란 가죽 의자에서 하루 중 대부분을 보냈다. 풀턴이 쓴 책을 다시 읽으면서, 그 마법서에 몰두했다. 이따금 그레이블리 부인이 간식을 권했고, 이따금 나체즈가 문에서 고개를 끄덕이거나 미소를 짓고는 할 일을 이어갔다. 리드 씨와 레버는 볼일을 보러

나갔지만, 나체즈는 여전히 공들여 완성한 비밀을 조사했다. 라일라 메이는 그 모습이 사랑스럽고, 소년 같다고 느꼈고, 지난밤에는 나체즈가 방문하기를 기다렸다. 나체즈는 오지 않았다. 라일라 메이는 오늘 아침에 문 밑에서 쪽지를 발견했다.

회관 응접실의 튼튼한 책꽂이에는 직관주의의 지식을 담은 문헌이 통째로 모아져 있다. 최근 저 멀리 루마니아에서 밀수한 소책자부터, 아직 수직 수송이라는 경이로움의 축복을 받지 못한 나라에서 직관주의자 협회가 작성한 희망찬 회의록까지 있었다. 전부 라일라 메이가 무릎에 둔 책에서,《이론 엘리베이터학》1권과 2권에서 흘러나왔는데, 지금은 무언가 의미가 다르다고 느껴졌다. 이 회관에 있는, 서명이 들어간 초판 표지에서 풀턴이 지닌 어둠이 속삭이며 지지자의 말을 물들이고, 재암시했다. 라일라 메이만 그 광경을, 그 그림자를 볼 수 있었다. 라일라 메이는 읽는 법을 배웠지만 누구한테도 말할 수 없었다. 풀턴이 유색인종이라는 사실을 이 학자들이 알았다면 그 도서관이 텅 비었을 것임을 알았다. 아무도 풀턴을 찬양하지 않았을 것이고, 그 저서는 아마 한 권도 출판되지 않거나, 다른 저자명을 달고서, 풀턴이 어리석게도 자기 이론을 공유해준 덕에 표절을 저지른 백인 남자 이름을 달고서 존재했을 것이다. 라일라 메이는 무릎에 둔 책을 읽었다. **수직적 세상에서 수평적 사고를 하는 것은 이 인종이 받은 저주다.** 풀턴이 싫었다. 라일라 메이는 잘못 인도됐다. 순수한 진실이라고 생각했던 것은 그저 혈통을 따르는 합의였던 것으로 드러났다. 따라서 더는 순수하지 않다. 혈통에는 합의하기 마련이고, 합의할 수밖에 없는데, 어떻게 그 문제를 새로운 시각으로 볼 수 있을까? 이 땅에서 혈통은 운명이고, 라일라 메이는 이전에 믿었던 대로 직관주의를 선택한 것이 아니었다. 직관주의가 라일라 메이를 선택했다.

라일라 메이는 저녁 시간에 긴 마호가니 식탁 상석에서 빈 의자들과 함께 혼자 식사했다. 나체즈는 얇게 깔린 갈색 수프, 그다음에는 분홍빛이 도는 양고기와 무엇인지 알 수 없는 노란색의 으깬 채소 같은 것을 차려줬다. 나체즈는 업무 범위를 벗어나는 말은 안 했고, 대신 두 사람은 의미심장하게 흘낏거리면서 의견을 교환했다. 나체즈가 첩자 놀이를 하듯이 행동한다고, 라일라 메이는 생각했다. 나체즈는 지난밤에 찾아오지 않았다. 케이블카 희극제에 오라는 쪽지를 문 아래로 미끄러뜨렸다.

라일라 메이는 본인답지 않게 계획이 없었다. 윈스럽 호텔에 달린 눈에 띄는 흰색 차양을 빤히 쳐다보고, 빨간색 코트를 차려입은 문지기가 검은색 모자챙을 손가락으로 민첩하게 건드리면서 들어오고 나가는 손님한테 환심을 사는 모습을 지켜봤다. 라일라 메이는 3일이나 무단결근을 한 다음이라 동료들한테 모습을 보일 수 없다. 건물은 미리 살펴봤다. 엄청난 고층은 아닌 40층이며 고루하고 신중한 현관 장식으로 미루어보건대 윈스럽 호텔은 연식이 30년가량이라고 추정했고, 엘리베이터는 믿음직한 아르보사 리걸스임을, 참나무과 황동 손잡이를 단 최신 모델임을 알아냈다. 엘리베이터 운전원은 반드시 한 손이 운전대에 있어야 한다. 건물 북쪽 골목길에서 직원용 출입구를 발견했다.

한 마른 남자가 여위고 뿌루퉁한 얼굴로 클립보드에서 시선을 들며 알렸다. "늦었네요." 기운차게 다가오더니 팔을 붙잡았다. 라일라 메이는 남자가 자기를 만지게 됐고, 복도를 따라 끌려가면서 전국에 있는 감옥과 학교에서 유명하며 소외감을 주는 회색 벽을 지나갔다. 모퉁이를 돌고 하나 더 돌면서 남자는 걸음을 재촉했는데, 라일라 메이가 생각하기에 이 딱딱한 구역을, 위태로운 리넨 천과 접시 더미를 무서워하는 것처럼 보였다. 이가 빠진 모서리로 예전에 칠했던 수많은 페인트 색과 세월이 드러난 검은 문 앞에서 멈췄다. 남자가 말했다. "여기서 근무복을 찾아봐요." 확실하게 평가한 다음에 덧붙인다. "당신한테 맞는 것도 있을 거예요." 라일라 메이가 문고리로 휙 손을 뻗었고 남자는 뒤꿈치를 축으로 하여 돌아섰다. 남자가 말했다. "알선 업체에 전해줬으면 하는데, 7시는 7시고 제대로 하지 않으면……." 남자는 빠른 걸음으로 멀어지면서 적절하게 위협할 말을 찾았다. "우리도 다른 데 일을 맡길 수밖에 없어요."

원스럽 호텔에는 정말로 라일라 메이한테 맞는 치수가 있었는데, 라일라 메이 대신 왔어야 하는 고용인이 이전에 시트를 걷고, 변기를 문질러 닦고, 시중들면서 사람들과 눈을 마주치길 피할 때 입었던 옷이다. 라일라 메이는 몇 달 만에 처음으로 원피스를 입었다. 발목 주변이 노출된 느낌이 들었고, 검은 원피스가 편하게 맞도록 어깨를 흔들면서 넥타이를 조정하려고 목을 만졌더니 대신 흰색 끈을 발견했다. 라일라 메이가 자기 옷을 걸어둔 곳에는 나머지 고용인이 걸어둔 코트와 활동복도 있었다. 그 옷들은 실용적일 뿐 아니라, 수없이 대야나 통에서 세탁한, 인내심 있게 문지른 거친 애정이 쌓였음을 드러냈다. 라일라 메이가 입고 온 재킷은 옷걸이에 걸려 평평한데도 여전히 라일라 메이의 체형을 간직하고 있는 것처럼 보였다. 그 온갖 예리한

각도 때문이다. 제대로 된 신발을 신지는 않았지만, 걱정하지 않았다. 라일라 메이가 생각하기에, 사람들은 라일라 메이가 신은 신발을 쳐다보지 않을 것이다. 사람들은 나를 전혀 보지 않을 것이다.

부엌 관리자가 탈의실에서 나오는 라일라 메이를 보고 "시작하세요"라는 짧은 말로 맞이하면서 작은 피자로 가득 찬 쟁반 쪽을 가리켰다. 라일라 메이가 처음으로 부엌 여닫이문을 열고 발을 끌며 연회실로 들어갔을 때, 중대한 시험대에 올랐다. 라일라 메이가 처음으로 참석하는 케이블카 희극제다. 라일라 메이는 오늘 밤이 자신을 제외한 모든 부서 사람을 위한 것임을 알았다. 머리카락을 뒤로 넘겨서 두피에 동그랗게 고정하려고 노력했지만, 돌이켜보면 불필요한 일이다. 사람들은 라일라 메이를 안 본다. 유색인종 고용인은 음식을 나르고 식탁을 치우고, 백인 종업원은 술을 다시 채운다. 사람들은 백인 종업원한테는 칵테일 바에서 하는 동작에 관해 묻지만, 유색인종 고용인한테는 전채 요리로 뭐가 나오는지를 빼면 아무것도 묻지 않는다. 음식 말고는 말이다. 색이 있는 피부와 고용인 복장을 본다. 라일라 메이가 점검원으로서 마주하는 건물 관리인은, 배지를 보여주고 나서야 라일라 메이를 본다. 구덩이에서도 라일라 메이는 매일 이런 남자들 옆에서 힘겹게 서류를 처리해나간다. 여기서도 사람들은 라일라 메이를 안 본다. 라일라 메이는 유색인종 고용인일 뿐이다.

나체즈는 놀라운 것이 있다고 했다. 그 놀라운 것은 어디에 있을까?

라일라 메이는 새 포크를 가지고 돌아와서 마틴 그루버가 새미 앤슨을 향해 방 맞은편으로 던진 포크를 교환해준다. (폼페이가 있는 탁자를 피해 빙 돌아가는 길을 선택했다. 힘든 가장행렬을 하고 싶지는

212

않지만, 흥분제를 고려한다. 폼페이는 엄청나게 술을 마신다. 폼페이는 담배를 파는 백인 아가씨들의 날씬한 다리를 붙잡는 사람은 아니다. 그보다 더 좋은 것을 안다.) 라일라 메이는 이 새 포크에서 최근에 쓰레기통에서 기름과 껍질을 뚫고 여행하다가 묻은 눈에 띄는 잔여물을 닦아 없앴고, 마틴 그루버의 배 속에서 화려한 세균 대도시가 번성하는 상상을 한다. 보이지 않고 서서히 퍼진다. 라일라 메이처럼. 라일라 메이가 접시 옆에 포크를 놓지만, 그루버는 라일라 메이를 쳐다도 안 보는데, 어느 한 안전 소녀의 두 다리가 만나는 곳을, 매력적으로 움푹 들어간 곳을 빤히 응시한다.

릭 레이먼드가 말한다. "저 공연을 보고 나니 우리 모두 찬물 샤워가 필요할 것 같지 않습니까, 여러분?" 색소폰이 도발적으로 삑 소리를 낸다. "기어를 바꿔서 여러분을 식혀드려야 할 것 같네요. 아마 이다음 공연이 그렇게 해줄 겁니다. 여러분, 케이블카 희극제에서 자랑스럽게 무대를 선보입니다. 돌아온 기자드 씨와 햄본!"

문-레이스가 빠른 피아노 재즈곡을 연주하기 시작하고 무대 오른쪽에서 두 남자가 들어온다. 점검원들이 열렬하게 반응한다. 마른 남자는 흰색 티셔츠와 회색 바지를 입었다. 빨래집게로 멜빵을 바지에 고정했다. 뚱뚱한 남자는 멋쟁이처럼 보이고 싶지만, 초록색과 보라색이 들어간 정장이 너무 작아서 두꺼운 발목과 손목이 드러난다. 팔꿈치를 동시에 앞뒤로 휘젓고, 음악에 맞춰 깡충깡충 발을 구르며 무대를 가로지른다. 태운 코르크로 얼굴을 까맣게 칠하고 흰색 분장용 물감으로 입 주위에 우스꽝스러운 입술을 그렸다. 라일라 메이는 손에 빈 잔을 든 채로 가만히 있는다. 흑인 분장 아래를 보면 뚱뚱한 남자는 큰 덩치 빌리 포터고 마른 남자는 고든 웨이드라는 것을 알아본다.

박수가 멈추자 두 남자는 깡충대길 멈추고 과장된 동작으로 자기 허벅지를 철썩 때린다. 큰 덩치 빌리 포터(기자드 씨가 분명하다)가 말한다. "햄본, 이 깜둥아, 머리에 쓴 그 멋진 모자는 어디서 났어?"

웨이드가 대답한다. "엘름가(街)에 새로 생긴 그 모자 가게에서요."

"말해봐, 햄본, 비쌌나?"

"모르겠어요. 기자드 씨. 가게 주인이 없었거든요! 그런데 그 멋진 신사 얘기는 들어보셨어요?"

"어떤 멋진 신사인데?"

"이 멋진 신사가 어느 늦은 밤에 집에 가는데 깜둥이 하나가 길에 누워 있는 것을 보았어요."

"말해보게, 햄본. 취했던가?"

"토요일 오후에 보는 기자드 씨 같은데, 완전히 취해서 완전히 만족스러워했죠! 이제 이 멋진 신사는 도와주고 싶어서 거기 누워 있는 깜둥이한테 물어요. '여기 사십니까?' 그러자 취한 사람이 대답하죠. '네, 선생님.' 신사가 깜둥이한테 물어요. '위층으로 올라가게 도와드릴까요?' 깜둥이가 대답하고요. '네, 선생님.' 그리고 두 사람은 건물에 올라가요. 2층에 도착해서 신사가 '이 층에 사십니까?'라고 묻자 깜둥이가 '네, 선생님'이라고 해요. 그때 이 신사가 생각하기 시작해요. 나는 이 깜둥이의 부인과 마주치고 싶지 않아. 남편을 이렇게 술에 취한 채로 집에 데려가면 나한테 뜨거운 옥수수 죽을 부을지도 몰라. 그래서 신사는 눈에 보이는 첫 번째 문을 열고 깜둥이를 안으로 밀어 넣은 다음에 아래층으로 다시 내려가요. 하지만 이럴 수가, 신사가 다시 밖으로 나와서 뭘 보게요?"

"모르겠네, 햄본. 뭘 봤지?"

"이 신사가 다시 밖으로 나오자 또 다른 술 취한 깜둥이가 길에 있는 것이었어요. 그래서 신사는 그 취한 사람한테 물어요. '여기 사십니까?' '네, 선생님.' '위층으로 올라가게 도와드릴까요?' '네, 선생님.' 그렇게 신사는 이 깜둥이를 데리고 계단을 올라가서 첫 번째 깜둥이와 같은 문 안에 둬요. 그리고 아래층으로 돌아가죠. 그런데 무슨 일이냐면, 길에 깜둥이가 하나 더 있는 거예요! 그래서 그 깜둥이한테 걸어가는데, 신사가 도착하기 전에 이 깜둥이가 비틀거리면서 경찰한테 가더니 애원해요. '세상에, 경찰관님, 저 백인 남자한테서 저를 보호해주세요. 저 남자가 밤새 저를 계속 위층으로 데려가서 엘리베이터 수직 통로에 던져버려요!'"

라일라 메이는 자기가 무엇을 볼지 알면서도 폼페이를 쳐다본다. 폼페이는 입을 쩍 벌리고 웃는다. 탁자를 내려치고 고개를 흔든다.

빌리 밥 포터는 기자드 씨가 되어 말한다. "햄본, 그거 끔찍하군. 엿겨워!"

"엿겹다고요? 역겹다는 말인가요, 기자드 씨?"

"이렇게 겹든 저렇게 겹든 그렇다는 말이야. 이봐, 햄본, 자네랑 내가 이 선량한 사람들한테 의사를 만나러 가는 늙은이 이야기를 하면 어떻겠나?"

"기자드 씨, 그거 완벽한 생각 같아요! 제가 아흔 살 먹은 남자를 할 테니 기자드 씨가 의사를 하세요. 안녕하세요, 의사 양반!"

"무슨 일인가요, 젊은이?"

"나는 안 젊으니 환자한테 예의를 지켜줘요. 나한테 심각한 문제가 있다오."

"어떤 문제지요?"

"그러니까, 내가 내 여자를 찾아갈 때마다, 첫 번째는…… 좋고, 정말로 좋은데……. 두 번째가 끝날 때쯤에는 적어도 십 분은 힘겹게 쉬어야 하고……. 세 번째도 설 수는 있지만, 땀에 젖고 휘청거릴 만큼 오래 걸리고……. 네 번째는 거의 안 돼요! 가끔은 그 자리에서 죽는 구나 싶다오."

"글쎄요, 흑인 씨, 도대체 어떻게 그 나이에 세 번, 네 번, 아니 두 번이라도 사랑을 나누는 이야기를 합니까?"

"어쩌겠어요, 의사 양반? 나는 선택할 수가 없다오. 그 망할 건물에는 엘리베이터가 없고 내 여자는 4층에 사니까!"

"햄본, 그건 너무 지나치군! 내 내장이 쏟아지기 전에 우리도 갈 길을 가는 게 좋겠어. 가기 전에 엘리베이터에 탄 그 남자 이야기를 해줄까?"

"어떤 엘리베이터에 어떤 남자가 타죠, 기자드 씨?"

"엘리베이터에 어떤 남자가 혼자 탔다네, 햄본. 이 엘리베이터가 멈추고, 긴 머리에 눈이 예쁜 아름다운 여자가 탔어. 두 개 층을 이동한 뒤에 여자가 손을 뻗어 정지 버튼을 누르더군. 여자는 옷을 홀딱 벗더니 거기에 있는 남자한테 말해. **'내가 여자라고 느끼게 해줘!'** 그러자 남자가 옷을 다 벗어서 여자가 벗은 옷 위에 던지고는 말하는 거야. '좋아, 빨래나 해!'"

"기자드 씨의 아내가 기자드 씨를 부르는 소리가 들리는 것 같아요."

"그래, 함께 가세, 햄본. 이제 저녁 시간이고 우리 아내가 튀기는 닭은 오래 남아 있지 않거든."

두 사람은 기립 박수를 받는다. 웨이드가 청중한테 모자를 던지자, 점검원 두 명이 이를 두고 몸싸움을 벌인다. 라일라 메이의 뒤로 부엌문이 휙 닫힌다. 부엌에서 다른 유색인종 일꾼들은 방금 본 것에 대해 말하지 않는다. 설거지 담당 옆에 있는 플라스틱 쟁반에 더러운 접시를 쌓고, 남은 새우를 깔작댄다. 라일라 메이도 본 것을 말하지 않는다. 그러면서 함께 일하는 저 말 없는 여자들과 모르는 사이고, 저녁 내내 희극제에 집중하느라 말을 못 붙였던 탓이라고 마음속으로 생각한다. 라일라 메이는 그래서 자기가 본 것을 말하지 않는 것이라고 자신을 속인다. 또 자신은 잠입 중이며 저 여자들과 이야기하다가는 발을 헛디딜지도 모르기 때문이라고 홀로 생각한다. 이유는 열 가지도 더 있다. 라일라 메이는 다른 여자들이 너무나 피곤해 이 일에 관해 말할 기운조차 없다고 생각한다. 하지만 사실은 자신을 포함해 모두가 같은 이유로 침묵한다. 이런 세상에 태어났고, 바뀌는 건 없기 때문이다. 라일라 메이는 문에 난 둥근 창으로 폼페이가 웃느라 맺힌 눈물을 닦아내고 보비 펀들한테 기대어 균형을 잡는 모습을 본다. 보자, 폼페이는 너무 심하게 웃느라 제 몸도 제대로 못 가눈다.

라일라 메이는 유리 물병을 들고 연회실로 다시 들어간다.

조사팀 탁자에서 아버개스트가 재빨리 시선을 든다. 방금 물 잔을 다시 채워준 그 여자가 어쩐지 거슬린다. 귀를 세우고 뒤로 비스듬히 기울인다.

이쯤 되자 사람들은 술에 취해 정신이 없다. 예를 들어 척은 한참 전에 의식을 잃고서 머리를 흰 접시에 엎어놨다. 분홍색 손가락이 넥타이를 더듬어 느슨하게 풀고, 목을 조이는 셔츠 맨 윗단추를 푼다. 릭 레이먼드가 이 나른함이 고인 활기 없는 웅덩이를 용감하게 걸어가며 말한다. "배가 고프시다는 건 알지만, 여물통을 보여드리기 전에 공연이 하나 더 남았습니다. 점검원 여러분, 긴말할 것 없이, 오늘 밤을 가능하게 만든 남자를 소개합니다. 엘리베이터 점검원 부서의 회장, 프랭크 캔커 씨!" 휘청이는 고개들이 그 거물이 있는 탁자로 돌아간다. 하지만 캔커는 거기에 없다. 그 부관들이, 제자들이 거기에 앉아서 누가 인정을 받는지를, 자기네 무리 중 누가 신망을 얻었는지를 참석자들한테 보여주지만 캔커는 없다. 머리 위에서 조명이 탁 꺼지더니, 무대 전면을 비추는 조명만 남는다. 북 연주자는 이런 부류 사람들이 습관적으로 하듯, 기대하며 북을 두드린다.

라일라 메이는 물 잔을 다시 채운다.

릭 레이먼드는 손톱을 물어뜯는다.

조사팀 조사관 아버개스트는 자리를 뜬다.

무대 옆 어둠 속에서, 무언가를 당기는 남자들 형상이 보인다. 밧줄이 무대에서 공중으로 올라가고, 조명은 이 남자들의 가느다란 머리카락을 비추면서 오른쪽으로 향하는 움직임을 보여준다. 왼쪽 어둠에서 캔커가 서서히 풀려나는데, 나무 단에 서 있다. 캔커가 입은 옷은 1853년 만국 산업 박람회를 그린 모든 판화에서 보던 모습과 비슷하다. 오티스가 안전한 엘리베이터를 처음 세상에 공개할 때 입었던 옷과. 캔커는 유나이티드 엘리베이터사 광고에서처럼 양손을 허리에 대고서 그 유명한 기계장치의 복제품에 서 있다. 무대 옆에 있는 남자들은 흥분되는 순간을 더 잘 풀어내고자 끙끙대면서 엘리베이터를 힘겹게 조금씩 끌어당긴다. 라일라 메이는 캔커의 그 뻔뻔스러움을 믿을 수 없다. 자기를 오티스와 비교하다니, 그 위대한 날에 대한 환상을 뚱뚱하고 흉측한 몸으로 훼손하다니. 라일라 메이는 리드 씨가 이 장면에 어떻게 반응할지 보고 싶었지만, 리드 씨와 지칠 줄 모르는 출마자는 행사가 시작할 무렵에 몇 차례 악수하며 돌아다니더니 희극제를 떠났다. 라일라 메이는 그 사람들의 얼굴을 보고 싶었다.

이제 엘리베이터는 무대 중앙에 있다. 나무로 만들었고, 캔커가 왜곡하는데도 아주 멋지다. 이 엘리베이터가 모든 것을 시작하면서, 대도시에 권능을 주고, 사람들을 떠들썩한 현대로 불러왔다. 첫 번째 상승이 그린 청사진이다. 참석자들은 살갗에 전율이 이는 것을 느낀다. 모든 것이, 도시의 무자비하고 밝은 도로를 타고 다세대 주택과 백화점과 고층 건물과 사무실 건물의 성난 앞면을 지나가는 엄숙한 임무가 여기에서, 이 순간에서 비롯된다. 거리에서 여러 해를 보내고, 영혼이 그 지저분한 일에 서서히 무감각해지고 난 뒤에도, 이 위대한 창조물을 보면 모두 소름이 돋는다. 캔커가 말을 시작한다. "여러분, 우리는 대재앙이 닥친 시대를 살아갑니다. 국가는 붕괴하고 반대편 땅에서 큰 소음이 들려옵니다." 아버개스트는 자기 자리에서 꽤 멀리 떨어져 호기심을 돋우는 인물 근처에 있다. 그 여자를, 어두워진 방에서 움직이지 않는 그 윤곽을 알 것 같다. "아기들은 배고픈 채 잠듭니다. 우리가 어린 시절에 당연하게 여겼던 것들, 우리 아이들이 다닐 안전한 학교, 안전한 이웃, 안전한 거리는 빠르게 사라지고, 우리 공동체는 도덕적 늪에 빠졌습니다. 하지만 반짝이는 빛 하나가, 이 어둠 속 한 줄기 희망이, 아직 안전한 한 가지가 있습니다. 여러분 덕분이고, 여러분이 훌륭하게 일해주신 덕분입니다." 아버개스트가 보기에 여자는 자기가 다가가는 것을 눈치채지 못하고, 다른 모두처럼 캔커가 하는 연설을 들으며 얼어붙어 있다(사실은 섬뜩해진 상태다). 아버개스트는 여자를, 사냥감을 코앞에 둔다. "엘리베이터 점검원 여러분, 오늘 밤은 여러분 것입니다. 지저분하고 감사받지도 못하는 일이지만, 여러분은 직무 범위를 넘어서 일을 수행해주셨습니다. 여러분 덕분에 시민들은……." 캔커가 잠시 멈추고 재킷에서 가위를 꺼내 단을 중력에서 일시적으로 자유롭게 해주는 밧줄에 가져다 댄다. "이 영광스러운 대도시에서 수직 수송기관을 타고, '완전히 안전합니다, 신사 여러분. 완전히 안전해요'라고 말할 수 있습니다." 캔커는 거기에 매달리는데, 황홀해하는 청중들한테 억양으로 보내는 신호를 보면, 밧줄을 자른 다음 안전 스프링을 이용해 위험에서 벗어난 뒤 오티스가 남긴 신성한 선언을 반복할 셈이다. 아버개스트가 어깨를 움켜쥐자 여자가 돌아보고, 아버개스트는 라일라 메이 왓슨의 얼굴을 본다. 커다란 꽝음이 들린다. 무대에서는 캔커가 불가능한 각도로 벌어진 다리를 믿을 수 없다는 듯이 빤히 쳐다보면서 무릎을 붙잡고 고통스럽게 몸부림치는 것이 보인다. 스프링은 레일 안쪽을 따라 파인 V자 모양 홈을 파고들지 않았고, 엘리베이터 점검원 부서의 회장은 추락했다. 점검원들은 자리에서 일어나 무대로 몰려간다. 고함 소리가 방에서 메아리친다. 캔커는 비명을 지른다. 아버개스트는 윈스럽 호텔 여자 종업원 복장의 까만 천을 바로 전까지 붙잡았던 손을 쳐다본다. 손은 비어 있다. 여자가 사라졌다.

* * *

헌틀리 백화점에는 사람들에게 필요한 것이 있고, 사람들은 필요한 것이 줄어든 채로 백화점을 떠난다. 양팔 가득, 쇼핑백의 플라스틱 손잡이가 손바닥을 파고들 지경으로 선물을 가지고 간다. 새로 나온 손목시계는 어둠 속에서 빛나는 라듐 숫자판을 장착해 깜깜해도 시간을 알 수 있다. 넓은 여성용 벨트는 해외에서 재발견한 온갖 은은한 색상으로 지금 막 출시됐으니 따끈할 때 산다. 굽이 넓은 여성용 구두와 악어가죽 지갑은 조명 아래에서 무척 거칠면서도 매끄러워 보여 촉감이 혼란스럽다. 거들과 공기총과 여우 꼬리가 달린 모자를 최면을 걸듯이 추천한다. 이제 이 모든 짐이 무게를 더해 진이 다 빠지고, 약탈 가방 바닥에서 이제 화물이 되어 안 보이는 이 모든 짐 옆에는 구매 영수증과 다음에 기호에 맞게 즐거움을 장악할 때 쓸 쿠폰이 있다. 마빈 왓슨은 금속 문을 접는다. 항상 조금 들러붙지만, 천천히 접는 방법을 알아서 문 닫힘 방지 막대를 쳐서 눕히고 외친다. "2층. 여성복, 여아용품, 여성 신발 및 리넨 제품 층입니다." 짐승 같은 사람들이 마빈을 밀치고, 옆 사람과 친구들과 시장의 조카를 떠밀면서, 굽이 넓은 구두로 어린아이들을 짓밟으면서, 그 층에, 그 층으로 나가면 진열된 것에 도달하고자 한다. 목이 마른 두 여자가 고상하게 흐트러진 채 마빈이 운행하는 엘리베이터를 타려고 기다린다. 2층은 끝냈고, 오늘 흥청망청 벌이는 잔치에서 다음 단계로 넘어가려는 참이다. 성교를 마친 듯한 노곤함이 자세에서 뚜렷이 묻어나는 두 여자는 광고지로 부채질을 하는데, 아직도 더 많은 것을 얻고 싶어서, 집과 남편과 아이들한테로 돌아가야 하기 전에 더 높은 층에 있는 것을 얻고 싶어서 목이 마른다. 이 여자들은 더 높이 올라가고자 하고, 헌틀리 백화점 엘리베이터 2호기의 안내원인 마빈 왓슨은 이 여자들을 다음 단계로 데려다줄 남자다. 원하면 아래로도 데려다줄 테지만, 엘리베이터를 데리고 꼭대기 층에 도달한 다음에야 가능하다. 때때로 사람들이 질문한다. "아들한테 줄 선물은 어디서 찾을 수 있나요? 여섯 살이에요." "여자 화장실은 어디에 있죠?" 절대로 마빈을 쳐다보지는 않는다. 이 사람들은 엘리베이터에 있고 따라서 탑승객이며, 게임에 참가해야 하는데, 정면이나 층 표시장치에 있는 모호한 화살표를 올려다보되, 절대로 왼쪽이나 오른쪽을, 조종간을 당기는 유색인종 남자를 보면 안 된다. 따라서 마빈은 사람들이 탑승칸에 들어올 때만 그 얼굴을 보는데, 객차가 도착했다는 사실에 잠시 기뻐하다가, 갑자기 여정 그 자체를 상기하면서 기계로 서둘러 들어가 몸을 돌려 가능한 한 신속하게 유일한 출구를 마주 볼 뿐이다. 대부분 마빈은 정확한 정보를 주면서, 1층과 4층에 화장실이 있다고 말하지만, 가끔 한 번씩 거짓말을 한다. 이 미로에서 알아서 길을 찾도록 말이다. 이 빌어먹을 곳에서.

마빈은 여기서 20년을 일하면서, 조종간을 일곱 가지 틈으로 밀어 넣어 층마다 문을 여닫았다. 남부에 있는 유색인종 대학에서 공학을 공부하면서 북부를 생각했다. 대도시가 도래하리라는 것을, 이 행성의 내장에서 화산이나 산맥처럼 요새를 밀어 올려 하늘을 장악하리라는 것을 알았다. 그다음 단계도 알았기에, 아름다운 여자를 만나 그 여자 안에서 잠자는 아이도 얻었다. 엘리베이터 점검이라는 새로운 분야에 관해 잡지에서 읽어 알게 되었고, 자기 같은 남자한테, 자기처럼 부지런한 청년한테 좋은 기회처럼 보였다. 문으로 걸어 들어갔을 때, 비서가 소포를 건넸다. 마빈은 소포를 그 하얗고 가는 손에 돌려주면서 면접을 보러 왔다고 알렸다. 집배원이 아니었다. 마빈이 책상 앞에 섰을 때, 그 교수는 서류에서 시선을 들어 힐끗 쳐다봤다. 고작 '우리는 유색인종 남자는 받지 않습니다'라고 말하는 데 걸리는 시간 정도였고, 마빈과 눈을 마주치지 않고서 재빨리 서류로 시선을 돌렸다.

나이가 많은 남자인 헌틀리는 사람을 고용하려고 했고, 적어도 신문에서는 그렇게 말했다. 엘리베이터를 운행할 유색인종 남자가 몇 명 필요했다.

마빈이 뒤에 있는 광적인 무리한테 말한다. "3층. 남아용 옷, 운동용품, 남아용 신발 층입니다." 다채로운 모자가 돌풍을 일으키면서 왼쪽에서 쏟아져 나간다. 경주가 아니다. 이따금 사람들이 탑승칸에서 달려 나갈 때 조종대를 밀면 어떤 일이 벌어질까 생각하지만, 2호기는 문이 열려 있을 때는 위로도 아래로도 움직이지 않을 것임을 안다. 엘리베이터는 아무 때나 움직이게 되어 있지 않다.

마빈은 엘리베이터와 가깝게 지내고 싶어서 헌틀리 백화점에 취직했고, 언덕을 넘어 아래로 내려가는 도로의 꼭대기가 유일하게 남은 북부가 될 때까지 북부가 사라지는 것을 봤다.

남자가 1층에서 탑승칸에 들어오더니 선언한다. "엘리베이터 점검원 부서입니다." 오후 약속이 복잡해지는 것을 갑자기 목격하며 불안해하는 부인들한테 배지를, 그 금색 신성을 획 열어 공개한다. "모두 나가십시오." 남자는 권한이 있는 사람이다. 이 도시에 사는 백인 남자들은 걸어서 광장을 통과하거나 석조 계단을 올라갈 때 저마다 고유한 무기를, 부인들이 바로 이 백화점에서 고른 세심하게 장식한 토템을 지닌다. 프랑스에서 온 남성용 스카프, 가장 검은 콩고에서 온 손으로 조각한 지팡이, 특이하게 생긴 넓은 넥타이와 자주색 나비넥타이. 하지만 마빈이 보기에 이 남자는 여기 출신이 아니다. 이마를 비스듬히 가로지르며 챙이 아래쪽으로 휘어서 눈을 가리고, 딱 필요한 곳에 그림자를 드리우는 저 회색 중절모와 유럽식 재단에 섬세한 솜씨가 돋보이며 권위를 입혀주는 껍질인 근엄한 세로무늬 정장을 보라. 저 모습을 보라. 이 동네를 제대로 되살리고자 수도에서 내려온 엘리베이터 점검원으로, 책임을 지고, 녹슨 곳을 점검한다.

마빈은 빈 탑승칸에 방문자와 서 있다. 수직 통로 너머에서는 사람들이 성난 개미처럼 볼일을 보러 난폭하게 밀고 나가는데, 충동과 욕망이 모인 부대 같다. 마빈이 지금 입고 있는 제복은 아주 오랫동안 입은 것이다. 상의 단추가 두 줄로 된 빨간색 직원 복장으로 여기저기서 실밥이 튀어나오고 부푼 배를 힘겹게 가리고 있다. 오래된 얼룩은 지워지지 않는다. 이런 단점이 열악한 탑승칸 조명 아래서는 안 보이기에, 헌틀리 주니어는 '지금은 복장이 괜찮다'고 말한다. 마빈은 점검원한테로 돌아서서 말한다. "이 탑승칸은 정말로 멋져요. 지금 이 아이랑 20년 동안 일했는데, 저를 실망시킨 적이 없죠. 이따금 3층을 지나다가 걸리곤 하지만, 선택장치가 잘못된 것 같고요. 때로는 층계참과 높이를 맞추느라 공을 들여야 해요. 표시장치를 조정해야 한다고 계속 얘기하는데, 윗분들이 너무 구두쇠라 여기로 사람을 불러주질 않아요."

"당신도." 점검원이 말한다.

"네?"

"나가요. 내가 흑인한테서 내 일 하는 법을 듣는 날은 일을 그만두는 날일 거예요. 이제 나가요."

마빈 왓슨은 엘리베이터를 떠난다. 엘리베이터 점검원이 뒤에서 문을 쾅 닫고, 마빈은 점검원이 안쪽 문을 닫느라 고생하는 소리를 듣는다. 그 문은 가끔 들러붙는다. 살살 흔드는 방법을 알아야 한다. 점검원은 욕을 하더니 그 변덕스러운 금속과 씨름을 이어간다. 마빈은 문으로 소리쳐 설명해줄지 생각하다가 그만두기로 한다. 보비가 이 시간쯤에 쉰다. 보비는 마빈한테 돈을 꾸고서 요즘 한동안 마빈을 피해 다녔다. 마빈은 뒤쪽 계단통을 향해 출발하면서 매장에서 흘러나오는 노래에 맞춰 휘파람을 분다.

* * *

날은 화창하고, 자동차 크롬도금은 번쩍이고, 자동차에 달린 지느러미 같은 부분은 앞에서 화창한 날씨를 가르며 길을 낸다. 비가 너무 오랫동안 내렸고, 도시는 아주 오랫동안 수은빛 속에서 잠을 잤다. 우산은 힘이 다 빠진 채 닫힌 옷장 문 뒤에 서 있는데, 빗물이 뚝뚝 떨어져 고인 웅덩이는 찬밥 신세가 된 덧신 장화 아래서 마른다. 오늘은 도시 공기가 상쾌하다.

라일라 메이는 시 소유 차에 타고 있다. 몇 시간 전에, 몹시 지친 주간 근무자들이(지난밤에 극적인 사건을 겪고 과도하게 진이 빠진 뒤라 오늘은 특히 피곤해했다) 터덜터덜 일터로 걸어가기 전에, 라일라 메이는 지미의 다리를 가로챘다. 지미는 어느 부서 차량 밑에서 다리를 밖으로 내밀고 있었다. 라일라 메이는 지미를 가볍게 발로 찼고, 지미가 머리를 차대에 부딪히는 소리를 들었다. 차 밑에서 나온 지미에게 라일라 메이가 며칠 동안 차가 필요하니 눈가림을 해달라고 말하자, 라일라 메이한테 습관적으로 짓던 미소가 그의 얼굴에서 사그라들었다. 오늘 아침에 차량 관리팀과 힘든 실랑이를 했다. 라일라 메이는 지금까지 지미한테 추파를 던진 적이 없다. 지미한테 용기를 줬다가 라일라 메이가 거의 경험해보지 못한 상황이 발생할까 봐서였다. 하지만 오늘 아침에는 추파를 던졌다. 대담한 손짓으로 그 앳된 볼을 감쌌고, 곧 빠질 듯한 치아(지미는 치과에 간 적이 없다)를 보고 움찔하거나 길어지는 눈 맞춤을 피하지도 않았다. 지미는 열쇠를 건네면서 차고 기록과 맞춰볼 것이라고 확실하게 말했다. 라일라 메이는 차를 조심해서 다루겠다고 동의하면서 언제나처럼 거짓말을 했다.

라일라 메이는 근무 중이 아니다. 일하지 않으면서 세상에서 가장 유명한 거리를 목적 없이 운전하고 있으니, 상당히 만족스러워 보인다. 부서에서 일하는 3년 동안 하루도 쉬는 날이 없었기에 이제야 평일 오후에는 도시가 다르다는 점을 발견한다. 잘 아는 도시 안에 법칙을 깨는 비밀스러운 도시가 있고, 사람들은 머리를 비운 채 오후를 보낸다. 주황색 제복을 차려입은 시 공무원은 이 거리를 수리하고, 파손된 자갈길을 돌본다. 오늘은 움푹 팬 길에 새로운 의미가 있다. 이 시소유 차량을 훼손하거나 엄청난 서류를 소환하지 않으면서 바퀴와 비밀을 공유한다. 거칠어서 더 내밀한 비밀을. 라일라 메이는 운전하는 동안 가게 전면을, 가게 주인이 간청하는 모습을 쳐다보면서 절대로 거리보다 높게 눈이 벗어나지 않는다. 오늘 라일라 메이가 할 일이 아니기 때문이다. 오늘은 그 다른 도시에 관여할 필요가 없다.

라일라 메이는 어느 공중전화 부스 앞에 멈추었다. 똑같은 것을 오늘 운전하면서 수십 개는 지나쳤다. 이 부스를 선택한 이유는 없다. 그저 멈출 기분이 들었을 뿐이다. 부스는 비어 있고, 다만 전화기 밑 금속 턱에 종이 한 장이 놓여 있다. 라일라 메이는 그 종이를 손에 넣고 주름을 편다. 크고 동그란 머리와 막대기로 된 몸을 그린 그림으로 미소를 빼면 이목구비가 없다. 라일라 메이는 검댕이 묻은 판유리를 통해 사람들을 쳐다본다. 라일라 메이가 출퇴근할 때보다 천천히 걸을 뿐 아니라 주말 걸음걸이와도 다르다. 장난감 가게가 문을 닫은 뒤에 깨어나는 깡통 로봇과 헝겊 인형 같다. 라일라 메이는 천천히 열을 세면서 깊은숨을 열 번 들이쉰다. 남자가 전화를 받는다. 오늘은 그 웃기게 떨리는 목소리가 듣기 좋다. 라일라 메이가 말한다. "라일라 메이예요."

척이 속삭이기 시작한다. 구덩이에서 몸을 돌려 수화기를 가리는 모습이 눈에 선하다. 척이 우는소리를 한다. "어디 있었어요? 여기는 정신이 없어요."

"그냥 지냈어요."

"모두가 당신이 어디 있는지 물어봐요. 괜찮아요?"

"저는 괜찮아요, 척."

"여기는 아수라장이에요!" 척은 무언가를 기억해내고 다시 목소리를 낮춘다. "지난밤에 희극제에서⋯⋯."

"저도 알아요. 들었어요."

"지금 병원에 입원했어요. 다리가 부러져서."

"죽지는 않을 거예요." 졸린 시민들이 몽롱한 채로 보도를 나아가는 것을 창문으로 본다.

"그 말이 아니잖아요. 당신이 몰라서 그래요. 소문으로는 패니 브리그스 일을 캔커한테 갚아주려고 레버가 그 엘리베이터를 파괴했다고 해요. 추락 사고에는 추락 사고라는 거죠. 심지어 웨이드는 당신이 그 일을 했을지도 모른다고 하고요."

"척, 당신한테 부탁할 것이 있어요."

척은 앞니 사이로 공기를 빨아들이고 잠시 침묵한다. 그리고 말한다. "꼭 사무실로 돌아와요. 조사위원회에서 패니 브리그스 건을 담당하는 어떤 남자랑 이야기했는데, 그 사람은 당신 쪽 이야기도 들으려고 해요. 이야기를 들어줄 거예요. 당신이 그 사람한테 얘기를 했다면⋯⋯."

"그래서 전화한 거예요, 척. 그 사람이 추락 사고에 대해 뭐라고 했죠?"

"수상하다고, 어쩌면 당신한테 비난이 향하도록 판이 짜여 있었는지도 모른다고 했어요. 그 사람이 판단 근거로 삼을 것은 많지 않아요. 자, 그 사람한테 무척 아팠다고 말해요. 아니면 신문에 나오는 말을 보니 출근하기 무서웠다고 하든가요. 그 사람은 들어줄 거라니까요."

"척, 당신이 그 사람과 가까워지면 좋겠어요. 그 사람이 다른 무엇을 파악했는지, 과학수사 결과는 뭐라고 하는지 알아야 해요."

"어디에 있어요? 저거 소방차예요?"

"당신이 알아내는 것을 들으러, 할 수 있는 한 빨리 전화할게요, 척. 몸조심해요."

라일라 메이는 오늘 오후를 지배하는 다른 법칙에 넋을 빼앗기고, 공중전화 부스 문을 천천히 닫는다. 방금 시야에서 사라진 소방차조차 다급한 기색 없이 활력을 잃은 채로, 물을 먹은 무기력과 싸우는 것처럼 보인다. 라일라 메이는 시동을 건다. 운전한다.

그 작은 악마가 캔커한테 재난이 일어나고 한 시간 뒤에 라일라 메이를 발견했다. 라일라 메이는 탈의실에서 옷을 되찾은 다음, 윈스럽 호텔에 들어왔던 대로 직원용 출입구를 이용해 떠났다. 몇 블록을 달려가서(주인이 살인을 저지르는 장면을 목격했거나 주인을 살해한 하녀 같은 광경이었다) 자판기 식당 유리창에 기댔다. 안에는 늦은 밤에 출몰하는 사람들, 한밤중에 나타나는 폐인들이 커피와 경마 신문, 퀴퀴한 호밀 빵 위에 얹은 참치와 망한 여행 일정표를 앞에 두고 구부정하게 있었다. 이 허물어져가는 피난처에서는 아무도 다른 사람을 쳐다보지 않는다. 그랬다가는 완벽한 고립을, 이 콘크리트 도시에서 마지막 남은 안식을 위태롭게 할 수 있다. 라일라 메이는 화장실에서 자기 옷으로 갈아입었다. 커피 자판기에, 데니시페이스트리를 뽑고자 페이스트리 자판기에 동전을 넣었다. 빈 식탁에 앉아서 금속 가판대에 달린 플래카드를 읽었다. **하루에 단돈 10센트로 당신의 삶을 바꿔드 립니다.** 작은 악마였다. 라일라 메이는 웃었다. 캔커의 뚱뚱한 엉덩이 가 무대에서 몹시 괴로워하며 축 처진 모습을 비웃었다. 동료들이 자 기네 대표를 도우려고 서두르면서 술에 취해 벌이는 경주를, 직관주 의자 선거운동과 리드 씨의 유럽식으로 가장하는 태도에 담긴 어리 석음을 비웃었다. 풀턴이 유색인종이었다는 사실을 아무도 몰랐다는 것 때문에, 이제 자기한테도 동료가 생겨서 웃었다. 나체즈를 떠올리 자 웃음이 멎었고, 안정적으로 활짝 웃는 표정이 점차 떠올랐다. 나체 즈와 그 비밀을 떠올리니 말이다.

비척비척 나온 그레이블리 부인(얼굴에 저녁용 미용 크림을 바른 모습을 보니 햄본과 기자드 씨가 떠올랐다)이 회관으로 들여보내주 자, 소지품을 챙겼다. 화장대에 있는 부드러운 사각뿔은 나체즈가 남 긴 다른 쪽지였다. **'즐거웠길 바라요'**라고 쓰고는 전화번호를 함께 남 겼다. 라일라 메이는 이 쪽지를 지갑 구석에 넣어둔 손위 형제한테 소 개해줬고, 직관주의자 회관을 서둘러 벗어났다.

라일라 메이의 집은 떠날 때 그대로였다. 짓밟힌 채다. 침대 밑에서 여행용 가방을 꺼내고 다시 짐을 챙기면서, 이번에는 훨씬 더 긴 체류 를 준비했다. 언제 돌아올지 몰랐다. 지난밤 이후로 언제 셔시의 부하 들이 돌아와서 캔커가 했던 협박을 실행할지 장담할 수 없었다. 출구 에서 잠시 머뭇거렸다. 무언가를 잊어버린 느낌이었다. 그렇지 않은 데 말이다. 라일라 메이한테 행운을 불러오는 토끼 발이나 어른 세상 에서 괴물을 물리쳐주는 어린 시절 인형 같은 것은 없었다. 옷뿐이다. 그때 생각이 났다.《이론 엘리베이터학》 책을 다시 들고 왔다. 문을 잠갔다. 거리까지는 고작 3층이었고, 아침 햇살 속으로 발을 내딛자 합리적이라는 생각이 다시 들었다. 지미가 언제 출근하는지 기억해내려고 애썼다.

오후 햇살이 하늘에서 물러나고, 초록색 시 소유 차량의 열린 창문으로 바람이 세차게 지나가면서 또 한 번 가을을 속삭인다. 라일라 메이의 눈이 오늘 처음으로 거리 높이를 벗어나 위로 향했다. 튼튼한 사각형 호텔 간판 아래에 주차한다. 아파트에서, 섬에서 북쪽으로 상당히 멀리 올라왔다. 유색인종의 도시 깊숙한 곳으로(이 도시에 있는 또다른 도시로, 도시는 늘 하나 더 있다). 관리인이 책상에서 시선을 든다. 라일라 메이가 말한다. "방이 필요해요."

* * *

하찮은 폼페이, 그 종양은 신문을 팔 아래 끼고 뽐내며 거리를 걸어간다. 문구점에 멈춰서 은박지로 포장한 풍선껌으로 보이는 것을 산다. 잔돈을 천천히 세고 거리로 돌아온다. 해리스 면도 및 이발 가게에서 나오는 거품 같은 하얀 빛, 벨몬트 카페테리아에서 더듬거리며 나오는 빨간색과 초록색 네온 불빛을 지나간다. 사무실 건물이 안에 데리고 있어야 할 사람들을 트림하듯 보도로 내놓는 데다가, 종종걸음 치는 사람들 때문에 폼페이를 시야에 두기가 어렵다. 나체즈가 묻는다. "저 남자가 확실해요?"

라일라 메이의 눈은 거리와 폼페이를 메트로놈처럼 휙 쳐다본다. 집중을 유지하고자 조수석에 앉은 남자한테 천천히 이야기한다. "만약에 저 사람이 안 했더라도, 누가 했는지 알 만큼은 관계가 있어요. 그자들이 다른 누구를 보내겠어요? 분명히 실컷 웃었을 거예요. 우리가 투견장에서 싸우는 개라도 된다는 듯이 말이죠." 그 사람들이 당신 삼촌한테 무슨 짓을 했는지 보라고, 라일라 메이는 생각하지만 말은 안 한다. 그의 마음을 비틀어서 자신이 누구인지 부정하게 만들지 않았던가.

"다음 거리에서 꺾으면 어쩌죠? 여기는 일방통행로인데." 나체즈가 묻는다.

"그러면 당신이 걸어서 따라가고, 그동안 저는 다음 거리에 가 있을 게요. 저 사람은 저를 알지만, 당신은 모르니까요."

폼페이는 길을 꺾지 않는다. 분홍색 껌을 씹으며 계속 북쪽으로 향한다. 라일라 메이와 나체즈는 합의했다. 서로 도울 것이다. 나체즈는 11호기를 파괴한 사람을 라일라 메이가 찾도록 도울 수 있는 일을 하고, 라일라 메이는 나체즈가 삼촌이 남긴 블랙박스를 찾아가는 여정에 엘리베이터 관련 전문 지식을 빌려준다. 라일라 메이는 작전에서 배제당했기 때문에 리드 씨가 이 상자에 관해 어떤 새로운 단서를 얻었는지 알 길이 없었고, 따라서 두 사람은 자기들이 얻을 수 있는 정보로 임시변통해나갈 것이다. "풀턴이 남긴 일기장 일부를 가지고 말이죠." 라일라 메이가 똑같은 말을 하려는 찰나에 나체즈가 전화로 제안했다. 리드와 캔커와 〈승강기〉가 보유한 풀턴 문서를 확보한 다음에 무엇을 할 수 있을지 알아내야 할 것이다. 문서를 수집한다면, 풀턴의 사상을 이해하는 라일라 메이의 재능으로, 누구한테 그 청사진이 있는지를 글이 자백하고 토해내게 만들 수 있기를 바란다. 라일라 메이를 구하는 일과 관련해 두 사람은 여기서 잠복하며, 주요 용의자를 뒤쫓고 있다.

"당신이 사는 동네에 관해 이야기해봐요." 라일라 메이가 눈은 계속 폼페이한테 고정한 채 불쑥 말한다.

"당신 동네에 관해 말해주는 건 어때요? 아니면 왜 이리로 이사했는지라도요." 나체즈가 대답한다.

라일라 메이는 작은 손으로 운전대를 꽉 쥐고, 패니 브리그스 건물에 관한 소식이 부모님께 벌써 닿았을지를, 그 동네 신문에 났을 가능성을 궁금해한다. 헌틀리 백화점의 다른 엘리베이터 운전기사들이 이런 소문을 주고받는다면, 아버지가 그런 식으로 소식을 들었다면, 라일라 메이의 아파트 바깥 복도에 있는 전화기가 울릴 텐데, 라일라 메이는 거기서 아버지한테 이야기할 수가 없다. 느리게 말한다. "듣고 싶지 않을 서예요. 그리 흥미롭지 않거든요."

"듣고 싶어요."

라일라 메이는 조용히 코로 숨을 쉰다. 차를 천천히 몰고 이중 주차된 구급차를 지나간다. "여기로 이사한 이유는 여기에 엘리베이터가 있기 때문이에요. 진짜 엘리베이터가요." 자동차를 둘러싼 돌출물들, 그 음침한 건물들 앞에서 강조한다. "중간 지대는 온통 오래된 나무숲이죠. 시내에는 100층짜리 고층 건물이 있어요. 그리고 처음부터 끝까지 딱 맞는 엘리베이터도 있고요." 때마침 나체즈한테 묻고 싶었던 것이 생각나 대화를 변경한다. "어떻게 희극제에서 그 위험한 일을 벌일 생각을 했어요?"

"경고하고 싶었던 것 같아요. 제가 그자들한테 무엇을 할지를 말이죠." 나체즈는 의자에서 라일라 메이를 향해 무릎을 돌리고 문과 의자 사이에 난 틈에 기댄다. "복수하고 싶었어요. 제 삼촌한테 한 짓, 정신을 망가뜨린 짓에 대해서요. 당신한테 한 짓에 대해서도 말이죠." 라일라 메이는 눈을 계속 거리에 두면서도, 나체즈가 자신을 보는 것을 느낀다. 나체즈가 말한다. "회관을 떠날 필요는 없었는데 말이죠. 나는 당신이 이 일로 공을 세워서 리드 씨와 그 무리한테로 돌아갈 수 있기를 바란다는 걸 당신도 알아차렸으리라 생각해요."

"그 사람들의 호의에 기대고 싶지는 않아요."

"하지만 여전히 그 사람들이 당신 상사죠? 그 사람들이 당신 집에 침입했어도 말이에요. 당신은 그 사람들을 참고 견뎌야 하죠."

라일라 메이는 고개를 젓는다. 폼페이가 방금 자신을 공격한 신문지 촉수에서 신발을 탈출시킨다. "결백을 증명하고 싶을 뿐이에요. 그리고 당신이 받아야 하는 것을 얻게 해주고요. 엘리베이터에 뭘 해야 하는지는 어떻게 알았어요? 그렇게 떨어지게 만들려면 말이에요."

나체즈가 웃는다. "요즘 건물에 갖추는 기계랑 비교하면 상당히 간단하던데요. 마음에 들었어요?"

"마음에 들었다는 걸 알잖아요, 나체즈."

나체즈는 평평한 손으로 계기판을 쾅 두드리면서 활짝 미소를 짓는다. "지난 몇 주 동안 엘리베이터에 관해서 많이 배워야 했어요. 제가 알고 싶었던 것보다 더 많이요. 솔직히 말하면 어떻게 당신처럼 그 일을 할 수 있는지 모르겠어요."

"엘리베이터가 점점 마음에 들 거예요. 사람처럼요. 누구를 좋아하게 될지는 결코 모르는 법이잖아요." 라일라 메이는 거기서 잠시 멈춘다. "그 사람이 어느 날 갑자기 나타나서 좋아하게 되는 거죠." 라일라 메이는 전혀 이런 성격이 아니다. "그 사람을 알아가고 볼 때마다 더 좋아지고."

"당신과 나처럼요, 라일라 메이?" 라일라 메이의 눈썹이 긴장으로 씰룩거리는 와중에 나체즈가 말한다. "괜찮아요. 계속 운전해요. 당신을 처음 봤을 때 거만한 북부 여자 중 하나라고 생각했어요. 자기한테 뭘 해줄 수 있고, 주머니에 얼마나 있고, 그런 것만 따지는 여자요. 하지만 당신은 그렇지 않았고……."

"봐요." 라일라 메이가 가리키며 방향을 바꾼다. "저 사람이 멈추네요."

폼페이가 수수한 갈색 문에 난 창문을 두드린다. 수상쩍게 어깨 너머를 흘낏 살핀다. 라일라 메이와 나체즈는 길 반대편에, 주거지역 진입로에 난 좁은 길에 차를 댄다. 라일라 메이는 비누를 칠한 창문에 금색 물감을 초승달 모양으로 찍은 글씨를 알아볼 수 있다. **폴리 사교클럽**. 문이 열리고 폼페이가 어둠 속으로 멀어져간다.

나체즈가 제안한다. "술집이네요. 오래된 주류 밀매 업소요. 집에 가기 전에 호밀 위스키를 한잔하러 들르나 보네요."

"집에 가는 것이 아니에요." 라일라 메이가 말한다. 도로명 간판을 올려다본다. 폼페이는 사무실에서부터 열한 구역을 걸어왔다. 그때 그 차가 보인다. "저기 밖에 주차된 검푸른색 차가 보여요?" 라일라 메이가 묻는다. 라일라 메이는 그 차와 운전기사의 그 멍하고 우둔한 얼굴을 알아본다. "안에 탄 남자는 게으른 조 마컴이에요. 조니 셔시의 부하죠. 마피아요." 지금 운전기사는 앞을 똑바로 응시하면서, 오르락내리락하는 이 바쁜 거리 아래와 저편을, 시내 건물을 지나서 검은색 강까지 주시한다.

"마피아가 모이는 곳이에요? 저런 흑인이 마피아 소굴에서 뭘 하죠?"

"곧 알겠죠. 카메라는 준비됐나요?" 라일라 메이가 말한다.

"바로 여기에 있어요."

라일라 메이는 나체즈가 말을 다시 시작하지 않아 안심했다. 나체즈가 하는 말이 싫지는 않지만, 이 좁은 차에서, 그렇게 많은 시간이 지난 후 이렇게 빠르게는 부담스러웠다. 라일라 메이는 나체즈와 최근에 합의한 것과 비슷한 계약을 도시와 맺었던 적이 있다. 서로 주고받는 계약을 말이다. 라일라 메이는 도시를 수직으로 온전하게 유지해줄 것이고 도시는 라일라 메이를 혼자 둘 것이다. 이제 라일라 메이를 보자. 라일라 메이는 지난 금요일에 도시가 바라는 것에 부응하지 못했고, 직무에 태만했고, 이 대도시가 어떻게 응징하는지 지켜본다. 도시는 나체즈를 보내줬다. 라일라 메이는 나체즈를 차에 태웠을 때, 풀턴이 지녔던 금욕적인 고집의 흔적을, 나체즈가 라일라 메이의 세상에 닻을 내리게 할 만한 무언가를 그의 얼굴에서 찾아봤다. 가운데가 살짝 튀어나온 코와 포물선 모양으로 대칭을 이룬 귀에서는 풀턴이 보이지 않았다. 자기 의지로 움직이는 남자였다. 라일라 메이가 사는 엘리베이터 세상 사람이 아니라, 나머지 시민이 사는 곳으로 이어지는 주행 밧줄이었다. 라일라 메이는 건물 차양 사이에 난 틈으로 소형 비행선을, 하늘을 나는 민달팽이를 본다. 원시적이고 진화하지 않았다. 미래는 제트기 연료를 쓴 것처럼 빠르고, 제트기처럼 견고하다.

하늘에 이렇게 불쌍한 벌레가 들어갈 자리는 없다.

나체즈가 라일라 메이를 상념에서 깨운다. "저 사람이 다시 움직여요."

폼페이가 폴리 사교 클럽에서 뒤뚱뒤뚱 걸어 나온다. 라일라 메이와 나체즈와 조 마컴이 지켜보는 가운데 폼페이는 연회색 그롤리 엘리베이터 수리 회사 복장을 하고 주거 단지로 걸어가는데, 오른손에 공구 상자를 들었다. 라일라 메이는 시동을 건다.

폼페이한테 공구가 있다.

* * *

세단과 트럭 중간중간에 있는 교차로와 붐비는 구간마다 대도시의 네온등이 뿜어내는 냉혹한 파스텔 색조가, 난도질당해 흙과 먼지가 된 무지개가 배수로에 비친다. 라일라 메이는 담배꽁초가 남긴 흔적을 따라갔다. 한 구역을 따라가서 모퉁이를 돌고 더 멀리 간다. 라일라 메이는 길을 잃었다. 첫째로 개인 한 명이 남긴 흔적이 아니었고 담배꽁초는 발자국만큼 믿음직하지 않았기 때문이다. 담배꽁초는 인도로 쫓겨나거나, 수많은 시민한테 내동댕이쳐지거나, 브랜드가 다양하거나, 어떤 것은 립스틱이 묻고 어떤 것은 침에 젖거나, 반쯤 피우고 말거나, 신발 굽에 뭉개지거나, 필터까지 연기를 피우며 타도록 남겨졌기 때문이다. 몇 걸음 앞에는 늘 또 하나가 있었다. 어쩌면 지하철로 안내해줄지도 몰랐다. 라일라 메이는 집에 가야 하는데 지하철이 어디에 있는지 기억나지 않았다. 어떤 면에서는 라일라 메이가 맞았다. 담배꽁초는 정말로 지하철로 안내해줬다. 누군가가 걸었던 길로 안내해줬다. 일을 시작한 첫 번째 주였다.

라일라 메이는 자기가 걸어오는 모습을 남자가 지켜봤다는 것을 나중에서야 깨달았다. 양손은 바지 주머니에서 불안하게 꼼지락거리고, 발걸음은 머뭇거리고, 도로 번호를 올려다보고 있었다. 쉬운 표지다. 모퉁이에 섰는데 어처구니가 없었다. 바로 그날 아침에 자신이 지하에서 나왔던 곳이 확실했다. 자책했다. 어리석은 실수였고, 스스로 용납할 수 없는 실수였다. 지난 일요일에 소파에서 지하철 지도를 해독했고, 이 도시에 산재했으며 이미 가본 적이 있는 몇몇 구역에 그 빈약한 체계를 겹쳐봤다. 전체 구조가 마음에 들지 않았지만 상관없었다. 다리를 질질 끌며 두더지 굴로 들어간다니. 이 수평으로 어슬렁대는 일이 순전히 원시적일 뿐임은 말할 것도 없거니와 미학적으로도 변변치 않다. 교차로에서 눈을 감았다. 아파트에서 무릎에 걸쳐뒀던 지도가, 엉켜 있는 지하철 노선이 보였다. 하지만 정거장은 기억이 안 났다. 도로 번호도. 라일라 메이가 눈을 떴을 때 남자가 있었다. "좋은 저녁입니다." 남자가 말했다. 한 발은 이가 빠진 초록색 가로등 기둥에 올리고, 한 손은 딱 붙는 흰 바지에서 먼지를 털었다. "좋은 저녁입니다." 남자가 반복했다.

라일라 메이는 남자를 점검했다. 아마 서른 살(나이가 적지는 않았다)가량이지만, 악동인 척했다. 날씬한 체형에 맞는 새로 나온 정장을 입었는데, 라일라 메이가 이 도시로 이사한 뒤에 갈수록 더 자주 목격하는 옷으로, 모호한 유럽식 재단이 몸에 바싹 매달리고, 패드를 한두 겹 덧댄 덕에 어깨선은 예리했다. 저런 멋진 옷을 하나 사려면 라일라 메이가 시에서 받는 급료를 얼마나 모아야 할까? 흰색 비단 넥타이의 완벽한 점은 가슴 주머니에서 튀어나와 반대쪽을 향하는 화살 모양 손수건과 어울린다는 것이다. 반쪽짜리 다이아몬드 두 개다. 라일라 메이가 판단하기에 소년 같거나, 아니면 남자 같되 소년다운 장난기가 가득한 얼굴 위로 잘 손질한 것이 분명한 약한 곱슬머리가 우아하게 물결쳤다. 이 같은 모습은 도시 남자들의 것이라고 얼떨떨한 느낌을 머리 한구석으로 처리하며 라일라 메이는 생각했다. 정신을 똑바로 차리자. 라일라 메이가 말했다. "저는 지하철을 찾고 있어요."

"어디로 가려고 하시죠?" 남자가 물으면서 가로등 기둥에서 발을 탁 내려놓는다.

"교외로 가는 열차를 찾아요." 라일라 메이가 대답했다. 신호등이 바뀌면서 쾅 소리가 들리고 시내로 향하는 자동차들이 몰려간다.

라일라 메이는 원하면 지금 당장 길을 건너서, 이 젊은 신사가 다른 생각을 하기 전에 끊어낼 수 있었다. 남자의 얼굴을 다시 보았다. 눈썹은 자연 그대로 뻣뻣하게 뒀는데, 한 군데를 고의로 손보지 않아 섬세한 꾸밈을 상쇄하는 멋진 마무리였다. 남자가 제안한다. "몇 구역 너머에 있어요. 제가 모셔다드리죠. 이렇게 아름다운 여성이 이 시간에 혼자 돌아다니게 둘 수는 없으니까요."

라일라 메이는 본 지 이틀이 넘지 않은 영화에서 바로 이 대사가 나온 것을 기억했다. 적어도 남자는 영화를 보러 가기 좋아할 거라고 생각했다. "그러실 필요 없어요." 라일라 메이가 말했다. 신호등이 바뀌길 기다렸다.

"그러지 못하면 밤새 저 자신을 욕할 겁니다." 남자가 말했고, 신호등이 바뀌었을 때 길을 가로지르며 한쪽 팔을 넓게 뻗었다. 먼저 가시죠. 라일라 메이는 걸었고 옆에서 빠르게 걷는 남자를 비난하지 않았다. 도시의 매력은 게임을 하는 것이다. 라일라 메이는 지하철 입구가 보일까 싶어 앞에 있는 다음 모퉁이를 응시하면서 대답하지 않는데도 남자는 계속 말했다. 방금 사업 회의 같은 자리에서 나왔고, 회의는 잘 마무리했지만, 너무 늦게 나오게 되어 슬프다며 도시에 왔을 때 자유 시간이 생기는 경우가 드물기 때문이라고 알렸다. 남자는 이곳에 있는 볼거리와 사람들을 만끽했고, 개성이 있었다. 아는 사람이 없다고 말할 때는 약간 연극처럼 목소리를 낮추며 비통한 흉내를 냈는데, 라일라 메이는 미소를 짓고 말았다. 본래 성격에 더해 방어 태세를 갖췄음에도 불구하고 말이다. 라일라 메이는 두렵다는 생각에 걸음을 재촉했다. 이런 상황에서 어떻게 행동해야 할지 몰랐다. 지난 금요일 이 시각에는 머리 위에 달린 희미한 관리실 창고 전구 아래서 몇 안 되는 소지품을 상자에 챙겼더랬다. 라일라 메이와 새 동행은 길을 하나 더 건넜다. 남자는 차량을 향해 손을 내밀어 멈추라는 시늉을 했다. 정지등이 켜져서 자동차들이 가만히 공회전하고 있었는데도, 여자한테 친절한 남자 흉내를 냈다. 라일라 메이는 이 손짓에도 미소를 지었지만, 이번에는 속으로 했다. 결의에 찬 표정이 제자리를 찾았다. 남자는 자기 이름이 프리포트 잭슨이라고 하면서 라일라 메이한테 이름을 물었는데, 말하고 싶지 않아도 이해한다고도 덧붙였다. 위험한 도시고 무슨 일이 일어날지 모르는 법이니 말이다. 라일라 메이는 수많은 연습 끝에 일터에서 사용하기로 정한 목소리로, 건물 대표한테 덮개를 휙 열어 직위를 나타내는 금배지를 보여주면서 사용할 목소리로 음절을 딱딱 끊어 이름을 알려줬다. 남자가 말했다. "라일라 메이 왓슨 씨, 지하철까지 모셔다드려도 될까요?" 라일라 메이는 남자가 이미 그러고 있다고 대답했다. 밤새 영업하는 편의점을 지나면서 라일라 메이는 깜짝 놀랐다. 이런 곳을 지금까지 한 번도 마주친 적이 없었기 때문이다. 하지만 이 도시에서는 사람들이 밤중 언제라도 필요한 것이 생기는가 보다고 생각한다. 이 장소는 적응하는 데 시간이 오래 걸릴 것이다.

그때 라일라 메이가 탈 지하철의 노상 입구가 나타났다. 프리포트가 말했다. "도착했네요. 당신 정거장에요. 그리고 제 정거장에요. 제 호텔도 바로 여기거든요."

프리포트가 머리카락에 바른 기름이 체스터필드 호텔에서 나온 빛을 받아서 개구리 등처럼 반짝인다. 두 사람은 호텔을 감싸는 빛, 이 시설에 속한 영역과 그 바깥에 있는 대도시의 울퉁불퉁한 보도를 구분 짓는 활 모양 빛 바로 바깥에 있었다. 라일라 메이가 말했다. "저랑 계속 같은 방향이었네요."

남자는 윙크하고 손가락 총을 당겨 라일라 메이를 쐈다. 프리포트가 물었다. "한잔할래요? 이 호텔에 있는 바는 볼만하거든요. 한 번도 본 적이 없다면요." 도시의 칙칙함이 침범하지 못하도록 능숙하게 막아내는 진홍색 카펫은 계단을 타고 올라가 체스터필드 호텔의 황동 입구까지, 그 안에 있는 빛까지 이어진다. 라일라 메이는 체스터필드에 관해서 읽은 적이 있다. 대부분 사람이 그랬다. 대통령은 가장 최근에 방문했을 때 여기서 머물렀다. 호텔 측이 대통령을 위해 스위트룸을 계속 개방해뒀다고, 신문에 나왔다. 라일라 메이는 이 호텔이 유색인종도 머물 수 있게 하는지 몰랐다. 라일라 메이 뒤에는 시민들한 테 속절없이 학대받아 갈라지고 얼룩진 그 음침한 지하철 입구가 있 다. 프리포트가 말했다. "저를 집까지 데리고 와주신 것에 대해 제가 보답할 수 있는 최소한이죠."

"당신이 저를 데려다준다고 생각했는데요." 라일라 메이가 말했다.

"정확합니다." 프리포트가 미소를 지으며 말하고 카펫 앞으로 손바 닥을 펼쳤다. 당연히 유색인종도 여기에 머무르게 해준다. 여기는 북 부니까. 라일라 메이는 문지기를 올려다보고, 문지기를 지나쳐서 유 리 너머를 쳐다보고, 자기한테 내기를 건다. 그리고 멈췄다. 어쨌든 결과를 알 길이 없으니 엘리베이터 회사가 어디인지 추측하는 것은 의미가 없었다. "한잔해요." 라일라 메이가 말한 다음 빛 속으로 걸어 들어갔다. 구멍은 무시한다.

남자가 라일라 메이를 서둘러 칵테일 바로 몰고 갔기에, 라일라 메 이는 예전에 읽었던 체스터필드 호텔의 그 유명하고 엄청난 로비를 언뜻 볼 수밖에 없었다. 단풍나무실은 그 금요일 밤에는 조용조용했 고, 작게 소곤대는 연인들은 세련되게 차려입었는데, 그렇지 않더라 도 라일라 메이한테는 그렇게 보였고, 프리포트가 술을 주문하는 동 안 모피와 여성의 섬세한 목에 꼭 맞는 진주 목걸이를 셌다. 부서에는 복장 규정이 있었다. 라일라 메이는 새 정장을 좋아했지만, 여기에 어 울리지는 않았다. 그녀의 아파트에 모피와 보석이 잠가둔 상자 속에 있다는 것이 아니라 새 정장이 그렇다는 것이다.

"지하철을 찾아다니지 않을 때는 뭘 하나요?" 프리포트가 진지하게 물었다. 피아노를 치는 남자는 건반에서 고개를 들지 않았다.

"저는 시 부서에 있어요. 엘리베이터 점검원 부서에서 일해요."라일라 메이가 대답했다. 이 말을 한 것은 처음이고, 그녀의 혀를 무겁게 했다.

"엘리베이터라고요?" 프리포트가 말하면서 라일라 메이가 낮을 어떻게 보내는지에 관심이 있는 척하는데, 라일라 메이의 삭막한 옷깃 아래에 있는 전구들을, 거기에 있는 가능성을 측정하려고 시도하는 걸 보니 수상쩍긴 해도, 라일라 메이가 이번이 출근 첫 주였고 여전히 사무실 근방 지리를 모르지만 알아가는 중이라고 말하는 동안 계속 고개를 끄덕이거나 턱을 쓰다듬는다. 라일라 메이는 우선 구덩이에서 3층 아래에 유일하게 여자 화장실이 있고, 아직 명확히 알 수 없는 이유로 점검원들이 자기들 오락실을 구덩이라고 부른다는 것을 알았더랬다. 월요일에 첫 번째 현장을 맡을 것이다. 이번 주는 내내 동료와 차를 타고 다녔는데, 라일라 메이가 특별히 좋아하지 않았던 이 올빼미 얼굴을 한 심술쟁이는 유색인종과 차를 함께 타는 것은 차치하더라도 함께 일하기를 특별히 좋아하지 않았다. (라일라 메이는 이 문제의 선배 점검원인 거스 크로퍼드가 두 사람이 함께 현장을 도는 동안 내내 입을 안 열었다는 것을 말하지 않았다. 크로퍼드는 한마디도 하지 않았다. 부서 차량에서 내보내 커피를 가져오게 시키거나 초보자다운 무고한 질문을 꾸짖어야 할 때조차 말이 없었고, 계획이 무산된 건물 관리인이나 경영자가 물었을 때는, 평소처럼 부당이득을 기대하면서 이 예상치 못한 제삼자에 관해 질문했을 때는 다소 지친다는 듯이 '풋내기'라고만 했다. 건물 대표자는 지갑을 주머니에 둔 채 처벌을 달게 받았다.) 하지만 다음 주에 라일라 메이는 첫 번째 현장을, 첫 번째 현장 파일을 받을 것이다. 프리포트가 고개를 끄덕였다. 엘리베이터 수직 통로가 대단히 더러울 것이며 옷을 깨끗이 유지하기가 어려울 것이 분명하다며 걱정을 털어났다. 라일라 메이는 통로에 들어갈 필요가 없다고 장담했다. 통로를 직감할 수 있다고 말이다. 자기가 하는 말을 프리포트가 전혀 모르리라는 것을 알면서도 어쨌든 말을 이어가면서 오티스와 풀턴이라는 이름을 흘리고, 경험주의와 직관주의라는 서로 경쟁하는 철학 학파를 언급했다. 프리포트는 하찮은 질문으로 라일라 메이를 괴롭히지 않았다. 위스키를 탄 맥주를 홀짝이며 고개를 끄덕였고, 술을 벌써 다시 채워달라는 손짓을 하면서 바이올렛메리를 거의 맛도 보지 않은 라일라 메이에게 마시라고 권했다. 호텔 바에 있는 다른 유색인종 연인은 아프리카인처럼 보였다. 여자는 화려하고 흐르는 듯한 빨간색 로브를, 남자는 주머니가 많은 황갈색 정장을 입었다. 두 사람은 거의 대화를 하지 않고 물을 마셨다.

새 도시에 온 새 시민들이, 밤을 즐기러 나온 여러 나라의 매력적인 사람들이 마티니 잔을 기울이고 이름의 머리글자를 새긴 은색 담뱃갑을 쓰다듬고 바텐더를 이름으로 부른다. 라일라 메이는 수직성의 미래에 대해, 현재 나타나는 수직성의 징후에 대해, 풀턴이 남긴 신성한 운문이 예고하는 징후에 대해 오랫동안 생각했지만, 시민을 고려해본 적은 없었다. 여기에 사는 사람들은 누구인가? 프리포트 잭슨은 마지막으로 조금 남은 칵테일을 가늠했다. 말쑥한 남녀들이 진을 마시며 담소를 나누었고, 흰 얼굴이 술 때문에 열이 올라 뺨이 발그레한 채로 건배를 하고 조건부 날인 증서를 논의했다. 부유한 백인들, 아프리카인 한 쌍, 프리포트 잭슨과 그 저녁 데이트 상대. 라일라 메이는 마티니 잔처럼 생긴 건물은 절대 지을 수 없다고 속으로 생각하는데, 높아질수록 넓어지면 쓰러질 테니 어리석은 짓이다. 이 방에서는 대화가 멀리까지 이동하지 않았다. 연인끼리 오롯이 있었다. 기념일이나 라디오에서 중계하는 모교 결승전을 축하하려고 모인 소란스러운 무리도 없었다. (라일라 메이는 오늘 밤 사무실이 문을 닫고도 한참이 지나서 거리로 나왔다. 그 이유는 점검원이 금요일 밤마다 '오코너 술집'이라는 인근 술집에 모여서, 다양한 엘리베이터와 그 엘리베이터가 사는 건물에 대한 음담패설, 수직성과 그 지저분한 효과에 대한 농담을 나누고, 임무 중 추락한 엘리베이터를 위해 건배를 든다는 사실을 알아냈기—사무실이 작아서 반대편에 있는 사람이 배에서 꼬르륵 소리가 나면 들린다—때문이라는 점은 동행한테 말하지 않았다. 이 동료애를 다지는 주간 의례를 알고서 신이 난 나머지 퇴근 시간에 다른 점검원들과 함께 부서 엘리베이터를 타고 그 음주 시설로 출발했다. 새 아파트, 새 직업, 새 도시 등 새로운 상황에 대해 순진한 즐거움에 잠시 취한 때라 자신이 환영받는다고 가정했다는 것도 동행한테 말하지 않았다. 라일라 메이는 동료들보다 2미터 뒤에서, 등을 보며 걸었다. 동료들은 오코너 술집에 있는 마모된 식탁에서 라일라 메이한테 앉으라고 권하지 않았고, 식탁에 합류하라는 어떤 몸짓도 안 했으며, 라일라 메이는 술꾼들, 혼자 중얼거리는 아일랜드 독립주의자들과 함께 바에 앉아서 맥주를 맛보고 엘리베이터 여단 전쟁에서 이기고 진 이야기를 들었다. 라일라 메이가 슬며시 나가서 집으로 가는 지하철을 찾을 때도 라일라 메이를 찾는 사람은 아무도 없었으며, 반쯤 남기고 간 맥주는 통찰력이 날카로운 어느 술꾼이 곧장 탐욕스럽게 벌컥벌컥 마셨다. 자기 의견을 이야기하지 않는 바텐더를 제외하면 아무도 라일라 메이가 떠난 것을 몰랐다.) 찰스턴 호텔 바에는 난폭한 사람이 없다. 그저 남녀가 맵시 있고, 과시적이고, 바늘땀이 섬세한 야회복을 입고 협상할 뿐이다.

그런데 이 남자는 누구인가. 프리포트는 술을 한 잔 더 주문했고, 라일라 메이가 이의를 제기했다. 프리포트가 말했다. "저는 미용 제품을 팝니다. 모든 사람은 예쁘고 잘생겨 보이길 바라죠, 제 말이 맞습니까, 틀립니까?" 남자는 두피에서 물결치는 머리카락으로 손가락을 집어넣고 쓸어 넘긴다. "그리고 누군가는 그 바람을 들어줘야 했고요. 당신은 이미 그 점을 알았을 겁니다. 당신 자신도 판매원이니까요. 이런, 우리는 똑같은 걸 파네요. 마음의 평화를요. 저는 당신한테 절대로 무언가를 팔려고 하지 않을 거예요. 당신은 필요 없을 게 분명하니까. 하지만 대다수 사람한테는 필요해요. 저는 지금까지 영업을 7년 했어요. 7년이라니, 세상에, 이 생각만 하면 아직도 놀랍다니까요. 북동부를 위아래로 다녔죠. 좋은 경로가 있거든요. 그 거리를 이동해요. 하지만 지금은 여기에, 이 도시에 있는데, 막 유통업체랑 회의했기 때문이죠. 제가 일하는 회사는 '미스 블란체 화장품'인데 소규모로 시작한 처음부터 거기서 일했어요. 일이 계속 잘돼서, 규모를 늘리고 더 큰 유통업체랑 일하기로 했죠. 지금까지는 거리에서 발품을 팔면서 긴 시간을 투입해서 문을 두드렸는데, 유통업체라니, 대성공이에요. 제가 거래를 종이에 남기는 일을 맡았죠. 잉크로요. 물론 어느 회사랑 협의 중인지는 말해줄 수 없어요. 벽에도 귀가 있다잖아요. 무슨 말인지 알죠? 그래도 요만큼 남았어요." 프리포트는 깔끔하게 다듬은 손가락을 들어 설명했다. "전부 서면으로 남기기까지 요만큼 남았어요. 느낄 수 있어요. 당신도 어떻게 그런지 알겠죠. 엘리베이터인가 뭔가에 타면 언제 괜찮고 언제 안 괜찮은지 알잖아요. 이런, 저도 이제 이해한 것 같네요. 제대로 이해했어요."

"정확히 뭘 팔죠?"

"대부분 피부를 밝게 하고 머리카락을 펴는 제품이에요. 이해하시겠지만, 우리 고객은 유색인종이고 우리가 소원을 이뤄드리는 여성들은 예뻐 보이길 바라세요. 그래서 저는 첫날부터 제가 도시를 담당하는 것을 확실히 했죠. 자동차 트렁크에 여러 가지를 수십 상자 싣고서 월요일 오후에 올라와요. 고객들을 남편이 집에 없을 때 잠깐 만나야 하거든요. 월요일 저녁 무렵에는 매진이죠. 매진이요! 그런 식이에요. 더는 전화 영업도 안 해요. 고정적인 고객을 확보했는데, 그 고객이 자기 친구들한테 자랑하고, 그러면 그 친구들도 제품을 어디서 구할 수 있는지 알고 싶어 하죠. 입소문이에요. 백과사전이나 진공청소기 판매원은 이런 매출을 올릴 수 없다고 말씀드리죠."

바 영업을 마감한다고 웨이터가 알리자 프리포트는 라일라 메이한테 자기 방에서 함께 술을 마시겠냐고 물었고, 라일라 메이는 동의했다. 이미 그러기로 마음먹었기 때문이다. 라일라 메이는 점검원이었다. 이 일은 점검이었다. 프리포트는 금색 머니 클립에서 지폐를 꺼낸 다음 아직도 반이 남은 라일라 메이의 컵을 그 위에 올려뒀다. 눈이 방을 돌아다니면서 도둑을 찾는다. "주변에 백인이 있으면 무슨 일이 생길지 모르니까요." 프리포트가 말하며 빙그레 웃었다. "아주 좋은 저녁 보내요, 친구." 칵테일 바를 나서면서 웨이터한테도 말했는데, 프리포트는 발이 불안정하고 라일라 메이는 걸음이 확고하다. 라일라 메이는 바의 은은한 조명 속에 있다가 로비를 채운 선명한 빛 속에서 눈을 가늘게 떴다. 프리포트는 손가락으로 라일라 메이의 팔꿈치를 잡았다. 라일라 메이가 엘리베이터(문이 특히 넓어 유나이티드 사 것처럼 보인다고 생각했다) 쪽으로 몸을 돌리자 프리포트가 말했다. "당신이 생각하기에…… 제가 여기에 머무는 줄 알았어요? 이런 곳은 감당할 여유가 전혀 없어요. 아니, 저는 길 건너에 머물러요."

"그렇죠." 라일라 메이가 말했다. 계단을 내려와 거리로 가려는데, 문지기가 저녁 인사를 건넸다. 프리포트가 고개를 끄덕였다.

프리포트는 거짓말을 하지 않았다. 호텔은 바로 거기, 지하철 입구에 있었는데, 다만 길 건너에 있었다. 호텔 블레어의 야간 경비원은 저녁 인사를 건네지 않았고, 오히려 방범용 창살 뒤에 있는 통통한 시체가 아마 두 사람을 향해 눈썹을 치켜올렸던 것 같다. 라일라 메이와 프리포트는 로비에서 라디오를 둘러싸고 쭈그려 앉은 수감자 다섯 명한테서 더 따뜻한 환영을 받았다. 수감자들은 권투 경기에서 주의를 돌려서 이 남녀가 계단을 올라 사라지는 모습을 지켜봤는데, 그들이 걸친 얇은 갈색 목욕 가운에는 담배 자국과 싸구려 식당의 그레이비소스가 남긴 흉터가 있다. 남자는 여자의 잘록한 등허리로 손바닥을 미끄러트리고, 수감자들이 단체로 입술을 적시며 즐거워하는 상황에서 여자를 이끌고 계단을 오른다. 조용한 층 세 개를 올라갔고, 선반을 여러 개 지나다 보니 중간에 소화기를 묶어뒀는데, 의도가 불분명한 이름 모를 악당들 때문에 그 목적은 좌절됐다. 언급을 거부하는 칙칙한 벽을 걸어서 지나갔다. 라일라 메이는 퀴퀴한 공기를 코로 들이마셨다. 프리포트는 휘파람을 불었다. 엘리베이터가 없다고, 라일라 메이는 생각했다. 프리포트가 자물쇠와 씨름하며 말했다. "잠시만 기다려요, 자기." 자물쇠는 프리포트가 내미는 유혹에 굴복하지 않을 것 같았다. 프리포트가 말했다. "달라붙어서요. 기다려주세요."

라일라 메이는 예전에 작은 방에서 지냈고, 지금은 이보다 더 작은 방에서 살며, 앞으로도 분명히 그런 방에서 거주할 것이다. 몇 분간 유예기간을 보낸 끝에 거리 소음이 열린 창문으로, 더러운 초록색 블라인드를 가로질러 행군하면서 돌아왔다. 경적, 야유, 충돌. 도시가 내는 비웃음. 라일라 메이는 화장실과 그 차가운 타일을 본다. 프리포트는 샤워 커튼 봉에 다 신은 양말 세 켤레를 말렸다. 울퉁불퉁한 침대 옆에 있는 탁자로 쏜살같이 달려가 갈색 종이봉투에서 병을 꺼냈다. 갈색 봉투는 구겨서 하나밖에 없는 창문 밑에 있는 금속 바구니에 던진다. 프리포트가 물었다. "한 모금 할래요? 잠들기 전에?" 프리포트가 제안하면서 손수건으로 컵 윗부분을 문지르고 전등에 비춰봤다.

라일라 메이는 화장실에서 옷을 벗겠다고 말했다. 뒤틀려서인지 아니면 너무 야심만만하게 페인트를 칠해서인지 문이 닫히지 않았고, 문틀을 둘러싸고 있는 하얀색 빛 사이로, 천 위에서 재빨리 더듬거리며 움직이는 소리가, 프리포트가 올라타면서 작은 침대가 삐걱대고 끼익하는 소리가 들렸다. 라일라 메이는 샤워 커튼에 걸린 남자의 양말 옆에 바지를 걸고, 그 위에 재킷과 셔츠와 브래지어를 올려뒀다. 발에서 땀이 나서 호텔이 욕조 바닥에 뿌려둔 살균제가 끈적이는 것 같았다. 은색 광택제를 바른 거울에 얼굴을 확인하며 결의에 찬 표정을 짓는다. 엄격하게 조립해낸 결과물이다. 라일라 메이가 보기에는 성스러웠고, 그렇게 설계했기 때문이다. 라일라 메이가 내린 정의와 일치했다.

　남자가 뭐라고 했지만, 현장과 관련이 없었기에 무시했다. 라일라 메이는 남자가 내쉬는 숨을, 부식하며 천천히 소멸하는 그 낮은 악취 구름을 개의치 않았다. 라일라 메이는 자세한 점검 내용을, 남자의 손가락과 입맞춤을, 라일라 메이 위로 느리게 쓰러지는 남자를 기록했는데, 마지막에는 남자가 물개처럼 균형을 잡을 팔이 없나 싶게 느껴져서 어색했다. 첫 번째 점검이었다. 라일라 메이는 첫 번째 점검 파일을 만들었고, 적절한 세부 사항을 써넣었다. 보고서에 사용한 언어는 육중한 관료식 문법에서 뽑아왔다. 자세한 내용은 보존했지만, 상대방은, 이 언어로 평가할 내용이 없는 그 사람은 제외했다. 라일라 메이가 옷을 입고 떠날 때 남자는 일어나지 않았으며, 예상한 대로였다.

* * *

　일주일 전 이 시각에, 사고가 일어났던 밤에, 라일라 메이는 흔들리는 지하철에 앉아 오코너 술집에서 돌아오며 신문 표제를 빤히 쳐다봤다. 석간신문은 패니 브리그스 건물 이야기를 1면에 실었다. 신문을 든 남자의 얼굴을 만성 충혈 질환이 점거하고서, 타블로이드지의 내용이 거친 만큼 피부를 붉게 만들었다. 남자는 저렴한 인쇄물을 눈으로 훑었다. 천천히 종이를 넘기면서 도시에서 일어난 다른 참사로, 다음 해독제가 되는 잔인한 일로, 1면 뒤에서 펄럭이는 면으로 넘어

가지만, 표제는 그 자리에 똑같이 남아 라일라 메이의 맞은편에서 맴돌았다. **추락**

이제는 상황이 상당히 다르다. 표제는 거기에서, 부랑자를 위한 이 부자리에서, 중간 지구 풍동에 달린 깃털에 맞춰 춤춘다. 하지만 라일라 메이는 거기에 이름이 실렸기에 진군하면서 자기 명예를 다시 요구한다.

라일라 메이는 30분 일찍 도착해서 빅퍼드 식당의 반짝이는 창문 맞은편 길에 차를 댄다. 척의 독특한 걸음걸이(어깨와 엉덩이를 바보처럼 연출하면서 관절을 초과근무시킨다)를 알아봤을 때, 그림자가, 조용히 척을 따라다니는 남자들이 붙었을 징후를 찾아 거리를 살펴본다. 척이 창가 칸막이 자리(훤히 보인다)에 앉은 뒤에도 10분을 더 기다리고 나서 빅퍼드 식당에 들어간다. 캔커나 조사팀이나 혹시 모를 사람이 따라오지는 않았다.

"그래서 나한테 알려줄 건 뭐예요, 척?" 라일라 메이가 칸막이를 비집고 들어가며 씩씩하게 묻는다.

척이 불평한다. "'그래서 나한테 알려줄 건 뭐예요?'라니. 그 말이 다예요? 지난주부터 코빼기도 안 보이더니."

라일라 메이는 척이 이 목소리를 가정에서 일어난 사고에 쓰려고 비축한다고 상상한다. 주부 같은 말투다. 징징거리고, 화가 나 있다. "미안해요, 척. 지금 벌어지는 일이 많아요." 라일라 메이는 냅킨을 무릎에 올린다. 이 식당은 최근에 빳빳한 천으로 냅킨을 개선했는데, 극장에 가는 손님을 유혹하려는 시도다. 빅퍼드 식당은 이상한 장소에 있다. 동쪽으로 두 구역을 가면 창고 지대가, 서쪽으로 두 구역을 가면 교도소가 있다. 빅퍼드가 싸구려 식당으로서 보낸 초라한 나날은 저물고 있다. 가족 식사가 짭짤한 돈이 되므로, 속기 쉽고 방향을 잃은 관광객 무리가 갈팡질팡할 때 꾀어 들인다. 배식판에 계획 없이 담은 정식도, 매일 주방장의 기분을 손으로 쓴 간판도 없다. 더 나은 접시, 끝부분이 고른 포크, 파리가 점처럼 붙은 전구를 덮는 불투명한 구체 장식. 라일라 메이가 아는 메뉴는 이제 없다.

"도망 중인 사람치고는 그래도 괜찮아 보이네요." 사과에 잘 넘어가는 척이 말한다.

도망 중이다. 그 말이 딱 맞는다고, 라일라 메이는 생각한다. "요즘 사무실 주변 분위기는 어때요?"

"캔커가 사고를 당한 뒤로 상당히 정신이 없었어요. 하드윅이 우리를 사정없이 쪼아대는데, 별 도움은 안 되죠. 캔커가 아직도 병원에 있어서 선거 동력을 잃을까 봐 걱정인 모양이에요. 사기에 큰 타격을 줬거든요."

"신문에 난 걸 봤어요." 보면서 환호성을 질렀더랬다. 나쁜 잉크는 어느 쪽으로나 향한다.

척이 말한다. "상당히 극적으로 추락했거든요. 패니 브리그스 사건 이후로 직관주의자들이 활개를 못 치게 막는 등 일이 잘 풀렸는데, 그 오티스 연출 때문에 레버가 다시 지지를 얻었어요. 어떤 사람은 리드와 레버가 배후라고까지 하고요." 나체즈가 친 장난에서 리드가 공을 가로채기까지는 오래 걸리지 않을 것이라고 라일라 메이는 생각한다. 척이 말을 잇는다. "그 일이랑 풀턴 관련 소문 때문에 선거가 다시 알수 없게 됐어요. 풀턴 이야기는 들은 적 있어요?"

라일라 메이는 어떤 표정을 지어야 하는지 기억이 안 난다. "블랙박스에 관한 소문이요?" 리드와 레버가 그 상자가 나왔다는 사실을 일반 사병들한테 흘렸다면, 자기들이 곧 발견할 거라고 확신하는 것이 분명했다. 아니면 이미 확보했을 수도 있다. 라일라 메이가 아직 그 안에 있었다면 알았을 것이다. 라일라 메이는 자기가 회관에서 사라진 것에 대해 그 사람들이 어떻게 반응하는지 궁금하다.

척이 말한다. "맞아요. 들리기로는 〈승강기〉에서 이번 주에 그 기사를 싣기로 했다는데 나오지 않았어요. 당연히 온갖 추측이 난무하지만, 핵심은 우리 중 누군가는 다시 레버한테 희망을 걸고, 울타리에서 양다리를 걸치고 있던 일부는 우리한테로 돌아온다는 거예요. 진짜라고 생각해요, 라일라 메이? 블랙박스가 나와 있을까요?"

"그럴 수도 있겠죠."

"생각해봐요. 풀턴이 만든 블랙박스라니. 그게 무슨 의미인지 알아요? 제2의 상승이 온다는 거예요. 우리를 둘러싼 모든 것, 저 밖에 있는 모든 것이 내려올 거예요. 전부 다요." 활기차게, 낭만적인 미래를 함께할 동행으로서 라일라 메이를 쳐다본다. 라일라 메이는 말 그대로 기분이 가라앉았다. 척은 커피 잔으로 손가락을 미끄러트리고 길고 검은 머리를 뒤로 넘긴다. "어떤 사람들은 완벽한 엘리베이터가 우리를 일터에서 쫓아낼 거라고 중얼거리지만, 유지 관리 문제 같은 것은 늘 있으니까요. 돌아오는 화요일 밤은 상당히 흥미로울 거예요. 투표하러 갈 거예요?"

"상황이 어떻게 흘러가는지 봐야 해요. 과학수사 결과는 아직 안 나왔나요?"

척이 고개를 젓는다. "부검은 아직이에요. 그 사람들이 어떤지 알잖아요. 정보를 캐내고 모두를 긴장 상태로 몰아넣어야 하는 일이 생겨서 신이 났어요. 그래도 월요일 아침에는 발견한 내용을 공개할 예정으로 보여요."

월요일 오전이면 완벽하다는 것이, 라일라 메이가 하는 생각이다. 그쯤이면 필요한 것을 폼페이한테서 얻어냈을 것이고, 그것을 수사 보고서와 합치면 누명을 벗을 것이다. 과학수사는 시에서 하는 일로, 매수할 수 있기는 하지만, 보고가 시장 사무실로 들어가며, 시장은 캔커가 다른 무엇을 꾸미고 있든, 엘리베이터 점검원 선거에는 섞어 넣지 않는 편이 낫다는 것을 안다. 선거는 집안 문제고, 점검원은 집안 문제를 매우 심각하게 받아들인다. 라일라 메이가 묻는다. "아버개스트라는 남자는 어때요? 그 사람이 맡은 일은 어떻게 돼가죠?"

척이 얼굴을 찡그린다. "그게 안 좋은 소식이에요, 라일라 메이. 제가 말할 수 있는 것에서는 아무것도 못 알아냈어요. 당신도 사라져버렸고. 아무도 말을 안 해요. 과학수사팀이 보고서를 들고 돌아오면, 우리 둘 다 그 일이 파괴 공작이었다는 걸 알지만, 당신은 여전히 첫 번째 용의자예요. 일주일 동안 당신 소식이 안 들렸으니까요." 목소리가 삐걱거린다. "그 보고서가 나오면, 아버개스트는 경찰을 불러야 하죠. 공식적으로 범죄 사건이 되기 때문이에요. 당신이 유죄처럼 보이고요, 라일라 메이. 당신이 유죄 같다고요."

"저는 전에도 유죄였어요. 이제 그 사람들은 교수형을 집행할 구실이 생긴 것뿐이에요."

"들어오지 그래요, 라일라 메이." 척이 말한다. 애원에 가깝다.

"그 이야기는 그만하죠."

"제가 도와줄 수 있어요. 아버개스트한테 이야기해요. 그 사람이 도와줄 거예요. 당신도 우리 사람이니까."

라일라 메이는 그 사람들이 척을 포섭했을지 잠시 고민한다. 여러 단체에서 시도했을 수도 있었다. 하지만 척한테 전화한 이유는 믿기 때문이며, 라일라 메이는 그 믿음이 필요하다. 결과를 받아들일 준비는 됐다. "월요일이 되면 다 괜찮을 거예요." 이 말이 사실이 된다고 믿으며 말한다.

"나한테 털어놓지 않을 거죠?"

라일라 메이는 척을 믿는다. 지금 그냥 척을 보자. 아무한테도 포섭당하지 않았다. 라일라 메이도 털어놓을 수 있기를 바라지만, 다음 주에 자기가 알아낸 전부를 이야기할 시간이 있을 것이다. 아니. 전부는 아니다. 풀턴에 관해서는 이야기하지 않을 것이다. 할 수 없다. 척의 표정에 퇴색된 눈길이, 사진 속 배경 물체처럼 무관심한 단조로움이 떠오른다. 조금 전만 해도 생생했던 우정은 이제 멀리 있다. 라일라 메이는 척을 뒤에 남기고 떠났다. 아무것도 말하지 않을 것이다. 라일라 메이가 말한다. "며칠이면 다 끝날 거예요, 척. 그러면 전부 이야기할게요."

"경찰은요?" 척이 묻는다.

라일라 메이는 입술을 오므리다가 기억해낸다. "한 가지 더요, 척. 8번가 366번지에 관해 아는 것이 있나요?"

"366번지라……." 척이 혀로 볼을 밀어내는데, 라일라 메이가 늘 조금 싫어했던 습관이다. 척이 마침내 말한다. "그 건물은 알아요. 오늘 아침 이사회에서 봤어요. 다음 주에 점검을 받을 예정일 거예요. 마벌리가 맡았죠."

"새 건물이에요. 부서 사람이 아직 아무도 안 살펴봤어요?"

"네. 이번이 정밀 검사예요. 마벌리가 몇 주 전에 몇 가지 위반 사항을 기록해뒀어요."

라일라 메이는 5분 뒤에 차에, 30분 뒤에는 주택단지에 있는 '친절한 연맹 숙소'에 잡은 방에 있다. 지금까지 머물렀던 방 중에 가장 작은 방이다. 세기가 바뀔 무렵에 리버풀에 등장한 '이동식 응접실'은 빅토리아식 너그러움에 흠뻑 젖어 승객이 100명은 탈 만큼 넓고 색이 들어간 거울과 잘 접히는 방석으로 장식했다. 이 방을 세 개는 넣어야 꽉 찰 것이다(엘리베이터 속에 엘리베이터가, 엘리베이터 승객이 있다). 친절한 연맹 숙소의 지하 금고는 도시에서 버림받은 가구(폐기장에서 구하고, 타버린 공동주택에서 구했다)를 두는 비공식 저장소인데, 이 방에 비늘 모양 덮개를 씌운 의자 하나와 진지하게 자살 유서를 작성하기에 더 적합할 만한 책상 하나를 갖춰주었다. 높은 갈색 보관장 문은 지금은 세워둔 접이식 침대를 숨기고 있는데, 초췌한 손님들과 여러 해를 다툰 탓에 문의 경첩들은 기울어졌고 또 잘 움직이지도 않는다.

라일라 메이는 다른 손님은 못 봤지만 상상할 수 있다. 도시에 작용하는 조력은 발을 약하게 디디는 시민을 이 바깥으로, 가장자리로, 친절한 연맹 숙소 같은 냉혹하고 험준한 바위산으로 쓸어 보낸다. 회색 옷을 걸쳤고 죽은 풀 같은 수염이 났고 구부정하게 발을 끌며 걷는 나이 든 남자들. 알리바이가 없는 사람들. 지난밤에는 들쑥날쑥한 기침

256

소리가 복도를 떠나지 않았다. 여러 방에서 몰래 빠져나온, 술에 빠진 죽음의 합창이었다. 있는 그대로 말해, 라일라 메이는 기침 소리 때문에 잠들 수가 없었다. 마침내 찾아온 꿈. 꿈은 어릴 때 살던 집에 천둥이 치고 축축한 비가 내리는 모습으로 나타났다. 꿈속에서는 비 때문에 밖으로 나갈 수가 없었다. 아침에 낮게 늘어선 공동주택 너머에서 해가 빼꼼히 고개를 내민 것을 발견한 뒤에 재빨리 밤을 떨쳐버렸다. 이 주택들은 이 섬의 먼 북쪽으로, 검은 강까지 무리 지어 진군한다. 이 근방에는 엘리베이터가 별로 없다. 이곳은 수직성이 비난하는, 무시당하는 평면 세계로 여전히 숲과 들판인 편이 나았을 것이다. 아니, 캔커와 레버는 라일라 메이를 여기서 찾지 않을 것이다. 다른 손님이 보이지 않게 느릿느릿 방에서 나오는 일과가 오늘 아침에는 10시 무렵에 끝났고, 라일라 메이는 한 시간을 더 기다렸다가 상자 밖으로 조심스럽게 나왔다. 당시에는 이렇게 하는 것이 안전하리라 판단했다. 라일라 메이가 현관문을 옆으로 밀치고 뒤에서 쾅 닫히도록 두는 동안 아래층에 있는 관리인은 만화책에서 고개를 들지도 않았다. 관리인은 이미 많은 꼴을 봤다.

　라일라 메이는 시 소유 구역에서 오후를 보냈다. 시내에, 섬 반대편 끄트머리에, 패니 브리그스 건물 바로 맞은편에 있는 기억의 전당에서. 새 건물이 연방 광장을 가로지르며 드리운 그림자를 빠르게 걸어 지나갔는데, 눈을 그 건물에서 돌리고, 재빨리 기억의 전당에 있는 회전문으로 들어갔다. 직원한테 배지를 보여줬지만, 이 키 작은 노파는 반짝이는 금속 기계로 도장을 찍느라, 시 직인을 야만적으로 쌓인 서류에 찍느라 너무 몰두한 나머지 신분증을 보려고도 안 했다. 라일라 메이는 관료주의적인 폭도를 개종시키는 그 신성한 직인을 거꾸로 봐도 분명하게 알아볼 수 있었다. 부서에서 라일라 메이의 배지에 관해 경고문을 발행했대도, 이 사무실에는 아직 도착하지 않은 듯했다. 기억의 전당에 있는 넓은 원장을 다 확인하고 나서 척을 만나러 빅퍼드 식당으로 갔다. 패니 브리그스 건물이 드리우는 긴 그림자는 공기에 스며서, 밤과 구분할 수 없어졌다.

친절한 연맹 숙소에 있는 방에서 《이론 엘리베이터학》 2권을 읽는다. 이렇게 나와 있다. **그 인종은 이 바쁘고 정신없는 세기에 잠을 잔다. 엄중한 뚜껑은 열리지 않을 것이다. 불안한 망막이 뚜껑 아래서 앞뒤로 획획 돌아다닌다. 꿈을 꾸면 흔들린다. 이 상승하는 꿈에서, 망막은 신성한 수직성과 계약하는 꿈을 꾼다는 사실을 인지하며, 일어나면 그 조항이 기억나길 바란다. 인종은 결코 그러지 못하며 그것이 우리가 받은 저주다.** 예전에 라일라 메이는 인종이라는 표현이 인류 종을 의미하는 것이라고 생각했다. 풀턴은 《이론 엘리베이터학》을 통틀어 위풍당당한 '우리'에 집착한다. 하지만 이제…… 누가 '우리'일까?

라일라 메이는 읽는 방법을 배운다.

문을 두드리는 소리에 책을 덮는다(책장은 서로를 거부하고, 라일라 메이의 손길을 시샘하고 보호하려 든다). 라일라 메이는 나체즈이기를 기대하는데, 나체즈는 풀턴이 남긴 일기장과 아마 더 있을 분량을 찾는 일에서 새로 얻은 정보를 전달해줄 예정이다. 하지만 나체즈가 두드리는 소리도, 나체즈가 내는 저음도 아니다. 이제는 꺽꺽거리며 말한다. "에이미, 에이미, 자기야, 미안해." 그 마지막 단어는 차츰 잦아들며, 침처럼 문을 타고 똑똑 떨어진다. "그런 짓을 해서 미안해.

문 열어. 설명할게. 그냥 나는 가끔 그런 곳에 들어가면……. 너무 낮고, 너무 낮아서 정신이 없어 위를 못 봐." 이 사건은 끝난다. 남자가 손으로 문을 철썩 때리고, 라일라 메이는 남자가 복도를 걸어가는 소리를 들을 수 있다. 부드러운 옷이, 아마도 목욕 가운이 꼬리나 빗자루처럼 남자 뒤에서 더러운 타일 위로 천천히 미끄러진다.

마침내 나체즈가 문을 두드리자 오래된 문이 덜그럭거린다. 라일라 메이는 문에 난 작은 구멍으로 확인할 필요도 없다. 라일라 메이가 체인을 빼서 문을 열었을 때, 나체즈는 불쾌하다는 듯이 복도를 빤히 본다. 살짝 각이 진 눈썹, 동그랗게 튀어나온 턱, 풀턴과 비슷한 옆모습이 보인다. 수수하게 재단한 연청색 정장을 입었다. 유색인종 도시에 사는 남자라고 하면 떠오르는 정장이고, 교회와 장례식장에 입고 가는 정장이며, 아마 하나밖에 없는 정장일 것이다. 회관 고용인 복장이 아니다. 나체즈가 말하며 라일라 메이를 돌아본다. "멋진 호텔을 골랐네요, 라일라 메이."

"당신을 보니 아픈 눈이 낫네요." 라일라 메이가 말한다.

나체즈가 불안하게 옷깃을 잡아당긴다. "별로 가져온 것이 없어요. 왜 이런 걸 가져왔는지 나도 모르겠지만." 어깨를 으쓱하고 누레진 천장을 올려다본다. 등 뒤에서 꽃 한 다발을 빠르게 꺼냈다. 제비꽃이었다. "오는 길에 이걸 봤어요. 방을 꾸밀 뭔가가 필요할지도 모른다는 생각이 들었는데, 제가 맞은 것처럼 보이네요."

아니, 라일라 메이가 기억하기로, 마지막으로 꽃을 준 누군가…… 누군가가 있긴 했나? 전혀 기억이 안 난다. 나체즈의 뒤로 가서 문을 잠그고 그 작은 방을 살펴본다. 오래 걸리지 않는다. 라일라 메이가 말한다. "고마워요. 창틀에 놓아주세요. 꽃을 담을 만한 게 없네요."

나체즈는 칙칙한 검은색 모자를 단단히 싼 제비꽃과 함께 창틀에 나란히 둔다. 탁자에서 길게 끼익하는 소리를 내며 의자를 당겨 앉는다. "여기보다 더 나은 곳으로 갈 수도 있었을 텐데요. 내 방도 이보다는 나아요. 나는 좋은 곳에 묵을 돈이 하나도 있지 않았는데도요. 내 말은⋯⋯ 좋은 곳에 묵을 돈이 하나도 없었다고요."

"어떤 식으로든 저를 신경 써서 행동할 필요는 없어요, 나체즈." 나체즈는 이 방에 하나뿐인 의자를 차지했다. 라일라 메이는 접이식 침대랑 씨름하면서, 바닥에 미끄러트렸다. "우리는 같은 곳에서 왔으니까요." 라일라 메이가 덧붙이며 가운데가 푹 꺼진 매트리스 가장자리에 앉는다.

나체즈는 긴장한 듯 보이고, 손바닥을 무릎에 문지른다. "오늘 뭔가 찾았어요? 시내에 나갔을 때요."

어쩌면 정말로 다소 긴장했는지도 모른다고, 라일라 메이는 생각한다. 라일라 메이는 자신이 눈길을 끄는 사람이라고 생각해본 적이 없었지만(그만큼 자신을 모른다), 나체즈는 도시에 처음 왔으니 어쩌면 그의 긴장이 설명될지도 모른다. "왜 폼페이가 지난밤에 거기에 갔는지 알 것 같아요." 라일라 메이가 말한다. 8번가 366번지, 폼페이가 폴리 사교 클럽을 떠난 뒤에 두 사람이 미행했던 곳이다. "그 건물은 폰티첼로 식품 소유예요. 이 회사는 강 건너편에 토마토 통조림 공장을 갖고 있죠. 셔시의 영역일 것이 확실해요. 어쨌거나 폼페이한테 맞설 것은 충분히 있어요. 우리가 찍은 사진 말이에요. 어쩌면 패니 브리그스 엘리베이터를 파괴했다고 인정하게 만들 수 있을 거예요."

"저도 같이 갈게요. 몇 시죠?" 나체즈가 대답한다.

"도와줄 필요 없어요. 제 말은, 저 혼자 할 수 있어요. 폼페이랑 함께 일하는걸요. 그 사람을 잘 알아요. 제가 처리할 수 있어요."

"몇 시예요? 저도 함께 갑니다." 나체즈가 가슴 앞으로 깍지를 낀다.

나체즈의 동기는 좋지만, 라일라 메이는 아이가 아니다. "당신은 당신이 할 일이 있잖아요. 오늘 회관에서는 어땠어요? 찾았나요?"

"세상에, 그 사람들은 무슨 일이 일어난다고 생각을 안 해요. 그레이블리 부인이 저녁 장을 보러 나갈 때까지 기다렸죠. 리드와 레버는 온종일 밖에 있었고요. 그 공책을 찾기까지 다해서 5분 걸렸어요. 자기들이 꽤 잘났다고 생각하는 사람들이란. 당신은 그 사람들이 그 서랍을 잠가두리라 생각했죠. 당신이 말했던 바로 그 서랍에 있었어요." 나체즈는 작은 검은색 카메라를 재킷에서 꺼내서 허공에 흔든다. "삼촌의 손 글씨가 있는 것을 알아본 뒤에 사진을 찍었죠."

라일라 메이는 흥분하며 몸을 앞으로 숙인다. "제가 볼 수 있나요?"

나체즈는 카메라를 되돌려놓는다. "인화하러 편의점에 들르지 않았어요. 부서에 있는 일기랑 엘리베이터 잡지에 있는 일기를 다 찍을 때까지 기다리려고요."

라일라 메이가 말한다. "지금 있는 건 인화하는 게 좋을 거예요. 그리고 캔커랑 〈승강기〉에는 다른 필름을 사용하고요. 그래야 무언가 잘못돼도 전부 다 잃어버리지 않을 거예요."

나체즈는 살짝 기가 죽은 표정이다. 길 건너 주류 판매점 간판에서 나오는 빨간색 네온 빛이 나체즈의 얼굴을 비췄다 꺼졌다 한다. "당신이 맞아요. 내일 사진으로 뽑을게요."

꾸짖듯이 말했나? 라일라 메이가 생각한다. 그저 현실적으로 이야기하려고 했을 뿐이다. 부드러운 어조로 말한다. "저는 만약을 이야기하는 거예요."

"아니, 당신이 맞아요. 그렇게 할게요."

"일기장이 부서에 있는 게 확실한가요? 다른 곳으로 가져갔을 수도 있잖아요."

나체즈가 말했다. "제가 찾을 거예요. 거기에 있으면 찾는 거고, 다른 곳에 있으면 그 장소가 어디인지 알아낼 거예요. 당신은 당신이 해야 할 일을 걱정해요. 저는 제가 할 일을 걱정할 테니까."

"말할 것이 있는데…… 폼페이랑 대화를 끝낸 다음에 〈승강기〉에 가서 그쪽 문서는 어디에 있는지 찾아보려고요. 그러면 시간을 아끼겠죠."

나체즈는 화가 나 보인다고, 라일라 메이가 생각한다. 폼페이한테 함께 가겠다고 고집할 때만큼이나 화가 나고 반항적으로 보인달까? 나체즈가 말한다. "제가 할 겁니다, 라일라 메이. 그렇게 합의하지 않았습니까? 당신도 할 일이 많아요. 제가 필름을 현상하면 삼촌이 무슨 말을 하려고 했는지 해석하는 걸 당신이 도와줄 수 있죠. 그렇죠?"

그에게 무얼 하라고 시키지 말 걸 그랬다. 라일라 메이는 나체즈를 잘못 이해했다. "나체즈…… 뭘 좀 먹을까요?"

나체즈가 찡그리고는 말한다. "정말로 그러고 싶지만, 다시 열차를 타야 해요. 내일 할 일이 많거든요." 나체즈는 일어서서 의자를 찾았던 곳으로 다시 밀어 넣는다. "라일라 메이, 당신이 그 현대 도시 여성이라는 것은 알지만, 나는, 저는 천천히 하고 싶어요. 알죠? 나는 그렇게 자랐어요. 그러니까…… 내일 밤에 진짜로 나가도록 하죠. 우리 일을 다 끝낸 다음에 나가서 제대로 하자고요. 엘리베이터도, 블랙박스도, 삼촌도 없어요. 우리 둘만 말이죠. 저녁을 먹으러 가고, 그다음에 어쩌면 당신이 가는 클럽에 나를 데려갈 수도 있겠네요." 나체즈가 미소를 짓는다. "리드 씨한테 받은 봉급이 그대로 있어서 주머니에서 안 달이 났거든요."

"좋네요." 라일라 메이가 말한다.

문에서, 나체즈는 라일라 메이의 볼에 재빨리 입을 맞춘다. "잘 자요, 라일라 메이. 더 나은 숙소로 옮기지 않을 거면 문을 잠가둬요."

현대 도시 여성은 나체즈의 뒤로 문을 잠근다.

* * *

폼페이한테 말한다. "당신이 무슨 짓을 했는지 알아요. 패니 브리그스 엘리베이터에 무슨 짓을 했는지 안다고요."

오늘 아침부터 여기에 있으면서, 자동차 바닥 매트에 파인 고무 홈을 신발로 짓이겨댔다. 라일라 메이는 폼페이가 자기 아파트와 고작 두 구역 떨어진 곳에 산다는 사실을 알고 놀랐는데, 하기야 두 사람이 지내온 역사를 생각하면 간결한 사무실 대화(양심이 깊어서 **"그 종이찍개 다 썼어요?"**라든가 **"새 공지는 올라왔어요?"**라는 말도 한 적이 없다) 말고는 얘기를 나눈 적이 거의 없었다. 버트럼 암스에 있는 아파트에서 단 두 구역이 떨어졌을 뿐인데 다른 동네가 될 수 있었다. 이곳에 펼쳐진 삶, 이 잔잔한 활기가 도는 편안한 토요일 오후. 라일라 메이는 자기가 보낸 어린 시절을, 유색인종 동네에서 누렸던 수많은 사탕 같은 즐거움 위로 떠 있는 남부 하늘을 연상한다. 라일라 메이가 사는 거리에서 라일라 메이는 이름이 없다. 카리브해 이민자들은 암호를, 라일라 메이는 배제한 광범위하고 비밀스러운 안무를 공유한다. 하지만 여기 사람들은 유색인종 미국인이다. 자동차 창문 밖에서 오후가 펼쳐지면서, 이웃끼리 반기고, 과장되게 모자를 벗어 들고, 미소가 통하고, 낯선 이는 없다. 걸음마를 하는 아이가 어머니한테서 두 발자국 떨어졌다가 넘어질 뻔하고, 순결한 무릎이 보도에 닿을 뻔하지만, 같은 거리에서 조금 떨어진 곳에서 왔으며, 절대 거리를 떠나지 않고, 아이들한테 늘 손을 내밀어 구해주거나, 단단한 사탕이나 신비한 지혜를 건네는 아무개 씨가 능숙하게 손을 내민다. 어머니는 감사 인사를 하면서 파이를 약속한다(모든 고약한 것은 아파트 벽뒤에, 실내용으로 빼둔다. 이웃은 모든 것을 듣지만 참견하지 않으며, 모든 악담은 감춰뒀다가 한가한 시간에 수다로 날려버린다).

이 거리의 경쾌한 풍경은 폼페이의 다세대주택 바깥에서 잠복 중인 라일라 메이의 관심을 다른 데로 돌린다. 빨간색 모자를 쓰고서 모퉁이에 있는 가로등 기둥에 기댄 남자와 그 빠른 손. 그 모퉁이에 있는 식료품점에서 손님이 계산을 마치기까지 걸리는 평균 시간(7분이다). 폼페이는 집을 나오지 않는다. 폼페이가 집에 있다는 것을 아는데, 전화를 받았기 때문이다(라일라 메이는 폼페이한테 숨소리만 들려줬다). 라일라 메이는 수 시간을 보내며 마음을 진정시킨다. 회색돌계단을 뛰어 올라가서 3A동 초인종을 누르는 상상을 한다. 여름 샤워처럼 빠르게, 라일라 메이가 폼페이의 집 현관 입구 계단을 보다가 주머니 시계를 흘낏 보는 동안에, 뜬금없이 간단한 야구 경기가 열린다. 소리 지르는 아이 열 명, 빗자루 반 개, 얼룩진 캔버스 공 한 개. 보아하니 라일라 메이가 탄 차가 3루인 듯한데, 한 아이가 트렁크를 철썩 칠 때 깨닫는다. 세이프. 라일라 메이가 깜짝 놀라 의자에서 몸을 돌리니, 아이의 둥글고 어리둥절한 얼굴이 창문에 있다. "죄송합니다!" 아이가 꽥 소리친다. 너희 엄마는 엄청나게 까매, 너는 여자애처럼 던져, 아니 쟤는 날 못 잡았고 내가 먼저 거기 닿았어.

야구 경기는 시작할 때만큼이나 빠르게 끝나고, 아이들은 새롭고 갑작스러운 긴급한 놀이로 미끄러져 들어간다. 라일라 메이가 이제 결심을 마쳤을 때, 327호 문이 열린다. 폼페이가 밝은 파란색 원피스를 입은 땅딸막하고 통통한 여자와 소란스럽게 서로 찰싹 때리고 있는 두 어린 남자아이를 위해 문을 붙잡는다. 폼페이 가족이다. 라일라 메이는 폼페이가 시에서 괜찮은 급여를 받고, 간통이나 알코올중독처럼 엄청나게 나쁜 짓을 저지를 사람은 아니니 결혼은 했으리라 추정했지만, 아이는 고려하지 않았다. 대여섯 살 정도처럼 보이고, 짧은 팔다리를 아무렇게나 휘두른다. 폼페이 부인은 자기 배로 낳은 아이들한테 한 치수만 다를 뿐 색이 똑같은 옷을 입히는 불행한 취미가 있다. 아마 그래서 아이들이 서로 때리고, 경쟁자의 작은 몸에서 새롭게 무방비로 노출된 부분을 찰싹 치는지도 모른다. 폼페이는 시선을 아래로 향해 쏘아보며 두 아들의 어깨를 꽉 잡는다. 아이들이 동시에 머리를 폼페이의 손 쪽으로 기울이는데, 어깨를 꼬집히면 나오는 흔한 반응이고, 이마가 경사진 인류 종 조상의 가장이 다른 손가락과 마주볼 수 있는 엄지를 이용해 무궁한 시간 전부터 안내해온 본능임을 라일라 메이는 눈치챈다. 아이들이 싸움을 멈추고, 아버지가 움켜쥔 힘을 풀며 얌전하게 행동하라고 지시하자 꼼지락거리기를 멈춘다. 폼페이가 아내의 입술에 작별 입맞춤을 하는 동안 아이들은 사고 없이 현관 입구 계단을 내려와서 보도에 도착한다. 라일라 메이는 오늘 사냥감으로 삼은 폼페이의 부드러운 면을 둘 중 어느 쪽도 고려해보지 않았다. 라일라 메이는 어쩐지 영향을 받지만, 그 인상을 밀어낸다. 저 남자와 해결할 일이 있다.

　가족이 모서리를 도는 동안, 폼페이는 현관 앞 계단에 앉아 셔츠 주머니에서 시가를 꺼낸다. 라일라 메이는 폼페이가 푸른 용을 두 번 뿜도록 허락한 뒤, 라일라 메이가 접근하는 것을 폼페이가 알아차리기 전에 부서 차량에서 나와 계단을 오른다. 라일라 메이는 폼페이를 지켜보다가 그 알 수 없는 옹졸한 명상을 가로막으며 간결하게 말한다. "당신이 한 짓을 알아요."

　"왓슨? 여기서 뭐 하는 거지?" 점검원 왓슨이 상상하기 힘든 원피스 차림으로 자기 집 현관에 있는 광경을 보고 놀라 연기에 목이 막힌다. (어머니가 몇 년 전에 지어준 옷이다. 흰색 천에 큼지막한 장미가 떠다니고, 꼴사나운 곡선이 한 곳도 없이 몸에 착 맞는다. 몇 년 동안 안 입었는데, 그럴 만한 상황이 안 됐다. 오늘 저녁에 각자 임무를 마치고 만날 나체즈 같은 사람을 만난 적이 없었다. 라일라 메이는 원피스에 코를 묻을 때, 어머니가 흘린 땀 냄새가 면 깊숙이 난다고 상상한다.)

　"패니 브리그스 엘리베이터에 무슨 짓을 했는지 안다고요. 캔커가 그렇게 시킨 것도 알아요." 라일라 메이가 단호하게 말한다.

"도대체 무슨 말을 하는지 모르겠군." 폼페이가 표정을 굳힌다. "내가 조사위원회에 전화해 당신들의 공공의 적 1순위가 마침내 모습을 드러냈다고 말하기 전에 내 집 계단에서 떠나는 게 어떻겠나?" 폼페이는 거리를 빠르게 위아래로 훑으며 이웃 중 누가 이 사건을 목록으로 작성하는지 확인한다.

라일라 메이는 아마도 폼페이가 몰래 문 안으로 들어가 등 뒤로 쾅 닫아버릴 시간이 있을지 궁금해할지도 모른다고 생각한다. 안 된다. "이제 내 말을 들어요." 폼페이한테 몸을 기울인다. "지금 여기서는 나한테 통제권이 있어요. 당신이 셔시의 클럽 회관에 들어가는 걸 봤고, 수리공 복장으로 8번가 366번지까지 가는 걸 봤어요. 당신은 셔시의 유지 관리 패거리의 뒤를 청소해주고, 점검을 통과할 수 있게 해줘서, 셔시가 벌이는 범죄 활동이 연방수사국의 과도한 관심을 받지 않게 했죠." 폼페이는 이 집중 공세보다 낮게 상체를 뒤로 젖히고, 라일라 메이는 더 가까이 몸을 숙이는데, 톡 쏘는 연기가 콧구멍을 괴롭힌다. "셔시가 366번지를 소유한 걸 알아요. 그리고 셔시가 부서 소환장을 신경 쓰지 않는다면, 그 부하들이 엘리베이터에 벌이는 부당한 짓은 연방수사국에겐 현장을 급습할 완벽한 구실이 될 테죠." 라일라 메이는 폼페이가 폴리 사교 클럽을 떠나고, '그롤리 엘리베이터 수리 회사' 복장으로 366번지에 드나드는 사진을 폼페이의 무릎에 떨어뜨린다. "당신은 캔커 쪽 사람이죠. 이제, 패니 브리그스 건물에서 무슨 일이 일어났는지 털어놓지 않으면, 제가 조사위원회에 전화할 거예요. 연방수사국에도요."

"나는 패니 브리그스와 전혀 관련이 없어." 폼페이가 말하고, 맹렬

하게 고개를 흔들며 사진에서 본 것을 떨쳐내려고 한다. "전혀 관계가
없다고."

"그거 알아요? 사람들이 저한테 거짓말하는 것에 정말로 지쳤어요.
당신들과 장난은 끝났다고요."

"'당신들?' 도대체 그 사람들은 누구지?"

"카드를 섞을 필요는 없어요. 당신이 쓰는 계략은 알아요."

"나는 11호기에 아무 짓도 안 했어. 무슨 일이 일어났는지 모른다
고. 조사위원회나 경찰한테 전화하고 싶다면, 가서 그렇게 하지 그래.
왜냐면 나는 패니 브리그스에 아무 짓도 안 했으니까."

라일라 메이가 물러선다. 이 남자는 믿을 수 없다. "감싸주는 거예
요? 그 사람들이 당신한테 했던 그 모든 짓을 두고도 그 사람들을 보
호하려고 감옥에 갈 거예요?"

폼페이는 멜빵이 사슬이라도 되는 양 몸에서 당겼다가 팅겨 되돌
아오게 놔둔다. 눈앞에 시가를 들고 연기를 피우며 타들어가는 빨간
끝부분을 빤히 쳐다본다. 입을 연다. "이건 캔커가 준 시가지. 캔커가
준 것. 맛은 개똥 같지만, 스페인어 상표가 붙어 있어서 아무도 뭐라
고 안 해. 우리 모두 맛이 개똥 같다는 걸 알지만 어쨌거나 피우는데,
캔커가 줬기 때문이야." 폼페이는 이제 라일라 메이를 올려다본다. 눈
에 빨간 줄로 금이 가 있다. "나는 캔커가 시키는 일을 해. 우리 모두
그렇지. 3개월 전, 그 남자가 나를 사무실로 부르더군. 나는 그 사람이
뭘 원하는지 몰라. 거기에 있는 대부분의 백인 남자들보다 더 오래 있
었지만 말을 걸어본 적이 없거든. 캔커는 돈이 필요하냐고 물어. 나는
당연하다고 말하지. 캔커가 대표니 어쩌면 내가 요청했던 임금 인상

을 해줄 수도 있겠구나. 자기와 조니 셔시의 우정에 관해 들은 게 있냐고 묻더군. 마치 나는 무슨 일이 일어나는지 모른다는 듯이 그 커다란 발을 책상에 올려두고서 '우정'이라고 말해. 나는 멍청한 흑인이라는 듯이 말이지. 나는 네, 소문이 있는데, 사람들이 얘기하더라고요, 라고 해. 그러자 나한테 다시 돈이 필요하냐고, 셔시의 유지 관리팀을 돌봐주면서 돈을 벌 수 있겠냐고 물어. 그 팀은 수리공이 되기 전까지는 아무도 살면서 기계실을 본 적이 없는 지경이라 늘 일을 형편없이 하고, 셔시는 이 연방수사를 피해 몸을 낮춰야 하기 때문이지. 부서에 있는 누군가한테 뇌물을 줄 수도 없어. 지금은 말이지. 내가 할 일은 빨간 신호를 받은 건물을 돌보고, 부서에서 후속 점검을 할 때 기준을 통과할 수 있게 만드는 게 전부야. 셔시의 부하들이 언제나처럼 일을 망치면, 내가 깨끗이 처리하지. 부서에서 찾으려는 것이 무엇인지 내가 알기 때문이지. 나는 돈이 필요해서 그 일을 받아들였어. 일을 한 지 3개월이 됐군. 캔커는 3개월만 더 하면 상황이 진정될 거라고 해. 그래서 나도 그렇게 했지."

"그건 위법이에요. 맹세를 했잖아요." 라일라 메이가 빽 내지른다.

폼페이가 내뱉는다. "맹세에 관해서는 할 말 없어. 나는 아들이 둘이야. 하나는 다섯 살, 다른 하나는 일곱 살. 나는 이 동네에서 자랐지. 동네는 변했어. 자네는 온종일 나를 지켜봤겠지. 공놀이하는 저 아이들이 보여? 10년이 지나면 절반은 감옥에 가거나 죽을 거고, 나머지 절반은 그저 지붕 아래서 살고자 노예로 일할 거야. 10년이 지나면 거리에서 공놀이하는 아이도 되지 못할 거야. 공놀이하는 것조차 안전하지 않아질 테니까. 이 거리를 걸으면 아이들이 마리화나가 든 담배를 피우는 냄새가 나. 부끄럽지도 않다는 듯이 공공연하게 드러내. 모퉁이에 있는 저 빨간 모자를 쓴 젊은 청년이 보이지? 저 사람이 아이들한테 팔아. 몇 년만 지나도 저 남자가 파는 건 마리화나가 아니라 다른 독이 될 거야. 그런 일이 일어나면 내 아이들은 여기 있지 않을 거야. 나는 애들을 데리고 여기를 나갈 돈이 필요해."

라일라 메이가 따진다. "왜 제가 당신을 믿어야 하죠? 당신은 제가 부서에 합류한 날부터 다른 사람들만큼이나 못되게 굴었잖아요. 더 심했죠. 그 사람들이랑 절 비웃었잖아요. 대부분은 당신이 더 크게 웃었고. 당신이 안 했다면, 캔커가 누굴 보낸 거죠?"

"나는 전혀 몰라!" 폼페이는 일어날 뻔하다가 멈추고 뚫어지게 노려보는 것으로 만족한다. "그리고 너, 내가 어떻게 행동해야 한다는 거지? 네가 행동하는 꼴을 보면 말이야. 여왕이라도 된 듯이 말이지. 네가 그렇게 잘났어? 나는 애가 둘이야."

"네, 들었어요. 애가 둘이죠. 그리고 노예처럼 그 백인들을 위해 교활한 방법을 쓰고요."

"내가 한 일은, 다른 선택지가 없어서 한 거야. 여기는 백인 세상이야. 백인이 규칙을 만들어. 너는 함께 가면서, 네가 이곳을 소유한 것처럼 점잔을 빼지. 그 사람들이 널 소유한 것이 아니라는 듯이 말이야. 하지만 그렇지 않아. 캔커 아니면 레버가 널 소유하지. 나는 이 부서 최초였어. 역사상 최초로 엘리베이터 점검원이 된 유색인종이었다고. 역사에서! 사람들이 나를 어떤 지옥에 밀어 넣었는지 너는 절대로, 결코 모를 거야. 네가 나쁜 취급을 받았다고 생각해? 너는 몰라. 네가 지금 여기에 있는 건 내가 처음으로 있었기 때문이야. 나는 평생 엘리베이터 점검원이 되고 싶었어. 그게 내가 유일하게 되고 싶은 것이었지. 그리고 그렇게 됐어. 나는 부서 배지를 얻은 최초의 유색인종 남자였어. 그 사람들은 내가 바랐던 것을 똥으로 만들어서 나한테 먹게 했어. 너는 배지를 쉽게 가진 거야, 건방진 꼬마야, 내 덕분이지. 내가 너한테 해준 것 덕분이야.

여기에 와서 내 얼굴에 먹칠을 하다니. 나는 자네가 뭘 찾는지 몰라, 왓슨 점검원. 나한테는 없어. 여기에는 없지. 다른 곳에서 찾아야 할 텐데, 자네한테는 나쁜 소식이군. 나는 이곳에 인종이 섞여 살던 때를 기억해. 저 모퉁이에는 폴란드인이 운영하는 조제 식품점이 있었어. 이제는 문을 닫았지." 폼페이가 고개를 돌려 라일라 메이를 주시한다. 시가에서 가벼운 재를 톡 털어내고 깊이 빨아들인다. "나에 대해서 말해도 좋아. 경찰이든 조사위원회든 원하는 대로 전화해. 여기서 내가 가진 시가를 다 피울 때까지 이 계단에 앉아 있을 테니까. 나는 언제나 그랬듯 월요일에도 출근할 거고 무슨 일이 일어나는지 볼 거야. 라일라 메이 왓슨이 있는지 없는지."

라일라 메이가 자동차를 연석에서 휙 돌릴 때, 폼페이는 여전히 같은 자세로 있다. 양손을 무릎에 두고, 길 건너에 있는 공동주택을 빤히 올려다본다. 마르고 나이 든 신사가 나무 지팡이를 짚으며 영원과도 같은 길을 가다 멈춰서 폼페이한테 손을 흔들자, 폼페이도 마주 인사한다. 사신은 발치에 놓여 있다. 캔커가 준 시가에서 떨어진 잿가루가 바람에 편승하고서, 피루엣 동작으로 멀어진다.

* * *

　목수 성 롤란드, 1179년 타란토 탄생, 1235년 나폴리 인근 사망. 목수 롤란드의 삶을 보여주는 주요 자료 중 하나는 환상적인 기계장치를 담은 편지와 그림인데, 1873년에 화재로 소실되기 전까지만 해도 상당수가 남아 있었다. 이 자료는 목수 롤란드와 그가 무척 겸손하고 사심 없이 일했던 상황을 묘사한다. 목수 롤란드는 볼로냐에서 교구 사제 중 하나로 임명을 받았다. 이슬람교도 사이에서 선교사로 활동하려고 시도했지만 실패했다. 이 열망은 1219년에 고티에 드 브리엔이 이끄는 십자군과 동행하여 이집트에 갔을 때 다소 충족됐다. 직접 말리크 알카멜 술탄을 만나 호소했지만, 사라센과도 십자군과도 잘 지내지 못했고, 성지를 방문한 뒤에 이탈리아로 돌아왔다.

　1225년에 산페브로니아 교회에서 기도하던 중, 성모마리아 그림이 말을 거는 소리를 들은 것 같았다. "사람들을 하느님의 왕국으로 들어 올리거라." 롤란드는 그 말을 문자 그대로 받아들였고, 교회는 두 층이어야 하는데 바닥 층은 희생과 자선을 위한 곳이고 꼭대기 층은 기도를 위해 남겨두어야 한다는 믿음으로 발전시켰다. 그다음 해에 '완만한 계단 수도회'를 설립했지만, 개종자를 찾는 데 거의 성공하지 못했다. 죄인을 찾아서 감옥, 매음굴, 갤리선에 침투했고, 작은 마을, 오지, 길모퉁이로 향하는 임무를 이어갔다. 극적으로 회개하는 한 사람을 빼고는 아무도 개종시키지 못했다. 도박으로 다투다가 아버지를 살해했던 이 스페인 여자는 이후 남자로 변장하고 프랑스 군대에서 복무했다. 롤란드는 불타는 헛간에서 닭 가족을 구해준 적이 한 번 있다고 전해진다. 거의 되풀이되지는 않지만 이런 말도 남겼다. "하느님은 우리에게 한 발을 들게 하시고, 나머지 길을 인도하신다." 1235년에는 공격적으로 개종 활동을 벌이다가 지역 책임자와 충돌했고, 곤봉에 맞아 죽는 형을 선고받았다. 매번 때릴 때마다 상처가 치료되자 화형을 당했다. 장례식에는 가난한 나폴리 사람이 전부 몰려들어, 재에서 찾은 심장이 든 관을 둘러쌌다. 이 가난한 농부들은 롤란드의 장례 행렬을 같은 날 밤 사망한 다른 성인과 착각했다. 예술 작품에서 롤란드의 상징은 3층 계단이다. 롤란드는 엘리베이터 점검원을 보호하는 수호성인이다.

* * *

이렇게 겸손하다니, 라일라 메이는 생각한다. 아무도 그렇게 간단한 파괴 공작의 공을 차지하려고 들지 않는다. 라일라 메이는 폼페이를 믿는다. 그의 말은 캔커가 한 이야기와 일치한다. (라일라 메이는 목적지가 한참 남았지만 천천히 운전하면서 서두르지 않는다. 도시 차량의 성난 진로에 정신을 반만 쏟는다.) 그 사람들이 안 했다면, 누가 했을지 곰곰이 생각한다. 아무한테도 책임이 없다면 라일라 메이가 태만했던 것이기 때문이다. 하지만 라일라 메이는 틀리는 법이 없다. 생각해보자. 캔커는 거짓말할 이유가 없다. 라일라 메이를 납치해 조니 셔시와 동맹 관계임을 명백하게 밝힐 정도로 뻔뻔하다면, 11호기에 장난을 친 것을 인정하지 않을 이유도 없다. (11호기, 이 드라마에서 잊힌 희생자는 전도유망했던 엘리베이터 탑승칸으로 매우 이른

나이에, 삶의 전성기에 우리 곁을 떠났다. 누가 11호기를 위해 울어줄까? 라일라 메이는 그 사건이 자신한테 어떤 영향을 줄지에 너무 몰입한 나머지, 유족에 관해, 작별 인사를 나눌 새도 없이 사랑하는 사람을 잃고 흐느껴 우는 조립라인에 관해 생각해본 적이 없었다.) 폼페이. 라일라 메이는 폼페이라고 무척 확신했고, 그래서 어찌할 바를 모르게 당혹스러웠다. 실패한 심문을 날려 보낸다. 지켜야 할 약속이 있다. 원피스에 뱀처럼 누워 있는 긴 검정 머리카락을 눈치챈다. 창밖으로 떨어뜨린다.

폼페이는 끝없는 도시에서 더러운 현관 계단에 앉은 작은 남자다. 나중을 위해서 이 점을 파일에 담아둔다. 데이트 약속이 있고, 그 전에 볼일이 남았다. 현대 도시 여성은 언젠가 척이 묘사했던 식당을 골랐다. 사람 형상을 한 나무와 돌을 (소문에 따르면) 하와이 풀과 함께 대나무 고정장치에 매달아놨고, 다채로운 구체로 조명을 감싼 곳이다. 자정 뒤에는 춤을 춘다고 했다. 라일라 메이는 이 춤이 그녀의 사교 생활에 대한 나체즈의 기대를 충족시키길 바란다. 척이 이 도시를 새로운 고향으로 정하고 흥미진진하게 나섰던 모험에서 전부 베낀 것이기는 해도. 백미러라는 사악한 사각형으로 자기 눈을 쳐다본다. 작고 차가운 검은색 고대 운석이 흙 속에서 밖을 노려본다. 지난밤 나체즈를 더 친절하게 대할 수도 있었다. 그렇게 많이 으스댄 다음에는, 필요할 때 옷장 고리에서 친절함을 꺼내서 입을 수도 있지 않았을까? 나체즈는 이 도시가 처음이고, 라일라 메이는 이 콘크리트에 처음으로 느리게 발을 내디디며 그녀 위에 있는 삐걱거리는 구조물의 굵힌 무릎을 올려다본 것을 기억한다. (바로 그 건물들이 지금 일몰을 앞당긴다. 도시의 밤이 진짜 밤보다 앞서는 것은 이 칙칙한 돌기둥들, 자연에 맞서 세운 무자비한 요새 때문이다.) 라일라 메이는 자신이 여기에 도착했을 때 받아본 적이 없는 것을 나체즈에게 주어야겠다고 생각한다. 순수한 친절, 도움을 주는 손길. 그러니 저녁을 먹으러 만나기 전에 〈승강기〉에 잠입해 풀턴이 남긴 일기에 관해 벤 유리크가 쓴 기사를 찾을 것이다. 빨간 정지등이 경고한다. 나체즈가 임무를 수행하는 것을, 태어나면서 얻은 권리를 찾는 것을 더 쉽게 만들기 위해, 자신이 할 수 있는 일을 할 것이라고 라일라 메이는 교차로에 서서 생각한다.

오른쪽 모퉁이에는 구제할 수 없는 건물이 하나 있다. 작고 절제된 빨간 표지가 철거를 알리고, 그 주변에 두른 값싼 합판은 이 저주받은 건물로 시민들이 다가오지 못하게 만든다. 파란불이 들어오는 동안, 어떤 욕구가 지금은 껍질뿐인 이 존재를 만들었는지를 생각할 시간이 있다. 말라버린 피부는 수십 년 동안 자동차가 뿜어낸 분노로 그을렸다. 밑을 보기 어렵다. 창고, 사무실 건물, 노동 착취를 자행하는 현장. 쓸모없고 운이 다했으며, 강철과 유리로 지은 새 건물이 곧 그 자리를 대체할 것이다. 척이 옳다고, 라일라 메이는 생각한다. 라일라 메이는 제2의 상승이 초래할 온갖 결과를 생각해본 적이 없었다. 우리가 블랙박스를 내놓고 나면 이 도시를 파괴해야 할 것이다. 현재 뼈대는 그 장치에 흐르는 골수를 수용할 수 없을 것이다. 도시를 완전히 파괴하고 돌무더기를 덜 인기 있는 자치구로 나른 뒤 새로 시작해야 할 것이다. 어떻게 생겼을까? 이 반짝이는 도시는 어마어마한 무기와 천 개에 달하는 눈을 소유할 것이고, 아직 만들어내지 못한 플라스틱으로 건설하여 그 자체로 쉽게 변형될 것이다. 떠다니고, 날아다니고, 떨어질 것이며, 강철 골조는 필요 없고, 척추가 액체이거나 아예 없을 것이다. 천문학자이자 건축가는 헬리오폴리스를 펼쳐서 별이 하늘을 이동하는 과정을 표에 기록할 것이다. 폭파공의 손은 기폭장치에 있다. 관절 주변에는 잊혀버린 담배가 남긴 흉터가 있다. 모든 사람이 떠났다. 폭파공은 진지하게 고민한다. 담배를 전에 피울까 후에 피울까? 폭파 후, 하늘에는 먼지가 자욱할 것이다. 결정한다. 바로 그때다.

나체즈와 라일라 메이가 블랙박스를 찾는 순간.

뒤에서 빵빵거린다. 이 죽어가는 지점에서 떠나, 이 짐승이 평온하게 죽도록 남겨둘 때다. 더 현실적인 문제로 넘어가자. 〈승강기〉는 무엇을 선호할지 궁금하다. 엘리베이터 업계의 수호자 중에서? 탑승칸에 선 세공이 들어가고, 예스러운 주물에 이 신성한 기계의 역사를 암호화해서 넣은 소박한 그루먼일까, 아니면 오염이 없는 아르보 이그제큐티브, 순수하고 엄격하며 속도라는 긴급함에서 유래한 이 제트기 엘리베이터일까? 라일라 메이는 후자를 고른다. 〈승강기〉 야간 경비원인 빌리를 통과하면 옳았음이 드러날 것이고, 빌리는 지금 우편 대학 강좌의 마지막 과정에, 특히 구애와 빅토리아시대 관습에 관한 다섯 쪽짜리 최신 과제에 정신이 팔려 있다.

주차하고 시계를 본다. 토요일 저녁 7시 30분이다. 시민들은 주말 보상 의식을 계획한다. 〈승강기〉는 월간지고 최신 호가 막 가판대에 올랐다. 라일라 메이는 위층에 아무도 없기를 희망한다. 위층은 고요하고 창문도 대부분 어둡다. 고개를 들어서 보니, 〈승강기〉 건물의 외관은 오른쪽으로 확장된, 상어가 가득한 바다로 이어진 나무판자였다. 문을 밀어서 연다.

야간 경비원은 곡선으로 된 회색 책상 뒤에 앉아 있다. 넓은 이마에 땀방울이 맺혔고, 울퉁불퉁한 얼굴 위에 있는 갈색 머리카락은 축축하다. 맹렬히 집중하고 있다. 정신적인 중압감으로 호흡이 모자란 듯하고, 확실히 몸매도 모자랐다. 진청색 제복에 달린 단추는 부드러운 뱃살과 국경분쟁을 벌이는 중임을 넌지시 알린다. 손에 든 10센트짜리 책에서 시선이 벗어나지 않는다. 표지에서는 젊은 굴뚝 청소부가 잔돈을 찾아 주머니를 뒤진다. 라일라 메이가 말한다. "라일라 메이 왓슨입니다. 엘리베이터를 점검하러 왔습니다."

빌리는 책을 허공에 들고 묻는다. "'파라핀'이 뭡니까?"

"밀랍 같은 물질인데 초에 사용하죠. 대부분은요. 배지를 보여드릴까요?"

여전히 심각한 파라핀 문제를 두고 괴로워하는 빌리가 말한다. "좀 늦은 거 아닙니까?"

"야간 근무예요. 비나 진눈깨비가 오는 것도 아니니까요. 곤경에 처한 엘리베이터가 있는 곳이면 어디든 저희가 가죠." 라일라 메이는 빌리의 얼굴에 배지를 더 가까이 든다. "더 낫나요?"

"솔직히 말하면 안경이 필요해요. 독서 안경이지만, 어쨌든요." 빌리가 책을 향해 눈살을 찌푸리며 라일라 메이한테 가라고 손짓한다. 라일라 메이는 엘리베이터 옆에 있는 입주자 등록표 속 흰 글자 중에서 〈승강기〉라는 이름을 골라낸다. 8층이다. 자기한테 〈승강기〉 문서가 있다고 말하면 나체즈가 어떤 표정을 지을지 상상해보려 한다. 나체즈는 라일라 메이가 폼페이의 집을 방문할 때 동행하길 바랐고, 보호 충동을 느끼며 몰래 돌아다니는 일을 피하라고 말했다. 라일라 메이는 저녁 식탁을 가로지르며, 가까이 있는 초에서 엄숙한 힘을 받아 빛나는 작은 하와이의 신 조각상 너머로 필름을 미끄러트려주며, 그 눈을 보고 싶었다. 엘리베이터가 도착한다. 아르보 이그제큐티브이고 멀쩡하다. 깔끔하고 윤이 난다.

라일라 메이가 알아채기로, 엘리베이터는 최적의 성능 수준에서 운용되는 듯하다.

8층에서 이그제큐티브의 매끈한 문이 물러나자 유리에 떠 있는 〈승강기〉의 로고가 보인다. 바깥쪽 방을 밝히는 세 천장 조명 밑에는 넓고 튼튼한 책상이 있다. 짐작건대 근무시간에는 안내원이 여기에 앉아서, 녹슬지 않는 도구로 손톱을 손질할 것이다(그 곱고 하얀 가루는 공중에 떠다니고, 환기구 격자로 슬슬 밀려날 것이다). 라일라 메이가 유리문을 밀어서 연다. 소리는 안 들린다.

접수대와 그 너머로 이어지는 긴 뉴스실은 하얗게 미장한 벽으로 구분해뒀다. 라일라 메이는 살금살금 다가가서, 벽 뒤를 훔쳐보며 빠르게 훑는다. 라일라 메이를 볼 사람은 없다. 물 한 잔을 몰래 가져갈 때처럼. 벽(라일라 메이는 북쪽임을 눈치챈다)까지 늘어선 책상이 스무 개 남짓, 여러 종이 종류가 서식하는 작업대가 몇 개 있고, 꼬치꼬치 캐묻는 사람은 하나도 안 보인다. 타자기가 전부 잠들어서, 딸깍딸깍 소리도 멈췄다. 비밀을 지킨다. 방으로 3분의 2가량 깊숙이 들어간 곳에 있는 한 책상에서는 에메랄드빛 유리 갓이 달린 작은 책상 등이 어지러운 책상과 빈 의자를 희미하게 비춘다. 실수로 등을 켜둔 것일까, 아니면 누가 여기 있는 것일까? 건물이, 벽과 바닥이, 윙윙댄다.

그때 어둠 속에서, 서쪽 벽에서 라일라 메이를 쳐다보는 눈이 보이고, 라일라 메이는 접수대 뒤로 후퇴한다. 비서용 폐지 바구니에 있는 빨간색 종이공을 무관심하게 빤히 쳐다본다. 밸런타인데이 카드처럼 보이지만, 지금은 밸런타인데이를 챙기는 시기가 아니다. 칸막이 뒤에서는 아무 소리도 안 들린다. 미장한 벽에서 길쭉하게 솟은 부분을 왼손이 따라간다. 라일라 메이의 손가락 아래에 있는 그 보이지 않는 흉터는 뒷이야기가 있는 오래된 상처가 분명하지만, 라일라 메이한테 말해줄 사람은 없고 벽이 직접 말하지도 않을 것이다. 엘리베이터 수직 통로가 몇 걸음 밖에서, 사무실 문 바로 뒤에서 기다리고, 엘리베이터는 라일라 메이가 불러주기를 잠정적으로 기다린다. 하지만 소리도 안 들리는 데다가, 나체즈를 생각하니, 임무를 망친다는 것에 기분이 나빠져 다시 벽 뒤를 살짝 엿본다. 이제 어둠에 적응한 채라, 눈이라고 생각했던 것이 트로피임을 깨닫는다. 정확히 말하면 수직의 탁월함에 경의를 표하는 오티스다. 금색 호출 버튼 두 개가 산업 표준에 따라 간격을 두고 석영에 떠 있다. 이 트로피는 검은색 서류 보관장이라는 성의 없는 연단 꼭대기에 옆으로 누워 있다. 어느 기자가 탐한 오티스. 부당이득 폭로, 먼 왕국에서 수직 통로에 사용하는 조잡하고 위험한 완충장치 보도 등으로 위엄을 손쉽게 보증받았다. 아니, 뉴스실에는 이 불쾌한 산업 말고는 아무도 없다. 라일라 메이는 혼자서, 방치된 책상 등과 있다. 여기에 들어가는 전기는 「엘리베이터 산업 30년사」를 다루는 다음 〈승강기〉 잡지 예산에서 명세서에 들어갔다가 사라지길 기다리는 지출이다.

라일라 메이는 잡지의 판권란을 훑는다. 지금은 기자들의 책상에 놓인 일련의 검정 명패로 물질화되어 있다. 기사에서 본 몇몇 기자들의 이름을 알아본다. 이 기자들은 라일라 메이가 맡은 임무의 기록자들이다. 시인들은 여기서 타자기로 그들이 상상한 이야기를 글로 쓰는데, 어두운 수직 통로로 들어가는 점검원의 우울한 모험을 시로 옮긴다. 라일라 메이는 책상에서 벤 유리크라는 이름을 찾는다. 리드 씨가 진압당한 기사의 저자가 유리크라고 했던 것을 기억한다. 그 사람이 쓴 기사를 좋아한 적이 없다. 라일라 메이가 몸담은 산업의 거무칙칙한 측면에 과도하게 집착하는 것처럼 보이고, 라일라 메이가 부서에서 일하는 동안 관여하지 않으려고 최선을 다했던 밀실 거래와 배신에만 시선을 고정했기 때문이다. (그리고 이제 라일라 메이는 그 모의 무대의 중앙에서 발꿈치를 들고 서 있다.) 유리크의 책상에 풀턴이 남긴 원고가 없다면, 편집자 사무실로 이동할 것이다. 윗자리에 보이는 작은 점들까지 판권란을 훑어라. 이 일을 아는 사람들을 찾아라.

여기다. 책상이 깨끗하고 가지런해서 눈에 띈다. 동료 필경사들은 책상 위가 난장판인데. 라일라 메이는 핸드백(또 다른 방치됐던 가공품으로 오늘 밤에 벽장에서 꺼냈다)을 뒤져 소형 카메라를 찾는다. 개울에서 발견한 예쁜 까만색 개구리라도 되는 양 카메라를 손으로 감싼다. 라일라 메이는 금요일용 정장 가슴 주머니에서 발견한 60달러로 오늘 아침에 이 카메라를 샀다. 그 뒤로 많은 일이 있어, 잘못 판단한 이 뇌물에 관해 잊고 있었지만, 좋은 일에 사용할 수 있게 되어 반가웠다. 첫 번째 서랍에 손을 대는 순간, 벤 유리크가 말한다. "당신이 라일라 메이 왓슨이겠군요." 말할 필요도 없이, 라일라 메이의 계획이 틀어진다.

*　*　*

　큰 덩치 빌리 포터는 웃으면서 잔을 들어 동료가 벌이는 무모한 장난에 행운을 빈다. "이게 역겹다니, 네드, 이 친구야, 내가 처음 그 새끼들을 봤을 때 이야기를 해주지. 처음 현장 근무를 나가는 달이었어. 알려주자면, 규정이 생기기 전이고, 부서 차량도 없었지. 버스나 지하철을 타야 했어. 아침에 주머니에 동전을 가득 채우고, 현장이 적힌 색인 카드 세 장을 들고 파견을 나갔지. 길을 찾아야 했는데, 욕이 나오게 엉망이었다네, 친구. 엎친 데 덮친 격이었지. 아무튼 내가 처음 현장에 나가는 달이고, 나는 시내에 있는 오래된 젠킨스 섬유 공장을 점검해야 해. 건물이 얼마나 오래됐는지는 모르지만, 오래된 걸 보면, 초기 오티스 장치일 거라는 건 알지. 내 말 알아듣지? 젠킨스, 젠킨스 주니어, 그 남자가 누구인지는 모르지만, 짐 싣는 곳에서 나를 맞이해. 오래 기다렸던 것처럼, 그 사람이 위에 올려둔 그 구닥다리 장치를 점검하는 것 외에는 나한테도 별수가 없다는 것처럼, 알았지? 어떤 유형인지 알 거야. 여하튼 나한테 '화물용 엘리베이터에 약간 문제가 생겼습니다'라고 학교 선생처럼 소심하게 말하는 거야. 내가 모른다는 것처럼. 어쨌든 그 사람이 나를 안으로 끌고 가고 우리는 기계실로 올라가는데, 정말이지 자네들도 그런 건 본 적이 없을 거야. 우선 창문이 없었고, 몇 년 동안 아무도 들어간 적이 없어 보였어. 바닥은 쥐똥 천지고, 천장에는 거미줄이 달렸고. 그리고 먼지! 숨이 막혀 죽는 줄 알았다니까! 아무튼, 큰 상자처럼 생긴 커다란 나무 장치에서 철제 밧줄이 나와 있는 것이 보여. 그런데 전동기는 없지. 그래서 도대체 저게 뭐냐고 물으니 남자가 먼지 때문에 손수건에 대고 말하는데, 자기 아버지가 전동기에서 나는 소리를 싫어해서 저걸로 덮어 큰 소리가 나지 않게 했다는 거야. 나는 속으로 생각하길, 유나이티드사에서 똑같은 혁신을 제시해서 그 많은 돈을 번 것이 고작 몇 년 전인데, 여기에 있는 망할 걸레 공장 주인은 벌써 오래전에 했구나 싶더라고. 이런 것은 특허를 신청해야 하는데, 여기 시내 쓰레기장에 가둬놓다니 말이야. 그 사람한테 말은 안 해도 나는 그렇게 생각했던 거야. 그래서 나는 그 남자한테 아버님이 신경 같은 것이 예민하셔서 유감이지만, 안을 들여다봐야 한다고 말해. 아들이 나한테 먼지 속에서 뒹굴던 쇠 파이프를 건네고 나는 그 상자를 공격하기 시작해. 안간힘을 쓰고, 힘이 걸리는 지점을 찾으려고 노력하고 있는데, 그때 갑자기 상자가 양보해. 그리고 쏟아져 나오는 거야. 그 작고 검은 새끼들 수천 마리가 말이지. 자네들이 무슨 생각을 하는지 알아. 아, 빌리, 뭘 징징대는 거예요. 우리도 다들 전에 바퀴 폭탄을 맞아봤어요. 하지만 그런 건 본 적이 없을 거야. 셀 수도 없이 많은 바퀴가, 쇠 파이프를 타고 내 손으로 올라오고, 분수에서 나오는 물처럼 바닥을 돌아다녀. 뒤로 벌떡 물러나 아래를 보니 바지를 타고 올라오고, 옷 안에서, 피부에서도 느낄 수 있어. 다른 남자는 비명을 질러. 뒤로 물러나다가 상자에 닿고 미끄러졌는데, 바퀴가 사방에서 올라탔거든. 악마처럼 소리를 질러. 글쎄, 자네들이 진실을 알고 싶다면, 나도 소리를 질렀어. 수십 년 동안 그 안에서 오래된 오티스 전선을 먹고 신나게 바퀴 시대를 누리면서 번식했던 게 분명해. 당시에는 바퀴가 엘리베이터를 먹는 걸 좋아하는지 몰랐지. 물론 그런 이야기는 있었지만, 부서 차원 연구까지는 아직 몇 년이 더 남았었어. 나는 바지에 오줌을 쌀 뻔했어. 그 방에서 도망쳐 나와서, 뒤에 있는 문을 닫고는, 후딱 떠났지. 몇 시간 뒤에도 주머니에서 계속 바퀴가 기어 나왔어. 그 아들이 어떻게 됐는지는 몰라. 어쩌면 그 작고 검은 새끼들이 먹어버렸는지도 모르지."

* * *

라일라 메이는 햇빛 가리개에서 달랑거리는 금속 구슬을 잡아당긴다. 남자는 책상 가장자리에 앉는데, 엉덩이가 문진 같다. 연청색 무명옷의 오른쪽 소매는 제멋대로 뭉쳐서 팔꿈치까지 걷어 올렸고, 거기서부터 팔이 이상한 흰색 부속물로 변해 조그만 분홍색 손가락 끝까지 이어진다. 얼룩진 깁스다. 얼굴은 기운이 없고 지쳤으며, 짧은 회색 세탁 솔 같은 수염이 지저분하다. 라일라 메이가 말한다. "제가 누군지 아는군요."

남자가 말한다. "당신이 머지않아 올 거로 판단했거든요. 일단 내가 그 일기의 다른 부분을 얻었으니까요. 사무실로 돌아가지 않은 걸 보니 무슨 일을 꾸미는 것이 분명하군요. 당신에 대한 서류에서는 당신이 특별히 똑똑하다고 하던데요. 그러니 들를 거라고 생각했어요. 제가 당신 처지였다면 했을 법한 일을 하러 말이죠."

상처를 입었음에도, 벤 유리크는 대도시 독신남 같은 자세를 하려고 시도한다. 왼쪽 검지를 바짓단에 걸고서, '긴장하지 말아요, 그냥 시간을 보내는 거예요'라고 할 법한 자세다. 벤 유리크가 말한다. "혼란스러워 보이는군요. 완전히 솔직하게 말하면 저도 지난 며칠 동안 그랬어요. 블랙박스에 관한 기사를 완성한 뒤로 말이죠."

"그 기사는 지금까지 안 나왔죠." 라일라 메이가 카메라를 다시 가방에 넣고 지퍼를 잠근다.

"편집자가 기사를 실으면 안 된다고 설득당했거든요." 유리크는 흰색 곤봉이 된 오른손을 들어 올린다. "나도 머지않아 그 결정이 옳았다고 수긍했고요. 아니, 날 수긍하게 만들려는 시도가 있었죠."

"조니 셔시 말이죠." 라일라 메이가 제안한다.

"그 일기는 얼마큼이나 봤죠?"

"아직 전혀요. 이제 막 보려던 참이었어요."

"그래요, 내가 말했듯, 당신이 곧 접근하리라 생각했어요. 당신이든 다른 누군가든 말이죠. 일기는 마지막 서랍에 있어요. 작년 벽걸이 달력 아래에요."

서랍이 미끄러지면서 마구 흔들린다. 사람이 없는 뉴스실에 탁 소리가 크게 울린다. 라일라 메이가 신인 여배우 두 명이 선정적인 자세를 보여주는 달력 두 장을 들자, 그 밑으로 어느 물건이, 그림자 속에서 모습을 드러낸다. "꺼내도 돼요." 라일라 메이가 망설이자 벤 유리크가 말한다. 라일라 메이는 빽빽한 손 글씨를, 대살육이 일어나는 날카로운 원고를 알아본다. 라일라 메이는 잠긴 방에서 대학교 사서가 지켜보는 가운데 이 글씨를 살펴본 적이 있고, 전향 초반의 들뜬 시기에는 풀턴의 글씨체를 몇 시간씩 연습하기까지 했다. 사용한 잉크도 알았다. 한 학기 내내 그 글씨체로 수업 내용을 필기하면서, 이렇게 하면 풀턴한테 더 가까이 다가갈 것이라고 믿었다. 아이디어를 물질계로 옮기는 기법이 과정의 절반은 차지하는 것처럼. 그 글씨체를, 그

억제된 포물선과 망가진 모음을 완전히 익혔다. 이제 여기에, 풀턴이 선호했던 익숙한 공책 종이에 그 글씨가 있다. 언젠가 제조사를 찾아낸 적이 있었다. 강 건너에 공장이 있고, 여전히 폰테인 공책을 생산한다. 안쪽 모서리를 따라 난 이빨이 이 작품을 완성한다. 이 문서는 풀턴이 쓴 공책에서 뜯어낸 것이다.

라일라 메이는 속으로 생각한다. '그 사람 글씨야.' 직관주의자 서가에 있는 듯했고, 체육관 위 관리실 창고를 개조한 옛날 방에 있는 듯한 느낌이 들었다. 그 정도로 진짜다. 그 휘갈긴 자국을 해독하고, 비탈과 갑작스러운 절벽에서 굴러떨어지면서 알아볼 수 없는 상형문자 대열을 지나 종이 중간에 다다른다. **이 시점에서 검사를 더 할 필요는 없을 것이다. 그것은 작동하며, 남은 일은 도시에 전달하는 것뿐이다.** 작동한다.

"그게 당신이 원했던 건가요?" 벤 유리크가 느리게 말한다.

"이게 맞아요." 라일라 메이는 종이에서 눈을 들지 않는다. "누가 보낸 거죠?"

"내가 알았다면 우리가 이야기할 일도 없었겠죠. 당신이 알았다면 여기에 없었을 거고요." 멀쩡한 손을 더러운 깁스에 문지른다. "그러니 당신은 명단에서 지워야겠군요."

라일라 메이는 벤 유리크가 하는 말을 거의 안 듣는다. 그 미색 종이가 손에 있다. 외웠다가 나중에 기록할 수 있었다. 나체즈가 찍은 사진 옆에 자신이 재현한 내용을 두고 어디로 향하는지 볼 수 있다. 자신이 작성한 사본을 저녁 식탁에 꺼내서 나체즈한테 미끄러트릴 것이다. 라일라 메이가 준비한 선물이다. 계속 공책 아래를 쳐다본다.

……내가 버렸다고 생각한 원칙을, 사고방식을 요구했다. 라일라 메이는 그 구절을 잊어버리지 않게 속으로 반복했다. 위장용 질문을 한다. "제가 올 거라는 건 어떻게 알았어요?"

"쓰여 있었다고 말할 수도 있겠죠. 제 손가락처럼. 당신이 직관주의자 회관에 머물렀다는 이야기를 전해 듣고 추정했어요. 당신이 리드, 레버와 협력해서 캔커와 그 주인이 이것을 먼저 얻지 못하게 하려고……." 벤 유리크가 말끝을 흐린다. "즉 직관주의자들도 아직 이것을 못 얻었다는 뜻이죠."

"저는 회관을 나왔어요." 나는 그곳을 떠났다. 그리고 돌아왔고 그곳은 변하지 않았음을 발견했을 뿐이다. 일은 그대로 진행되고 있다.

"음식이 마음에 안 들었나요?"

"대화가 마음에 안 들었어요."

"그러면 다른 동료를 찾았나 보군요. 아르보사에서 당신을 보내 나를 여전히 주시한다고 말하려는 건가 잠시 생각했어요."

벤 유리크는 좀 전에 말했다. 캔커의 주인이라고. 마침내, 자세한 내용을 아주 오래 고심한 끝에, 라일라 메이가 풀턴이 남긴 공책에서 시선을 든다. "아르보사요? 그 회사가 무슨 관련이 있죠?"

벤 유리크의 눈썹이 휙 올라간다. "저는 당신이 똑똑하다고 생각했어요. 정확도가 100퍼센트라죠." 누구도 언급해주지 않을 테지만, 부서에서 가장 높다고, 라일라 메이는 속으로 덧붙인다. "어쨌든 패니 브리그스 사고 전까지는요. 블랙박스가 누구한테 정말로 필요하다고 생각해요?" 라일라 메이는 벤 유리크를 응시한다. 작은 손에 든 종이가 바닥으로 휜다.

286

"정말로 놀란 것 같군요." 벤 유리크가 말한다. 주머니에 손을 넣어 반짝이는 10센트짜리 동전을 꺼낸다. "아르보사와 유나이티드사. 여기서 진짜 참가자는 두 회사예요. 저 때문에 혼란스러운가 보군요. 앉지 그래요?" 라일라 메이는 벤 유리크의 의자에, 벤 유리크가 들춰낸 곳에, 노출한 곳에 천천히 앉는다. 북쪽 벽에 난 창으로 길 건너 사무실에 난 까만 창문이 보인다. 거기는 아무도 없다.

벤 유리크가 말한다. "정말 놀라운 일이에요. 결국 당신이 열쇠라니." 습관처럼 동전을 허공에 튕기지만, 아직 왼손은 익숙하지 않다. 벤 유리크는 떨어지는 은색 조각을 놓치고, 조각은 어둠 속으로 굴러간다.

"뭘 말하려는 거예요, 유리크. 도대체 나한테 뭘 말하려는 거냐고요."

라일라 메이는 벤 유리크의 등에 대고 말한다. 벤 유리크는 무릎을 꿇고 동전을 되찾으려 하는 중이다. "유나이티드사랑 아르보사가 아니면 다른 누구한테 블랙박스가 필요하죠?" 벤 유리크가 먼지 덩이에 대고 묻는다. "이 나라에서 가장 큰 엘리베이터 제조업체가 아니면? 세계에서죠. 젠장, 아르보사는 기사를 포기하게 하려고 내 손을 부러뜨렸어요."

"아르보사라니. 아르보사는 시장에서 입지가 줄어들잖아요."

"업계 상황이 안 좋은 건 확실하죠. 해외 매출은 45퍼센트, 국내 매출은 30퍼센트 감소했으니까. 주피터 모델이 도무지 인기를 얻지 못한 뒤부터 줄곧 그랬는데, 유나이티드사가 활기차게 돌아왔죠. 잡았다!" 벤 유리크가 말하며 책상으로 돌아온다. "아 참, 물이나 그런 거드릴까요?"

"유나이티드사가 캔커를 시켜서 자기들 제품을 보증하게 한 뒤부터 줄곧 그렇군요." 라일라 메이가 고민한다. 목소리가 희미하고, 위쪽 기계실에 있는 조용한 회전자처럼 멀다.

벤 유리크가 확인해준다. "물론이에요. 세계에 있는 주요 엘리베이터 시장은 전부 이 도시의 부서가 지침을 주리라 기대하죠. 여기는 세계에서 가장 유명한 도시예요. 엄청난 고층 건물이요. 말하지 않아도 알겠지만, 전 세계가, 모든 도급업자와 변변찮은 부동산 거물이 여기에 가장 먼저 와요. 이 도시에요."

직관주의자 회관에서 보낸 첫날, 리드가 말하길 레버는 마을을 나가 아르보사에서 좋은 사람들과 이야기를 나누는 중이라고, 그래서 그 후보자는 라일라 메이를 만날 수 없다고 했던 것이 기억난다. 라일라 메이가 말한다. "아르보사는 그 사람들 선거운동에 자금을 대요." 엘리베이터를 소유하는 자가 새로운 도시를 소유한다.

"당연히 그래야죠. 직관주의자들이 특히 돈이 많은 건 아니니까. 그 회비는 포도주와 치즈를 곁들인 학술 토론회 비용을 전부 빼고 나면 큰돈이 안 돼요. 제기랄, 그 회관을 소유한 이유는 정신 나간 노인네인 딥스-와트니가 약자한테 베풀 마음이 들어서였을 뿐이에요. 홀트가 협회장이었을 때는 부서가 아르보사 것이었고, 캔커는 유나이티드사의 돈으로 회장 자리를 얻었죠. 홀트와 합창단 여자에 관한 이야기는 알아요? 그 여자는 유나이티드사의 안전 소녀 중 하나였어요. 이 상황을 전부 철학에 관한 것으로 생각한 거예요? 누가 더 나은 사람인가, 직관주의인가, 경험주의인가? 실상은 아무도 거기에는 신경을 안 써요. 아르보사와 유나이티드사가 일을 만드는 주범이죠. 이 점이 정말로 중요해요. 전 세계가 수직으로 올라가길 원하고, 이 두 회사는 거기에 데려다줄 수 있죠. 요금을 내면요."

벤 유리크가 동전을 다시 놓쳤다. 이번에는 튕겨서 책상 왼쪽으로 빠르게 날아간다. 벤 유리크는 다시 몸을 웅크리고 묻는다. "지난주에 당신한테 일어난 사고 뒤에는 누가 있었을 것 같아요? 유나이티드사죠. 캔커가 더러운 일을 했을 수도 있지만, 유나이티드사에서 지시한 것일 뿐이죠. 그 건물에는 아르보사의 엘리베이터가 있으니까요. 그 다음에 희극제에서 캔커가 엉덩이로 떨어지는 사고가 있었죠. 아르보사에서 패니 브리그스 사고에 대한 복수를 한 것이 분명해요."

"아르보사가 한 것이 아니에요."

"그러면 누구였죠? 엘리샤 그레이브스 오티스 유령?"

벤 유리크도 전부 아는 것은 아니다. 라일라 메이가 말한다. "아르보사에서 당신 손가락을 부러뜨렸다고 했죠. 왜 그 회사가 당신이 쓴 기사가 나오는 것을 막으려 하겠어요? 직관주의자를 지원한다면, 왜 진실이 드러나길 바라지 않겠어요? 풀턴이 만든 상자는 직관주의자가 만든 창조물일 것이 거의 확실한데. 말이 안 돼요. 협회에서 이 소식을 듣고 레비를 뽑으면, 아르보사는 자기 사람을 얻는걸요."

"민심을 얻나요?"

"네, 민심을 얻어요."

계속 바닥을 지켜본다. "이것 좀 도와줄래요?"

라일라 메이는 벤 유리크를 무시한다.

"하나 묻죠, 왓슨 양. 누구한테 청사진이 있습니까?"

"몰라요."

"아르보사에 청사진이 없다면, 아르보사는 청사진을 통제할 수도 없죠. 직관주의 기반이 아니라고 가정해봐요. 논의를 위해서 경험주의라고 가정하자고요. 아니면 직관주의 기반이지만, 셔시와 유나이티드사 깡패들과 함께 캔커가 먼저 발견해서 비밀로 한다고 말이에요. 파괴한다든가요. 그러면 아르보사는 어떻게 할까요?

바람에도 좆이 흔들리는 자들이니 제가 말해드리죠. 욕해서 미안합니다. 제 기사는 직관주의자 블랙박스가 등장할 것이며, 곧 발견될 것이라고 엘리베이터 사회에 알리죠. 점검원 유권자한테, 그 냉소적인 패거리한테 희망을 심어줬는데 블랙박스가 나타나지 않는다. 그러면 유권자는 화요일에 투표 칸막이에서 불만을 표시할 겁니다. 여기 있다." 벤 유리크가 말하며 일어선다. 불빛으로 돌아오면서 동전에 대고 말한다. "나한테서 숨으려고, 꼬마 친구?"

"블랙박스를 확보하기 전까지 무슨 수를 써서라도 당신이 쓴 기사를 비밀로 해야겠네요."

"그렇지 않으면 곤란해지니까요. 캔커는 상황을 원하는 대로 제시할 수 있어요. 병상에서도 말이죠. 어쨌거나 소문은 흘러나갔으니까. '직관주의자의 또 다른 거짓말.' 소식통이 말해주길 이미 월요일에 기자회견 일정을 잡아뒀다는군요. '상대편 후보한테 블랙박스가 있다면 우리한테도 보여달라고 합시다.' 내놓든지, 입을 다물든지 하라는 거죠."

"어디에 있죠?"

"바로 그거예요."

"당신 손이요."

"그자들은 사무실 바로 밖에서 날 잡아갔어요." 벤 유리크가 말하면서, 그 기억 때문에 잠시 움찔한다. "꽤 잘 맞서 싸웠고 죽을힘을 다했지만, 그다음에 정신을 차리니 그자들이 나를 차 뒷좌석에 실어놨더군요. 내 손가락을 하나씩 부러뜨리기 시작했어요. 두 남자, 두 돌대가리였죠. 마피아처럼 보이려고 했지만, 마피아가 아닌 것을 알았어요. 셔츠로 알 수 있었죠. 회사 직원이었는데, 옥스퍼드 셔츠 바로 밑에 시내에서 입는 사원복을 입었더군요. 마피아는, 셔시의 부하들은 고유한 차림새가 있어요. 자기네 두목이 입는 그 비싼 정장을 사는데, 이상한 옷깃이 달린 것도 똑같고, 셔츠는 싼 혼방 직물이죠. 전부 똑같은 가게에서 사요. 멀베리에 있는 피넬리네에서요."

"그 사람들이 당신 손가락을 부러뜨렸군요."

깁스 끝에서 분홍색 손가락 끝이 꼼지락거린다. "지난 토요일에요. 이 사무실 바로 밖에서 날 잡았고 거칠게 굴면서, 기사를 중단하지 않으면 가만두지 않겠다고 했죠. 제 손을, 그러니까 글을 쓰는 손을 망가뜨리고 나서, 제가 데이트 상대라도 되는 듯이 집 앞에 내려줬죠. 저한테 경고하려고요. 그런데 그 셔츠가 기억났고 발품을 팔기 시작했어요."

"아르보사 사람들인 걸 알아냈네요." 그래, 말이 된다.

"몇 년 전에 감시하면서 찍은 사진을 꺼냈죠. 아르보사가 새로운 착륙 브레이크를 해외 회사에, 아직 미국에서는 승인을 받지 않았다는 사실을 모르는 시골뜨기한테 팔기 시작했을 때였어요." 벤 유리크는 동전을 책상에 두고 또 다른 서랍을 뒤진다. "사진이 여기 어디엔가 있어요. 찾았네요." 광택이 나는 종이 더미를 휙휙 넘긴다. "그자들을 상당히 빨리 찾았죠. 나머지 아르보사 깡패들이랑 사무실을 나가는 그 남자들이에요. 바로 여기요."

라일라 메이는 쳐다보기가 두려웠다. 도시의 아주 작은 부분을 찍은 흐릿한 흑백 사진이었다. 체격이 단단한 남자 다섯 명이 검은색 세단 주위에 서 있다. 라일라 메이는 사진을 책상 등 아래로 기울이는데, 손이 떨리는 것이 보여 가만히 있으라고 명령한다. "짐과 존." 라일라 메이가 말한다.

"그자들을 압니까?"

"지난 금요일에 제 아파트에 있었어요. 아파트를 뒤졌죠."

"익명 발송인이 그 사람들한테 보낸 풀턴 문서에 무엇이 있나를 고려하면, 말이 되는군요." 벤 유리크가 멀쩡한 손으로 동전을 떨어뜨릴 뻔하다 잡으면서 가장 좋아하는 취미를 다시 시도할 용기를 모은다. "짐 코리건과 존 머피. 아르보사 직원 파일에는 '자문 위원'으로 올라가 있지만, 경찰에는 전과 기록이 있죠. 무단 침입, 가중 폭행, 산업스파이 같은 종류요. 유나이티드사에 셔시네 부하들이 있으면 아르보사에는 이 남자들이 있어요. 짐 본인은 살인 혐의까지 받았지만, 아르보사의 변호사가 빼내줬어요. 몇 년 전에 일어난 라비앙코 사건 기억해요?"

"이 사람은 누구죠?" 라일라 메이가 사진을 톡톡 두드린다. 손은 떨리지 않는다.

"레이먼드 쿰브스예요. 또 다른 '자문 위원'이죠. 보통 힘 쓰는 일을 하는데, 덩치가 큰 유색인종 남자인 데다 위협적이기 때문이죠. 잠시

만요. 더 나은 사진이 있을 거예요." 사진을 이리저리 헤집는다. 얼굴 사진이다. 사진 속 남자의 왼쪽을 향한 눈에는 부드러움과 당혹감이 서려 있다. "이 사람을 압니까?" 벤 유리크가 묻는다.

"자기 이름이 나체즈라고 했어요."

"제가 읽은 바에 따르면 어두운 골목에서는 만나고 싶지 않아요. 폭력배죠. 그렇게 될 수밖에 없었다고 생각해요. 흰 복장으로 일하는 유색인종 남자니까. 당신과 비슷한 것 같네요." 벤 유리크의 손안에서 동전이 유혹하고, 웃으며 도발한다. "그런데 내가 왜 당신한테 이걸 다 말해야 하는지 모르겠네요. 당신이 뭘 알고 있을지 생각하면, 이런 건 한물간 소식 같은데 말이죠."

라일라 메이는 생각을 할 수가 없다. 나체즈의 사진한테 질문한다.

"당신의 이름이 그 공책에 있으니까요. 당신이 연결 고리예요."

"나는······."

"다시 서랍을 봐요. 아르보사로 간 풀턴 문서를 찍은 사진에 있어요."

여배우 사진이 들어간 달력 밑에는 사진이 더 있다. 책상 등 아래로 가져간다. 머리가 아프다.

벤 유리크는 시도하기로 한다. 동전을 허공에 던진다. "구하기가 쉽지 않았다고 말해두죠. 그쪽 여백에 있어요." 벤 유리크가 말한다. 손이 휙 움직인다. 동전을 움켜쥔다.

라일라 메이는 자기 이름을 본다.

"앞." 벤 유리크가 말한다.

라일라 메이 왓슨이 그 사람이다.

"어쩌면 이제 당신이 그게 무슨 뜻인지 말해줄 수 있겠네요." 벤 유리크가 말한다.

"이봐, 우리가 끼어도 될까? 아니면, 인쇄된 초대장 같은 게 필요한가?" 존 머피가 묻는다. 짐과 존이 두 사람 뒤에, 동전이 날아갈 거리만큼 떨어져서 서 있다. 짐은 두 사람을 향해 음흉하게 미소를 짓고, 존은 가볍게 화가 난다는 듯이 허리에 손을 얹었다. 존이 말한다. "우리가 먼 길을 왔는데, 돌려보내는 건 무척 무례한 짓이지."

라일라 메이가 달린다. 정중하게 기대고 있다가 휙 미끄러진 벤 유리크한테 짐이 달려든다. 벤 유리크가 책상에 기대서 한 발로 의자 뒤를 조준한 다음 발사하니, 의자가 존의 다리를 향해 바퀴를 굴리며 미끄러져가고, 존은 라일라 메이를 추격하다가 발이 걸려 책상 모서리에 머리를 부딪힌다. 덕분에 벤 유리크는 짐의 손가락에 목을 잡힌 채 책상에서 꼼짝도 못 한다. 벤 유리크는 응보를 받아들인다. 벤 유리크는 항상 응보를 받아들인다.

평온한 정지 상태에, 운송 수단이 다니는 대기 안에 있다가 라일라 메이가 불러내자 엘리베이터 문이 열린다. 라일라 메이가 로비 버튼(검정 바탕에 회색 반점, 튼튼하고 안전한 플라스틱, 아르보사 층 버튼, 검정 배색, 도시 시리즈 1102호)을 손바닥으로 내려치는데, 존이 머리를 문지르며 칸막이를 돌아서 나오는 모습이 보이고, 닫힘 버튼(아르보사 라우터 안에 있는 이동 케이블의 친근한 구리를 이용해 신호를 30미터 위에 있는 기계실의 선택장치로 보내기 시작한다. 도시 시리즈 1102호)으로 손을 뻗은 다음 아르보 이그제큐티브의 뒷벽에 기댄다. 존은 걸음을 서두르지 않는다. 엘리베이터 문에 달린 검은색 고무 입술이 탑승칸 입구를 가로지르며 나아가기 시작하는 모습을 본다. 라일라 메이한테 고개를 끄덕이더니 방화문을 향해 몸을 돌린다.

* * *

고작 몇 층짜리 경주라면, 엘리베이터를 추월하기는 어렵지 않다. 엘리베이터는 엘리베이터 점검원 부서와 미국 엘리베이터 제조업 협회가 긴장되는 정상회담 시간을 보낸 뒤 승인한 속도로 수직 통로 내부를 신중하게 이동한다. 이 상자는 안전하지만, 승객이 문이 닫히는 것을 보고 수직 통로 아래 공간으로 사라질 때도 안전하다고 느껴야 한다. 승객이 자기 세상을 잃고 다른 세상을 얻는 동안 말이다. 그런데 라일라 메이가 1층에 도착해 밝은 형광등 빛으로 달려 나왔을 때 추적자는 안 보인다. 엘리베이터를 추월하기는 어렵지 않지만, 최근에 머리를 다치면 추월하기가 어려워질 수도 있다. 특히 비뚤어진 층계참에서 비뚤어진 층계참으로 뛰어 내려올 때 그렇다.

라일라 메이는 깨끗한 흰색 타일에 남색 돌고래처럼 의식을 잃고 쓰러진 야간 경비원 빌리의 다리를 뛰어넘어 거리에 도달한다. 뒤에서 계단 문이 쾅 열리는 소리가 들린다. 거리 반대편에 부서 차량이 있다. 차에 탈 시간은 있을 것이고 지금 당장 손에 차갑고 단단한 열쇠가 있지만, 커다란 승합차가 부서 차량을 꼼짝 못 하게 막고 있으며, 등을 구부린 유색인종 남자들이 승합차에서 깨끗한 식탁보를 꺼내 밍의 오리엔탈 식당 종업원용 입구로 나른다. 라일라 메이는 본능에 따라 재빨리 오른쪽으로 뛰어드는데, 몇 걸음 안 가 왼쪽에 붐비는 거리가, 극장 관객과 경찰이 있음을 깨닫는다. 하지만 이미 저질렀다. 존보다 얼마나 앞서는지 계산한다. 많이 앞서지 않는다. 오른쪽, 계단으로 가는 문으로 뛰어든다. 존이 거리에 도착하기 전에 평평한 시야에서 벗어나고 싶다. 안타깝게도 〈승강기〉 건물과 명백한 피난처에서 몇 건물 지나오지 못한다. 머리 위에서 이전에 못 봤던 우아한 빨간색 네온등 고리가 **춤 한 곡에 10센트 천국**을 선언한다. 라일라 메이는 계단을 오른다.

음악이 들린다.

더러운 계단 꼭대기에서 긁힌 여닫이문을 밀고 음악이 흘러나오게 한다.

라일라 메이는 폭우에서 나오는 사람처럼 갑작스러운 온기와 잦아드는 폭풍에 적응하면서 느리게 걷는다. 기도 두 명이, 초록색 운동복을 입고 문 옆 금속 의자에 앉아 있는 고릴라 같은 남자 두 명이 간신히 보인다. 콧구멍 밑으로 빳빳하고 검은 콧수염이 관목처럼 자라는데, 바위 같은 얼굴에 자라는 용맹한 초목이다. 기도는 라일라 메이한테 고개만 끄덕일 뿐 아무 말도 안 한다. 팔꿈치를 무릎에 얹고, 문 사이에 난 틈을 빤히 쳐다본다. 라일라 메이를 쫓아낼 이유는 없다.

방 반대편 끝에 있는 둥근 나무 단은 저 먼 지평선에 있는 도시가 될 만큼 멀리 있고, 거기서 지휘자의 팔이 활공한다. 지휘자는 무용수를 등 뒤에 두므로, 그 얼굴은 재킷 옷깃 위로 제멋대로 흘러내리는 지저분한 회색 머리를 보고 상상할 수밖에 없다. 예복 꼬리는 지그 춤을 춘다. 지휘자는 습한 허공에 양손을 흔들고, 연주자의 눈은 한 장짜리 악보와 지휘자의 날카로운 칼끝을, 지휘자가 습한 공기에 남기는 칼자국을 오간다. 연주자들도 무용수를, 그 느릿느릿한 움직임을, 일터에서 필연적으로 왜곡되는 형상을 쳐다보지 않는다. 왜냐하면 무용수들은 살고 취약해서, 그들이 생명을 품은 악기를 통해 전달하는 것에 결코 부응할 수 없음을 알기 때문이다. 인간은 항상 중요한 것을 놓친다는 것을 이해하고 있다.

춤을 추지 않는 남자들은 한쪽 벽을 따라서, 철거한 극장 잔해에서 가져온 한 줄로 줄지어 있는 빨간색 의자에 앉아 있다. 오페라극장 의자에, 한 좌석 또는 두 좌석, 세 좌석 간격을 두고 앉아서, 무도장을 보며 작은 사고를 애석해한다. 여기에 있는 여자들은 공격적으로 굴지 말라고, 강매하지 말라고 지시받았다. 그럴 필요가 없다. 올이 다 드러난 정장을 입고, 넓은 넥타이에 목이 졸리고, 자세가 망가진 이 남자들한테는 팔기 쉽다. 경영진이 알기로 남자들은 생각하는 것이 있어 비를 피해 허둥지둥 여기에 들어오고, 케케묵은 관념이 적절한 사람을 정하면 이윽고 여자들한테 접근할 것이다. 여자들은 할인 구역에 있는 할인 판매대에서 꼼꼼하게 살펴보고 물방울무늬와 모호한 꽃무늬를 골랐다. 뚱뚱한 팔과 가는 팔, 부푼 허벅지와 여윈 목. 남자들은 할인 판매대에서 고른다. 음악이 재촉하고 남자가 여자를 고르고 두 사람은 10센트어치 춤을 춘다.

라일라 메이는 문을 쳐다본다. 존은 아직 기도를 찌르지 않았다. 기도는 무용수를 등지고 문을 빤히 쳐다본다. 이 특별한 시설의 본질을 이해하지 못하는 정신 나간 난폭자와 술 취한 마약쟁이가 나타날지 주시한다. 라일라 메이는 모든 거친 고객이 처하게 되는 계단 맨 아래에서 짓이겨진 존을 마음속으로 그린다. 라일라 메이가 생각하기에, 저 고릴라를 죽이거나 정상 생활이 어렵게 만들지 않는 한, 생소고기 두 조각으로 주의를 끌지 않는 한 말이다.

남자는 춤을 추기를 기다리는 유일한 유색인종 신사다. 무용수를, 공중에 뜬 남녀를 확고한 시선으로 주시한다. 그의 정장은 팔꿈치와 무릎의 덧댄 헝겊 조각에서 빛을 반사해 반짝인다. 오래된 정장이다. 남자는 그 마른 손을 여자의 손이 감싸고 그 팔 관절이 여자가 잡아당기는 힘에 항복하고 나서야 여자를 본다. 남자는 머뭇거리는 자기 발에 올라타, 여자한테 이끌려 무도장으로 간다.

이미 반쯤 지나간 첫 번째 노래가 재빨리 두 사람을 세뇌한다. 두 사람은 서로 초면이다. 남자는 딱딱하고 조심스럽게 여자의 허리에 한쪽 팔을 두르고, 다른 손으로 여자와 깍지를 낀다. 여자는 뻣뻣하다. 두 사람의 발은 음악에 복종하고, 여자는 남자가 넘어질까 두렵다. 무척 노쇠했기 때문이다. 그 희고 까만 머리는 기름을 꼼꼼히 발라 두피에 딱 붙었다. 고정된 물줄기 같다. 여자는 남자가 그 머리 모양을 수년, 수십 년 동안 선호했음을 깨닫는다. 머리카락에서 점점 색이 빠져나갔다. 나이라는 것은 오라고 손짓하는 수직 기둥 바닥인 듯하다. 먼지와 쥐. 훈연한 오드콜로뉴 향이 희미하게 난다. 줄무늬 정장은 진홍색 줄과 회색 줄이 번갈아 나온다. 여자의 짝은 여위었고 사라져간다. 남자의 가슴 주머니에서 삐져나온 손수건은 다홍색 섬광을 낸다. 어쩌면 어느 시점에는 정장과 같은 색이었을 수도 있지만 바래지 않았고, 이제는 여자의 눈 속에서 너울거리는 불길이자, 더 나은 시대와 상황을 울리는 메아리가 됐다.

여자는 이 노래를 모른다. 다른 무용수는 알거나 아는 척하면서 여자는 절대 이해하지 못할 방식으로 팔다리와 엉덩이를 통제한다. 부서에 있는 다른 남자 동료와 마찬가지로 여자도 춤을 추는 것을 좋아하지 않는다. 남자가 이끈다. 팔로 여자의 등을 받친다. 여자가 잡은 남자의 손은 거친 노동자의 손으로, 고된 일로 총안이 생겼다. 여자는 어린 시절에 했던 집안일이, 양동이를 들고 바깥에 있는 펌프로 달려갔던 일이 기억난다. 손을 써서 일한 지가 오래됐다. 남자가 여자를 올려다본다. 남자는 피부에 불그스름한 빛이 도는데, 어쩌면 남자 안에 북미 원주민이 있을지도 모르고, 어쩌면 카리브해에서 왔을지도 모른다. 이민 1세대 말이다. 두 사람 주변에 있는 무용수들은 이전에 본 적이 없는 흐름을 따라, 이 무미건조한 도피처에서 느리고 밝은 많은 궤적들을 따라 움직이는 풍선들이다. 사람들이 느슨하게 춤을 춘다. 여자들은 전문가고 남자들은 끌려다닌다. 오늘은 세상에서 보내는 마지막 밤이며 그 밤을 아름다운 여성의 품에서 보낸다고, 남자들은 생각한다. 여자들은 꼭 미인이라고 할 수는 없다. 하지만 무엇이든 다 가능하다. 여자들은 10센트짜리 동전을 세고, 냉장고 위에서 기다리는 청구서를 곰곰이 생각한다. 청구서는 한 번에 10센트씩 꾸준히 갚는다.

여자는 다른 여자들처럼 얼굴을 꾸미지 않았지만, 남자는 신경 쓰지 않는 듯하다. 남자는 치아가 누렇고 갈라졌다. 남자가 이끌고, 여자는 남자가 이끄는 대로 따르면서 꿈적 안 하는 기도들을 쳐다본다. 기도들은 여자가 춤추는 짝의 두피를, 공백을 멍하니 쳐다보듯 문을 응시한다. 남자의 귀는 갈색과 분홍색이다. 아기들 귀다. 하지만 남자는 나이가 무척 많다. 털이 삐져나온다.

첫 번째 노래가 끝난다. 남자가 여자를 올려다보더니 주머니를 뒤져 동전을 찾는다. 요금을. 여자는 고개를 젓는다. 다음 노래가 시작되고 남자는 여자한테 손을 펴 보인다. 한 곡 추실까요? 여자의 짝은 이렇게 더 느린 박자를 좋아한다. 더 자신 있는 발놀림으로, 손을 꽉 쥔다. 남자는 이 노래를 듣고 다른 노래를 떠올린다. 사고 때문에 순수한 기억으로 굳어버린 **우리 노래다.** 그 순수한 기억은 강력한 물질로 환하게 빛난다. (여자에게는 문에서 일어나는 소동이 안 들린다. 기도들이 침입자를, 이 장소가 무엇인지 이해하지 못하는 누군가를 때려눕혔다.) 지금 여자는 남자한테 누구일까? 아내, 딸, 옛 연인, 이제는 모두 사라졌다. 그 사람들이 남긴 것은 이 노래다. 남자의 어깨너머로 다른 무용수들이 기본적인 드라마를 재연한다. 별것 아닌 일로 벌이는 말다툼. 열정적인 구애. 그들은 서로한테 누구일까? 여기서 일하는 여자들(물집 잡힌 발, 더 나은 미래에 낸 착수금), 동전을 넉넉히 들고 여기로 온 남자들(잃어버린 것은 되돌아올 것이다). 지휘자는 등을 돌린 상태로 있고, 그의 팔은 영혼이다.

남자는 여자한테 누구일까? 유령이다. 여자는 자기 짝에게, 지금은 짝이 아니라 죽었으며, 유품으로만, 남겨둔 말로만 대답할 누군가한테 묻는다. "왜 이런 것을 했죠?"

"당신은 알게 될 거예요."

"저는 절대 알지 못할 거예요."

"당신은 이미 알아요."

또 다른 중간 박자의 곡이 시작된다. 무도회장에서 감탄이 나온다.

언제부터인지 모르게 여자는 짝한테서 주도권을 넘겨받았고, 이제는 여자가 걸음을 안내한다. 남자는 눈을 감은 채고, 여자는 단단히 감은 눈꺼풀 위에 난 자잘한 갈색 돌기를 본다. 여기 태풍의 눈에서는 안전하다. 밖에서는, 계단 아래서는, 거리에서는, 도시가 맹렬한 비 공세에, 큰 압박에 후퇴한다. 오늘 밤 도시에는 무기력이 퍼졌다. 예기치 않게 찾아왔다. 뉴스에서 비가 조금 온다고 말했고 그것이 전부다. 이러는 것이 아니라. 하수관이 꽉 차고, 배수로가 물에 잠겨 쓰레기를 뱉어내고, 병원 영수증과 입출금 명세서는 인도 제방 그 너머까지 높이 떠다닌다. 시민들은 차양을 당기고 끝을 기다린다. 로비와 조제 식품 층은 이제 축축하다.

　여기는, 이 분홍색으로 옅어지는 빨간 벽 안은 건조하다. 새 노래는 느리다. 여자는 가슴에 떨어지는 비를 느끼지만, 비가 아니라 남자가 흘리는 눈물이다. 여자의 가슴과 맞닿은 남자의 가슴이 떨린다. 여자가 말한다. "다 내보내버려요." 여자는 남자의 머리에 난 머리카락 한 올 한 올을, 두피 아래로 선명하게 지나는 혈관을 볼 수 있다. 여자가 이끈다. 이 비틀린 나무 바닥에서 발이 안정적이다. 여기는 안전하다. 대도시의 혼란에서 벗어나 있다. 여자는 불규칙한 사각형 안에서 안내하면서, 이 한 구역을 반복해서 압박했다. 마치 반복하면 그들이 현실이 되고, 다음 세상으로 가지 못하게 막는 장벽이 허물어진다는 듯이 굴었다. 다른 쌍이 움직인다. 여자와 여자의 짝 주변을 회전하면서, 개인적인 주기에 따라 가까워졌다 멀어진다. 서로를 던져 올리는 각 짝은 보금자리이자 정중한 온기다. 도시는 사라졌다. 이 방은 짙은 어둠 속을 떠다니는 거품이다. 무도회장 조명은 여전히 영혼을 데우고, 악단은 계속해서 어떤 신비한 체계를 끝까지 연주한다. 다른 사람의 육체가 여자와 여자의 짝 주위를 조용히 움직인다. 오늘 밤, 춤 한 곡에 10센트 천국에 있는 사람은 유예 처분을 받는다.

2장

제임스 풀턴의 사라진 공책에서:

90층 정도면 모든 것이 공기지만, 이는 조금 앞서 나간 것이다. 시작은 1층에서, 흙에서, 저능함에서다. 우리가 그런 것처럼. 불이나 언어가 그런 것처럼. 우리가 날 수 없어 기어서 돌아다니고 진부하게 명백한 생명 활동의 희생양이 되는 것처럼. 들어 올리는 것. 그것은 1층에서, 유충의 눈으로 본 세계에서 시작한다. 흙에서. 무슨 일이 일어날까? 1층, 안전한 곳으로부터, 당신이 알고 있던 모든 것으로부터 벗어날 것이며, 그러면 상상력을 다소 재측정해야만 할 것이다. 가능성이라는 그 도발적인 모습을 알아보기 위해. 당신과 같은 사람이 만든 탑승칸에 대한 신뢰, 신뢰는 최악이다. 당신과 같은 사람이 만들었고 당신은 나약하고 실수를 저지른다. 그들은 이 여정을 잘못 상상했으며, 필요한 장비를 잘못 측정했다. 5층 정도에는 어쩔 수 없이 물리법칙을 고려해야 하며, 가느다랗고 연약한 철제 밧줄이 탑승칸을 붙잡는다. 당신 자신의 연약함이. 엘리베이터는 불평하지 않으며 안전한 거품 속에서 올라가는데, 15층, 16층, 26층, 그리고 사고는 없다. 글쎄, 그렇다고 마음이 편하지는 않다. 사고는 언제나 일어날 수 있고, 높이 올라갈수록 더 심각할 것이다. 이 높이에서 추락하면 살아남을 것이 있을까? 안전장치가 있다고 말하지만, 일은 틀어질 수 있고 종종 틀어진다. 40층에서는 아찔하다. 이렇게 멀리 왔다. 하지만 여기가 끝이라면 아직도 작별해야 할 것이 많다. 이번 층, 50층은 모두가 기다리는 곳이다. 사과를 받지 않을 사람들, 죽은 사람들, 학대받았고 이제 화해하기에는 너무 낮게 있는 사람들이 말이다. 당신의 통로 때문에 부서진 것들, 이 탑승으로 가는 당신의 통로에서 발생하는 이상한 튕김들. 할 일은 없다. 탑승뿐이다. 75층에서는 돌아갈 수 없다. 안전장치도 필요 없다. 오직 상승만, 이 승천만 있을 뿐이기 때문이다. 이런 것이 그리 나쁘지는 않다. 세상은 저 아래로 떨어지지만 견고한 밧줄과 근사한 탑승칸과 믿을 만한 협력자가 있어서다. 시간만 조금 더 있다면, 여기서는 생각조차도 무게가 없다. 모든 것에 무게가 없기 때문이고, 전동기는 이 모든 것을 고려해서 탑승칸과 균형추 사이에서 발생하는 무게 차이를 처리할 수 있다. 그것이 전동기의 역할이다. 그런데 어떤 소망이 이 기계가 수용할 수 없을 정도로 무거울 수 있을까? 이제 반쯤 즐긴다. 벽이 떨어져 나가고 바닥과 천장도 마찬가지다. 엘리베이터의 견고함은 수직성 안에서 사라진다. 90층, 모든 것은 공기고, 당신과 당신의 통로를 구성하는 매체 사이의 차이는 높이 상승할수록 해체된다. 온통 밝다. 당신이 벗어던지던 모든 무게와 격정은 더 이상 무게와 걱정이 아니라 밝음이다. 수직 통로 속 어둠조차 사라진다. 당신과 통로 사이에 차이가 없기 때문이다. 더는 폐가 없는데 어떻게 숨을 쉬겠는가? 질문은 혼란을 일으키지 않는다. 이성의 그 마지막 간청도 지구와 함께 몇 층 전에 떨어져 나갔다. 시간이, 마지막 생각을 위한 시간이 없다. **내가 지난밤에 잠들기 전에 마지막으로 생각했던 것은 무엇이었나? 그 가장 마지막 생각은 무엇이었나?** 왜냐하면 그 생각을 생각해내기 전에 모든 것이 빛날 테고 당신은 완벽한 엘리베이터에서 떨어졌기 때문이다.

* * *

이번 일요일 아침에는 격자판이 조용하다. 이렇게 먼 도심에는 시민이 살지 않는다. 격자에 에너지가 지나치게 많다. 일부는 피곤하다. 일어나면서 침대에서 머리카락과 손톱을, 그리고 이가 흔들거리는 것을 발견하고, 자기 살에서 수영한다. 완전한 문장을 구성하리라는 불가능한 가능성은 신경 안 쓴다. (라일라 메이는 넥타이를 조이고 옷깃을 만지작거린다.) 따라서 이 금융 지구에는 더는 아무도 안 살고, 윙윙거리는 지자체 사원과 너무 가까이에도 아무도 안 산다. 연방 광장 거리에는 사람이 없고, 빛을 잡고 모든 광선을 은색으로 물들이는 구름 그림자도 없다. 지난밤에는 '엄마 빵집' 바깥에 차를 몇 시간 정도 대고, 뒷좌석으로 기어 올라가서 구석에 자리를 잡았지만, 잠들지는 않았다. 새벽을 알리는 첫 알람 소리가 들리자 머리 위로 원피스를 당겼다. 월요일용 정장으로 무장했다. 물론 요일은 다르지만, 최근에는 달력이 뒤죽박죽됐다. 제조 결함이다. 마음에 들 만큼 빳빳하지 않다. 중국인 세탁소에서 빳빳해지라고 먹여놓은 풀의 비축분이 한심하게 줄어들었다. 그래도 자동차에 달린 작은 거울을 보고 판단하건대, 정장은 라일라 메이가 할 일을 하기에 괜찮다. 오른쪽 눈 밑의 피부가 건조한 부분을 침으로 문지른다. 손가락을 머리카락 사이로 끌고 간다.

여기서 시작됐다. 일주일 전에. 그것은 자기 내장에 있다.

라일라 메이가 10분 동안(시간을 쟀다) 문을 친 뒤에야, 잠자던 경비원이 어두운 로비 밖으로 걸어 나와 유리창에 도달한다. 경비원은 빳빳하고 곱슬곱슬한 갈색 머리가 사방으로 뻗치는 가운데 오른쪽 반구는 단단하게 엉겨 붙었다. 알고 보니 핏기가 없고 이상한 주름이 뚜렷이 생긴 얼굴도 같은 쪽이었다. 라일라 메이는 창문에 배지를 가져다 댄다. 경비원은 잠시 멈춰 오른쪽 궁둥이를 긁더니 벨트에 달린 넓은 열쇠고리를 뗀다.

"11호기 일은 다 끝낸 줄 알았는데요." 경비원이 말한다.

"절대 안 끝났어요." 라일라 메이는 로비 중간쯤에서 말하는데, 가죽 구두가 말발굽처럼 인조 대리석에서 달그락거리며 황소처럼 돌진한다.

경비원이 현관문을 잠그면서 열쇠가 짤그랑거리는 소리가 멀리서 들린다. 목소리가 혼미하다. "지하로 들여보내줄까요?" 라일라 메이는 돌아보지 않는다. 라일라 메이는 이미 의식에서 경비원을 쫓아냈고 마음속에서 강제 퇴거시켰다. 엘리베이터 B구역 가운데에 선다. 부서에 합류한 뒤로 이번이 점검 사이에 가장 오래 자리를 비웠다. 휴가를 가본 적도 없건만, 이제 워커가 125번지를 떠난 지 총 9일이 됐다. 패니 브리그스 건물 엘리베이터 11호기의 1층 입구에 손바닥을 댄다. 초록색 공업용 페인트 밑에 있는 금속을 느낀다. 까맣고 차갑다. 실온이다. 멀리서 경비원이 질문하는 소리가 들리지만, 너무 멀어서 알아들을 수가 없다.

이상 없다.

우선 세상을 떠난 엘리베이터의 바로 옆 10호기로 결정한다. 호출 버튼을 누르고, 선택장치가 여전히 꿈에 젖은 채 비척대며 일어나는 소리를 들을 수 있다고, 라일라 메이는 생각한다. 딸깍. 그러고 나서 마음을 바꿔 B구역에서 11호기 맞은편에 있는 14호기로 간다. 14호기도 양옆에 엘리베이터가 있고, 세 아이 가운데 낀 둘째의 독특한 불안을 공유해야 한다. 종이 울리는데 쾌활하고 당돌하다. 이 종은 수십만 번을 울리면서도 냉소적이고 적대적으로 변하지 않을 것이며, 그 환호성이 약해지는 법도 없을 것이다. 그런 식으로 만들어지지 않았다. 14호기는 승객과 승객이 타는 것을 환영한다.

아르보사는 메트로폴리탄 모델을 대대적으로 홍보하며 출시하고 나서 1년 뒤에, 소소하지만 결국에는 중요한 미용상의 문제를 고치고자 회수했다. 시의 유지 관리 부대가 사용하는 세척 물질이, 모조 나무로 만든 탑승칸의 판에 그리 잘 맞지 않아 보였다. 스크러보 세정제를 백 번가량 바르자 판에 기묘하게 푸르스름한 갈색 얼룩이 생기기 시작했다. 그 모양을 보고 곰팡이를 떠올리는 사람이 한둘이 아니었다. 질병을 말이다. 요컨대 그 세제와 내부판은 잘 맞지 않았다. 한 가지 접근법은 이 새롭고 화려한 메트로폴리탄의 주인한테 다른 세정제를, 부식이 덜하고 엘리베이터의 섬세한 피부에 덜 반응하는 약품을 사용하라고 지시하는 것이었다. 그렇게 되지는 않았다. 시에서 너그럽고 파격적인 할인을 받아, 매우 합리적인 가격으로, 이 특정한 스크러보 세정제 평생분을 구매한 뒤였다. 시가 철저하게 계산하는 법이 없는 상황에서 '평생분'은 정확히 얼마큼일까? 정부 건물 지하에, 지자체 곳곳에 있는 관리실 창고에 이 약품이 든 상자가 쌓여 있고, 어떤 일도 너무 더럽게 여기지 않는 스크러보 마스코트의 묘하게 매력적인 보라색 미소를 모든 상자가 자랑스레 내보인다고만 말해도 충분할 것이다. 정치인들은 이 스크러보 문제에 대해 의견을 바꾸길 거부했다. 이미 비용을 냈기 때문이다. 사실 이 사고는 아르보사가 발생 가능한 안전상의 위험(탑승칸에 생긴 보기 흉한 피부 문제와 인간 질병이 관계가 있다는 증거는 예전에도 지금도 없다)에 대해 장비를 제대로 시험하지 않은 탓이라는 데 의견이 모인 데다가, 소송이 곧 일어날 듯도 했다. 아르보사는 고층 사옥 위에서도, 강화 유리 뒤에서도, 일이 어떻게 돌아갈지 분위기 파악을 했다. 내부판을 무료로 교체해줬고, 오늘까지 아르보 메트로폴리탄은 대다수 시 소속 직원들이 자기들의 불행하고 힘들고 단조로운 일과 연관 짓는 엘리베이터가 됐다. 이것은 유나이티드 엘리베이터사에서 수년에 걸쳐 철저하게 수행했던 여론조사가 뒷받침해주는 사실이다.

라일라 메이는 이것들이 신형 아르보 메트로폴리탄이라는 것을 알아챘다. 조심성 없는 아르보사 수리공이 병충해가 생긴 판을 교체할 때 남긴 특유의 긁힌 자국이 내부판에서 보이지 않는다. 이 사실은 패니 브리그스 건물에 처음 방문했을 때 알아챘다. 11호기는 보지 말라고, 자신한테 말한다. 라일라 메이는 11호기를 점검하던 때를 완전히 기억해내기 위해 이 탑승칸에 있다. 11호기는 이제는 몇 건물 떨어져 있는 시체 안치소에, 금속 쟁반 위에 기괴할 정도로 산산조각이 나 있다. 라일라 메이는 재현이 오염되는 것을 원하지 않는다. 14호기가 공회전하며 남긴 잔향이 라일라 메이의 신발로 들어와, 다리 근육을 통과하며 더 크게 노래한다. 라일라 메이는 그 감각을 차단한다. 느껴지지 않는다. 눈을 감는다. 어둠 속으로 손을 뻗어 볼록한 유리 버튼을 누른다.

14호기의 균형추가 소심하고 조심스럽게 수직 통로로 하강을 시작한다.

이 어둠은 틀리다. 오늘, 이 시간, 14호기에 해당하는 어둠이며, 라일라 메이는 더 예전 어둠이, 패니 브리그스 건물을 처음 방문했을 때 마주쳤던 어둠이 필요하다. 11호기 벽을 건드렸던 것처럼 14호기의 벽을 건드릴 수는 없다. 오염이 두렵기 때문이다. 그녀의 손이 죽은 엘리베이터의 고집스럽고 단단한 벽까지 뻗어가는 것을, 그 내부판이 손의 곡선을 받아들이는 방식을 상상한다. 그녀는, 그녀는 이제 그 어둠에 거의 도달한다. 오늘의 어둠 앞으로 느리게 장막이 떨어진다. 거기에 있다. 이 새 어둠은 11호기에서 봤던 옛 어둠이다. 11호기가 확실하고 고요하게 상승하는 모습을 지켜본다. 때맞춰 램프의 요정들이 나타나, 무대 양쪽에서 몸을 이끌고 온다. 속도를 보여주는 램프의 요정, 인양 전동기의 짐승 같은 힘을 보여주는 램프의 요정, 선택장치를 보여주는 빨간 원뿔형 램프의 요정은 독립체가 수직 통로에서 얼마나 나아갔는지를 확인하고, 미끄럼 방지 신발을 신은 호박색 구각형 램프의 요정은 T자형 레일을 마찰 없이 깡충깡충 뛰어 올라간다. 모두 활기가 넘치고 꼼꼼하며, 라일라 메이가 머릿속에서 사용하는 언어로 매끄러운 수직성을 묘사해준다. 라일라 메이를 위해, 유일한 구경꾼을 위해, 저 좌석에 앉았던 적이 있는 유일한 사람을 위해 지그재그와 동그라미를 그리고, 발을 번갈아가며 뛰고, 위아래로 움직인다. 라일라 메이를 위해 빙빙 돌면서 지난 목요일 공연에서 맡았던 역할을 빠뜨리지 않고 재연한다. 램프의 요정들은 대사를 잊는 법이 없다. 라일라 메이는 안정적으로 상승하고, 11호기는 매끄럽게 올라가고, 전부 괜찮다. 램프의 요정들은 고개를 숙여 인사하고, 라일라 메이가 외롭게 손뼉을 칠 때까지 머물지 않는다. 라일라 메이가 눈을 뜬다. 42층에서 정체된 공기를 향해 문을 연다. 로비 버튼을 누른다.

이상 없다.

* * *

이상이 없고 캔커가 사실을 말한다면(라일라 메이는 이제 캔커를 믿는다. 이제 안 믿는 것도 믿는 것만큼이나 쓸모없기 때문이다), 이 일은 참사였다. 라텍스 장갑을 끼고 진실을 캐는 과학수사팀에게 유해가 넘겨줄 것은 이것이다. 이상 없음. 동축케이블의 무고한 짧은 구간에는 뚜렷한 절개 흉터도 없고, 믿음직한 것으로 유명한 잠금방지장치에서 전선이 뽑히지도 않았다. 아무 이상이 없다. (지금부터 며칠 뒤, 이 상황이 모두 끝났을 때, 라일라 메이는 과학수사팀이 무엇을 발견했고 정확히 어떻게 말했는지 들으려고 척에게 전화할 생각이 들 것이다. 척이 확인해주는 말이 멀게 느껴질 것이다. 의미 없이 말이다.) 초기 고장 단계에서는 이런 문제들을 예상하지 않는다. 보통 무작위 고장 단계에서 갑자기 일어난다. 청소년기에 악성 병리 증상에 따라 나타나는 결과다. 무언가가 아무 이유 없이 엘리베이터에게 굴복했고, 그 형제 부품도 굴복했다. 참사다. 어두컴컴한 아래 영역 공간에서 모습을 드러내고 여기서 충돌하는 것들, 수없이 실패하며 타원을 돈 끝에 이 부서지기 쉬운 세계에 접속하는 혜성들. 알 수 없는 곳에서 오는 특사들. (패니 브리그스 건물로 파견된 경비원은 라일라 메이가 14호기에서 휘청거리며 나와 로비를 가로지르며 무모하게 돌진해 잠긴 현관문을 세게 잡아당기는 모습을 지켜본다.) 직관주의와 관련해 라일라 메이는 절대로 틀리지 않는다. 갑자기 생각난다. 라일라 메이가 몸담은 분야와 경험주의는 무슨 공통점이 있나? 참사는 해명할 수 없다. 램프의 요정들이 경고해주려고 했던가? 눈치를 채고서 때때로 잡아당기고, 자기들이 아는 것을 분명하게 밝히는 것은 금지당했지만 이상하게 꿈틀대고 씰룩대며 라일라 메이에게 알리려고 미묘하게 시도했었나? 라일라 메이는 무엇을 기대해야 할지 몰랐을 것이다. 어둠 속에서 램프의 요정들이 어떤 신호를 보냈든 안 보냈든 라일라 메이는 읽지 않았다. 라일라 메이는 참사가 가까워지자 미래에서 어둠을 타고 파문이 일어 램프의 요정들이 임박한 폭력 때문에 동요하는 모습을 상상한다. 상관없다. 라일라 메이는 보지 못했다. (라일라 메이는 경비원을 보지 못하는 듯하다. 경비원은 자물쇠가 열리지 않는데도 라일라 메이가 계속해서 현관문을 당기는 모습을 지켜본다. 라일라 메이는 계속 시도한다.) 캔커와 폼페이는 거짓말을 안 했고, 다른 누구도 11호기를 파괴하지 않았다고, 라일라 메이도 확신한다. 참사가 얼마나 자주 여기에 착륙할까. 라일라 메이가 찾아보길, 이 나라에서 발생했던 가장 최근 참사는 35년 전에 저기 서쪽에서 일어났다. 물론 승객 열 명(농담을 하고, 점검 증명서를 목적 없이 정독하고, 바지 주머니에 묵직하게 들어 있는 집 열쇠를 만지작거리고, 휘파람을 불지 않으려고 노력하는 중이었다)은 비명을 지르는 것 외에 달리 많은 일을 할 시간이 없었다. 점검원들(이 신생 분야에서 얼마나 불운한 무리가 될 뻔했는지)은 그 이유를 결코 발견하지 못했다. 완전한 자유낙하. 복합적인 과잉 장치가 충분하지 않을 때, 불가능한 사건이 지나치게 많이 발생하면 무슨 일이 생길까. 새로운 도시에서 나타나는 이 수수께끼를 두고 고심한다. 가장 최근 기록으로 남은 완전한 자유낙하는 우크라이나에서 발생했다. 추적해본 결과 서투른 도급업자가 점진형 제동장치를 차체 하부에 제대로 설치하지 못한 것으로 드러났다. 다섯 명이 사망했다. 엘리베이터 제조사는 라일라 메이도 기억이 안 난다. 어떤 회사가 당시에 그 지역에서 가장 인기 있었나. 기억이 안 난다. (마침내 경비원이 문을 열어준다. 라일라 메이는 여전히 경비원을 안 본다. 경비원은 라일라 메이가 몇 번이라도 넘어질 듯이 휘청이며 넓은 돌계단을 내려가는 모습을 본다.) 라일라 메이가 몸담은 업계에서는 가장 최악인 적수한테라도 참사가 일어나길 바랄 사람은 없을 것이다. 미신을 잘 믿는 사람들이고, 동료들이 성공할 때마다 부러워하고 쓸쓸해하지만, 강한 적수한테 이런 추락 사고가 일어나길 바라는 것은, 자기한테도 일어나길 바라는 것이나 다름없기 때문이다. 그 안에 탄 채, 내려가는 동안 내내 확률에 대고 소리치는 상황이 말이다. 이런 사고는 확률 문제도 아닌데, 계산 밖에 있기 때문이다. 운명이다.

이 추락 사고에 대한 어떤 이유를 찾지도, 제조 번호를 추적해 제조사를 찾지도, 관절염에 걸려 떨리는 정비공의 손가락을 심문하지도 못할 것이다. 참사였다.

"가여운 11호기." 라일라 메이가 말한다. 사건을 자기 의도에 맞게 새로 편성하기 전에 불행한 희생자를 향해 잠시 스쳐 가는 안타까움, 그뿐이다. 이 일은 참사였고 라일라 메이한테 보내는 메시지였다. 라일라 메이한테 일어난 사고였다.

이 엘리베이터는 본인이 아닌 척을 했다. 11호기는 수명 검사를 통과했다. 건강 검진을 너무 잘 통과해 아르보 엘리베이터사의 품질 관리팀은 그 이중성을 못 봤고, 너무 잘 통과해 건물 도급업자도 못 봤다. 그 무리가 비슷한 연식에 죽음을 맞이한다는 일반적인 편리함 때문이었다. 너무 잘 통과해 엘리베이터 점검원 부서 소속이자 절대로 틀리는 법이 없는 라일라 메이 왓슨도 못 봤다. 엘리베이터는 알았을까? 풀턴이 온갖 인격화를 하긴 했지만, 이 기계는 자기 자신을 알았을까? 일반적인 엘리베이터와 비슷한 감정 폭은 지녔다고 할 수는 있어도, 뚜렷하게 자신을 인식할 수 있었을까? 정신 나간 프랑스 남자인 에를리크는 당연히 그렇다고 상정하겠지만, 에를리크는 학회에 절대 초대받지 못할 뿐 아니라 논문도 친척 집 서재 책장에서 시들어간다. 그 엘리베이터는 통과하려고 마음먹었나? 거짓말한 다음에 본심을 드러내려고? 풀턴조차 참사가 발생할지도 모르는 두려움을 피하려고 했다. 믿기 힘든 것을 설명할 때조차 알 수 없는 것에 대해 이야기를 꺼낼 엄두를 못 냈다. 라일라 메이는 생각한다. 두려움 때문에.

　라일라 메이는 목적지를, 이 경로로 가면 도착할 곳이 한 곳뿐임에도 불구하고 어디로 운전하는지 인식하지 못했다. 이제 터널을 나오니 목적지가 이보다 더 명백할 수 없었다. 그런데도 라일라 메이는 아직 인식하지 못했다. 이 최근 점검이 현재 머릿속에서 진행 중이라 정신이 팔려 있기 때문이다.

　풀턴이 만든 블랙박스는 참사 혜성에 영향을 받지 않을까? 이제 전부 뒤죽박죽이고, 교묘한 책략이 교묘한 책략을 가린다. 라일라 메이는 풀턴이 유색인종이었다는 말을 잠시 의심한다. 나체즈가 한 거짓말 중 하나일 수 있었다. 나체즈와 그 주인이 라일라 메이를 끌어들이려고 날조한 이야기 말이다. 앞쪽으로 자동차 몇 대가 들어갈 간격을 두고 고속도로 위에 떠 있는 장면을 본다. 리드와 나체즈가 직관주의자 회관 아래층 서재에서 훈연 향이 나는 오래된 스카치위스키를 홀짝이며 그물에 해진 가닥이 있나 확인한다. 나체즈는 유색인종 여자의 마음에 달린 열린 창을 아는데, 이미 그 마음을 많이 가져봤다. 리드는 직관주의자의 정신에 달린 자물쇠를 아는데, 라일라 메이와 같은 약점을 가지고 있다. 계략은 이렇게 진행됐다. 나체즈는 직관주의자 쪽 문서를 찍은 필름을 현상하지 않았다. 사진을 찍은 적이 없었기 때문이다. 나체즈도 줄곧 그 문서를 연구했다. 라일라 메이가 건물에 못 가게 하려고 노력했는데, 계획이 들킬까 봐 두려워서였다. **삼촌에 관해서 알게 된 뒤로 엘리베이터에 관해 많이 읽었거든요.** 나체즈는 상당히 전부터 엘리베이터에 관해 자기가 필요한 것은 전부 알았다.

　이 일요일 아침에는 교통량이 없다. 운이 좋은 것이 지금 라일라 메이는 길에 조금도 신경을 안 쓰기 때문이다. 이 길에는 많이 와봤다. 출구를 잘못 선택하지는 않을 것이다.

저녁에 나체즈를 만났다면, 나체즈는 살짝 덜 익힌 스테이크와 우산으로 장식한 칵테일 위에서 포크를 찌르는 시늉을 하면서, 캔커의 사무실에 침입하고, 아슬아슬하게 탈출하고, 풀턴이 남긴 공책을 매우 신속하게 발견한 이야기를 자세히 설명했을 것이다. 하지만 아르보사에 있는 동료가 그 신비한 발송물을 받은 것이 자기들뿐이 아니라는 사실을 발견하자마자 경험주의자와 유나이티드사가 무슨 자료를 받았든 사본을 확보했을 것이 분명했다. 라일라 메이가 캔커와 협력하고 있다고 의심되니 아파트를 엉망으로 만들고 나체즈와 동행하도록 몰아가고 있다. 라일라 메이는 직관주의자를 안 믿더라도, 아마 유색인종 집단에 속한 사람과, 그 사람이 자기들 인종이 받은 부당한 대우를 바로잡고자 한다는 이야기는 믿을 것이다.

아니, 풀턴은 유색인종이 맞았다. 라일라 메이는 그 빛나는 진실을 안다. 나체즈는 그 사실에 관해서는 거짓말을 하지 않았다. 라일라 메이는 새로 얻은 문해력으로 풀턴이 쓴 책을 명백하게 이해함으로써 그 사실을 확인했다. 지난 며칠 동안 라일라 메이는 노예가 그렇듯 금지된 단어를 한 번에 하나씩 읽는 법을 새로 배웠다.

라일라 메이는 이 일요일 아침에 모교인 수직 수송 전문대학교로 차를 모는데, 왜 풀턴이 쓴 일기에 자기 이름이 있는지 알아내기 위해서다. 물어볼 수 있는 유일한 사람한테, 아르보사가 왜 라일라 메이한테 신용을 사야 하는지를 설명해줄 수 있는 사람한테 질문하려고 말이다. 왜 한 번도 만나본 적이 없는 남자가 라일라 메이를 자기 유언에 포함했을까?

　참사는 백만 번이면 백만 번 발생하고, 아주 드물게 일어나는 일이 아니라, 매우 자주 있는 일을 빼면 일어나는 일이다. 역사적으로 보면 참사는 시기와 장소에 따라 좋거나 나쁜 징조다. 개혁하기를, 엘리베이터를 유지 관리하는 보편적인 규범을 탐색하기를 촉구하거나, 굼뜨고 느린 현대 시민한테 합리성을 넘어서는 힘이 존재함을 가르친다. 세상에는 여전히 악마가 걸어 다니며, 건축물은 기도에 대한, 갈라진 무릎과 신들한테 간청하는 물물교환에 대한 대안이 아니라고 말이다.

　경적이 긴급하다고 느끼기는커녕 경적을 못 듣는다. 오른쪽 차선으로 이동하다가 스테이션왜건의 가짜 나무판을 옆에서 박을 뻔했다. 뒷좌석에서 아이들이 분홍색 폐를 부풀리며 소리를 지르고, 아버지는 운전대를 두 손으로 꽉 쥐고. 몇 초간 이런 소란이 일었지만 사고는 안 난다. 라일라 메이가 탄 차와 그 가족이 탄 차는 부딪치지 않는다. 라일라 메이가 속도를 줄이고 고속도로 갓길로 천천히 이동하는 동안 차대 바닥으로 자갈이 튄다. 운전대의 초록색 고무에 머리를 얹는다.

　아르보사와 나체즈는 그저 답을 구하지 않은 문제다. 이 사람들이 라일라 메이의 삶에 침투한 것은 인과관계가 있는 문제인데, 탐욕이라는 논리적인 궤도를 따라 번성하며 설명하는 데는 적절한 정보만 있으면 된다. 손가락 사이로 사실을 걸러내면서, 발생한 일만 손에 남을 때까지 가는 모래를 털 시간이다. 그래도 여전히 풀턴과 직관주의 문제가 남는다. 라일라 메이는 풀턴이 백인으로 통한다는 것이 해명하지 못하는 것을 생각한다. 비밀스러운 피부색을 아는 사람, 예상치 못한 시간에 조용하고 평범한 거리에서 마주치는 사람. 직관주의가 설명하지 못하는 것을 생각한다. 조용하고 평범한 상승에서 예상치 못한 순간에 엘리베이터가 맞닥뜨리는 참사, 그 기계가 사실은 무엇인지 밝힐 사람. 백인으로 통하는 유색인종과 결백한 엘리베이터는 운에 의지해야 하고, 빈 거리와 아무것도 모르는 낯선 이가 주는 편의는 자신이 누구인지 아는 사람과 마주칠 확률을 두려워한다. 약점을 아는 사람을 말이다.

풀턴과 혈연관계라는 주장은 거짓으로 드러났지만, 라일라 메이는 나체즈가 보여준 문서 증거는 믿는다. (이제 다시 고속도로다. 갓길에 차를 댔던 이유는 일어나지 않은 사고가 아니라 열흘 전에 일어난 사고에 대해 곰곰이 생각하기 위해서였다.) 풀턴은 유색인종이었다. 풀턴이 쓴 책에는 이 세상의 부패한 질서를 향한 혐오, 다음 세상과 다음 규칙을 향한 강한 열망이 있다. 풀턴은 세상이 만들어낸 완벽한 거짓말쟁이로, 세상이 사실로 받아들이는 대단한 허구를 떠들었다. (라일라 메이는 다시 고속도로에서 갈 길을 간다.) 그 그림자를, 자신이 무엇이었는지가 드러날 참사의 그림자를 끊임없이 두려워하면서. 자신을 감싸고 어둡게 만들 그림자를 말이다.

거의 다 왔어, 라일라 메이.

수직 수송 전문대학교는 그 검은 문을 열어뒀다. 학생들은 일요일에 교정을 떠나 인근 교회에서 하는 예배에 참석한다. 이 동네에 있는 교회는 어디서 태어났는지, 어떤 환경과 선택에 따라 이곳에 왔는지에 상관없이 모든 동료 신자를 환영한다. 라일라 메이는 교정 동편을 따라 운전한다. 풀턴 회관, 공학 건물, 예전에 살던 집이자 일요일 아침에는 늘 조용한 체육관까지 때맞춰 눈에 들어온다. 교수 주택을 표시하는 내리막길로 접근하자 나무가 길가에 공손하게 모인다. 주차한다. 차 문을 닫는다. 문을 두드리자 로저스 부인이 금세 대답한다. 라일라 메이는 그 나이 든 여자한테 말한다. "풀턴이 장난을 친 거였죠? 직관주의에 관해서요. 전부 하나의 커다란 장난이었던 거예요."

* * *

이따금 바람이 불어 비가 현관 지붕 아래로 들이칠 때면, 바람이 특히 무엇인가에 화를 낼 때면, 비는 소파 앞쪽 모서리와 부딪혀 소파를 적셨다. 그래서 낡은 갈색 소파에서는 늘 시큼한 냄새가 났다. 오래전부터 축축하고 곰팡이가 핀 냄새가. 절대로 소파를 트럭 뒤에 실은 다음, 동네 쓰레기 폐기장에서 썩어가는 결말을 선사하지 않았다. 오래된 소파였지만, 편안함과 단점이 완전히 같았기에 소중하게 여기면서, 왓슨 가족은 계속 그 소파에 앉았다. 그 소파가 부리는 마법을 하나 예로 들면, 현관 페인트는 소파 밑에 있으면 벗겨지지 않았다. 다른 것도 있다. 오른쪽이 마빈 왓슨의 엉덩이에 꼭 맞게 움푹 들어갔는데, 놀랍게도 시간이 지나면서 마빈 왓슨의 엉덩이가 넓어짐에 따라 들어간 자국도 넓어졌다. 그날 마빈은 자기한테 맞게 파인 홈에 앉아 종이봉투로 허벅지를 톡톡 쳤다. 마빈은 기다림을 멈췄을 때, 딸이 현관에 있는 첫 번째 계단을 탄압했을 때 말했다. "네 어머니는 가게에 갔다. 나한테 이걸 주더라."

라일라 메이는 그 편지를 우편함에서 가로채서 내용을 읽은 다음

318

에 부모님께 말을 하거나 입을 다물기에 앞서 며칠 동안 생각하고 싶었다. 하지만 애플바움 부인네서 보내는 일정 때문에 그럴 수 없었다. 언제 나가게 될지를 전혀 몰랐다. 유색인종 마을을 담당하는 집배원인 그레인저 씨를 매수할 생각도 했지만, 그러기엔 너무 복잡하다고 판단했다. 몇 달 전에 동네 도서관에서 처음 봤던 수직 수송 전문대학교의 빨간색 문장이 보였고, 아마 어머니가 왔슨 가정에 있는 많은 뭉툭한 칼 중 하나로 편지를 뜯었을 자리에 부드러운 상어 이빨이 보였다. 아버지는 봉투를 라일라 메이한테 건네면서 말했다. "지원했다는 말을 안 했더구나." 봉투는 고급 종이로 돼 있었다. 저 위에서 사용하는 두툼하고 우아한 종이였다. 거기에는 고장 난 공장, 싸구려를 만드는 공장이 없다. 라일라 메이가 편지를 꺼냈다. 아직은 머리가 아프지 않게 읽을 만큼 환했다. 아버지는 라일라 메이의 눈을 쳐다봤다. 아버지는 집에서 입는 옷을 걸치고 있었다. 주중에 출근하기 전이나 퇴근한 다음이면 올이 굵은 바지와 무거운 셔츠를 입었다. 헌틀리 백화점 복장을 벗었을 때는 말이다. 집에서 입는 옷은 바뀌었다. 몇 년에 한 번씩 비슷하면서도 색이 다른 옷으로 바꾸었다. 하지만 헌틀리 백화점 복장은 계속 그대로였다. 라일라 메이는 한 번 그 복장을 본 적이 있다. 언젠가 마빈이 라일라 메이와 부인한테 보여주고자 그 옷을 일터에서 몰래 가지고 나왔다. 유색인종은 사고 싶은 것이 있어도 헌틀리 백화점에 들어갈 수 없었다. 거기서 일만 할 수 있었다. 라일라 메이는 편지를 읽고 봉투에 다시 넣었다.

아버지가 묻는다. "애플바움 부인한테는 뭐라고 할 테냐?"

"학교에 가려고 떠날지도 모른다고 말씀드렸어요. 시작했을 때 말쏟드렸거든요."

"우리한테는 말을 안 했잖니." 아버지가 대답했다. 그러고 나서 다시 말했다. "애플바움 부인네서 네가 맡은 자리를 차지할 수 있는 사람은 적지 않아."

라일라 메이는 소파에 있는 아버지를 봤을 때 결심했더랬다. 아버지가 안다는 것을 알았을 때 말이다. 라일라 메이가 말했다. "아버지와 어머니만 남겨두고 떠나는 건 저도 싫어요."

아버지는 소파 안에서 금속이 으르렁거리는 운문에 맞춰 등을 기댔다. 아버지가 말했다. "우리 걱정은 하지 말아라. 네 걱정이나 해. 저 위도 크게 다를 건 없단다, 라일라 메이. 저 위에 사는 백인도 이 아래에 사는 백인과 똑같아. 달라 보일 수는 있지. 다르게 느낄 수도 있어. 하지만 같단다."

* * *

남자는 여기에서 살았고, 여기에서 운송 수단과 관련된 깨달음을 조립했고, 바로 이 집에서 그 신화를 구성하는 볼트와 핀에 대해 고민했다. 로저스 부인은 엉망이 된 거실에 여자를 남겨두고 떠난다. 밑에서는 찢어진 덮개가 험악하게 베인 자국을 활짝 벌리며 똑딱거린다. 벽난로 위 선반은 깨끗하게 쓸려 나가, 주인이 모아둔 도자기 말이 바닥에 나동그라지고 머리와 다리가 부러졌다. 아파트를 엉망으로 만들었던 남자들의 코트 소매가 선반을 쓸어버리는 모습이 눈에 선하다. 남자들의 손가락은 풀턴이 남긴 공책과 로저스 부인이 놓친 동전을 찾아 소파와 의자 속을 더듬었고, 안에 무엇이 있는지 없는지 보려고 에메랄드 등 두 개를 박살 냈고, 풀턴의 초상화 틀을 긴장한 무릎으로 부쉈다. 라일라 메이는 허벅지에 손을 비비고 피해를 조사한다. 시가 연기 냄새가 정체된 공기 속에 머물러 있고, 로저스 부인이 여기서가 아니라 더 행복했던 때에 아이들과 찍은 사진을 시가 꽁초가 파고든 모습이 보인다. 그 사람들은 아무것도 못 찾았지만, 집요하게 계속할 것이 분명하며, 완강한 깡패들은 그 물건을 소유하고 있을지도 모를 사람의 집을 난장판으로 만들 것이다. 이제 라일라 메이는 그 사람들이 맹렬하게 저지르는 실수가 무척 애처롭게, 관심과 꼭 끌어안는 포옹을 원하는 아이들의 애원처럼 보인다. 그 사람들은 절대 못 찾을 것이다.

로저스 부인이 차와 얇은 버터 쿠키를 들고 돌아온다. 라일라 메이는 그녀의 피부에서 오래전에 파인 홈을, 눈가와 입 주변에 이는 물결을, 오래된 표정이 남긴 잔상을 읽는다. 인간의 얼굴은 진짜 표정을 두세 가지밖에 지을 수 없고, 그 표정은 흔적을 남긴다. 라일라 메이가 생각하기에 자신은 표정이 하나뿐이다. 지금부터 40년 뒤에는 얼굴이 어떻게 보일지 상상한다. 풍화된 바위, 건조한 협곡의 벽. 로저스 부인이 한숨을 쉰다. "이 집을 완전히 뒤집어놨어요. 자잘한 것까지 엉망으로 만들었지요. 내 말을 전부 부쉈어요. 다리를 다 부러뜨렸다니까요." 로저스 부인은 지저분한 바닥을 보지 않고, 각설탕을 우아하게 녹이는 데만 집중한다. "시내에서 자매를 방문했다가 집에 오니 이 꼴이었지요."

라일라 메이가 묻는다. "어젯밤이었나요? 몇 시에 돌아오셨죠?"

"어젯밤 11시쯤에요."

그러면 라일라 메이가 벤 유리크와 헤어진 직후에 이 집에 들이닥친 것이다. 라일라 메이가 안다는 것을 깨달았을 때. 라일라 메이는 걸을 수 있기 전부터 자기중심적으로 생각하는 법을 연습했지만, 최근에 일어나는 사건은 라일라 메이의 상태에 회복할 수 없는 피해를 준다.

로저스 부인은 구석에 있는 양동이를 가리킨다. 회색 행주가 윗부분에서 주르륵 미끄러진다. 생각에 사로잡힌 채 말한다. "한 놈은 바닥에 오줌을 싸놨어요. 냄새나죠?"

"냄새는 전혀 안 나요." 라일라 메이가 거짓말을 한다. "경찰에는 전화하셨나요? 대학 경비팀에?"

"뭣 때문에요? 그 사람들이 이 짓을 했을지도 몰라요."

라일라 메이는 의자에서 몸을 앞으로 숙인다. "이번이 처음인 것이 맞죠? 풀턴이 사망한 다음에 이 집이 불법 침입을 당해서 공책을 도둑맞았다고 대학에 말씀하셨을 때, 그건 지어낸 말이 맞죠?"

"거짓말이었을지도 모르지요." 로저스 부인이 어깨를 으쓱인다. 일어난다. 차와 과자를 전혀 건드리지 않았다. 의례적인 일일 뿐이라고, 라일라 메이는 평가한다. 집주인이 말한다. "위층은 거의 다 했지만, 여기는 끝내지 못했어요. 좀 도와주겠어요?" 오래된 집과 나이 든 여자. 여자는 이 집의 규칙을, 경사진 지붕 아래서 유지해온 질서를 보존해야 한다. 그 사람들이 여기에 오줌을 쌌어도 말이다. 여자는 벽난로 앞에서 천천히 몸을 숙여서 떨어진 말 한 마리를 줍는다. 말은 여자의 거친 손바닥에 배를 깔고 앉는다. 다리가 없다. 로저스 부인은 바닥에 집중하며 다리를 찾는다.

라일라 메이는 의자 뒤에 기대놓은 빗자루를 잡는다. 구역을 골라서, 소파 충전물과 종잇조각을 쓸어 모은다. 나이 든 여자가 말한다. "당신 질문에 대답하자면, 맞아요. 처음에는 그 사람들한테 장난을 친 거였는데, 결국에는 장난이 아니었어요. 진실이 됐으니까." 신문 받침대 밑에서 순종 말의 작은 다리 하나를 찾아 창문으로 들어 올린다. "당신은 제임스에 관해 깨달아야 할 게 있어요." 이야기를 이어가면서 햇빛 속에서 다리를 기울인다. "마음 깊숙이 풀턴은 완전히 촌뜨기였어요. 머릿속에 자기가 아는 상식 이외에는 그 어떤 상식도 없었으니까. 이 점이 그 사람을 그렇게 만들었죠."

그 모든 일을 겪고 나자, 라일라 메이는 여자가 표류하듯 이어가는 설명을 참을 수 있다는 생각이 든다. 서두를 필요가 없다. 라일라 메이가 말한다. "하지만 풀턴은 진짜 자신이 아니었어요. 백인으로 통했죠. 유색인종이었지만요."

"변했네요." 로저스 부인은 지친 듯이 말하며, 방문자를 잠시 흘깃 본다. "지난주에 우리 집 문을 두드렸던 아가씨랑은 다른데요? 가슴을 공작새처럼 한껏 부풀렸었죠. 그때랑 지금 사이에 뭔가를 봤죠?" 선반에 말을 놓자 옆으로 구르면서 흰 배와 제조사 제품 번호를 드러낸다. "언젠가 그 사람의 누나가 나타나기 전까지 나도 몰랐어요. 같은 지붕 아래 살았는데도. 나한테 일을 줬던 모든 백인 남자와 다르다는 건 알았지만, 그런 생각은……. 어느 날 밤에 누나가 찾아왔어요. 잘 모르겠지만, 15년 전? 20년 전? 언제였든 간에 그 직관주의자 책 2권을 쓰기 직전이었지요."

그 정보는 라일라 메이도 어렵지 않게 기억해낸다.《이론 엘리베이 터학》1권이 나오고 풀턴이 2권에 승선하기 전까지는 8개월이라는 공백이 있었다. 풀턴의 누나가 문을 두드린 때는 20년 전이었다. 누 나는 어떤 모습이었을까? 수십 년 동안 보지 않았던 동생한테는 무슨 말을 할까? 라일라 메이는 지난주에 본 사람들한테도 할 말이 거의 없다.

로저스 부인이 말을 이어간다. "문 앞에 나타나서 나한테 제임스를 봐야 한다고 말하는 거예요. 전형적인 시골 여자였어요. 입은 옷도 직 접 지었다는 걸 알 수 있었고. 나는 그 여자가 누군지 몰라 위아래로 쳐다보고는 풀턴 씨가 손님을 맞이할지 확인해야 한다고 말했죠. 제 임스가 계단을 내려올 때 어떤 표정을 지었는지 당신도 봤어야 해요. 담뱃대가 입에서 곧장 바닥으로 떨어졌어요. 그때 카펫이 탄 자리를 지금도 볼 수 있어요. 호들갑을 떨기 시작하더니 나더러 가게에 가라 고 하더군요. 갑자기 저녁에 생선을 먹어야겠다면서. 그래서 나갔는 데, 돌아오니 여자는 없고 제임스는 평소처럼 서재에 앉아 논문을 읽 더라고요. 몇 시에 저녁이 준비되냐고 묻고 그러면서. 나중에 그 여자 가 누구인지 말해줬지만, 그건 다음 일이었어요."

여자는 사진이나 나쁜 소식을 들고 왔을까? 어머니의 부고 같은 것 을 말이다. 장례 비용 같은 것. 오랫동안 못 본 동생한테 무슨 이야기 를 할까? 라일라 메이는 두 사람이 이 방에서 이야기하는 모습을 상 상할 수 있다. 가구는 똑같고 낮 햇살은 약하고 차갑다. 풀턴은 라일 라 메이가 앉은 의자에 앉아 손으로 팔걸이를 주무른다. 마을을 떠난 다음부터 두려워했던 순간이다. 자신이 누구인지 드러날 때, 참사가 일어나는 때. 하지만 누나는 풀턴에 관해 폭로하지 않는다. 추락하게 만들지 않았다. 풀턴은 구해졌다.

"제임스가 그 뒤로 곧장 괴상하게 행동하기 시작한 것은 아니에요." 로저스 부인이 말한다. 이제 말 네 마리와 다리 열한 개를 되찾았다. 선반에 둔 모습이 전쟁터에 있는 것 같다. 주인이 죽고 죽어간다. "처음에는 사람들이 눈치채지 못할 만큼 사소했지만, 서서히 영향을 미치기 시작했지요."

"착공식에서 학장의 머리를 음료 그릇에 밀어 넣었을 때처럼 말이군요."

로저스 부인이 라일라 메이한테 말한다. "그건 더 나중이지만, 방향은 맞아요. 제임스는 기분이 꽤 좋았는데, 첫 번째 직관주의자 책이 괜찮게 팔렸거든요. 책 때문에 힘들었지만, 이제 마땅한 대가를 받게 된 거지요. 제임스는 첫 번째 책을 완성했을 때 저 언덕 위에 있는 사람들한테 보여줬어요. 동료들한테. 그러자 그 사람들이 제임스를 거기서 쫓아내버렸어요. 아무도 그 책을 진지하게 여겨주지 않았지요. 아무도 그 책을 건드리려고 하지 않았어요. 그래서 자비를 들여서 책을 냈어요. 사람들은 책을 믿었고."

로저스 부인은 어느 도자기 다리가 어느 도자기 말에 맞는지 판단할 수 없다. "그 엘리베이터 학술지에서 처음 평론이 나온 때가 기억나요" 하고 말하면서 다리가 부러진 채 달리는 작은 흰색 조랑말 옆에 다리를 둔다. "제임스가 바로 거기 있는 그 의자에 앉아서 읽기 시작하지요. 나는 부엌에서 요리 중이었고. 한동안 아무 소리도 안 들리더니, 웃는 소리가 들려요. 알다시피 제임스는 아주 진지한 사람이었거든요. 유머 감각이 있긴 했지만, 자기만 재미있는 유머 감각이었어요. 우리는 같은 집에서 여러 해를 살았지만, 한 번도 무언가를 두고 함께 웃은 적이 없었던 것 같아요. 내가 부엌에서 그 웃음소리를 들은 날, 제임스가 그렇게 웃는 소리는 처음 들었던 것 같은데, 살면서 가장 대단하고 훌륭한 농담을 들은 것 같았어요. 나는 달려 나와서 뭐가 그렇게 재미있냐고 물어요. 제임스는 그저 날 올려다보며 말하죠. '사람들이 믿어.'"

로저스 부인은 로버트 맨리가 《유럽 엘리베이터 비평》에 쓴 유명한 구애 편지를 가리키는 것이 분명하다. 라일라 메이가 제대로 기억한다면, '오티스 이후로 이 분야에서 가장 위대한 선지자'이며 '현대성이 끈질기게 이어가는 죽음의 행진에 대항해 희망이 붙잡은 마지막 기회'라는 수식어를 풀턴한테 붙였다. 풀턴이 내놓은 접근법을 '직관주의'라고 묘사했던 첫 번째 평론이었다. 탈이성적이며, 선천적이다. 인간적이다. 풀턴이 웃는 것은 당연했다. 장난이 성공한 것이다. 그 평론에 달린 처마 돌림띠에서는 풀턴의 신화에 등장하는 가고일이 뻣뻣하고 얼룩덜룩한 날개를 털고, 도시 하나하나를 정복하면서 이단을 속삭이고 오래된 질서로 구축한 튼튼한 건물에 대변을 본다. 풀턴이 웃는 것은 당연했다.

로저스 부인은 한눈을 판 라일라 메이를 부른다. "풀턴이 그렇게 행복해하는 걸 본 적이 없었어요. 일주일 내내 행복해했고, 내가 본 것 중 가장 오래 행복해했어요. 그러던 어느 날 밤, 나는 여기서 십자말풀이를 해요. 잠들 수가 없어서 퍼즐을 풀지요. 제임스가 저기 위층에서 잠옷용 가운을 입은 채로 내려와요. 자는 줄 알았는데 말이죠. 혼란스럽고 화가 난 듯이 아래로 내려와서 말해요. '하지만 장난인걸. 사람들이 장난을 받아들일 줄을 몰라.'"

"풀턴은 누군가가 이해할 거라고 생각했지만 사람들은 그렇지 않았던 거군요."

로저스 부인이 고개를 끄덕인다. "그 사람들은 자기들 원칙과 규칙이 있었어요. 엘리베이터에서 확인해야 하는 것, 무엇이 엘리베이터를 작동하게 만드는지 등등이 들어 있는 긴 목록이 있었죠. 제임스는 그것을 싫어하게 됐죠. 제임스는 나한테 말하길, 그 말을 그대로 옮기면, '그 사람들은 자기가 볼 수 있는 것을 섬기는 노예들'이었죠. 하지만 그 너머에 진실이 있었고, 그 사람들은 평생 볼 수 없었죠."

"그 사람들은 대상의 겉면만을 봤죠." 라일라 메이가 제안한다. 사람들은 풀턴이 하는 거짓말을 볼 수 없었다. 라일라 메이는 폼페이 덕분에 풀턴이 친 장난을 알아봤다. 그 사고는 아직도 라일라 메이 안에서 울려 퍼진다. 충돌하는 마지막 음은 머릿속에 흐르는 새로운 배경음악이 됐다. 라일라 메이는 폼페이가 11호기를 파괴했다고 무척 확신했다. 그래야 질서 감각이 충족됐다. 캔커가 라일라 메이를 곤경으로 밀어 넣고 싶어 했다면, 부서에서 누구라도 기꺼이 도왔을 것이다. 하지만 라일라 메이는 폼페이한테 집착했다. 톰 아저씨, 환하게 웃는 흑인, 이 세상에서 위치가 격하된 라일라 메이가 비난해 마땅한 흑인 하인한테. 폼페이는 유색인종 사람들한테 청사진을 줬다. 어떻게 행동했는지에 대해. 어떻게 백인 사람들을 기쁘게 해줬는지에 대해. 주인님을 위해서라면 무엇이든 하는 꿈에 동참하기를 얼마나 바라는지에 대해. 라일라 메이는 이 세상에서 자기가 있는 위치가, 그 사람들이 만든 질서 속으로 떨어진 위치가 싫었고, 폼페이를, 사무실에서 껍질을 벗는 자신의 그림자를 비난했다. 라일라 메이는 사무실에 있는 다른 누구보다 폼페이를 적게 봤다.

라일라 메이가 느끼는 혐오. 풀턴이 자기 자신과 흰색 거짓말을 향해 느끼는 혐오. 백인이 사는 현실은 상황이 어떻게 보이는가에 근거하여 세워졌다. 이는 경험주의가 담당하는 영역이다. 빛에 비춰봤을 때 어떻게 보이는지에, 차체 잠금장치가 마모된 정도에, 전동기 상자에 생긴 피로 골절에 근거해서 판단한다. 풀턴의 피부에 근거해서. 장면을 떠올려보자. 풀턴, 위대한 개혁가, 엘리베이터 점검원 부서의 조종간을 안정적으로 잡은 남자에게 엘리베이터 회사가 잘 보이려고 하고, 회사 광고에 출연해주길 바라자 회장직을 내려놓는다. 엘리베이터 회사는 이미 잡범을 많이 매수했고, 건물 주인은 결함을 꼼꼼하게 눈감아주는 대가로 점검원한테 돈을 내민다. 매수할 수 있다면 신성한 경험주의는 의미가 없다. 본인이 부인한다는 이유로, 또는 그런 말을 안 할 때조차, 이 남자가 유색인종임을 몰라본다면 말이다. 그 사람들은 남자의 피부를 보고 백인이라 여긴다. 대학을 세운 석조 건물 뒤로 후퇴해도 문제는 그대로다.

남자는 여전히 유색인종이다. **이 세상 너머에 또 다른 세상이 있다.** 남자는 말하려고 했지만, 그 사람들은 듣지 않을 것이다. 당신의 눈을 믿지 말아라.

로저스 부인이 말한다. "제임스는 사람들이 살아가는 전체 방식을 두고 장난을 쳤지만, 사람들은 그걸 알 수 없었어요. 제임스는 더는 장난이 재미없었지요. 이 점을 깨닫고 나자, 장난이었지만 사람들이 그렇게 보지 않는다는 것을 깨닫고 나자 더는 장난이 아니게 됐거든요. 그 뒤로 머지않아 누나가 방문해요. 제임스가 나중에 말해주길 누나는 신문에서 풀턴을 봤다더군요. 내가 말했지만, 그 뒤로 제임스는 이상해졌어요. 두 번째 책을 쓰기 시작했죠. 서재에 처박혀서 나오지 않았어요. 나는 어쩔 수 없이 저녁을 문밖에 두기 시작했는데, 먹으러 내려오지를 않았기 때문이에요. 그렇게 몇 달이 지나고 또 몇 달이 지났어요. 그러던 어느 날 아래로 내려와 완성했다고 하더군요."

라일라 메이는 풀턴이 장난을 치는 것을 알았다. 풀턴이 본인을 싫어했기 때문이다. 라일라 메이는 풀턴이 느끼는 혐오를 이해한다. 라일라 메이도 자기 안에 있는 무언가를 혐오하고, 폼페이한테 화풀이했다. 이제 풀턴을 본래 모습대로 볼 수 있었다. 풀턴이 초월성을 믿을 리가 없었다. 오티스가 안전한 엘리베이터를 발명하기 전에 발이 묶였던 시민들처럼 풀턴은 자기 인종 때문에 지상에 묶였다. 유색인종으로서는 희망이 없었다. 흰색 세상은 유색인종을 올라가게 두지 않을 것이기 때문이다. 백인으로서도 희망이 없었다. 거짓말이기 때문이다. 풀턴은 책에 자신이 품은 독을 분비했다. 자기가 묘사하는 다른 세상은 존재하지 않음을 안다. 구원은 없을 것이다. 이곳을 다스리는 남자들은 구원을 바라지 않기 때문이다. 그 남자들은 할 수 있는 한 지옥에 가까이 있기를 바란다.

라일라 메이는 나이 든 여자를 본다. 여자는 수집품에 몰두하면서, 망가진 말 형태를 바로잡으려고 시도한다. 말은 서지 않을 것이다. 고통에서 벗어나게 해주는 것이 친절한 처사일 테지만, 여자는 그렇게 하지 않을 것이다. 여자는 말을 버리지 않는다. 어쩌면 언젠가 다시 괜찮아질 것이다. 로저스 부인과 풀턴은 이 집에서 고용주와 고용인으로서 함께 산다. 로저스 부인은 유색인종이 하는 일에 종사하고, 풀턴은 백인이 하는 일에 종사한다. 비밀스러운 친족이지만, 로저스 부인은 그 사실을 모른다. 그래서, 아니, 라일라 메이가 보기에 풀턴은 완벽한 엘리베이터를 믿지 않는다. 풀턴이 만든 초월성에 대한 교리는 그 삶만큼이나 큰 거짓말이다. 하지만 무슨 일이 벌어진다. 풀턴이 믿게 만드는, 대체로 기발하되 산만한 1권에서 견고한 직관주의자 방법론을 담은 2권으로 전환하게 만드는 어떤 일이 일어난다. 이제 풀턴은 자신을 여기에서 들어 올려줄 완벽한 엘리베이터를 원하고, 원래 풍자에 불과했던 것에서 견고한 방법을 창안한다. 풀턴의 누나는 풀턴에게 뭐라고 했을까? 두 사람이 만난 뒤에 풀턴은 무엇을 바랐을까? 가족? 노예를 만드는 사람들을 놀리고자 발명한 세상에 자신이 온전하게 존재할 수 있는 분야가 있기를? 장난은 누군가와 공유할 수 없다면 의미가 없다. 라일라 메이는 직관주의가 소통이라고 생각한다. 그렇게 간단명료하다. 자신이 아닌 것과 하는 소통. 몇 년 뒤에 풀턴이 신도들한테 강의할 때, 신도들은 풀턴이 진정으로 말하는 것이 무엇인지 인지하지 못한다. **엘리베이터 세상은 천국처럼 보일 테지만, 당신이 예상했던 천국은 아니다.**

라일라 메이는 밖에서 자동차 문을 닫는 소리를 듣는다. 옛 공학 교수인 헤이우드 박사가 차 문을 잠그는 모습을 창문으로 본다. 교회와 기도에서 돌아와 다음 장소로 향한다. 그 너머로. 필요성이다. 라일라 메이는 늘 자신을 무신론자라고 여겼다. 교회에 가면 어머니 아버지 옆에서 무릎을 꿇고 해야 하는 말을 했지만, 절대로 믿은 적이 없으며, 북부에 와서는 교회에 가지 않았다. 자기한테 종교가 있다는 것을 깨닫지 못한 채, 늘 자신을 무신론자라고 여겼다. 누구든 종교를 시작할 수 있다. 다른 사람의 필요성이 필요할 뿐이다.

짐작건대 아르보사와 그 덩치 큰 군대가 남긴 난장판은 크게 나아지지 않았다. 라일라 메이로 말하자면, 마지막 몇 분 동안 모래 더미를 쓸어 올린 다음에, 얇은 층으로 흩어버리고 다시 모았다. 로저스 부인은 우스꽝스러운 장식 소품에, 부서진 말에 지나치게 관심을 쏟았다. 소용없다. 라일라 메이가 묻는다. "풀턴은 왜 공책에 제 이름을 썼나요?"

로저스 부인이 소파에 앉는다. 너무 피곤하다. 찻주전자 옆면을 건드리더니 찡그린다. 차갑다. "제임스는 끝으로 가면서 자신이 죽을 거라는 사실을 알았어요. 밤낮으로 돌아다니면서 마지막 과제를 완성하려고 했지요. 밤에는 자기 이름을 딴 도서관으로 갔어요. 거기가 평화로워서 좋다고 했죠." 로저스 부인은 자기 손을 들여다본다. 손바닥을 위로하고 무릎에 올려뒀는데, 죽어서 뒤집힌 게 같다. "길 건너편에 있는 방에 불이 들어온 것을 봤다고 했고, 그러다 어느 날 교정에 있는 유색인종 학생의 이름을 아냐고 물었어요. 나는 모른다고 했죠. 그게 내가 아는 전부예요." 이제 방문자의 눈을 들여다본다. "당신이 남은 걸 가져가요. 더는 내가 보관하고 싶지 않아요. 너무 심해요."

로저스 부인은 일어서서 부엌으로 걸어간다. 라일라 메이는 로저스 부인이 무엇을 하는지 볼 수 없다. 하지만 들린다. 끼익하는 소리가. 그 출처를 찾기까지 잠시 시간이 걸린다. 오래된 도르래가 해야 할 일을 하는 소리다. 부엌에 소형 화물용 승강기가 있다. 원시적인 수동 엘리베이터로 수직성에 대한 원칙이 전부 들어 있다. 바위가 긁히는 소리를 듣는다.

나이 든 여자가 공책 더미를, 풀턴이 소중히 했던 그 원천을 얼룩진 가죽 조각에 느슨하게 감싸서 들고 돌아온다. 당연히 신성한 두루마리다. 어떻게 한 것일까? 라일라 메이는 알 수 있다. 소형 승강기의 수직 통로 뒤쪽 벽에서 벽돌을 몇 개 꺼낸 다음에, 얕고 어두운 구멍을 열었다. 문서가 대기했던 곳을. 두 사람이, 두 유색인종 여자가 얼굴을 마주하고, 한 세대와 두 걸음을 사이에 둔 채 잠시 서 있는 동안, 두 사람 사이로 내려온 오후 빛의 수직 기둥 속에서 먼지 요정이 빙그르르 돈다. 라일라 메이는 두 손으로 공책을 받는다. 무게가 상당하다. 묻는다. "왜 그 소포를 보내셨죠?"

나이 든 여자가 말한다. "제임스가 지침을 남겼거든요. 내가 그 소포를 보내면 누군가가 올 거라고 했어요."

* * *

처음에 확인한 곳이 운이 좋았다. 대학에 있는 창백하고 낯선 영역에서 오래 지내고 나니 이 도시에 있는 유색인종 지구에서 살고 싶었다. 졸업 시험을 마치고, 라일라 메이는 혼자 섰다. 살 집이 필요했는데, 시에서 일을 구했기 때문이다. 엘리베이터 점검원 부서 사상 최초의 유색인종 여자다. 인도에 있는 모든 사람한테, 현관 입구 계단에서 신문으로 부채질하는 저 나이 들고 품위 있는 여자한테, 모서리에서 태양을 담은 배지를 달고 눈 하나 깜짝 않는 저 경찰한테 자기가 이룬 성취를 알려주고 싶었다. 자신이 해냈다고 말이다. 자기 인종 중에서 배지를 얻은 최초의 여자다. 저 사람들의 어깨를 붙잡고 흔들고 싶었다. 물론 사람들은 관심이 없을 것이다. 무엇이 이 도시가 위로 올라가게 유지하는지는 아무도 몰랐다. 사람들은 라일라 메이를 몰랐고, 첫 번째로 더운 여름날이었다.

섬에 있는 유색인종 지구였지만, 라일라 메이가 자랐던 유색인종 동네는 아니었다. 기업가가 소유한 터널이 표면을 부수고 **지하철이 여기에 섭니다**라는 표지판을 놓았을 때 하룻밤 새에 탄생했다. 이들 연립주택, 다세대주택이 늘어선 줄은 강에서 강으로 섬을 가로지른다. 그렇게 첫 번째 세입자가 이 지구를 찾았고 라일라 메이도 그렇게 찾았다. 지하 터널을 채운 열기에서 벗어나 교차로를 고민했다. 어느 거리든 다른 거리만큼 실용적이다. 라일라 메이는 정감이 가는 구역을 무작위로 뽑았다. 열린 소화전이 뿜는 흰색 물보라를 획 피해서 반쯤 가다 보니 표지가 보였다. **방 임대.** 나중에 생각해보니 그 아래로 **빈방**이라는 표지가 쇠고리 두 개에 걸려 흔들렸다.

이 거리의 넓은 땅을 감시했던 부동산 투기꾼은 앞면이 이탈리아풍이고, 회색이고 튼튼한 6층짜리 다세대주택을 선택했다. 온 가족이 사용하는 방이 있어, 나중에는 두세 가족이 아파트 하나에 산다. 좋은 투자다. 축축한 검은 머리를 한 마른 백인 남자가 현관 앞 계단에 앉아서 작은 라디오로 경마를 들었다. 아나운서를 향해 욕설을 듬뿍 담아 소리치면서 누더기 천으로 이마를 닦았다. 라일라 메이는 참을성 있게 경주가 끝나길 기다리면서, 그 남자의 행운이 라일라 메이의 질문에 대답할 때 영향을 주지 않기를 희망한다. 남자는 빨간색 멜빵을 딱 맞게 채운 회색 바지와 더러운 흰색 민소매 티셔츠를 입었다. 문위 아치에 새긴 글자가 눈에 들어왔다. **버트럼 암스.** 남자는 경주를 끝까지 듣지 않고 갑자기 다시 욕설을 쏟아내며 문고리로 딸깍거리는 소리를 낸다. 라일라 메이가 말한다. "안녕하세요, 건물 관리인을 뵙고 싶은데요."

남자가 라일라 메이를 쳐다본다. "방 구해요?"

"네. 저기 표지에 나와 있기를……."

"표지에 뭐라고 나와 있는지 나도 알아요. 따라와요." 남자가 말하며 라디오를 재빨리 들어 올린다. "보여줄게요."

로비에는 처음 칠한 페인트가 아직 남아 있다. 아파트 스토브에서 기름이 흘러나와 엉겨 붙은 곳 위로 먼지가 붙어서 메스꺼운 초록색을 건강한 층으로 덮었다. 라일라 메이는 냄새가 마음에 안 들었지만, 필요하면 적응할 수 있다고 생각했다. 남자가 말했다. "5층이에요. 동향인데, 이 건물에서 그쪽이 아침에 해가 많이 들어와요." 라일라 메이는 남자를 따라서 매끄러운 계단을 오른다. "애완동물은 안 돼요. 동물을 키우는 세입자가 몇 명 있긴 한데 원래 그러면 안 돼요." 복도 안에서 낮의 열기가 기다리고 있었다. 아파트 문 몇 개가 살짝 열려 있어 맞통풍이 됐고, 더 위로 올라가는 바람에 안을 자세히 보지는 못했다. 방은 조용했다. "층마다 공중전화가 있어요. 사람들이 대체로 말귀를 잘 알아듣지만, 이웃한테 친절하게 대하는 편이 좋아요."

남자가 27호 문을 열었다. "직접 둘러보세요." 남자가 말하고 밖에서 기다렸다.

그렇게 크지는 않았지만 대충 깨끗했다. 이전 세입자가 건 그림이 벽에 먼지 자국을 남겨 모호한 윤곽이 보였다. 방은 두 개였다. 큰 안 방과 작은 침대가 맞을 수도 있을 듯한 더 작은 방이 있다. 라일라 메이는 짐이 별로 없었다. 어쩌면 이런 아파트를 조금 잘랐을지도 모른다고, 라일라 메이는 생각했다. 거기서도 침대를 넣을 수 있었다. 어쨌든 대학에서 썼던 방보다 컸고, 라일라 메이는 그 관리실 창고에서 3년을 살았다.

창문을 닫아놔서 답답했다. 라일라 메이는 창문으로 가서 공기를 들여보냈다. 큰 건물 두 채가 강으로 향하는 시선을 차단하기 전까지 동쪽으로 상당히 멀리까지 보였다. 그보다는 시내에서 정말로 큰 건물을 마주하고 싶었고, 그럴 시간이 있었다. 창가에서 몸을 돌리지 않은 채 소리쳤다. "여기는 얼마라고 하셨죠?"

남자가 대답했다. "1주일에 15달러 45센트입니다. 매주 월요일까지 내야 해요. 그리고 열쇠 보증금은 3달러예요."

라일라 메이는 방을 자세히 봤다. 괜찮은 거래라고 생각했다. 봉급으로 감당할 수 있었다. 새로운 시작이다. 라일라 메이는 이 도시를 고향으로 삼을 수 있다고 생각했다.

* * *

여기에 와본 적이 있었다. 돌로 만든 동물 사이에 있는 튼튼한 광장에. 이 화강암 동물원이 아르보사가 낸 생각인지, 조각가가 상상력이 뚜렷하지 못한지는 모른다. 앞다리를 치켜들고 있고, 고개를 숙이고 있고, 눈에는 홍채가 없는 새끼 코뿔소와 사자와 하이에나. 이 동물들은 건물 때문에 존재하지 않는 지평선을 쳐다보고, 콘크리트 때문에 존재하지 않는 오아시스에서 물을 마시고자 몸을 굽힌다. 아르보사의 사명이나 특징을 빛내려는 상징물은 라일라 메이한테는 효과가 없다. 동물은 움직이지 않는다. 보수적인 정장을 차려입은 남녀는 서로 거리를 유지하면서 광장을 가로질러 지하철로, 술집으로, 점심 식당으로 향한다. 사냥감은 포식자가 깨어날 것 같지 않으면서도 바로 깨어날 것처럼 느껴지는 의식층 깊은 곳에서 두려워한다.

라일라 메이는 여기에 와본 적이 있었다. 수직 수송 전문대학교 마지막 학기 때였다. 아르보사는 졸업 예정 반을 채용 설명회에 초대했는데, 벽이 유리로 되어 있고 거리에서 높이 떨어진 기다란 방에서 진행했다. 라일라 메이와 학우들이 커피를 홀짝이고 프랑스식 페이스트리를 야금야금 먹는 동안 아르보사 직원인 키가 큰 남자는 비싼 검은색 정장을 차려입고서, 이 나라에서 가장 명성 높은 엘리베이터 점검 학교를 졸업한 사람한테 엘리베이터 제조회사가 제공할 수 있는 육성 분위기와 승진 기회를 설명했다. 한때는 그 남자도 엘리베이터 학교를 막 졸업하여 이 도시를 구하기를 열망했다. 한때는 이 남자도 참호에서 보내는 낭만적인 삶에, 자백할 때까지 기계와 씨름하며 땅에 붙잡아두는 어지럽고 분주한 활동에, 결함에 대항하는 신성한 십자군에 유혹당했다고 밝혔다. 풍경을, 도시 너머로 펼쳐진 낮은 시골을, 만질 수 있을 듯한 구름을 뒷배경 삼아 손을 넓게 벌리며, 아르보사는 더 많은 것을 제공한다고 말했다. 아르보사는 미래를 창조하며, 점검원은 미래에 봉사한다고 말했다. 학생들은 자기들이 걸친 추레한 옷과 더럽고 기관다운 노란색 부서 사무실에 대해 곰곰이 생각했다. 엘리베이터 회사에서 하는 이런 채용 설명회는 정례적이었다. 라일라 메이는 이런 설명회가 공무에 대한 헌신을 평가하는 최종 시험이라고 여겼다. 유혹이라고. 이 과정을 수년 동안 거치는 동안 내내 거리에서 보내는 유혹을, 도덕적으로 긴요한 선행을 저버린 학생은 한 명도 없었다. 저 아래에서, 그림자 속에서 쥐를 피하며 복무 기간을 채운 뒤에야 기업 세계로 흘러갔다. 시련을 겪은 뒤에야, 시 급여로 받는 암울한 푼돈에 대해 고민한 뒤에야, 패배한 채, 모자를 손에 들고, 석방과 더 나은 정장을 구걸하며 아르보사와 유나이티드사와 나머지 회사로 돌아간다. 졸업 시기가 다가오면, 엘리베이터 회사들은 초대를 베풀고, 학생들은 악마가 하는 말을 들으며 버틴다.

아르보사 건물은 그 번영이 수직성을 나타내는 지표인 회사에 걸맞게 도시에서 가장 높은 건물 중 하나다. 그렇게 높으면, 건물을 채울 수가 없다. 언제나 그랬듯 시에서 사용할 수 있게 하고, 나머지는 다른 곳이 채우도록 한다. 라일라 메이는 안내대에 있는 경비원한테 그 남자의 사무실이 어디에 있냐고 물어야 한다. 경비원이 목록을 살펴본다. 급행 엘리베이터가 있는 C 엘리베이터 구역을 가리킨다. 아르보사는 건물 전체를 채울 수 없었지만, 꼭대기 층은 차지했다. 그렇게 함으로써 긴장을 늦추지 않는다. 얼마나 높이 있든 하늘은 여전히 신경을 분산시키며, 항상 더 높은 곳이 있음을 다시 알려준다.

아르보사의 최신 제품 중 하나인 급행 엘리베이터는 비어 있고, 조용히 낮은 층을 업신여긴다. 무시한다. 라일라 메이는 혼자 탄다. 라일라 메이의 직업을, 또는 전 직업을 정당하게 만들어주는 사람들인 시민들과 탄 적이 몹시 드물다. 오늘은 근무 중이 아니다. 이번 월요일에는 아니다.

80층에서 안내원이 도움이 필요하냐고 묻는다. 그 목소리가 진공에서 울리는 환호성 같다. 라일라 메이는 레이먼드 쿰브스를 만나러 왔다고 한다. 자기 이름을 댄다. 안내원은 땅딸막한 회색 구내전화로 또렷하게 발음한다. 쿰브스는 깜짝 놀라고, 사무실의 단조로운 공기로 말이 찌지직거린다. 안내원한테 라일라 메이를 들여보내라고 지시한다.

카펫은 발밑에서 순종적으로 굴며 라일라 메이가 신고 온 구두를 씹는다. 복도에서 지나친 진열장에는 아르보사에서 처음 출시한 기계인 엑셀시어의 소형 복제품이 들어 있다. 유리 뒤에 광고 책자를 재인쇄해둔 플래카드는 '호화로움과 산업성이 기분 좋게 결합하여, 승객이 편안하게 탈 수 있고, 오늘날 가장 좋은 기계 수송으로 목적지까지 갈 수 있다'라고 약속한다. 복도는 고요하고, 모두는 사무실이나 다른 어딘가에 있다. 라일라 메이는 골동품 장치 앞에서 멈춘다. 라일라 메이는 그 장치가 슬퍼 보인다. 더는 안락함을 고려하지 않는다. 더는 기계의 목적을 숨기지 않으면서, 긴 의자, 그리핀과 님프를 새긴 조각을 내놓는다. 제조사 서약 아래로는 원형 승강기를 받은 찰스턴 호텔의 경영진이 보증하는 말이 보인다. '이 건물에서는 고층이 가장 바람직한데, 고객분들은 30초도 안 되는 휴식과 고요함 속에서 이동하며, 거기에 도착하면 소음에서 벗어나 순수하고 시원한 공기를 즐길 수 있다'라고 되어 있다. 사람들은 몇 년 전에 옛 찰스턴 호텔에 철거용 쇳덩이를 들이밀었다. 높이가 모자랐다.

레이먼드 쿰브스의 사무실에는 벽이 하나 부족하다. 유리로 대체

했다. 블라인드를 천장까지 걷으면, 쿰브스의 등이 허공을 향할 수 있다. 소매는 팔꿈치까지 걷어 올렸다. 빳빳한 흰색 옥스퍼드 셔츠를 입고 금색 멜빵으로 벌을 준다. 이전에 변장할 때 걸쳤던 거친 천과 대비되는 기업 생산품이다. 힘겹게 육체노동을 하는 남자가 기워 입는 천이 아니다. 넥타이는 빨간색과 초록색이고 반짝인다. 라일라 메이가 말한다. "사무실이 좋네요." 남자 너머로 수십 미터 아래에 흐르는 더러운 강을 쳐다본다.

쿰브스가 말한다. "열심히 노력했죠." 책상에 있는 파일을 덮는다. 솔직히 말하면, 라일라 메이가 사무실에 모습을 드러내서라기보다는 서류 작업을 방해받아 더 놀란다. 거북이 등껍질 안경을 벗어 셔츠 주머니에 넣는다.

라일라 메이는 방에서 동쪽 벽에 걸린 사진에 주목한다. 유명한 목사의 얼굴 사진이다. 남부에서 무척 시끄러운 남자다. 라일라 메이가 가리키며 말한다. "저 사람 사진을 걸어도 되나 봐요?"

"내 고용주들은 어느 정도 자유를 허락하거든요." 쿰브스가 대답하면서 어깨를 으쓱인다. "내가 내 일만 하면 다른 건 신경 안 쓰죠. 앉겠어요?"

라일라 메이는 서 있는다. "언제 시작했죠? 지난 금요일, 아니면 이전?"

쿰브스가 입술을 물고 생각에 잠긴다. "풀턴이 남긴 공책에서 당신의 이름을 본 순간부터죠. 개인적으로는 중요하게 생각하지 않았어요. 아래층에 있는 암호 해석가들이 공책 한쪽 여백에서 발견한 이 숫자 기둥을 연구하면서 이틀을 보냈죠. 성과는 없었어요. 풀턴이 그냥 세탁 비용을 더하려고 한 것으로 드러났거든요. 풀턴은 여백에 온갖 쓸데없는 것을 쓰죠. 그러니 처음에 당신의 이름이 공책에 있었을 때, 그 자체로는 아무 의미가 없었지만, 위층 사람들은 모든 단서를 추적하길 원했죠."

구내전화가 울린다. 레이먼드 쿰브스는 안내대에 있는 젊은 여자한테 방해받지 않고 싶다고 지시한다.

라일라 메이는 책상에 있는 사진으로 고갯짓을 한다. "당신 아내인가요?"

"12년 전에 결혼했어요. 메트로폴리탄 병원에서 일하죠. 등록된 간호사예요."

"아이는요?"

"아들 하나요." 쿰브스가 사진을 안 보이게 돌린다. 직관주의자 회관에, 라일라 메이가 묵는 호텔 방에 있을 때보다 목소리가 한두 옥타브 높다. 쿰브스가 말한다. "오히려 우리는 당신이 무엇을 아는지 몰랐어요. 이미 짐과 존을 당신 아파트에 보냈지만, 패니 브리그스 건물에서 난 사고 소식을 듣고 나니 리드를 거기에 올려 보내 끼어드는 것이 현명하겠다 싶었죠. 블랙박스에 관한 뉴스는 당신을 나오게 하기에 충분할 거라고 판단했어요. 당신이 뭘 아는지 보기에 말이죠. 그런데 사고가 모든 것을 바꿨어요. 뜻밖에 생긴 기회였죠. 상황을 개인적인 일로 만들었고요. 맞아요." 쿰브스가 말하며 손가락으로 넥타이를 만지작거린다. "그 사고가 상황에 크게 도움이 됐다고 말해야겠군요."

쿰브스의 시선이 라일라 메이의 몸을 따라 천천히 내려가다가 배앞으로 든 갈색 가죽 가방에 머문다. 쿰브스가 묻는다. "계속할까요?"

라일라 메이는 고개를 끄덕인다. 그 사고는 아무도 예측할 수 없었다.

"우리도 처음에는 정말로 캔커가 11호기를 파괴했다고 생각했죠. 하지만 우리 첩보원이 알리길 캔커도 우리만큼 놀랐다고 하더군요. 다행히도 당신은 우리가 부추긴 덕에 어떤 생각과 폼페이라는 남자한테 사로잡혀 있었죠. 적어도 그 정도는 당신을 예측할 수 있었어요." 쿰브스는 줄곧 교양 있는 발음으로 말한다. 활짝 웃는다. "유색인종 한 명을 넣으면 당신은 통합될 거예요. 두 명을 넣고 그 둘이 백인한테 아양을 떨려고 하면, 당신은 인종 전쟁을 벌일 테죠."

라일라 메이는 미끼를 물지 않고 명령한다. "계속해요."

쿰브스가 말을 잇는다. "한때는 우리가 당신을 확보한 줄 알았죠. 당신이 공책에 관해 무엇을 아는지 확신할 수 없어도 당신이 유용할 수 있다고 생각했어요. 분명 당신은 아무 정보도 안 내놨지만, 우리는 당신에 관한 부서 파일에서 읽은 내용 탓이라고 생각했죠. 당신이 아무도 안 믿는 탓이라고요. 나는 리드한테 말해서 당신을 보내 풀턴의 옛 가정부를 만나보게 했어요. 그 늙은 박쥐는 우리가 접근할 때는 전혀 반응을 안 했으니까. 하지만 그 뒤로 당신이 돌아오지 않았을 때, 저는 매력을 발산해야 했어요. 그리고 우리 둘 다 혼란스러워졌죠."

쿰브스는 더는 남부에서 온 유색인종 남자처럼 말하지 않는다. 나체즈처럼 말이다. 이 형광등 아래서, 이 순환하는 공기 속에서 얼굴도 예전과 달라 보인다. 가죽은 확실히 라일라 메이의 손에 있다. 라일라 메이는 손가락 끝으로 지퍼의 톱니를 따라간다. 라일라 메이가 묻는다. "풀턴에 관해서는 어떻게 알아냈죠?"

"몇 년 전, 우리는 풀턴이 말년에 남긴 것들이 사라졌음을 깨닫고 그전까지 아무도 할 이유가 없었던 발품을 팔았죠. 어디 출신인지 발견했어요. 그 누나는 막 죽은 뒤였고요. 누나한테 상속인이 없기에, 우리가 그 부동산을 샀죠. 물론 용어를 느슨하게 사용해서요."

"풀턴이 어디 출신인지는 아무도 신경 안 쓰는군요."

"특별히 그렇지는 않죠. 유색인종 사람은 우리 대통령 중 두 명이 유색인종이라고 생각하는걸요. 우리는 그 사실을 크게 떠들지만, 결과는 똑같죠. 이 업계의 일반 구성원들은 믿지 않을 테고, 아는 사람들은 풀턴의 마지막 발명품에 더 신경을 써요. 그 정도 수준에 도달하면 색은 상관이 없어요. 상업 수준 말이에요. 원한다면 풀턴을 유색인종 역사 달력에 넣어줄 수도 있을 거예요. 풀턴의 발명품으로 돈을 번다는 사실은 변하지 않으니까."

"당신은 확실히 급여만큼 일하네요." 사무실 문 바깥에 있는 금색 글씨는 이렇게 되어 있다. **레이먼드 쿰브스 특수 사업.**

"늘 노력하죠. 제가 정말로 그렇게 능력이 좋았다면, 희극제에서 벌인 파괴 공작으로 당신을 직관주의자 회관에 묶어놓을 수 있었을 거예요. 우리는 당신을 감시할 수 있고 캔커한테서도 떨어뜨려놓을 수 있는 곳에서 당신이 저한테 보호를 받아 안전하다고 느끼게 만드는 거죠. 저는 상황을 똑바로 만들려고 하는데, 당신은 나름대로 생각이 있더군요. 독립적인 라일라 메이." 쿰브스는 말을 멈추고 라일라 메이가 가져온 가방에 관해 고민한다. 거기에 총이 있을지도 모른다고 생각하는 것이 보인다. "뭘 물어봐도 될까요?" 쿰브스가 말하며, 의자에서 바퀴를 뒤로 밀어 탁자를 벗어난다. "나중에 나체즈로 변장할 때 참고하게 말이죠."

"말해요."

"무엇 때문에 〈승강기〉에 갔죠? 멍청한 시골 남자가 일을 망칠 것으로 생각했나요? 아니면 그저 새 남자 친구한테 선물을 주고 싶었나요?"

"그저 돕고 싶었을 뿐이에요."

"다음에는 그 점을 기억해두죠."

한두 가지 문제만 해결하면 된다. 이제 라일라 메이는 필요한 것을 전부 알지만, 엘리베이터 점검원은 확실하게 알기를 바란다. 엘리베이터 점검원이 아르보사에서 나온 남자한테 질문한다. "내일 선거와 관련해서 뭘 할 건가요? 이 시점에서는 교착상태인 것 같은데."

라일라 메이가 가방 가장자리를 문지르는 모습을 쿰브스가 지켜본다. 라일라 메이의 뒤에 있는 출입구로 재빨리 시선을 옮겨 각도와 거리를 가늠한다. 쿰브스가 말한다.

"캔커가 오늘 밤에 병상에서 기자회견을 열죠. 풀턴에 대한 소문을 다룰 것이 확실해요. 이 시점에서 모두가 블랙박스에 관해 아니까. 하지만 우리도 신경을 쓸 거예요. 제가 신경을 쓸 거고." 쿰브스는 서서히 대비하면서, 책상에 갖춰둔 물건과 어떤 도구가 도움이 될지 생각한다. "라일라 메이, 당신은 무엇에 신경 쓸 거죠?"

"당신한테 줄 것이 있어요." 라일라 메이가 말하고, 책상에 떨어뜨린다.

"이게 뭐죠?"

"풀턴이 남긴 공책이요. 당신이 찾던 것이에요."

"어째서죠?"

"그냥 돕고 싶었으니까요." 라일라 메이가 말한다.

엘리베이터로 가는 길에, 작은 아르보 엑셀시어를 보호하는 유리를 깨버릴까 잠시 생각한다. 팔 아래에 넣고 가져가서 건물 밖에 있는 석조 동물원에 세워두는 것이다. 이 새 도시에 맞게 설계된 것은 아니지만, 야생으로 보내 여기서 기회를 잡도록 풀어주는 것이다. 하지만 이 엘리베이터는 저 밖에서는 절대로 살아남을 수 없을 것이다. 대신 유리에 입맞춤하고 계속 걷는다.

* * *

몇 층으로 가십니까?

* * *

어떻게 그 사람들이 준비하리라 기대했을까? 그 사람들은 지금 사는 도시도 간신히 이해할 수 있는데 말이다. 오티스가 선사한 도시를 말이다. 문을 지나다니면서 서로 부딪히고 어처구니없이 엉덩방아를 찧는다. 이제 남자도 거기에, 완벽한 엘리베이터가 생기면 지을 장소에 있고 싶다. 남자는 거기에 있지 않을 것이다. 믿기 시작하자마자 그 사실을 알았다. 두려움 때문에 절대 믿지 않으려 했더랬다. 그러니 당연히 믿기 시작했을 때는 너무 늦었다. 자기가 생각하기에 완벽한 엘리베이터가 어떻게 생겼는지 설명하고 그 방법을 제공할 수밖에 없다.

344

구두창을 가는 데 3달러가 든다. 그것을 기억한다. 누군가는 남자가 그 사람들한테 완벽한 엘리베이터를 주는 것이 우습다고 생각할 수도 있다. 그 사람들 때문에 온갖 일을 겪고 나서도 말이다. 하지만 남자한테는 선택지가 없었지 않은가? 시작했을 때 말이다. 다른 생각으로 시작했지만, 그 생각이 찾아와 어떻게 시작했는지와 다르게 하게 만들었다. 누군가는 그 생각에 사로잡혔다고 말할 것이다. 이제 거의 완성했고, 몸이 허락해주면 끝낼 것이다. 어디였더라? 저 위에서 더 희박한 공기와 여기에 어떻게 대처하는지에 관한 내용이다. 공책 여백에 적어둔 **3달러**를 눈치챈다. 남자는 늘 여백에 무언가를 적는다. 이제 밖은 점점 따뜻해져, 그 사람들이 남자의 이름을 붙여준 도서관도 밤에 그리 춥지 않다. 얼마 전부터는 잠옷용 가운만 입는다. 아무도 뭐라고 안 하는데, 남자를 위대한 사람으로 여겨 기행을 허락하기 때문이다.

남자는 볼 수 있는 한 멀리 보고 생각했다. 이 계획을 시행하는 것은 다른 사람한테 달릴 것이다. 어쩌면 부적당한 사람이 올 수도 있다. 사실은 때가 적당하지 않은데 적당하다고 생각할지 모르고, 그러면 끔찍할 것이다. 아니면 너무 오래 기다릴지도 모른다. 글쎄, 너무 오래 기다리다 어떤 악마가 올지는 사실 알 수 없지만, 누가 계획을 시행하러 오든 시간 감각이 좋다면 남자가 더 선호할 것이 분명하다. 그게 누구든 말이다. 심지어 지금 저기 교정에 나와 있는 학생 중 하나가, 엘리베이터 꿈을 꾸면서 자는 아무것도 모르는 학생이 될 수도 있다. 어쩌면 저 머저리 중 하나가 계획을 발견할 것이다.

오늘날 세상은 무척 부패했다. 젠장, 세상은 늘 그랬어, 멍청한 늙은 이야. 거짓말하게 돼. 일하러 돌아가. 이 모든 일을 해야 한다. 조금 더 일찍 시작했더라면. 하지만 시작하기 전까지는 무엇을 해야 하는지 알 길이 없었다.

늦었다. 남자는 엘리베이터에 관해 쓴다.

시작한 뒤로 필체가 계속 나빠졌다. 남자도 그게 보인다. 가까이 다가갈수록 나빠지는데, 글 반대편에서 엘리베이터가 단어를 꼬집어 당기는 듯하다. 미래로 잡아당기는 듯하다. 아직은 읽을 수 있다.

오늘 저녁에 안뜰에서 학장을, 그 독선적인 늙은 광대를 우연히 만난 것이 기억난다. 저녁 데이트 상대에 관해서 거기 모인 다른 짐승 같은 인간과 수다를 떤다. 남자는 학장한테 체육관에서 사는 학생의, 늘 시멘트를 향해 고개를 숙이고 빨리 걸어가는 젊은 유색인종 여자의 이름이 뭔지 아느냐고 묻는다. 학장은 그 학생은 이름이 라일라 메이 왓슨이며 인종 덕을 봤다고 말한다.

이제 남자는 최근에 여러 밤에 그랬던 것처럼, 창문으로 라일라 메이를 본다. 라일라 메이는 도서관 반대편에 있는 작은 방에서 공부한다. 남자가 제대로 기억한다면, 관리실 창고를 개조한 것이다. 건물 전체에서 라일라 메이가 있는 방만 불이 들어와 있다. 이 불처럼. 도서관 전체에서 이 불만 유일하게 들어와 있다. 라일라 메이는 많이 먹는 것처럼 보이지 않는다. 창문으로는 무척 연약하고 가냘파 보인다. 남자는 라일라 메이가 감각이 좋기를 바란다. 하지만 라일라 메이한테 관여할 수는 없다. 엘리베이터를 돌봐야 한다. 펜을 든다. 남자는 공책 여백에 **라일라 메이 왓슨이 그 사람이다**라고 써둔 것을 알아챈다. 그래, 맞다. 그것이 밤의 이 시간에 깨어 있는 유일한 다른 사람의 이름이다. 남자가 생각하기에 라일라 메이는 자기가 어떤 처지인지 모르는데, 자신을 남자의 마음에서 떨쳐냈기 때문이다. 남자는 늘 여백에 무언가를 적는다.

일이 남자를 부른다. 거의 끝냈다. 마리 클레어한테 지시 사항을 전달했고, 이행해줄 것을 믿는다. 누군가가 올 것이다. 누군가가 신경을 쓸 것이다. 남자가 쓰는 이것을.

어쩌면 남자는 밤에 랜턴을 가지고 여기에 올라오기 시작할 것이고 그것을 이용해 일할 것이다. 그러면 빛이 정말로 극적일 것이다. 그러면 사람들이 정말로 이야기하기 시작할 것이다.

완벽한 엘리베이터는 작동하지만, 그 사람들은 준비가 안 됐다. 남자의 시간이 다 떨어질 때까지 준비가 안 될 것이다. 남자도 그 사람들과 거기 있을 수 있기를 바란다. 하지만 남자는 그 세상 사람이 아니다. 이 세상에 속했다.

* * *

7층 부탁합니다.

* * *

라일라 메이는 새 방을 얻었다. 크기가 넓다. 어쨌든 책상이 들어갈 공간이 있고, 그 점이 중요하다. 방은 공장을 마주 본다.

한 문장을 쓴 다음 줄을 그어 지운다. 때로는 남자의 목소리를 적을 뻔하다가 목소리가 날아가버리고, 다시 붙잡기까지 시간이 좀 걸린다. 라일라 메이가 발견한 가장 큰 문제는 풀턴의 목소리를《이론 엘리베이터학》1권에 나온 건조한 학문적인 목소리나 2권에 나온 방향을 잃은 신비한 목소리와 반대로 3권에 나올 법하게 고정하는 것이다. 첫 두 권에 나오는 리듬은 라일라 머리의 뇌에 새겨져 있다. 이 새 책에 들어갈 낙관주의는 적응이 필요하다. 재조정해야 한다. 다행히 풀턴이 끝낼 시간이 없었던 중간중간만 채우면 된다. 풀턴의 필체도 안다. 가장 중요한 부분은 거기에 있다. 그저 함께 묶어줄 작은 무언가가 필요할 뿐이다. 매끄럽게 말이다.

의자에서 몸을 늘인다. 이 새 방이 좋다. 그 사람들이 이 방을 찾아낼 수도 있고, 상황을 파악한 뒤에 라일라 메이를 잡으러 올 수도 있다. 하지만 한동안은 그렇지 않을 것이다. 이사해서 다른 방을 찾을 시간은 있다. 다른 도시도 있는데, 여기만큼 훌륭하지는 않아도, 다른 도시가 있기는 하다. 어쨌거나 모두 운이 다할 것이라고, 라일라 메이는 판단한다. 라일라 메이가 일하는 것 때문에 운이 다할 것이다. 라일라 메이가 적절한 시기에 세상에 전달할 것 때문에 말이다.

사람들은 지금은 준비가 안 됐지만, 준비를 하게 될 것이다.

마리 클레어가 그 사람들한테 보냈던 공책 조각에 나온 엘리베이터는 완벽하지는 않지만, 상당히 괜찮다. 마리 클레어가 나머지를 라일라 메이한테 준 다음에, 이 전직 엘리베이터 점검원은 사람들한테 없는 부분을 보냈다. 풀턴이 남긴 암호와 상형문자를 푸는 데는 라일라 메이가 소유한 열쇠 없이는 오랜 시간이 걸릴 것이고, 일단 풀고 나면 엘리베이터는 한동안 그 성질을 띨 것이다. 완벽하지는 않지만, 상당히 괜찮다. 라일라 메이는 특히 설계를 좋아한다. 승객의 편안함을 희생하지 않으면서 공학적 필요성을 고려한다. 예전에 그랬던 것처럼 말이다. 라일라 메이가 느끼기에 이 풀턴의 책 3권은 인간한테 필요한 것을 진정으로 이해한다. 쿰브스한테, 그다음에 캔커와 벤 유리크한테 전달한 엘리베이터는 한동안 그 사람들을 잡아둘 것이다. 그러다 어느 날 그 사람들은 엘리베이터가 완전하지 않음을 깨달을 것이다. 그때 시기가 적절하다면 라일라 메이는 그 사람들한테 완벽한 엘리베이터를 줄 것이다. 때가 아니라면, 풀턴의 글을 더 보내서 완벽한 엘리베이터가 다가오고 있음을 알릴 것이다. 풀턴이 남긴 지시대로 말이다. 시민들한테 완벽한 엘리베이터가 다가오고 있음을 알리는 일은 중요하다. 제2의 상승을 직접 준비하도록 말이다.

방 창문으로 공장이 내다보인다. 그래서 좋다. 라일라 메이는 요즘 건물을 보면 안타까움을 느낀다. 전혀 다른 것이 다가오기 때문이다.

라일라 메이는 문지기다.

이따금 방에서 그 사고와 거기서 얻은 교훈에 관해 생각한다. 일어났던 일 상당수는 어쨌거나 일어났을 테지만, 완벽한 엘리베이터가 라일라 메이한테 손을 뻗어 라일라 메이가 그 세상 사람이라고 말해줬다는 점을 기억하면 마음이 따뜻해진다. 라일라 메이가 다가올 도시의 시민이며, 라일라 메이가 평생 헌신했던 그 부서지기 쉬운 기계는 약할 뿐 아니라 어느 날 11호기처럼 추락할 것이라고 말해줬다. 모든 것이, 아름다운 죽은 별처럼 수직 통로에서 곤두박질치고 있다.

라일라 메이는 이따금 새 방에서 누가 엘리베이터를 처음 해독할지 생각한다. 아르보사일 수도 있다. 유나이티드사일 수도 있다. 상관없다. 선거와 마찬가지로, 하찮은 다툼은 새로 다가오는 것에 먹이를 준다. 그 나름대로 사람들을 준비시킨다.

라일라 메이는 일로 돌아간다. 라일라 메이일 필요는 없었으나, 그렇게 됐다. 풀턴은 지침을 남겼지만, 상황에 맞춰 변경하도록 허락받았음을 안다. 세상이 어떻게 변할지를 풀턴이 볼 방법은 없었다.

일로 돌아간다. 꼭 필요한 조정을 할 것이다. 다가올 것이다. 라일라 메이는 절대 틀리지 않는다. 그것이 라일라 메이의 직감이다.

직관주의자

1판 1쇄 발행 2022년 6월 3일

지은이 · 콜슨 화이트헤드
옮긴이 · 소슬기
펴낸이 · 주연선

(주)은행나무
04035 서울특별시 마포구 양화로11길 54
전화 · 02)3143-0651~3 | 팩스 · 02)3143-0654
신고번호 · 제 1997 — 000168호(1997. 12. 12)
www.ehbook.co.kr
ehbook@ehbook.co.kr

ISBN 979-11-6737-183-6 (03840)